서울의 낮은 언덕들

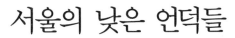

서울의 낮은 언덕들

배수아 장편소설

자음과모음

차례

1. 경희는 고향에서 낭송 전문
무대 배우였다고 했다

이미 여러 번이나 자신이 두고 떠나온 집들을 방문하는 생각이 떠올랐다. 투명한 몸을 가진 메뚜기들이 펄쩍거리며 뛰어오르는 흙마당을 지나서 차가운 빵처럼 딱딱하고 구멍이 숭숭 난 시멘트 건물로 다가가면, 1층에 자리한 집의 커다란 창 안쪽으로 싸늘한 금속 갓의 전구가 오렌지 빛 불을 밝히고 있다. 집 안은 텅 빈 것들로 가득하다. 탁자와 찬장. 꽃병과 침대. 의자들. 몸이 없는 옷. 언제나 임시 거주자들만을 위해 존재하는, 냉랭하고 그리운 셋집들. 그러나 실제로는 단 한 번도 떠나온 그곳을 다시 찾아간 적이 없고, 마치 어디에 있는지 모르는 고향 도시처럼 오직 상상 속에서만 늘 그려보고 있는 것이 신기할 뿐이다. 경희는 자신이 살았던 이 집과 저집들에 대해서 즐겨 이야기했다. 이 집은 저 도시에 있었고 저 집은 이 도시에, 때로 어떤 날에는 이름을 알 수 없는 과거의 도시 한 가운데서 예상치 못한 순간에 허공으로 솟구치는 먼지구름처럼 대화의 도중에 불쑥 떠오르기도 했다. 그런 도시들은 자욱한 눈먼 여인이 되어 청중들 앞에 그대로 나타났다. 검은 돼지 떼를 끌고 가는 눈먼 여인, 커다랗게 뻥 뚫린 귓불의 구멍을 늘어뜨린 채 노래하는 눈먼 시골 여인, 어머니이자 도둑인 여인, 집 앞에 서 있는 눈먼 행상 여인이. 어느 날 오페라를 보러 갔는데, 아직 막이 열리기 전 검고 끈적한 무대 바닥을 디디며 들어서는 주인공인 프리마돈나의 손에 감독이 흰 지팡이를 쥐여주며 말했다. 이 드라마를 완벽하게 하기 위해서, 너는 이제부터 눈먼 여인이야…….

자신이 사는 건물 근처의 광장에는 항상 롤렉스시계를 파는 행상인들이 몇 명씩 무리지어 서성이고 있었다고 경희는 말한 적이 있다. 물론 가짜지만요, 하고 덧붙이면서. 깔끔한 복장의 키 큰 젊은 남자와 여대생풍의 수줍은 소녀들이 여행자들의 길을 막고 시계가 필요하지 않으냐고 묻는다는 것이다. 그들은 머뭇거리고 주저하며 말을 걸기도 하고, 마치 내키지 않는 일을 할 수 없이 한다는, 매우 비상업적이며 내성적인 표정과 몸짓에 심지어는 정체불명의 고결한 인상마저 주기 때문에, 그들이 가짜 시계를 파는 무허가 상인이란 생각은 여행자들의 머리에 금방은 떠오르지 않는다. 그래서 여행자들은, 설사 시계를 살 마음이 전혀 없다고 할지라도, 어느 먼 나라에 방금 도착한 이 시점, 마치 일상이라는 일생의 긴 잠에서 드디어 깨어난 것처럼, 아주 별개의 색다른 감각과 마주치게 되어 신기하다는 눈빛으로 자신도 모르게 그들 앞에 문득 발걸음을 멈추게 되는데, 그러면 그들은 가까이 다가와 귀에 대고 영혼을 빨아들이듯 속삭이며 말하는 것이다. 가격은 한 개에 팔백, 두 개는 천이라고. 단위가 무엇인지는 경희 자신도 모른다.

우리가 경희를 처음 만난 곳은 기차가 막 도착한 직후의 중앙역 앞이었다. 밤늦은 시간이었는데, 택시들의 장기 파업이 계속되던 어느 해 여름이었다. 역 구내에서는 이미 여러 번이나 택시를 이용할 승객은 근처에 임시로 마련된 버스 승강장으로 가서 버스를 타야 한다고 안내 방송이 나오고 있었지만, 경희는 그 말을 전혀 알아듣지 못한 사람처럼 다른 승객들이 모두 사라져버릴 때까지 커다란 여행용 가방 위에 하염없이 걸터앉아 있었다. 경희는 비둘기빛 원피스에 팔이 긴 블루진 재킷을 걸치고 있었는데 피곤하고 지쳐 보였지만 여행자 특유의 긴장이나 흥분을 잃어버릴 정도는 아니었다. 이상하고도 우연한 친절의 마음이 우러난 우리는 경희에게 호텔이나 호스텔로 데려다 주겠다고 먼저 제안을 했다. 그러나 경희는 대답하기를, 자신은 이 도시에서 호텔이나 호스텔을 예약하지 않았으며, 어떤 사람과 역에서 만나기로 했는데 아마도 그 사람이 약속을 잊었거나 아니면 무슨 다른 예상치 못한 이유로 경희를 마중 나올 수 없게 된 듯하다고 했다. 경희는 마중 나오기로 되어 있는 그 사람을 직접 알지는 못하며, 단지 비엔나에 살고 있는 친구를 통해서 소개받았을 뿐인데, 경희가 이 도시에서 며칠 동안 머물 수 있게 그가 자신의 집 거실을 제공해주기로 했다는 것이다.

우리는 서로 얼굴을 본 적은 없지만 서로의 집을 무료로 제공해주는 방랑자의 공동체를 통해서 알고 있는 셈이죠, 하고 경희는 말했다. 누군가 내가 사는 도시를 방문하게 되면 난 그에게 머물 곳을 제공해주고 또 내가 여행길에 나서면 그런 식으로 모든 도시에 거주하는 다른 방랑자들이 자신들의 사정에 따라 거실이나 마루, 손님방, 다락, 혹은 만약에 그런 게 있다면, 헛간 등을 제공해주는 거죠. 그래서 그 사람의 이름과 사는 도시 말고는 아는 것이 없으며, 행여 그에게 무슨 사정이 생겨 경희를 마중 나올 수 없게 되었다면 유감이지만 어쩔 수 없는 일이라고. 그럴 경우 자신은 밤새도록 역에서 기다리다가 다음 날 아침 첫 기차를 타고 다른 도시로 갈 예정이라는 것이다.

약간의 호기심이 생긴 우리는 경희와 잠시 더 대화를 나누었는데, 그 대화는 처음에 기대했던 것보다 훨씬 더 오랫동안 지속되었고, 마침내는 우리가 경희를 우리 집으로 와서 며칠 동안 지내다 가라고 즉흥적으로 초대한 다음까지도 계속 이어졌다. 물론 그것은 절대로 경희가 일생에 걸친 오랜 이민자인 우리와 같은 도시에서 온 사람이었기 때문은 아니다! 우리는 우리가 떠나온 그 도시를 거의 완전히라고 해도 좋을 정도로 잊었으며, 종종 서글픈 의복처럼 걸치고 있던 앙상한 기억의 뼈대들도 세월과 함께 슬며시 우리의 메마른 어깨에서 흘러내려버린 탓이다. 태어난 곳이 아닌 다른 도시에서 죽기 위해 이주를 한 이민자이면서 무목적의 장소로는 단 한 번도 유랑해본 일이 없는 우리가 첫눈에 짐작했던 대로, 경희는 뚜렷한 목적지 없는 여행자였다. 우리는 처음에 경희가 어디에서 왔는지 몰랐고, 그 점을 상관하지 않았다. 경희는 자신이 살았던 여러 도시들에 관해서 이야기를 시작했는데, 그래서 우리는 그녀가 북부 중국인이거나 몽골 여인, 혹은 가능성은 희박하지만 시베리아 소수민족 출신일 거라고 추측했을 뿐이다. 우리는 개인적으로 북부 중국이나 몽골의 여인, 시베리아 출신의 아시안들을 알고 지낸 적이 없지만 경희의 넓은 광대뼈와 어느 순간 확연하게 나타나며 얼굴의 윗부분을 장악해버리는 북부적인 무표정이 그 사실을 말해준다고 믿었던 것이다. 하지만 우리의 짐작은 틀렸다.

경희는 고향에서 낭송 전문 무대 배우였다고 했다. 우리가 그 도시에 살 때는 그런 이름의 직업이나 예술 활동에 대해서는 한 번도 들어본 적이 없었다. 경희가 우리 집에 머물던 며칠 동안 우리는 늙은 이민자들을 초대해서 저녁을 먹었고, 경희는 그들에게 자신의 여행 이야기를 들려주었는데, 어느 순간 묘하게도 경희의 목소리는 '낭송 배우'가 무엇인지 고향에서 한 번도 들어본 적이 없다는 우리들의 공통점 위로 그 정체를 저절로 노출하고 있었다. 경희는 자신을 가난하고 부자유한 여행자로 표현했다. 몇 년 전 어느 날 경희는 이미 수년 동안 만나지 못했고 갑작스럽게 헤어진 후로 어떤 연락조차 없던 자신의 과거 독일어 선생이 죽음을 앞두고 있다는 소식을 들었고, 더 이상은 그 어떤 일도 할 수 없게 막연하고도 암울했으며, 더 이상은 아무런 행복도 불행도 느낄 수 없었고, 그러므로 불가능하게도 그를 찾아서, 불가능하게도 걸어서 여행을 떠나야겠다고 불현듯 결심을 했다고, 그렇게 자신의 즉흥적이면서도 피할 수 없었던 방랑의 시작 이유를 설명했다.

그들, 비밀의 판매원들은 모두 약속이나 한 듯이 반들반들 윤이 나는 가죽 구두를 신고 있다고 경희는 말했다. 햇빛이 밝은 날 그들의 이마와 손등은 불그스름한 녹 빛이다. 반짝거리는 살갗의 비늘과 소름들은 그들의 형체를 덮고 있는 껍질이었다. 오후가 절반 이상 기울어지면 그들은 손바닥을 이마에 대고 저물어가는 해를 바라보는 습관이 있는데, 그때 그들의 손등 위로는 나뭇잎 모양의 거무스름한 반점 같은 희미한 그림자가 진다고 했다. 비행기가 지나가기 때문이에요, 하고 경희는 설명했다. 아니면 부글거리는 홍염이 만들어내는 태양의 얼룩, 혹은 드물지만 눈에 보이지 않는 일식이거나. 그때 사람들 중에서 한 명이, 몇 년 전 비행기를 타고 일본으로 여행 갔을 당시 경희가 살았던 그 도시 위로 지나간 적이 있다는 것을 조심스럽게 떠올렸다. 그가 중얼거리듯 말했다. "만약 우리가 탄 비행기가 구름층 아래로 특별히 낮게 나는 종류였더라면, 납작한 쇠붙이처럼 넓게 반짝이는 회색 도시의 모습이 창 아래로 펼쳐졌을 겁니다. 상처 모양으로 길게 찢어진 계곡 혹은 마른 강과 붉은 구덩이, 혹은 입을 벌린 거대한 시멘트 지하실처럼 보이는 도시의 뼈대와 육체. 그러나 설사 그렇다 할지라도, 우리는 비행기의 좌석에서 고개를 깊숙이 수그린 채 잠들어 있었을 것이므로, 도로를 걸어 다니는 여행자들과 백화점 앞 광장을 서성이는 신비한 상인들을 보지는 못했을 테지요. 그뿐만 아니라 예전에 뉴질랜드로 가던 도중에 그 도시에서 비행기를 갈아타기 위해 공항에서 여덟 시간 동안 머문 적조차 있다는 사실도 지금 생각이 나는군요. 나는 유리창 밖으로 나타나는 부옇고 과장된 영상들을 판독하면서 공항 통로를 서성댔어요. 왜 사람들은 공항이란 장소가, 그곳에서 보내는 시간이, 이 생에서 저 생으로 건너가는 환생의 정거장처럼 느껴진다는 사실을 숨기는 걸까요. 그리고 밤이 깊어졌을 때는 등을 깊숙이 움츠린 채 흡연실 의자에 앉아 담배를 피웠지요. 내 맞은편 의자에는 한 마리의 커다란 원숭이가 목에 사슬을 감은 채 마찬가지의 포즈로 쭈그리고 앉아 있었던 것이 기억나는군요." 그 도시에는 공항이 있으니까요, 하고 경희가 좀 모호한 어투로 말했다. 모든 도시에는 공항이 있지요, 하고 그 자리에 있던 다른 누군가가 대꾸한 것도 같다. 세상의 거의 모든 도시, 하고 또 다른 이가 반박처럼 들리지 않도록 조심하면서 말했다.

"나는 그러다가 시계 상인인 한 어린 소녀와 친하게 되었어요, 그 소녀는 내가 그 도시를 떠나기 전 나에게 그 일거리를 나누어주려고도 했답니다. 몇 년 사이 방세가 몇 배로 뛰어올랐기 때문에 그곳을 떠나야만 하는 다른 사람들처럼, 나도 그런 이유로 떠난다고 소녀는 생각했으니까요." 잠시 사이를 두고 경희의 말은 이어졌다. 경희는 사람들이 비행기와 공항이 있는 도시에 대해서 관심을 갖는 것을 눈치채지 못했거나, 혹은 눈치채지 못한 척하면서 계속해서 말했다. 우기가 시작되면 비밀의 행상인들은 모두 비의 북부로 떠나버리고, 우산을 쓴 여행자들이 광장을 외롭게 서성인다는 것을. 어두운 색 우의를 걸친 그들이 버스를 기다리기 위해 광장에 가만히 멈추어 서 있을 때면 그 모습은 종종 아스팔트 위에 일정한 간격으로 자라나는 '검은 포플러'라고 불리는 나무처럼 보인다는 것을.

경희가 2년 동안 살았던 거처는 도심 한가운데에 위치한 방 하나짜리 셋집이며, 집 바로 앞으로는 까마득한 고층 건물과 수 킬로에 달하는 지하 보행자 통로가 있었다. 먼지와 매연으로 시커메진 2층의 나무창을 열면 1년 내내 물이 말라 있는 사각형의 대형 분수대와 거미줄 모양의 제브러존이 복잡하게 그려진 교차로가 내려다보였고 그 위를 엄청난 규모의 도심 관통 고가도로가 허공을 가로지르며 지나간다고 했다. 분수대의 사각형 지반은 지구라트 피라미드를 연상시키는 계단식이었고 그 위에 오벨리스크와 국기 게양대의 중간쯤 되는 형태의 바늘 기둥이 솟아 있는데 그것의 원래 용도는 알 수 없다고 했다. 나는 창밖으로 그 분수대 기둥을 쳐다볼 때마다 머리가 잘려 나간 앙상한 에곤 실레의 비너스를 연상하곤 했답니다, 하고 경희는 언젠가 웃으면서 말한 적이 있다. 고가도로의 기둥과 기둥 사이, 여덟 개의 제브러존과 여섯 개의 육교가 교차되는 십자로의 한가운데에 사람들이 신호등을 기다리기 위해 멈추어 서 있는 도로 중간의 가냘픈 공간에는 가죽 제품을 파는 조그만 반지하 상점이 대낮에도 반짝반짝 불을 밝히며 숨어 있다고 했다. 상점으로 들어가기 위해서는 문밖에서 신발을 벗어야 한다.

신호등이 바뀔 때마다 보행자들이 거센 해일처럼 무서운 기세로 밀려오고 밀려가므로 신발을 구석에 잘 챙겨두지 않으면 사람들의 발길에 채어 어느 방향으로 날아가버릴지 모른다. 그리고 일단 한 번 발길에 차여 날아가버린 신발은 절대 다시 찾을 수 없다. 반지하로 향하는 유리문을 열고 거무스름한 천이 덮인 계단을 몇 걸음 내려가면 주인이 바닥에 무릎을 꿇고 앉아 들어서는 손님에게 차를 권하는 방이 나온다. 그 방은 주인의 거주 공간이자 작업실 겸 상점이며 물건을 진열해둔 박물관이기도 하다. 손님은 등 뒤에서 소용돌이치며 들끓는 자동차의 소음과 먼지의 악령이 상점 안으로 밀려들어오는 것을 막기 위해 최대한 빨리 문을 닫는 것이 좋다. 주인이 커다란 가위를 들고 가죽을 슥슥 오리는 동안 손님은 유리문 밖의 신발을 불안하게 흘끔거리며 바닥에 앉아 차를 마신다. 문을 닫아도 코앞을 오가는 미친 듯한 자동차들의 경적 소리와 머리 위 거대한 고가도로 전체를 뒤흔들며 지나는 차들의 둔중한 소음과 진동은 완전히 차단되지 않으므로, 처음 그곳을 방문한 손님은 좀처럼 마음을 차분히 가라앉힐 수가 없다. 게다가 문밖에는 보행자들의 잔인한 발길에 치이며 유실물처럼 표류하는 자신의 신발! 쓰나미로 몰려오는 오토바이 떼, 통통한 거머리처럼 사방으로 퍼져나갔다가 다시 시야의 한가운데로 집중해서 몰려오는 사람들! 주인은 가죽으로 신발도 만들고 말안장도 만들며 여자들의 허리띠와 주머니, 옷가지와 모자와 방울 달린 장신구도 만들어준다고 한다. 원한다면 방울 달린 북도 만들어주지, 하고 주인은 말한다. 종종 주인은 바느질을 멈추고 이빨로 가죽을 깨물어 부드럽게 손질한다. 그럴 때마다 침이 고인 가죽에서 강렬한 짐승 냄새가 풍겨 나와 좁은 상점 안을 가득 채운다고 했다.

그런데 당신이 말한 그 가짜 시계 상인들은 나도 만나본 적이 있답니다, 하고 누군가 경희의 말 도중에 불쑥 끼어들면서 이렇게 말했는데, 그 사람은 우리가 초대한 늙은 이민자 중 한 명이 그날 우연히 데리고 온 사람으로, 경희처럼 일시적으로 머무는 여행자였다. "그들은 『서울헤럴드』 신문을 둘둘 말아 한 손에 들고, 마치 약속이 있어서 그곳을 서성이는 것처럼 백화점 광장을 느릿느릿 가로질러 가더군요. 지금 막 생각이 났는데, 언젠가 내 앞을 가로막고 시계를 사라고 권했던 한 여자가 당신과 아주 흡사하게 생긴 것도 같아요. 아마도 20년 전쯤의 당신이 바로 그렇게 보이지 않았을까요. 우리는 그때 이른 아침에 공항에 도착한 다음 버스를 타고 시내로 들어온 참이었답니다. 아침나절에는 잠시 소나기가 내렸지만 날이 밝아오면서 구름이 완전히 걷히고, 환하고 찬란한 꿀 빛 태양이 온누리에 가득했지요. 하늘은 매초마다 더욱더 푸르르고, 동쪽 하늘을 흘러가는 조각구름들은 더욱더 하얗고 선명하게 빛이 났습니다. 태양 빛은 세상의 모든 사물들의 표면에서 차갑고 반들반들하게 반사하여, 마치 이 세계 전체가 알록달록하면서 거대한 거울에 비쳐진 모든 것의 선명한 테두리인 양, 그렇게 보이고 있었지요. 나는 시계가 필요 없다고 말했습니다. 나는 무겁고 누런 금시계 따위는 필요가 없는 직업을 가졌답니다. 그러자 당신은, 아니 그 젊디 젊은 검은 머리의 여인은, 스무 살이 채 안 되어 보였어요, 순간 나를 무례할 정도로 빤히 쳐다보면서, 그건 곧 직업이 없다는 말과 같은 의미냐고 묻는 것이었죠. 나는 웃기만 하고 대답하지 않았습니다. 그러자 젊은 여인은, 그렇다면 자신이 원숭이 산을 가이드 해주겠다고 제안했습니다. 하지만 유감스럽게도 우리 일행은 원숭이 산을 둘러볼 생각이 없었지요. 그러자 당신, 아니 그 젊은 여자 상인은 미련을 버리고 손에 든 돌돌 만 신문을 흔들면서 광장의 다른 방향으로 걸어가버렸습니다. 특별히 실망하거나 아쉬워하는 것 같지 않았습니다. 그녀는 물방울이 뚝뚝 떨어질 것만 같은 짙은 검은색 머리칼에, 물방울이 뚝뚝 떨어질 것만 같은 길고 엷은 눈시울, 그리고 실제로 물방울이 뚝뚝 떨어지고 있었던, 아마 그게 맞을 거예요, 지금 모든 기억이 생생하게 살아나는군요, 커다란 검은 우산을 접어서 들고 있었죠. 백화점 광장에는 해바라기 화단이 있었고, 관광객을 실은 버스가 공항으로 출발하거나 도착하는 정류장이 있으므로, 항상 줄지어 선 사람들이 여행 가방 위에 걸터앉아서 버스를 기다리곤 하는 장소였죠. 지금 이 순간 내 눈앞에 모든 정경이 빛과 얼룩으로 이루어진 떨리는 그림이 되어, 장면과 장면들이 서로 겹쳐지는 법 없이 나란히, 동시적으로 떠오릅니다. 가게와 가게를 돌아다니며 호궁을 연주하는 장님 거지가 두 사람, 하지만 가까이 다가가서 보면 그들이 손에 들고 있는 것은 내가 상하이에서 본 호궁이 아니라 둥그런 뭉치처럼 생긴 카세트 리코더일 뿐이죠, 리코더의 위로 솟아오른 가느다랗고 긴 안테나가 호궁의 길쭉한 목처럼 보였던 거예요. 그리고 그 거지를 안내하는 중년 여인이 각각 한 명씩, 그 여인들의 등에 업힌 머리를 중처럼 박박 민 어린아이도 하나씩, 건널목을 감시하는 경찰관 복장의 키 작은 남자들, 하얀 셔츠 차림으로 건들거리는 왜소한 젊은이들, 하필이면 그 광장 한가운데서 방망이로 흰 이불을 탁탁 털고 있는 여인, 그 여인을 위해 이불자락을 잡아주고 있는 노파, 한쪽 구석에는 조그만 탁자와 의자를 내다 놓고 길거리 행상들이 원숭이 산으로 가는 여행객들을 모으는 즉석 관광 상품 판매도 이루어지고 있었습니다. 분주하고도 어느 정도 이유 없이 흥분된 분위기가 있었습니다. 모든 방향의 모든 사물들이 우리 여행자들의 눈길을 의미 없이 사로잡았어요. 그래서 나는 시계를 파는 여인이 정확히 어느 방향으로 가버렸는지, 그것은 지금 떠올릴 수가 없습니다. 비록 사방에서 원숭이 산! 원숭이 산으로! 하고 외치는 행상들의 고함 소리가 어지럽게 들려오는데도 불구하고, 여인의 우산에서 포도를 향해 뚝뚝 떨어지던 맑고 외로운 물방울들이, 우리의 현실에서 보통 통용되는 것보다 훨씬 더 크고 뚜렷한 소리를 만들어냈고, 그것이 감각과 관련된 기억의 문을 모조리 열어젖혀서, 그래서 지금 난데없이 내가 한 번도 가보지 못했고 그 어디에서도 관련된 이름이나 소식을 들은 적이 없었던 원숭이 산이 마치 실제로 존재하며 나에게 친근하기까지 한 어떤 구체적인 지명인 양, 그렇게 생각이 들게 된답니다.”

하지만 시계 상인은 내가 말한 고가도로 밑의 반지하 가죽 공예점과 아무런 관련이 없어요, 하고 경희가 건조하게 대꾸했다.

"그리고 당신들은 가짜 시계 상인이 아니라 공항이 있는 도시에 대해서 관심을 가지고 그 도시에 대해서 듣고 싶어 한 것이 아니던가요?" 그러자, 모든 도시에는 공항이 있지요, 하고 그 자리에 있던 다른 누군가가 대꾸한 것도 같다. 거의 모든 도시, 하고 또 다른 이가 반박처럼 들리지 않도록 조심하면서 말했다.

"몇 년 전에 나는 무대에서 낭송을 하던 중에 발가락이 부러지는 사고를 당했습니다. 어떤 과격한 행동을 한 것도 아니고, 행동은 커녕 단지 의자에 가만히 앉아서 대사를 읽다가, 잠시 일어서서 손에 대본을 든 채 무대 위를 몇 걸음, 단지 몇 걸음 왔다 갔다 하고 그사이 손을 가슴에 살짝 대는 것이 내가 해야 할 몸 연기의 전부였답니다. 무대 위에는 내가 앉는 의자 말고는 다른 아무런 장치가 없었고, 나는 무대에서 미끄러지거나 넘어지거나 발을 헛디딘 것도 아니었습니다. 위험할지도 모르는 그 어떤 요소도 없었고, 심지어 무대는 지나치게 어둡지도, 또 너무 눈부신 조명이 시야를 방해하지도 않는, 그런 상태였지요. 조명은 항상 내가 의자에 앉아 대본을 읽을 때 가장 적절하도록 머리 위쪽으로 비스듬하게 불빛이 비치는 방식이었습니다. 즉, 모든 것이 나에게는 늘 해오던 그대로 익숙한 환경이었다는 뜻이지요. 나는 의자에서 일어서서, 긴 스커트 자락을 밟지 않으려고 주의하면서 무대 위를 걸었습니다. 대본을 손에 들고는 있었지만 이미 거의 모두 머릿속에 암기하고 있는 상태였으므로 굳이 걸으면서 들여다볼 필요는 없었습니다. 감정적으로 격한 대사였어요. 하지만, 아무리 그렇다고 해도, 걸음을 옮기는 도중에 오른쪽 새끼발가락이 저절로 뚝 하고 부러질 정도로 그렇게 물리적으로 격한 감정이란 것이 과연 존재할까요. 심지어 가장 앞줄에 앉은 관객들에게 그 소리가 들릴 정도였답니다. 뚝! 나는 아픔보다도, 그 커다란 소리로 인해 낭송이 방해받은 것에 몹시 당황했습니다. 아픔은 정확히 이 초 뒤에야 찾아왔지만 격한 당황스러움은 소리와 매우 동시적이었으니까요. 신발, 아 그것을 잊고 있었군요. 굽이 높거나 앞코가 과장되게 뾰쪽하거나 그런 신발은 아니었어요. 늘 신는 평범한 펌프스 구두였는데요. 동료 낭송 배우나 극단의 관계자들은 내가 늘 늙은 수녀처럼 굽이 낮고 발등이 넓적한 신발을 신고 다닌다는 생각을 숨기지 않을 정도였으니까요. 그러므로, 이유는 단 하나밖에 없어요. 너무나 격하고, 너무나 과잉되고, 너무나 무겁고, 너무나 들뜨고, 너무나 카오틱 하고, 너무나 거슬리고, 너무나 현기증이 나는, 너무나 많은, 너무나 결핍된, 소용돌이치는, 깃털을 잡아 뜯는, 모든 일과 사물에 대해 소리 내어 우는, 그러면서도 아무것도 상관하지 않는, 아무것도 아닌, 그런 극단적인 종류의 감정 속으로 저도 모르게 발걸음을 내디딘 것이죠. 감정이나 정신의 현기증은 흔히 생각하는 것처럼 단지 추상적이기만 한 것은 아니랍니다. 구체적인 형체와 냄새가 있어요. 심지어 어떤 특정한 장소는 그것으로 가득 차 있기까지 하죠. 예를 들자면, 부엌의 두번째 의자에 앉을 때 나는 항상 어떤 특정한 감정을 느끼곤 한답니다. 그건 그 감정이 거기 살고 있어서 그런 거죠. 우리는 어느 순간 우연히도 그의 나라로 걸어서 들어간 거예요. 그때 뚝 하는 소리가 나고 이 초 후에, 아찔한 아픔 때문에 이마에 식은땀이 고이고 그 자리에 주저앉을 수밖에 없었을 때, 하지만 최대한의 인내심을 발휘하여 서너 걸음 떨어진 의자로 가서 간신히 그 위에 걸터앉을 수 있었을 때, 나는 알았어요. 오, 나는 나로부터 너무 과도하게 가버렸어. 내 육신은 횃불처럼 타오르는 삶의 신호등이지. 그것이 불이 켜진 거야. 가시오. 이제 나는 계속해서 갈 수밖에 없어. 눈물이 주르륵 흘러내렸답니다. 뺨이 화끈거리게 뜨거운 눈물이었어요. 그때 나를 향한 사람들이 불타는 시선으로 커다랗게 말하고 있었죠. 저 여자를 좀 봐라, 얼굴이 이글거리는 숯덩이처럼 새빨개졌군."

그러면 당신이 걸어서 대륙을 가로지르는 여행을 하겠다고 결심을 한 순간이 바로 그때란 말인가요? 하필이면 발가락이 부러진 그 순간에? 하고 누군가가 자신 없이 웅얼거리는 듯한 목소리로 경희에게 물었다.

"그것은 결심이라기보다는 떠오름이었습니다" 하고 경희가 대답했다. "순수하게 모든 경로를 걸어서 가겠다는 발상은 날아서 가겠다는 생각만큼이나 참으로 비현실적이죠. 그 사이에 수많은 바다와 사막과 끝없는 스텝(steppe) 황무지가 있어서가 아니라, 현대적인 국경과 감시 시스템과 무기 상인들과 군인과 관리들이 버티고 있으니까요. 기차를 타고 가거나, 최소한 트럭 짐칸에라도 올라타야만 해요. 그러다 바다가 나오면 배표를 사야 하는 것은 당연하죠. 그러나 내가 어떤 불명확한 충동에 의해서, 그래, 나는 걸어서 그곳으로 가겠어, 하고 결심을 한 것은 맞아요. 하지만 그 결심은 발가락이 부러진 이후의 일이죠. 사실 어떤 시기적인 유사성을 제외하면, 발가락이 부러진 사건과는 표면적 연관이 없었을 거라고 생각돼요. 그렇지만 그 두 가지 사건이 일생의 어느 비슷한 시기에 회오리처럼 나를, 내 육신을 사로잡았던 것은 사실이죠. 지금 생각하면, 발가락과 걸어서 가는 여행의 공통점은 육신의 맹목적인 진지함이었을 거예요. 순수하고도 직접적인 진지함, 나는 그것을 바랐던 겁니다. 그 어느 나라의 국경에서도 거절당하지 않는 그런 종류의 진지함을. 그리고 나는 아마도 하루 정도를 걸었을 거예요. 그리고 또 하루 또 하루를. 하지만 그건 모두 한참 뒤의 일이고, 깁스한 발가락이 다 나아서 외출을 할 수 있게 되기까지 나는 집 안에서 〈바이에른 4〉 라디오를 들으면서 시간을 보냈답니다. 그러는 사이 라디오에서 뉴스를 들었고, 그중의 어떤 뉴스는 아마도 내 귀에—특별한 이유도 없이—오랫동안 남아 있었을 거라고 생각돼요. 라디오에서는 매 시각마다 뉴스를 들려주고, 특별한 일이 없는 한 그 뉴스는 거의 매번 같은 내용의 반복이 보통이니, 유엔사무총장이 파키스탄에 갔다는 뉴스를 하루에도 열 번 이상 듣게 되고, 그래서 카프탄을 걸친 유엔사무총장에 관한 뉴스가 도저히 설명할 수 없는 이유로 내 기억 속에 남아 있다고 해도 그리 놀라운 일도 아니죠. 그러다 어느 날 나는 생각했을 거예요, 그래 나는 걸어서 그곳으로 가겠어. 왜냐하면 걸어간다는 것은 일종의 비언어적 정당성을 획득하는 유일한 방법이고, 지금 이 시대에 행할 수 있는 가장

나 자체인 것이며, 마음과 육체를 모두 포괄하는 전체적인 묘사라고 생각되었으니까요. 내가 더 이상 똑바로 걸을 수 없는 벽을 만나게 되면, 그때는 돌아서 가리라. 돌아가는 길은 더욱 멀고, 언젠가 나는 더 이상 걸어서 통과할 수 없는 지점에 이르겠지만, 그러다가 여러 번의 벽을 만나게 되면 나는 마침내 방향을 완전히 잃어버릴 것이지만, 그럼에도 불구하고 지금까지 결정적인 순간에 내가 항상 걷고 있었던 그 길 잃은 길을 걸으리라. 그리고 나는 내가 태어나서 줄곧 하나의 도시에서만 살아왔음을 깨달았고, 마치 수 겹의 성벽과 군대와 가시 창살과 궁수의 구멍, 돼지 형상을 한 무사들의 석상과 용의 머리카락과 해자로 둘러싸인 요새처럼 그 도시가 나에게 치밀하고도 더할 수 없이 견고했다는 느낌이 들었습니다. 나는 어느새 스스로 그 도시 성벽을 이루는 하나의 단단한 벽돌이 되어 있었어요. 나는 높이 치솟은 드높은 담장의 일부분이고, 그 담장 꼭대기에는 반역자들의 목이 매달려 있었어요. 나는 도시를 이루고 도시를 확장하면서, 동시에 도시가 도시로부터 탈출하지 못하도록 방어하는 창과 대포와 같았죠. 그리고 도시의 눈의 일부가 되어 있다는 느낌. 도시의 단단한 육신, 도시의 피부와 감각, 지리적인 그것의 일부라는 느낌. 그런 느낌은 처음이었죠. 그때까지 나는 스스로를 매우 자유롭게 느끼며 살아왔고 그 사실을 한 번도 의심한 적이 없었으니까요.

아마도 자신을 어떤 특정 장소로부터 분리시키고 단 하나의 장소에 고정된 단 하나의 좌표라는 물리적 고유성을 분열시키고

자 하는 그런 열망은 깁스의 영향 때문이었을 겁니다. 그렇게 본다면 내 발가락을 통해서 영혼이 절망의 비명을 지른 것이 맞겠지요. 4주 후 의사는 내 발가락의 깁스를 톱으로 잘라냈어요. 톱이 단단한 깁스를 파고들며 서걱서걱 소리를 냈고 오랫동안 굳어 있던 뼈와 근육에 자극이 가해지면서 내 살의 온갖 감각들이 불유쾌한 아픔으로 요동을 쳤죠. 아파요, 하고 나는 말했답니다. 원래 깁스를 잘라낼 때는 좀 아픈 게 당연해요, 하고 여의사가 내 얼굴을 보지 않은 채 엄격한 말투로 대꾸했죠. 나는 이를 악물고 아픔을 참으려 했지만, 아무래도 이처럼 예리하게 불타는 통증은 의사가 요구하는 인내의 당연한 정상치를 넘어서는 듯이 생각되었답니다. 톱날이 한 번씩 지나갈 때마다 통증으로 펄쩍 뛰어오르고 싶은 걸 이를 악물고 견뎌야 했습니다. 아파서 참을 수가 없어요, 하고 나는 두번째로 호소했어요. 그러자 여의사는, 이런 건 어린아이들도 다 참아요, 굳어 있던 근육이 요동치는 것뿐이라니까요, 하고 핀잔을 주었죠. 그때 나는 이미 걸어서 삶의 완전한 바깥으로 탈출을 하려고 마음먹고 있을 때였으므로, 발가락의 이상 징후는 평소보다도 더욱 불길한 주의를 야기하는 것이었어요. 이빨이 저절로 악물릴 정도로 지독한 아픔 가운데서, 문득 지금 분명 병원의 침상에 누워 있을 어떤 사람에 관한 생각이 났습니다. 병원은 의술이라는 이름의 정신적 육체적 고문을 자행하는 장소라고 그는 예전에 말한 적이 있었어요. 그들은 죽음을 단지 의료적인 절차에 불과한 것으로 만들어놓았다고. 왜냐하면, 비록 지금 대부분의 사람들은 잊은 사실이지만, 병원이란 곳은 원래 도시의 사형수들을 위한 처리 시설에서 출발했으니까. 그의 말에 의하면 도시는 원래 도시의 탈출자나 도시의 침입자에게 도둑과 배반자라는 누명을 씌워 목을 매다는 기능에서 출발한 군사시설이었어요. 그 처형을 구경하기 위해서 사람들이 몰려들었고, 사형에 필요한 도끼와 밧줄, 오물을 걷어내는 나무통이 많이 필요했으므로 시장과 상거래가 이루어진 거랍니다. 도시는 으스대는 사람들을 위한 고향이에요. 세밀화를 그리는 화가들과 아마추어 해부학자들이 사형수의 몸을 병원으로 실어갔지요. 인간의 몸 안에는 알려지지 않은 모종의 자동기계가 들어 있으니, 한번 멈추게 된 그것을 다시 작동시킬 방법이 없을지 궁금해하는 취미 공학자들이 그 뒤를 따랐습니다. 도시의 사형수들은 부러진 목을 하고 병원 복도를 걸어 다닙니다. 그들은 자기 자신의 냄새를 들이마십니다. 그들이 얼마나 깊숙이 고개를 숙이고 있는지 설사 복도에서 그들과 정면으로 마주쳤다고 해도 그들의 얼굴을 알아볼 수가 없을 정도입니다. 그러니 나는 당신이 절대 이곳에 오는 일이 없기를 바랍니다. 하고 그는, 정기적으로 내게 보내오던 편지에 썼습니다."

〈바이에른 4〉 라디오를 들을 때마다 우리는 당신을 생각하겠어요. 깁스 아래에 있던 발가락은 절반쯤이나 톱날에 잘려 나가버렸지요. 여의사의 경악하던 표정이 잊혀지지 않아요. 아픔과 충격으로 도리어 멍하게 무감각한 내 앞에서 그녀는 거의 울부짖다시피

외쳤지요. 오 미안해요, 내가 잘못 계산했어요, 난 이럴 줄 몰랐어
요, 미안해요.

당신은 절대 이곳에 오면 안 됩니다.

2. 이제 앞으로 두 번 다시 예전과 같은 형태로는 만나지 못할 우리는 지금 이 생에서 저 생으로 떨어지고 있는 참매들인 걸까요?

오래전 어느 날, 경희가 자신의 독일어 선생을 마지막으로 만난 것은 그가 소개해준 교사 부부의 집에 경희가 머물던 때였다. 그때 경희는 굴뚝방에서 살았다. 굴뚝방이란 경희가 임의로 붙인 이름으로, 지붕 밑에 있는 그 방은 천장이 편평하지 않고 거꾸로 세운 사각형 깔때기 모양인데, 위로 갈수록 좁아지는 구조인 사각뿔 형태로 수 미터 위쪽을 향해 높이 치솟아 있으며, 그렇게 치솟는 네 개의 삼각 면이 서로 만나게 되는 중앙의 지점에서부터는 굴뚝처럼 좁다란 관이 하늘을 향해 계속해서 일직선으로 이어지고, 그 마지막 끝에는 구멍이 하나 뚫려 있으므로, 방 가운데에 서서 고개를 들고 올려다보면 허공에 뜬 하늘이 맑고 창백한 푸른빛 점으로 지붕을 관통하는 네모난 관(구멍)을 통해 정면으로 마주 보인다. 굴뚝방의 천장은 그 자체가 우주의 중심을 향해 수직으로 세워진 오래된 양철 천체망원경을 연상시키고, 그 망원경은 먼 사물을 가까이로 끌어당겨 보여주는 게 아니라 반대로 원래의 사물과의 거리를 더욱 넓혀주는 역할을 하므로, 그러므로 굴뚝방에서 잠든 경험을 한 사람은, 꿈속에서 그곳의 하늘이 지상의 그 어느 장소에서보다 더욱 멀리 있었다고 기억하게 된다.

굴뚝방의 사면의 벽은 거칠게 회칠이 되어 있는데, 오래된 회벽은 벗겨져서 마치 부스럼을 연상시키는 흰 딱지들이 바닥으로 소리 없이 떨어졌고, 청소부가 한 번씩 다녀간 다음에는 그만큼의 모래 빛 흉터들만이 벽에 남았다. 굴뚝방에서는 말을 할 때마다 목소리는 깔때기 모양의 천장 벽에 부딪히면서 윤곽이 불분명한 울림이 되고, 그 울림은 다시 또 다른 울림으로 변하여 한 번씩 울림과 울림이 겹쳐질 때마다 목소리의 덩치와 부피는 더욱 커지기만 하며, 그 상태로 깔때기를 용수철처럼 타고 기어올라가다가, 그러나 하늘로 향하는 최후의 구멍을 통과하지는 못한 채 다시 반대편으로 떨어져 내려오곤 했다. 그러한 둔중한 증폭이 동시에 아주 여러 차례 일어나는 구조였으므로, 굴뚝방에서 혼잣말을 하는 사람은 자신 이외의 여러 사람이 그 방에 함께 있으면서 아주 약간씩의 시차를 두고 똑같은 문장을 서로 영원히 따라서 되풀이하려 한다는 느낌에 사로잡히곤 했다. 장난스럽고 적대적인 목소리의 카논. 마치 조금씩 다른 속도로 바늘을 움직이는 수많은 괘종시계처럼, 굴뚝방의 유령들이 침대에 나란히 걸터앉아, 자신의 말을 무의미하게 따라 하면서, 특히 마지막 몇 단어들을, 유난히 힘주어 발음하고 있지만, 괘종시계의 둔중한 추가 두드리듯 말하는 음절을 알아들을 수 없는 것과 마찬가지로, 그들 보이지 않는 에코들의 목소리를 이해하지 못한다. 그 어느 날 밤도 경희는 전화를 걸었으나, 그런 이유 때문에 수화기 너머에 있는 상대편은, 혹은 경희는 상대방의 말을 전혀 이해하지 못했다. 그것은 마치 잘못 걸려온 두 통의 전화인 듯, 서로 알지 못하는 두 명의 이방인들이 각자 자신의 말만 떠들어대는 그런 대화의 뒤엉킴처럼 들렸다.

굴뚝방은 교사 부부의 집에 있는 가장 작은 방인데, 교사 부부는 친척이나 친구들이 방문할 때마다 그 방을 내주었다. 교사 부부의 집은 현관문을 열고 들어서면 사람들이 외투와 모자를 걸어두는 조그만 현관 홀이 나타나고, 그 앞에 다시 두번째 현관문이 달려 있었다. 현관 홀에는 굴뚝방과 손님용 욕실, 그리고 교사 부인의 남편이 전용으로 사용하는 작은 거실이 하나 있었으며, 교사 부부는 두 개의 커다란 구형 열쇠로 열고 들어가야 하는 두번째 현관문 안쪽 공간에서 생활을 했다. 그러므로 굴뚝방은 원래 그들의 손님 접대용 장소이며, 그 방을 공식적인 이름으로 불러야 한다면 '손님용 방'이라고 해야 하리라. 교사 부부의 집은 쓰레기장으로 향한 뒷마당 4층 건물의 꼭대기 층에 있었다. 건물은 얼마 전에 새로 보수를 거친 시립체육관과 고등학교 건너편 블록에 있는데, 그 고등학교는 교사 부인이 학교에 근무하던 시절에는 세워지지도 않았던 거였다. 교사 부부, 사실 그들은 둘 다 교사가 아니라 부인만이 교사 직에서 일을 했었고 또 지금은 이미 은퇴한 몸이므로 더 이상 직업 활동을 하지는 않지만, 그리고 교사 부인은 50세가 넘어서야 고등 학교에서 실제로 수업을 하기 시작했고, 그래서 교사 일을 했던 기 간은 10여 년 정도에 불과하지만, 경희는 그들을 떠올릴 때마다 버 릇처럼 교사 부부라는 어휘를 사용해서 기억하곤 했다. 교사 부부 는 80살이 넘어가면서부터는 더 이상 여행을 떠나지 않았고, 대신 여행길에 있는 가까운 사람들에게, 혹은 가까운 사람들로부터 소 개받은 여행 중인 지인들에게 굴뚝방을 내어주는 일로 그들의 거 의 전 일생에 걸친 여행을 대신하고 있었다. 그러므로 굴뚝방은 그 들이 직간접으로 아는 세계 여행자들의 집이기도 했다. 그들은 80살 이 넘어가면서부터는 더 이상 편지를 쓰지 않았고, 오직 받는 일만 하고 있었다. 굴뚝방에 잠시 동안 머물렀던 여행자들은 고향으로 돌아간 다음, 혹은 전 세계에 흩어진 다음 여행지에서 그들에게 편 지나 그림엽서를 보내왔다.

굴뚝방에는 소형 텔레비전이 있었고, 손님용 욕실에는 라디 오가, 작은 거실에는 교사 부부가 듣던 낡은 음향기기가 놓여 있지 만 경희는 거실로는 들어가지 않았다. 굴뚝방의 소형 텔레비전은 뒤가 두툼한 브라운관인데 화면의 사이즈는 은행이나 공항에 달 려 있는 감시 카메라보다 많이 크지는 않았다. 리모컨을 누르면 텔 레비전의 검게 반들거리는 볼록한 화면 한가운데에 가로로 푸르스 름한 금빛 금이 그어지며, 마치 은하계의 외부에서 들려오는 듯이 붕— 하는 기이한 울림이 수 초 동안 계속된 다음에야 반짝 하면서 화면이 켜지곤 했다. 끌 때도 마찬가지였다. 종종 리모컨의 버튼을 누르지 않았는데도 불구하고 화면이 짧은 순간 부르르 흔들리면서, 화면 속에 담겨 있던 세계가 순식간에 깜깜해지며 하나의 은하가 폭발하여 사라질 때처럼 금빛 픽셀로 이루어진 가늘고 기다란 지평선이 가로로 길게 펼쳐지다가 그대로 화면이 꺼져버리는 경우도 있었다. 그것은 편평하게 소용돌이치는 원반 형태로 소멸하고 있는 별처럼 보였다. 테두리에 불의 옷자락처럼 펄럭이는 톱니가 달린 원반. 경희는 그 적막한 폭발이 어떤 사실의 암시라도 되는 양 한동안 화면을 지켜보지만, 기계의 몸통 속에서는 더 이상 아무런 일도 일어나지 않았다. 하지만 욕실의 라디오는 반짝이는 새것으로, 아무리 오래 켜놓아도 문제가 없었다.

교사 부부는 경희에게 열쇠 꾸러미를 건네주었다. 아래층의 건물 입구를 여는 열쇠 말고도 자그마한 은빛 나는 바깥 현관문 열쇠와 넓적하고 큰 모양의 황동 열쇠 두 개가 있었는데 그것은 굴뚝방 공간을 통과하여 들어서는 안쪽의 현관문을 열 수 있는 거였다. 교사 부부는 경희에게, 몇 년 전 집시 아이들이 집을 털러 온 적이 있기 때문에, 특히 안쪽 현관문은 집이 빌 때나 밤이면 반드시 잠가놓아야 한다고 설명했다. 하지만 늦어도 아침 여덟시면 그들 중 한명이 일어나 반드시 안쪽 문을 열어두므로, 경희가 아침을 먹으러 안쪽 식당으로 들어오는 데는 아무런 문제가 없을 거라고도 했다. 교사 부부는 굴뚝방의 천장 구멍을 '채광 구멍'이라고 불렀고, 비가

올 때면 벽에 붙은 스위치를 이용해 구멍의 유리 마개를 덮을 수 있다고도 일러주었는데, 그때 마침 연한 비안개가 스멀스멀 온 천지를 서성이기 시작했기 때문일 것이다. 하지만 비록 마개를 덮지 않은 상태라도 채광 구멍을 통해서는 한 방울의 빗물도 방 안 침대 위로 떨어지지는 않았는데, 경희는 그 점을 신기하게 여겼다. 굴뚝방은 예전에는 임시로 거처하는 하인들의 행랑채이거나 아니면 기도하는 방, 혹은 벌을 받는 방이었을 것이다. 전자식 채광 구멍이 설치된 것은 근래에 들어와서의 일이다. 교사 부인은 채광 구멍의 스위치를 켜는 일을 무심코 '집의 머리를 쓰다듬는다'고 표현한 적이 있었다.

교사 부부가 살고 있는 4층의 집에서 계단을 내려오면, 2층과 3층 사이의 층계참에서 실물 크기의 J. F. 케네디 대통령의 전신사진과 마주치게 된다. 올라갈 때도 마찬가지이다. 여러 번이나 그 계단을 오르내렸지만, 그때마다 경희는 케네디 대통령의 활짝 웃는 사진이 실제 형상인 줄 알고 깜짝 놀라곤 했다.

그날 아침 식탁에 붉은 장미꽃 바구니가 놓여 있었으므로, 그제야 경희는 교사 부인이 82회 생일을 맞았다는 것을 알게 되었다. 교사 부인의 남편은 두 개의 촛대에 불을 밝히고 그들은 세 개의 접시에 빵을 나누었다. 창가에는 난초와 페퍼민트 화분이 있었고 황동 촛대에 꽂힌 두 개의 양초와 설탕 그릇은 터키블루 색이었다. 남편은 아내와 경희의 잔에 커피를 따라주었고 경희는 절반으로 자른 빵에 버터와 꿀을 발랐다. 그때 현관의 벨이 요란하게 울렸다.

그들은 모두 깜짝 놀랐다. 이렇게 이른 시각에 방문자가 올 일이 없었기 때문이다. 하지만 곧, 그 불시의 방문객은 이웃집에 사는 전직 스튜어디스 여자로, 교사 부인의 생일을 축하하기 위해서 손수 케이크를 구워 딸과 함께 깜짝 방문을 한 것임이 드러났다. 전직 루프트한자 스튜어디스의 딸은 열 대여섯으로 보였는데, 바로 전날 사랑니를 뽑았기 때문에 뺨이 부어 있다고 말했고, 그래서 그들은 모두 소녀의 통통한 뺨을 들여다보면서 걱정스러우면서도 격려가 되는 말을 한마디씩 던졌다. 그들은 현관홀에 선 채, 요란한 소리와 함께 불꽃을 일으키며 저절로 타는 유고슬라비아제 가느다란 화약 막대를 손에 들고서 생일 축하 노래를 불렀다. 그리고 저마다 집에서 만든 케이크를 한 조각씩 맛보았으며, 예외 없이 맛있다면서 칭찬의 인사를 건넸다. 의례적인 축하의 절차가 끝나자 전직 스튜어디스와 그 딸은 집으로 돌아갔다. 문을 나서기 전 전직 스튜어디스는 문득 생각이 났다는 듯 고개를 돌린 채 말했다. "오, 그러고 보니 지금 갑자기 떠오른 건데 말이죠, 예전에 내가 한국으로 비행을 갔을 때, 그때 서울은 온통 황사로 뒤덮여서 하마터면 비행기는 일본으로 피항해야 할 뻔했지요. 다행히도 우리는 서울에 착륙할 수는 있었는데, 우리 모두는 마치 누런 잠자리 떼처럼 하늘을 덮은 자욱한 황사보다도, 서울의 공기 전체에 퍼져 있던 독특하고 강렬한 향신료 냄새에 더 강한 인상을 받았던 것이 기억이 나는군요." 그러자 경희는, 그건 마늘이에요, 하고 전직 스튜어디스가 잊고 있는, 혹은 일부러 입 밖으로 꺼내 말하지 않는 그 단어를 대신 말해주었고, 깜짝 방문객들은 돌아갔다. 교사 부인은 설명하기를, 전직 스튜 어디스 가족은 수십 년 동안 가까이 알고 지낸 이웃이며, 예전에 교사 부부가 여행으로 집을 비울 때마다 우편함을 비워주었을 정도로 친밀한 사이라고 했다.

교사 부부는 저녁에 식사 모임이 있어서 입고 나갈 외출복을 고르고 있었다. 한 신문사가 주최하는 가을 댄스파티였다. 30여 년 동안 그들은 항상 10월의 마지막 주말에 열리는 그 모임에 나가서 춤을 추었고, 마지막 전철을 타고 집으로 돌아왔다고 한다. 부인이 고른 의상은 흰색 실크 블라우스에 아주 진한 붉은색 모직 스커트 였다. 비가 와서 땅이 질척거리지만 복장에 맞춘 굽 높은 펌프스와 함께. 남편은 회색 중절모에 폭신해 보이는 두터운 밝은 회색 스웨터 차림이었다. 남편은 경희에게, 오늘 밤 아내는 테이블 위에서라도 춤출 수 있을 겁니다, 하고 말했다. 교사 부부는 경희에게 함께 가자고 청했으나 경희는 다른 약속이 있었으므로 아쉽게 거절할 수밖에 없었다. 그러면 할 수 없지요, 하고 부인은 말했다. 다음에, 다음에 함께 가도록 해요. 교사 부인은 틀니도 머리 염색도 하지 않았지만 허리는 꼿꼿하고 걸음걸이나 자세도 반듯했다. 입술에 연한 루주를 살짝 문지르는 것 말고는 다른 화장은 하지 않았다. 교사 부인은 건강하고 매우 활동적이어서, 바로 몇 년 전에 시청의 어린 이 극단이 『여왕 기젤라』를 무대에 올리는 데 연출을 맡기도 했다 고 한다. 『여왕 기젤라』는 경희도 알고 있는 동화였다. 그러면 다음에, 다음에 함께 가도록 해요, 하고 경희는 말했다. 다음에, 다음에 기회가 있다면 그때는 나도 가서 신문사의 무도회를 구경할 수 있을 거예요. 교사 부부는 이마를 맞대고서 마지막 지하철 시간표를 점검 중이었다. 1호선 막차 11시 45분 출발, 2호선 0시 5분 출발, 4호선 10시 57분 시청 앞까지만 운행, 시내 전차 밤 1시 20분까지 운행……. 왜 택시를 타고 오지 않느냐고 경희는 조심스럽게 물었다. 그렇다면 시간에 구애받지 않고 편하게 놀다 올 수 있을 것이며 거리도 비교적 가까워서 택시비도 많이 나오지 않을 터인데. 경희가 알기로 교사 부부는 매우 부유한 사람들이었다. 어쩌면 경희가 알고 있는 사람들 중에서 가장 부유한 편일지도 몰랐다. 그러자 교사 부인이 대답했다. 그러기에는 우리가 너무 인색해서 말이죠. 경희는 그것이 자기 냉소적인 대답인지, 아니면 정말로 교사 부인이 진심으로 그렇게 믿고 있는 것인지 구분할 수 없었다.

경희는 그날 밤 늦게 집으로 돌아왔다. 은빛 열쇠로 현관문을 열고, 어두운 현관홀의 벽을 더듬어 전등 스위치를 켠 다음 열쇠 뭉치를 옷걸이 아래 탁자 위에 둔 다음 굴뚝방으로 들어가 서늘한 공기가 스며들어오는 한가운데에 한동안 가만히 서 있었다. 뒷마당의 키 큰 느릅나무는 4층에 있는 굴뚝방의 창을 훌쩍 넘어서 검은 물속 같은 하늘로 잠기듯이 솟아 있는데, 누렇게 변한 마지막 잎들이 몇 개 가지에 매달려 있을 뿐이었다. 경희가 창을 열자 습기 머금은 한 덩이의 차가운 공기가 방 안으로 밀려들었다. 그날 저녁때 집을 나서기 전 경희는 느릅나무의 꼭대기 부분 큰 가지에 부드러운 진회색 몸통의 동고비 한 마리가 앉아 있는 걸 보았다. 한 손 안에 들어올 만큼 작고 유선형인 몸체를 가진 그 동고비는 우연히도 굴뚝방 창과 아주 가까운 위치에 자리를 잡고 있었으므로, 황금색과 주황색이 섞인 듯한 둥그스름한 배와 눈 위를 가로지르는 긴 일직선의 검은 무늬까지도 경희는 자세히 볼 수가 있었다. 바람이 불면서 빗방울이 춤추듯이 조금씩 흩날리고 있었다. 주변의 나뭇가지들이 바람에 한 번씩 요란하게 몸을 흔들어댈 때도 동고비는 꼼짝도 없이 가만히 있었으므로, 경희는 그것이 아름답게 치장한 박제 장식인지 알아보기 위해 조용히 손을 뻗었는데, 물론 손은 동고비가 앉아 있는 위치까지 닿기에는 어림도 없었던 것이다.

지금, 가을 저녁의 익어가는 햇빛과 같은 색의 배를 가졌던 동고비의 모습은 보이지 않는다. 길에는 흠뻑 젖은 나뭇잎들이 두텁게 깔려 있어서, 경희의 맨들맨들하게 닳은 납작한 구두 바닥은 인도의 경계석 근처에서 자꾸만 아래로 미끄러졌고, 사방은 비와, 가까운 강물, 그리고 젖은 거미줄과 나뭇잎들이 피워 올리는 안개의 냄새로 자욱했다. 철 빛깔로 번득이는 빗물 방울이 다리의 쇠 난간 위로 소리 없이 떨어져 내렸다. 구두는 가벼운 여름용이었으므로, 덕분에 경희의 발은 아직도 축축하게 젖어 있다. 창밖으로 시선을 향한 채 불분명하고 불투명한 암흑을 오랫동안 내다보고 있으니 살갗이, 머리카락이, 그리고 호흡 자체도 밤의 성분인 짙은 초록색 이끼의 꿈틀거리는 꿈으로 변하는 것 같았다고 경희는 말했다. "텅 빈 폐 안에 포자가 뿌리를 내리고 한 송이의 고운 연녹색 곰팡이로 피어나 방사형으로 자라나면서, 나를 뚫고, 머리의 두개골과 살갗을 뚫고, 하늘의 어느 특정한 지점을 향해 높이 올라, 나와 세계를 내려다보는 그런 느낌 말이죠……."

안쪽 현관문은, 밤이면 늘 그렇듯이 닫혀 있었고, 현관홀의 외투와 구두를 보니 교사 부부는 집으로 돌아온 것이 맞겠지만 벌써 잠이 들었을 터였다. 굴뚝방 천장의 높은 채광 구멍을 통해 검게 반짝거리는 작은 네모난 하늘이 보였다. 경희는 침대에 앉아 다리를 바닥에 둔 채 옆으로 길게 누웠다. "난 기둥으로 받쳐진 천막의 천장 아래 있는 거야. 천막의 사방 벽이 펄럭이고 있어. 무녀의 침으로 촉촉이 적셔진 유동적인 가죽의 벽들. 중앙에 선 기둥 아래에는 불이 살고 있지. 그들은 새빨간 혀를 끊임없이 하늘로 향하고 허공에 매달린 공중그네 위로 올라타려는 몸짓을 하는 거야. 실제로 그들은 그들 자신으로부터 떨어져 나오는 법을 알아. 그들은 투명한 육체를 쉼 없이 번득이면서 허공과 지상의 모든 장소에 동시에 존재해. 그들의 입속에서는 끊임없이 새로운 침묵의 혀가 솟아나……." 마치, 진회색 동고비가 세계수의 꼭대기에 앉아 있으면서 이렇게 속삭인 내용이 약간의 시차를 두고 미지의 산맥을 돌아 그제야 경희의 귀에 도달한 듯이. "인간의 모든 주거는 세계의 중심을 향해 열려 있으며……."*

---

* 미르치아 엘리아데의 『샤머니즘』에서 인용.

다음 날 하늘이 말갛게 개었고 바람은 불었지만 태양이 짙은 구름 사이로 모습을 내밀었으므로, 그들은 호숫가로 매우 즉흥적인 소풍을 가기로 했다. 그것은 교사 부인이 아직도 운전을 할 수 있기에 가능한 일이었고, 또 한때 경희의 독일어 선생이었으면서 교사 부부의 오랜 친구이기도 한 남자 손님이 찾아오기로 되어 있었기 때문이다. 그들은 오전에 빵을 잘라 그 안에 토마토와 치즈를 넣어 샌드위치를 만들고 커다란 보온병에 커피를 끓여 담았다. 그런데 경희의 독일어 선생이었던 남자 손님이 찾아오기로 한 시간이 아직 많이 남았는데, 아래층 대문의 벨이 울렸다. 인터폰으로 확인해본 결과, 대문에서 교사 부부네 집의 벨을 누른 사람은 그들이 예전에 고용했던 폴란드인 청소부의 여조카라는 것이 밝혀졌다. 교사 부부의 얼굴에는 동시에 난감함이 떠올랐다. "당신이 내려가서 알아듣게 타일러서 보내도록 해요." 교사 부인이 말했다. "지난번에 내가 충분히 얘기를 해주었는데도……. 이해할 수 없는 일이네요."

　교사 부인의 남편이 내려간 다음 경희는 어떻게 된 영문이냐고 물었다. 그러자 교사 부인이 머뭇거리면서, 어떤 (외국인) 타인을 이유 없이 내치려는 것은 아님을 경희가 알아들을 수 있었으면 좋겠다는, 그런 차분한 희망이 느껴지는 말투로 설명했다. 그들은 예전에 한 폴란드인 청소부를 고용했는데, 그 청소부는 부지런하고 일도 능숙하게 했으므로 아주 만족스러운 관계를 유지했으나 얼마 전에 청소부는 폴란드로 돌아가게 되었고, 그래서 새로운 후임자를 원하는 그들 부부에게 자신의 여조카를 소개해주었다고 했다. 교사 부부는 청소부의 여조카에게 집을 시범 삼아 청소를 해보게 했는데, 그녀가 청소해놓은 것이 교사 부부의 마음에 전혀 들지 않았다. 그래서 교사 부부는 다른 청소부를 구하기로 했다. 그리고 이곳의 언어가 서툰 청소부의 여조카에게는 여러 번이나 쉬운 말로 알아듣게 설명한 다음 돌려보냈는데, 그것이 지난주의 일이고, 그런데도 그 젊은 폴란드 여인은 마치 아무런 일도 없었다는 듯이 이번 주에도 같은 요일에 또다시 찾아와서 벨을 누른 것이라고 했다.

그사이에 남편이 올라왔고, 어떻게 되었느냐고 묻는 부인의 물음에 남편은 대답하기를, 그 젊은 여인은 마치 한마디도 알아듣지 못하는 척 그렇게 행동하면서, 몸짓으로 어서 올라가서 자신의 일인 청소를 하겠다고 고집을 피웠다고 대답했다. 경희는 잠시 입을 다물었다. 그들 모두는 잠시 동안 입을 다물고 아무 말도 하지 않았다. 경희는 자신이 이들 부부의 공정하면서도 은밀한 윤리적 정신세계에 눈치 없이 끼어든 것 같은 느낌을 받았다. 외국인 청소부의 여조카에 관해서 더 이상의 언급은 한 마디도 꺼내지 않으려는 교사 부부의 난처한 가운데서도 확고하고 암묵적인 태도는, 마치 경희가 거기 있기 때문인 것처럼 생각되었다.

그날 찾아오기로 한 남자 손님도 청소부와 마찬가지로 아래층 대문에서 교사 부부의 집 초인종을 눌렀다. 이번에 교사 부인은 인터폰에 대고 명랑한 목소리로 우리가 금방 내려갈 거예요, 하고 말했다. 남편은 음식이 든 바구니를 들었고 교사 부인은 겉옷을, 그리고 경희는 풀밭용 담요를 두 개 챙겼다. 그들은 계단에서 입을 활짝 벌리고 웃고 있는 젊고 잘생긴 케네디 대통령 앞을 차례로 지나쳐 대문으로 나갔다. 남자 손님은 등 뒤에 어색하게 숨기고 있던 보라색 꽃다발을 교사 부인에게 내밀면서 생일을 축하한다고 인사했다. 교사 부인의 머리칼은 완전한 백발이지만 보기 좋게 둥그스름한 모양으로 손질되어 있었다. 남편은 외출할 때는 항상 중절모를 쓰고 다니는데, 그 이유는 가능하면 맨머리 피부에 햇빛을 받는 일은 최소화하라는 의사의 권고 때문이라고 했다. 그는 체격이 좋았고, 여전히 회색과 검은색 등의 무채색 정장이 어울리는 몸을 하고 있었다. 그들 네 명은 교사 부인이 느릿느릿 운전하는 소형차를 타고 한 시간 정도 달려서 교외의 호수로 왔다. 내 친구의 아버지는 올해 아흔 살이 되었는데 여전히 운전하는 데 아무런 문제가 없지요, 하고 차 안에서 남자 손님이 교사 부인에게 말했다. "물론 그분은 집과 슈퍼마켓과 교회 말고는 다니질 않고, 그것들은 모두 한동네에 있기는 하지만 말입니다."

호숫가의 모래는 색이 짙고 유난히 까끌거렸으며, 입자가 두드러지는 굵은 자갈과 뾰족한 돌멩이 조각, 진하고 검은 석영으로 이루어진 흙 알갱이들이 섞여 있었다. 물오리 몇 마리가 물가에 나와 깃털 사이로 고개를 처박고 있었다. 그들과 거의 비슷하게 도착한 소풍객들이 데리고 온 레트리버 종의 개 두 마리가 차에서 뛰어내려 호수로 달려왔으므로, 오후의 낮잠을 방해받은 오리들은 그다지 서두르는 기색도 없이 일렬로 나란히 줄을 지어 다른 곳으로 떠나가버렸다. 물을 본 개들은 혀를 내민 채 계속해서 흥분해서 날뛰었다. 경희 일행은 편평한 땅을 찾아 가져온 담요를 펼치고 앉았다. 호수는 그다지 크지 않고 주변의 풍경이 대단한 것은 아니지만, 조용하고 깨끗한 데다 시내에서 가깝고 바로 인근에 주차를 할 수 있었으므로, 특별한 계획 없이 몇 시간 동안 방해받지 않고 자연을 즐기거나 수영을 하고 싶은 사람들이 즐겨 찾는다고 교사 부부는 설명했다. 그들은 샌드위치와 병에 든 사과주스를 마셨다. 개를 데리고 온 일행은 서너 명의 젊은이들로 그들 주변의 모래땅에 자리를 잡고 배낭에서 맥도날드 햄버거와 튀김을 꺼내 먹고 있었다. 기름 냄새가 진동하면서 종이 봉지가 요란하게 바스락거렸다. 모래처럼 까끌까끌한 햇빛이 이마와 뺨에 쏟아지고, 인근 삼나무 군락지로부터 짙은 수액으로 끈적거리는 차가운 바람이 불어왔다. 경희는 손등으로 턱과 얼굴을 문질렀다. 누런색 레트리버 개 한 마리가 경희에게 다가와 오랫동안 머리카락의 냄새를 맡은 다음 돌아갔다.

　마지막으로 커피를 다 마시고 나서 교사 부인은 이렇게 말했다. "우리는 수영을 해볼까 해요. 아마도 올해의 마지막 수영이 되겠지요." 그 말을 마침과 동시에 부부는 한 쌍의 무언극 배우처럼 보일 정도로 거의 동일한 동작으로 각각의 머리에서 모자와 숄을 벗었다. 그다음은 외투의 단추를 하나하나 풀고, 스웨터와 겉옷, 블라우스와 바지를 벗기 시작했다. 그러자 옷 아래서 미리 입고 온 수영복이 나타났다. 마지막으로 그들은 양말과 구두를 벗었다. 벗은 양말은 구두 속에 얌전하게 챙겨놓았다. 그들은 손수건에다 코를 풀고, 소름이 돋은 어깨와 가슴의 피부를 손으로 쓸어내리듯 문질렀다. 푸르스름한 혈관이 그들의 몸을 가로질러 지나가는 것이 뚜렷하게 보였다. 그들은 서로의 얼굴이 아닌, 상대편의 피부 아래서 두드러지는 그 혈관의 지나감을 잠시 동안 낯설고도 친밀하게 응시했다. 말 없이 약속된 어떤 일을 행하듯이 그들은 나란히 손을 잡고 호수 속으로 느릿느릿 걸어 들어갔다.

경희는 한때 자신의 독일어 선생이었던 남자 손님에게, 지난밤에 그녀가 갔던 행사장의 풍경을 묘사해주었다. 행사는 정원 딸린 작은 성채를 개조한 '극장'에서 열렸는데, '극장'이란 이름의 극장은 공원 한가운데 숲 속에 있었으므로 이미 어두워진 시각, 경희는 지하철에서 내려 숲 사이로 난 작고 어두컴컴한 오솔길을 따라 한참이나 걸어가야 했고, 그사이에 부엉이의 울음과 바람 소리 말고는 아무것도 마주치거나 듣지 못했다고. 하지만 '극장' 앞에 마침내 당도하니 성채 주변을 빙 둘러가며 설치된 해자의 다리 위까지 입장권을 사려는 사람들로 긴 줄이 이어져 있었고, 입구의 매표소에는 분명 매진이라고 적혀 있는데도 불구하고 혹시나 여분의 취소 표가 생기지 않을까 희망을 포기하지 않는 사람들이 목까지 올라오는 얇은 블라우스 차림으로, 무거운 가죽 핸드백을 손에 든 채하염없이 줄지어 서 있었노라고. 여위고 주름진 가느다란 목을 한 여인네들이, 바스러질 듯 예민한 피부와 명주실보다 섬세하고 깃털보다 가볍게 흩날리는 흰 머리카락을 밤이슬에 반짝이면서 한 방향을 향해 그렇게 서 있었다고. 그들의 발아래로 해자의 기름진 검은 물결이 커다란 눈동자처럼 어른거렸다고. 경희가 그들 곁을 스쳐 극장 안으로 들어가는 동안 여인들은 경희의 발걸음을 물끄러미 내려다보았으며, 여인들의 눈시울은 이유가 불분명한 회색빛 눈물로 젖어 들어갔고, 쇠 장식이 달린 가죽 핸드백은 그녀들의 말라붙은 팔을 더욱 무겁게 했으며, 보랏빛 보석 알이 박힌 석류 귀걸이와 사슬 목걸이, 손바닥 안에 그러쥔 최고급 용지의 빳빳한 팸플릿과 다리의 정맥류가 그녀들의 쇠약한 혈관을 더욱 힘겹게 아래로, 아래로 잡아당기고 있었노라고.

그리고 경희가 행사장 안으로 들어서자, 놀랍게도 가장 앞줄 의자 위에 경희의 이름이 적힌 종이가 놓여 있었다. 경희의 옆자리에는 벨기에인 문학 교수가 앉아 있었고 그의 옆으로는 네 명의 검은 정장 차림의 젊은 여인들이 있었다. 네 명의 금발 여인들은 서로 구분되지 않을 정도로 복장이나 머리 스타일이 비슷한 인상이었고, 눈길도 마찬가지로 일정하게 한 방향, 무대 위를 똑바로 향하고 있었다. 그 여인들의 풍성하게 틀어 올린 머리 모양과 힐끔거리지 않고 곧장 직진하는 시선은, 실제로 한번 쓰다듬고 싶을 만큼, 누런색 레트리버 종의 개를 연상시켰다. 경희가 자리를 잡고 앉자, 이윽고 그날의 주인공인 작가가 무대를 향해 걸어 들어왔다. 그는 몸집이 큰 노인이었는데, 밝은 빛 외투 위에 커다란 회색 망토를 겹쳐서 입고 있었다. 사람들은 일제히 고개를 들어 작가를 쳐다보았고, 작가가 걸음을 옮길 때마다 사람들의 머리는 물결에 휩쓸리는 수백 개의 조개껍데기처럼 그의 발걸음을 따라 자연스럽게 움직였다. 작가는 입을 열어 무언가를 말하기도 전에, 심지어 아직 무대에 오르기도 전인데 벌써 모든 청중들을 지휘하는 지휘자와 같은 힘을 발휘하고 있었다.

행사가 끝난 뒤 벨기에인 교수는 경희에게 탄산수를 한 잔 사 주었다. 검은 정장 차림의 네 명의 여인들과 경희, 그리고 벨기에인 교수는 그날 행사가 끝난 뒤 작가의 저녁 식사 초대를 받았으므로 식당으로 가기 위해 극장 홀 안에서 택시를 기다리는 중에 이런저런 이야기를 나누다가, 우연히도 오늘 교사 부부를 만나러 온 남자 손님과 교수가 안면이 있는 사이임을 알게 되었다. "정말 신기한 우연이죠, 나는 그 사람을 바로 이틀 전에 다른 행사장에서 만났고 우리는 서로 인사를 나누었는데 말이죠!" 하면서 벨기에인 교수는 반가워했다. 그래서 탄산수를 손에 든 경희는 문학 교수에게 자신의 일생 동안 결코 적지 않게 일어났던 우연한 사건들, 시간이 한참 흐른 뒤에야 알아차릴 수 있었던 암시를 던져준 만남과 엇갈림들에 관해서 더 많이 털어놓고 싶은 순진한 충동을 느꼈다. 그때 택시가 도착했고, 레트리버 여인들이 물을 만난 개들처럼 공기를 휘저었다.

그들이 식당에 도착하자, 자정이 가까운 시각인데도 빈 테이블은커녕 통로와 테크에도 사람들이 가득 차 있었고, 실내는 발 디딜 틈이 없었으므로 그들은 찬바람이 들어오는 문 바로 앞에 서서 자리가 날 때까지 한참을 기다려야만 했다. 한 손에 쟁반을 받쳐 든 웨이터들이 팁을 받을 생각에 신이 나서 그들 앞을 휙휙 지나칠 때마다 현관문에 걸린 플라스틱 커튼이 펄럭거렸으며, 너무 좁은 공간에 여러 사람이 몰려 서 있었기에 자신은 작가의 넥타이와 레트리버 여자들의 검은 정장 사이에 끼어서 몸을 꼼짝할 수도 없었다고, 그렇게 경희는 말했다.

　"당신에게 주고 싶은 책이 있는데, 저녁 식사가 끝난 후 잠시 내 숙소에 들러준다면 어떨까요" 하고 문학 교수가 아스파라거스 요리를 먹으면서 말했고 경희는 그러겠다고 했다. 새벽 한시가 넘자, 그날 정오에 북경으로 출발해야 하는 작가는—올림픽을 치른다는 사실에 매우 고무된 북경은 이런저런 외국의 작가들과 과학자들을 초대하는 일에도 열성적이었기 때문이다—사람들에게 양해를 구했다, 먼저 자리를 떠야겠다고, 그런데 그 전에 담배를 한 대 피우고 싶다고. 이미 모든 식당의 내부는 법적으로 금연 구역 선포가 되었지만 그런 사소한 규율에 개의치 않는 작가는 담배를 꺼내 피우려고 했고, 일행들은 아무도 감히 그를 제지하지 못했다. 하지만 당장 달려온 수석 웨이터는 작가에게, 이곳은 금연 구역이니 설사 당신과 같은 노벨상 수상자라 할지라도 규칙을 어길 수는 없는 거라고 말했다. 작가는 그 순간 화가 치미는 표정이 되었는데, 그건 담배를 피우지 못해서가 아니라 그 자신이 결코 노벨상 수상자가 아니었기 때문이다. "저 사람이 나를 귄터 그라스와 혼동하는군" 하고 작가는 투덜대면서 무거운 몸을 천천히 일으켰다. 그와 함께 네 명의 여인들 중 한 명도 따라 일어섰는데, 일어선 여인은 얼핏 보아서는 20대 초반 정도로 아주 젊었으며, 작가 자신의 조카딸이면서 유명 출판사의 편집자라고 했다. 젊은 조카딸은 다른 여인들과 함께 식사 내내 마치 경호원처럼 작가를 둘러싸고 바싹 붙어앉아 있었으므로, 경희와 벨기에인 문학 교수는 작가와 직접적인 대화는 거의 해보지도 못했고, 단지 테이블 이쪽과 저쪽에서 눈짓만으로 인사를 나눌 수 있었다. 작가와 조카딸이 사라지고 나자 남은 세 여인은 일제히 고개를 돌리고 경희를 향해서, 당신은 어떻게 해서 작가와 아는 사이냐고 물었는데, 그 질문에는 작가가 당신을 저녁 식사에 초대하여 우리와 한 테이블에 앉힐 만큼, 그 정도로 친밀한 관계인지에 관한 비판적 의문이 포함되어 있었다. 그래서 경희는 오늘 손님으로 교사 부부를 찾아온 과거 독일어 선생의 이름을 말하면서, 갑작스러운 일이 생겨 참석하지 못하게 된 그 사람의 대리인 자격으로 행사를 방문한 것이라고 대답하자, 레트리버 여인들은 순식간에 경희에 대한 흥미를 잃고 일제히 고개를 돌려버렸다.

밤이 아주 깊은 시각, 경희와 문학 교수는 택시를 타고 집으로 돌아가는 길이었다. 경희가 머무는 교사 부부의 집은 문학 교수가 묵는 민박집을 지나서 가야 했다. 그래서 경희는 말했다. "나는 잠시 동안 택시 안에서 기다릴 테니 들어가서 그 책을 가지고 나오시면 되겠네요." 택시를 세우고 기다린다는 말에 문학 교수는 좀 망설이면서, 자신은 우선 민박집 주인에게로 가서 열쇠를 가지고 와서, 손님용 객실이 있는 길 맞은편의 건물로 들어가야 한다고 했다. 그래서 시간이 조금은 걸릴 테니 그냥 택시에서 내려 집 안으로 함께 들어가는 것이 어떠냐고. 그러면 아마도 자신이 차를 한잔 대접할 수도 있을 거라고. 하지만 경희는 고개를 저으며 말했다. "차를 대접해주신다니 감사한 말이지만, 아무래도 택시 안에서 기다리는 편이 여러모로 보아 더 간편할 것 같아요. 그 편이 택시에서 내린 다음 이 한적한 동네에서 다시 택시를 잡거나 전화로 택시를 부르는 것보다는 간단할 테니까요." 택시 운전수는 문학 교수의 민박집 앞에서 차를 세웠고, 교수는 차에서 내려 주인집 벨을 누르고 안으로 들어갔다. 이 늦은 시간까지 민박집 주인이 잠들지 않고 있는 것이나, 숙박객이 열쇠를 직접 갖고 있지 않은 것에 대해서 문학 교수가 경희에게 뭔가 합당하게 보이는 설명을 한 것 같았지만, 경희는 그 말은 알아듣지 못했다. 열쇠를 받아 들고 나온 문학 교수는 약간 뒤뚱거리는 걸음으로 서둘러 길 맞은편 건물로 뛰어갔는데, 어딘지 어색하고 서툴러 보이는 그 몸짓은 그렇게 상황에 의해 강요된 재빠른 움직임에 그가 익숙하지 않다는 것을 보여주었다.

오 분쯤 지난 뒤 교수는 책을 한 권 들고 나왔다. 그리고 택시의 창을 통해 경희에게 책을 건네주었다. 그것은 막스 프리슈의 문학 강연집인 『검은 사각형』이었다. "이 책은 1981년 막스 프리슈가 뉴욕 대학에서 자신의 문학론에 관해 영문으로 강연한 두 개의 강의록을 정리한 것입니다. 출간은 올해 되었지요. 이 책의 제목이 왜 '검은 사각형'인지 궁금한가요? 단지 표지가 온통 검은색으로 칠해졌기 때문만은 아니에요. 막스 프리슈는 강연 중에 냉전 시절 상트페테르부르크의 미술관을 방문한 한 서방의 외교관이 20세기 초 러시아 아방가르드의 거장이며 쉬프레마티슴의 창시자로 평가되는 말레비치의 그림 〈검은 사각형〉을 볼 수 있었던 에피소드를 소개합니다. 그 그림은 일반에게 접근 금지된 회화에 속해서 전시장에 걸려 있지 않고 비밀 창고에 숨겨져 있었어요. 외교관은 미술관의 담당자에게 묻습니다. '이 그림을 인민에게 보여주지 않는 이유가 무엇인지 알 수 없군요. 보시다시피 이것은 그냥 단순한 검은색 사각형에 불과합니다. 그러니 이 그림을 다른 사회주의리얼리즘 계열의 그림들 곁에 걸어두더라도, 인민들은 이것이 무엇을 의미하는지 짐작도 할 수 없을 텐데 말이죠. 아마 단순히 검은 벽지라고 생각할지도 모르겠네요.' 그러자 담당자는 대답합니다. '당신 말이 맞습니다. 인민들은 왜 화가가 하필이면 이런 걸 그렸는지 그 의미를 이해할 수는 없겠지요. 하지만 그래도 인민들은 이 그림을 보는 순간 세상에는 사회와 인민 이외의 다른 무언가의 가치가 존재함을 알아차릴 겁니다. 그래서 이 그림이 전시되지 못하는 거예요.' 나는 당신이 이 책을 읽고 내년에 브뤼셀에서 열리는 막스 프리슈 포럼에도 참석했으면 좋겠습니다. 우리의 희망은 막스 프리슈의 탄생 100주년인 2011년까지는 전 세계의 모든 문명국에서 이 책이 번역 출간되었으면 하는 것이니까요." 경희는 사실 막스 프리슈를 그다지 좋아하지 않았고, 큰 관심도 없었다. 하지만 문학 교수에게, 이 책을 읽어보겠노라고 대답했다. "오늘 내가 당신을 이렇게 만난 건 정말 행운입니다" 하고 문학 교수가 감격스럽게 말했다. 그가 책을 경희에게 건네줄 시간은 바로 그날 밤뿐이었기 때문이다. 문학 교수는 그날 오후에 기차를 타고 벨기에로 돌아가야 한다고 했다. 딸이 세번째 아이를 낳았다는 것이다. 그 말을 하면서 문학 교수는 입을 크게 벌리고 기쁨을 감추지 않았다.

교사 부부의 머리가 두 개의 공처럼 나란히 호수 위를 떠가고 있었다. 그들은 느릿느릿 팔다리를 움직이면서 능숙하게 수영을 했는데, 그들이 호숫가에서 멀리 헤엄쳐 갈수록 당연한 일이지만 그들의 모습은 점점 조그맣게, 마침내 수면을 미끄러지는 두 마리의 회색 동고비처럼, 그렇게 변했다. 경희의 독일어 선생이었던 남자 손님은 젊은 시절부터 그 부부를 알고 지냈지만 그들의 야생적 기질은 나이가 들어도 결코 변하지 않고, 도리어 점점 더 야생적으로 되어가는 것 같노라고 말했다. 경희는 겨우 며칠 전에야 교사 부부를 처음으로 알게 되었지만, 문득 머리에 떠오른 생각인데, 교사 부인의 젊은 시절 사진을 어디에선가 이미 본 적이 있고, 누군가로부터 그녀의 어떤 일화에 대해서도 들은 적도 있다는 것이 새삼스럽게 기억이 난다고 입을 열었다.

"사실을 말하자면, 나는 몇 년 전에 뮌헨의 하숙집에서 지낼 때, 우연히도 교사 부인의 사진을 보았다는 생각이 들어요. 어느 날 하숙집 여주인이 나에게 오래된 앨범과 사진들을 보여준 적이 있거든요. 그때 여주인이 내 눈앞에 펼쳐 보이던 60년대와 70년대 뮌헨의 사진 사이에, 한 젊은 금발 머리 여인의 작은 사진이 마치 실수인 듯이 끼어 있었는데, 여주인은 지나가는 말투로 빠르게 말했어요. 그 사진 속 여인은 자신의 옛날 친구이며, 프랑스문학을 공부하면서 알게 된 사이라고. 그런데 그만 자신의 남편과 그 친구가 사랑에 빠지는 바람에 우정도 함께 깨어져버렸다고. 이후로 남편과는 화해했지만 친구와의 사이는 영영 회복되지 않았다고. 그때 나는 과거의 일을 꼬치꼬치 캐물어 여주인의 아픈 기억을 되돌리고 싶지 않았기 때문에 아무런 질문도 하지 않았어요. 그래서 더 자세한 내막은 아무것도 모른답니다. 그런데 참 이상하게도, 교사 부부의 집에 온 다음에 교사 부인이 어느 날 아침 대화 중에 우연히 들려준 바에 의하면, 자신은 오래전에 한 여자친구와 절교처럼 헤어진 적이 있는데, 그 친구가 지금 뮌헨에 살고 있다고 하더군요. 함께 프랑스어를 배우면서 친하게 된 친구인데, 한 남자를 동시에 사랑하는 바람에 그렇게 되었다는군요. 그래요, 지금 교사 부인의 모습은 그 사진 속에서 보이던 귀여운 젊은 처녀의 외양과 거리가 멀긴 하지만, 그래도 이상하게 나에게는 우연한 듯 보이는 사소한 사건들―당신이 나에게 오래된 친구라고 하며 교사 부부를 소개시켜준 일, 그리고 과거에 당신과 뮌헨 하숙집 여주인이 서류상으로 결혼한 것은 아니지만 함께 동거하는 부부였다는 사실―이 저절로 특정한 그림과 무늬를 이루면서 어떤 형체로 자리 잡게 되었답니다. 난 과거의 스파이는 아니에요. 하지만 긴 실타래와 같은 오래된 개인적 삶이 불러일으키는 보이지 않는 이야기의 소용돌이로 무조건 걸어 들어가는 걸 본능적으로 좋아하기 때문에, 그리고 그런 삶들이 어느 순간부터 내 주변에서 적막한 목소리로 나에게 말을 걸고 있는 것을 알아차리게 되었으므로—아, 나는 왜 고고학이나 고대 역사 같은 학문을 공부할 생각을 미처 못 했는지 안타까울 때가 있답니다, 그러면 지금 분명 수많은 뼈와 돌들의 속삼임을 듣고 있을 텐데—도리어 지금 이 집이, 이들 부부가, 그리고 굴뚝방에서의 잠이, 그 안에서의 꿈이, 하늘을 향한 천장의 꿈이, 내 추측의 사실 여부와는 상관없이, 더욱 친근하게 느껴진답니다. 예를 들자면 잠긴 현관문 안쪽에서 깊이 진행되고 있는 교사 부인의 오래된 잠이"

마치 정말로 먼 미래의 낯선 내 것인 양, 하고 경희는 덧붙였다. 그건 시골 마을을 이리저리 여행할 때 문득 마주치는 강렬한 현기증과 비슷하다고. "문지방에 낯모르는 이들의 사진이 걸려 있어요. 엄숙하고도 진지하면서 당황스러움을 감추지 못하는 표정의 사진들. 가을 잎처럼 나이 든 사진들. 그들이 곧 죽게 될 것임을 대개는 짐작하고 있는 얼굴들. 이미 한참 전에 잊혀진 전쟁터의 군복이나 교복, 장교복 등의 제복을 입은 사진들. 나는 몇 년 전 한국의 남쪽 지방 해안선을 따라 걸어서 여행을 할 때 그런 사진들과 문지방을 수없이 마주쳤는데, 그때 그 사진들을 가만히 깊이 들여다보면, 비록 도저히 이해할 수 없는 이유로 내가 그들로부터 떨어진 채, 표면적으로는 너무나 그들이 아닌 채로 일생을 살아왔지만, 그럼에도 불구하고 그들이 바로 나라는 느낌, 바로 내가 모르는 불분명한 내 사진, 내가 모르는 내 모습이라는 느낌, 과거도 미래도 아닌 바로 지금의 나 자신이긴 하지만 단지 그것이 영원한 모종의 뒷모습이기 때문에 내가 결코 알아보지 못하고 말 그런 얼굴이라는 생각이 들었습니다. 내가 이렇게 길고도 장황하게 설명하지만 사실은 보통 사람들은 그것을 단지 하나로, '존재의 중첩'이라고 표현하고 말 수도 있겠지요. 혹은 더욱 자세히 설명하자면 어떤 한 사람의 존재라는 것이 수많은 산과 강을 넘어 어느 정도 이상의 시간과 지리적 한계에 다다르게 되면, 그때 수많은 산은 이미 모든 하나의 세계 산이며, 그때 수많은 강물 또한 모든 하나의 세계 강으로 흘러가버리니, 그 산 안에 내가 있고 그 강물 속에 내가 있어, 그때는 어떤 존재가 내가 아니라는 사실이, 내가 그 어떤 특정한 존재가 아니라는 사실이, 내가 바로 지금의 나 자신이라는 사실만큼이나, 동시에 수억 개의 별들이 섬광 속에서 소멸하며 미친 듯이 죽어가고 있는 이 우주의 시간 전체 안에서는, 더 이상 어떤 현상을 위해서도 결정적인 설명이 되어줄 수 없다는 느낌을 받았답니다."

경희가 그렇게 말하고 있는 동안 저 멀리 호수 한가운데까지 잔잔한 물보라를 만들며 멀어져갔던 교사 부부는 아주 조그만 얼룩점으로 변했고, 그 상태로 잠시 이쪽 호반을 돌아보며 손을 흔들었다. 하늘에서 비행기가 한 대 지나갔다. 이상할 정도로 작고 느린 비행기였다. 비행기는 비틀거리는 것처럼 날고 있었다. 비행기는 마치 지상의 휴가를 정찰하려는 모양으로, 공중에서 한 마리 어린 매처럼 빙글빙글 서툴게 회전하는 중이었다. 물음표를 그리는 몸짓으로. 비행기를 보면 항상 생각나는 것이 있다고 경희가 말했다.

한 남자와 한 여자가 건물의 지붕 위에서 사랑을 나누고 있는데, 그들의 몸 위로 비행기가 한 대 커다란 그림자를 만들며 지나간다. 그들이 문득 비행기를 올려다보는 동안, 하늘에서 개가 한 마리 떨어진다. 추락한 개는 피투성이가 된다. 비행기에서 누군가에 의해 떨어진 개. 남자와 여자도 피투성이가 된다. 사랑을 나누던 남자와 여자가.

"『Eyeless in Gaza』란 소설의 한 장면이에요. 올더스 헉슬리요. 잊혀지지 않게 인상적인 장면이죠. 나는 그 책을 『죄와 벌』만큼이나 재미있게 읽었답니다. 당신은?"

그것은 허공을 나는 참매들이었어, 하고 경희의 독일어 선생이었던 남자 손님이 불쑥 말했다. "나는 제목밖에 생각나지 않습니다. 그리고 그것이 내가 알고 있는 책 제목 중에서 가장 인상적인 것 중의 하나지요, 내용에 대해서는 다 잊어버렸기에 뭐라고 할 말은 없지요, 그리고 아마 그 내용이란 것이 사실 별 대수롭지 않은 인상을 남겼기에 내가 기억을 못 하는 것이겠지만." 그리고 그는 다시 덧붙였다. "사랑을 나누는 남녀에게 일어난 일에 관해서 말하자면, 그것을 읽을 때는 특별히 인상적이라고 느끼지는 않았지만 이상하게도 지금 당장 떠오르는 것이 있군요. 전쟁 중에 만난 남녀가 사랑을 나누고 있는데 그 집에 독일군의 포탄이 떨어집니다. 전쟁 중이었으니까요. 머리를 다친 남자는 쓰러져 정신을 잃습니다. 그가 죽었다고 생각한 여주인공은 반사적으로 신에게 기도를 올리지요, 저 사람을 살아나게 해주면 무슨 일이라도 하겠다, 다시는 그를 만나지 않는 일이라도. 그러자 거짓말처럼 그가 다시 살아납니다. 남자는 죽은 게 아니라 잠시 기절한 것뿐이었던 거죠. 그래서 여자는 그 자리에서 옷을 입고 모자를 쓴 다음, 아무런 설명 없이, 단지 급하게 할 일이 생각났다는 핑계만을 남긴 채 남자를 떠납니다. 우연일 줄 알지만, 그래도 신에게 그를 살아나게 해주면 다시 만나지 않겠다고 약속을 한 셈이 되었으니까요. 하지만 남자는 모르고 맙니다, 왜 그녀가 떠나갔는지를. 서로 이웃에 살고 있는 그들은 죽을 때까지 다시는 예전과 같은 관계로 돌아가지 못하고 각자 따로 안개 자욱한 런던의 밤거리를 산책하게 됩니다. 그야말로 'the end of the affair'인 것이죠." 그리고 다시 한 번 혼잣말처럼, 뭔가에 사로잡힌 듯 되풀이해서 중얼거렸다. "그것은 허공을 나는 참매들이었어."

그러자 거의 반사적으로 경희는, 자신은 참매가 정확히 어떤 형태의 새인지 알지 못한다고 어떤 중요한 대답인 듯이 고백을 했는데, 스스로 생각하기에도 이 고백이 어딘지 시기적절하지 못한 성격의 것처럼 느껴졌다. 혹은 시기적절하기는 하나 내용상으로 완전히 잘못된 어휘들로 이루어진 고백일지도. 하지만 경희는 일단 한번 시작한 고백을 완성시켜야 할 의무를 느끼고 계속해서 말했다. 자신은 참매와 솔개, 일반적인 매, 송골매, 들매와 새매가 어떻게 다른지 모르며, 그리고 심지어 책을 보면 황조롱이나 말똥가리라는 이름도 마치 우리가 매일 마주치는 참새나 비둘기처럼 흔하게 등장하지만 자신은 그것들의 실체를 좀처럼 상상하기 어렵다는 박물학적인 고백을. 또한 잠시 덧붙이자면 자신은 종교적이 아니지만, 죽음을 생각하면, 그것이 불가항력이라는 이유만으로도 경외심을 갖지 않을 수 없으며, 그 정체불명의 죽음이란 것이 우리를 굴복시킨 지 오래인데 우리들 자신만이 그 점을 깨닫지 못한다는 느낌이 든다고. 그래서 자신은, 『the end of the affair』의 이야기에 등장하듯, 생명이나 사랑, 기적이 아닌 평범한 죽음이야말로 진정한 신의 현신이라고 생각한다고.

　　모래 위에는 교사 부부가 벗어놓고 간 옷가지와 교사 남편의 모자가 느린 속도로 점점 생기를 잃는 중이었다. 눈을 크게 뜨고 자세히 들여다보지 않으면, 모양과 색채는 있으나 그 원래의 성격은 서서히 실종되어버리고 말, 그런 익명의 유실 물건으로. 그들 부부는 젊은 시절부터 야생적이었고 교사 부인은 몇 년 전까지만 해도 신문사의 파티에서 테이블 위에 올라가서 춤을 추었으며 남편은 머리카락을 길게 기른 자유주의자였다고 경희의 독일어 선생이었던 남자 손님은 다시 한 번 더 말했다. 혹은 그것은 남자 자신, 또는 경희 자신의 이야기였던가? 남자는 계속해서 이야기했다. 자신이 젊은 시절 중동에서 살 때 지중해에서 두 시간 동안 방향을 잃었던 일, 요르단의 병사에게 시계를 빼앗겼던 일, 선장이라고 불리는 사람에게서 포도주를 한잔 대접받은 일, 그리고 다시 유럽의 집으로 돌아오면서 두 명의 여인을 위해 똑같은 모양의 여성용 노란 털모자를 두 개 사가지고 왔던 일을. 그러나 처음 그의 가방을 열어

볼 권리를 가졌던 한 여인이 두 개의 여성용 모자를 발견하자마자 다른 방으로 들어가 소리 높여 비통하게 울었고, 그래서 할 수 없이 그녀에게 모자 두 개를 모두 주어버리고 만 일을. 경희는 소용돌이치는 시간의 그림자 속에 갇힌 익명의 연애 사건을 다시 한 번 더 상기했다.

그들은 죽을 때까지 다시는 예전과 같은 관계로 돌아가지 못했다고 했다. 수많은 산과 강을 넘어 어느 정도 이상의 시간과 지리적 한계에 다다르게 되면, 내가 바로 지금의 나 자신이며 나 자신의 의식으로 생각하고 있다는 사실 또한 이 우주 전체의 섬광 속에서는 더 이상 배타적이고 유일한 사실이 되지 못하리라, 하고 경희는 다시 한 번 속으로 생각했다. 그렇다면 부질없음을 알면서도 결코 사라지지 않은 이 욕망의 정체는 무엇인가. 자기 자신이고자 하는 욕망, 자기 자신이 원하는 것을 원하고자 하는 이 애처로운 욕망. 그건 형태를 바꾸며 되풀이되는 영원한 성질과 같은 거야, 구름의 아래와 위에 동시에 자리한 다른 하늘과 마찬가지로. 그래, 그것은 허공을 나는 참매들이었어. 그러다가 무심코 머릿속의 떠오름을 입 밖으로 내어 말했다. "그렇다면, 이제 앞으로 두 번 다시 예전과 같은 형태로는 만나지 못할 우리는 지금 이 생에서 저 생으로 떨어지고 있는 참매들인 걸까요?"

3. 나는 너를 열망해버릴 것이다

치유사는 현관에서 신발을 벗고 경희를 집 안으로 안내했다. 햇빛이 가득한 실내에는 향불이 타는 냄새나 돌로 된 부처상이나 독수리의 머리, 동양풍 금박 무늬 비단 천 따위는 없었다. 모든 것이 지극히 간소했고, 21세기적 프롤레타리아의 분위기를 거침없이 풍겼으며, 사방은 장식이 없는 사각형의 흰 타일로 덮여 있었다. 반쯤 문이 열린 주방에서는 기름에 튀긴 소시지의 냄새가 진하게 풍겨왔다. 치유사는 몸집이 통통하고 키가 경희의 어깨 정도에 올 만큼 작으며 머리카락은 오징어 먹물처럼 까만 남자였다. 베를린에 몇 달간 머물 방을 구한다는 경희의 광고에 가장 먼저 답을 보낸 사람이 그였으므로 경희는 지금 여기에 있다. 아무런 조건 없이, 하고 치유사는 말했다, 한 달에 200유로만 내면 됩니다. 보증금도 없고 추가 비용도 없어요. 책상과 침대를 비롯한 가구가 갖추어졌고 난방도 되고 주방도 사용할 수 있습니다. 이불과 담요는 물론입니다. 하지만 인터넷이나 세탁기는 없어요. 인터넷은 도서관을 이용하면 되고 인근 빨래방의 위치를 알려드리죠. 라디오와 커피 기계는 있습니다. 혹시 원하신다면 내 방의 텔레비전을 빌려드릴 수도 있습니다. 주중에만 말입니다, 주말에는 내가 봐야 하니까요. 그 대신 욕실과 주방의 청소는 거주자들이 돌아가면서 매일 해야 합니다. 프라이팬도 하나, 접시도 하나, 냄비와 식기도 1인분밖에 없으므로 요리를 한 다음에는 설거지를 즉시 마쳐놓아야 합니다. 그래야만 다음 사람이 밥을 먹을 수가 있지요. 그래도 넉넉한 것이 있습니다. 집 안에서 거주하는 사람은 세 명이지만 침대는 네 개가 있으므로 만약에 뜻하지 않은 방문객이 있을 경우 여분의 침대를 가져다 쓸 수 있습니다. 침대 네 개를 묶어서 싸게 파는 행사가 있을 때 한꺼번에 샀기 때문이지요.

　"그렇다면 친구가 방문해도 된다는 건가요?" 그의 말을 자른다는 인상을 주지 않으려고 애쓰면서 경희가 조심스럽게 물었다. 치유사는 즉시 대답하지 않았다. 그는 이마에 길게 가로주름을 만들면서 의심스럽다는 표정으로 경희를 지켜보았다. "매일 샤워를 해야 하는 방문객이라면 그건 아마도 좀 곤란하지요" 하고 치유사는 한참 만에 어쩔 수 없다는 식으로 대답했지만 그의 목소리에는 여전히 불만족의 흔적이 있었다. 그래도 전혀 방문을 하지 않는 방문객이 가장 좋은 방문객인 건 두말할 필요가 없답니다, 하고 그의 얼굴은 소리 없이 주장하고 있었다.

치유사는 항상 방문을 활짝 열어두고 다녔으므로 경희는 그
의 방 벽에 고대 경전에서 나온 티베트 문자와 함께—그것이 티베
트 문자라는 것은 나중에 그가 설명해주었기 때문에 알게 된 것이
다—'homo spiritus'라고 붓으로 쓰인 흰 종이를 볼 수 있었다. 공
식적으로는 니체를 공부하는 철학도이자 직업 치유사인 그는 주중
에는 매일 도서관으로 갔다가 밤이 늦어서야 집으로 돌아왔다. 치
유사의 집에는 또 한 명의 거주자가 있었다. 그는 은환이라고 하는
키가 큰 젊은 공대생인데, 집주인인 치유사와의 사이가 틀어지기
도 했지만 어차피 학교를 옮겨야 하므로 곧 다른 도시로 떠날 예정
이라고 했다. 경희는 햇빛이 잘 들어오는 밝은 유리창 아래 앉아 있
었다. 경희가 치유사의 집에 방을 구한 것은, 무엇보다도 사람들이
편의상 미스터 노바디라고 부르던—그의 원래 이름을 정확히 기
억하고 발음할 수 있는 사람이 아무도 없었던 까닭에 그 누구도 경
희에게 그의 이름을 알려주지 못했으므로—어떤 남자 때문이었다.
경희는 미스터 노바디로부터 편지를 받을 가능성이 있는 베를린의
주소가 필요했다. 그들은 둘 다 여행자의 입장으로 유럽의 한 식당
에서 처음 만났지만, 사실은 이미 이전부터 서로의 존재를 들어서
알고는 있었다.

그들은 커다란 테이블의 이쪽과 저쪽에 낯모르는 사람들처럼
그렇게 앉아 있었다. 그날은 미스터 노바디의 고향 사람들이—생
각해보니 그들 또한 아득하게 오랜 이민자들인 것이다—그를 위해

마련한 자리였고, 경희는 친구 마리아와 함께 초대를 받았다. 마리아는 미스터 노바디의 책을 열광적으로 좋아하는 독자였다. 미스터 노바디는 편평한 가면을 쓴 듯이 표정이 없는 얼굴을 가진 사람이었다. 하지만 경희는 그가 자신을 알고 있으며, 그것도 보통 사람들이 그녀를 아는 것보다 좀더 특별한 방식으로 여긴다는 것을 알았다. 그렇다고 하여 미스터 노바디가 경희에게 낯설지 않은 것은 아니었다. 반쯤 몸을 뒤로 돌린 상태에서 미스터 노바디는 경희에게 어디에서 살고 있느냐고 물었다. "베를린이에요" 하고 경희는 특별한 생각 없이 무심코 대답했다. 그 말은 반쯤은 사실이 아니었다. 그때 경희는 모든 익숙한 사물과 거리를 두는 그 여행을 시작한 지 얼마 지나지 않았고, 낭송극 제작을 위해 베를린에 왔던 한 텔레비전 팀과 촬영을 마친 다음 텔레비전 팀이 돌아간 이후에도 체류를 잠시 연장해서 홀로 베를린에 머물고 있었다. 그리고 얼마 후면 그녀 여행의 중간적 환승 역으로 변해버린 서울로 돌아갈 예정이었던 것이다.

"베를린 템펠호프 공항 주변이지요." 그러자 미스터 노바디는, "그것 참 우연의 일치로군요. 나는 적어도 1년에 몇 달 동안은 베를린에서 머물 때가 있는데, 만일 그때 가능하다면 당신에게 연락할 수 있을지도 모르겠습니다. 주소를 안다면 갑작스럽게 엽서를 보낼 가능성도 있겠군요" 하고 느닷없이 말했던 것이다. 그래서 경희는 이메일로 미스터 노바디에게 자신의 베를린 주소를 보내주겠노라 약속을 했다. 그들이 택시를 잡기 위해 식당 밖으로 나왔을 때

얼룩무늬 군복 차림의, 집으로 돌아가는 군인이 미스터 노바디의 몸을 경희의 시야에서 비스듬히 사라지게 만들었다. 거무스름하게 힐끗 스쳐 지나가는 외부 세계의 모습. 바깥으로 나서자 길을 가득 채운 여행자들의 구두에서 나는 보이지 않는 허공과 길의 냄새에 숨이 막혀왔다. 보행자 도로를 걸어가던 경희가 그의 말이 들릴 정도로 가까운 거리에 우연히 다가왔을 때, 미스터 노바디는 경희를 쳐다보지 않은 채 다시 한 번 말했다. "당신의 베를린 주소." 그날 이후로 베를린이라는 이름이 경희의 머리에서 사라지지 않았다.

"나는 여행 중에 있어요" 하고 경희는 치유사에게 자신의 입장을 설명했다. "그런데 나는 베를린에서 우편물을 받을 수 있는 주소가 필요하답니다. 한동안 여기 있을 예정이거든요. 우연히 한동안의 시간이 생겼죠. 한동안 직업이 없이 한가할 것 같으니."

"직업을 구한다는 것, 직업을 구해야 한다는 것, 직업에 종사해야 한다는 것은 우리 모두를 짓누르는 현실인 것이 맞습니다." 이렇게 대답하면서 치유사는 크게 한숨을 내쉬었다. 그들은 찻잔을 앞에 놓고 부엌의 2인용 테이블에 마주앉아 있었다. "직업이란 여러 가지 의미가 있긴 하지만, 그중에서도 우리에게 가장 결정적인 점은 우리를 더 이상 여행할 수 없게 만든다는 것이니까요. 나는 사업상의 여행이나 호텔에서 지내는 몇 주간의 짧은 휴가 등을 말하는 게 아닙니다. 진정한 의미에서의 방랑을 말하는 거지요. 농작물이 우리의 발목을 잡으니까요. 씨를 뿌린 다음에는 곡물이 익을 때까지 밭을 가꾸어야 하고 추수가 끝나 곡식을 창고에 쌓고 나면 눈보라가 치는 겨울이 닥치는 겁니다. 가축은 또 어떻구요. 단 하루도 빠짐없이 물과 먹이를 주면서 돌봐주어야 합니다. 내 아버지가 농부였으므로 나는 그런 삶이 어떠한지 너무나 잘 알고 있습니다. 설사 로또에 당첨이 되더라도 베니스로 여행 갈 생각은 꿈도 꾸지 못하죠. 자신처럼 가축을 잘 알고, 가축을 제 몸처럼 돌봐줄 일꾼은 없을 테니까. 농부에게 해방을 가져다주는 건 혁명이 아니라 늙음과 노쇠뿐이죠. 그러면 죽을 테니까요. 그래요, 농부에게는 직업이 곧 주소입니다. 직업은 화폐와 더불어 자유의 정도를 나타내는 신분증이나 마찬가지예요. 그러므로 내 아버지에게는 '나의 베를린 주소' 같은 잉여의 사치품은 존재할 수가 없었죠. 나는 한때 끝없는 여행만으로 이루어진 인생을 꿈꾸던 시기가 있었습니다. 여행을 다니면서 글을 쓰고, 그것을 직업 삼아 살아가는 삶 말이죠. 지금은 거의 모든 사회적 성인들이 그런 것처럼 내 꿈 또한 좌절되어버린 것이 자명해 보이긴 하지만." 치유사는 조그만 두 눈을 깜박거리면서 다시 한 번 큰 소리로 과장된 한숨을 내쉬었다. "그래도 또 어떤 의미에서 보자면, 그 꿈의 성사 여부와 관련 없이 적어도 한 가지, 내가 아버지와는 분명 다른 인생을 살고 있는 것만은 확실해 보일 때도 있어요. 물론 처음부터 도시 출신인 당신의 입장에서는 그 다름이 그다지 큰 차이가 아니라고 여길 수도 있겠지만……." 치유사는 말끝을 흐리며 경희를 힐끔 쳐다보았다. 경희는 치유사에게 혹시 방문객이 찾아올 수도 있는데, 그가 하루 이틀 경희의 방에서 묵어

갈지도 모르는데, 가능하겠느냐고 조심스럽게 물었다. 치유사는 시큰둥한 홍 하는 소리 말고는 아무런 대답도 하지 않았다. 당신의 방문객은 반드시 방문을 해야만 하는 그런 방문객인가요? 하고 그의 눈길은 심술궂게 묻고 있었지만, 경희는 그의 무응답을 긍정으로, 적어도 부정이 아닌 것으로 받아들여도 된다는 신호로 해석했다.

치유사가 집에 없는 낮에 은환은 경희에게 자신이 왜 집주인인 치유사와 사이가 틀어지게 되었는지 얘기해주었는데 그 이유도 역시 방문객과 관련이 있어 보였다. 은환의 여자친구는 일본인 요코이다. 요코는 대학과 가까운 시내에 그럴듯한 집을 세내어 살고 있어서 그들은 주로 요코의 집에서 지냈다. "심지어 한 달의 채 절반도 이 집에 머문 적이 없을 때조차도 나는 아무 말 없이 계약한 방 값을 전부 다 지불했지요" 하고 은환은 설명했다. 그러다가 반년쯤 전 어느 날 요코의 집에서 불이 났다. 큰 화재는 아니었고, 누군가 장난으로 건물 쓰레기 투입구에 불이 붙은 신문지를 던져 넣었던 것이다. 소방차가 출동하여 쓰레기 투입구 속에서 난 불은 금방 꺼졌지만 한동안 집 안에는 매캐한 연기 냄새가 가득 차서 빠지지 않고 남아 있었다고 했다.

"창문을 열어두어도 소용이 없었어요. 복도나 엘리베이터, 현관 통로에서도 신문지 타는 냄새가 났어요. 사람들은 쓰레기 통로에 온갖 금지된 것들을 집어 던지죠. 플라스틱이나 장난감, 고무장갑과 음식 찌꺼기까지 모두요. 그래서 그 타는 냄새는 더욱 고약하고 정체불명으로 기분이 나빴답니다. 할 수 없이 요코와 나는 냄새가 다 빠지는 며칠 동안만이라도 여기로 와서 지내기로 했죠. 그때도 내심 좀 꺼림칙하기는 했어요. 나의 인색한 집주인은 이유가 무엇이든 방문객이라는 존재 자체를 무조건 싫어할 테니까요. 물론 방문객이 오면 집주인의 사생활도 침해를 받으니 반기지 않는 것은 당연한 거지만, 자기도 한국에서 오는 여자 무녀들을 재워준 적이 있고, 그때 난 아무런 말도 하지 않았단 말입니다. 하여간 나는 요코를 사귄 이후로는 거의 집에서 지내지 않았고, 그럼에도 불구하고 방세는 꼬박꼬박 냈으니 며칠 동안 요코를 데리고 지내는 것이 문제 될 것이 없다고 생각하긴 했지만, 일부러 트러블의 구실을 제공하기는 싫어서 요코가 집에 왔다는 것을 집주인에게 알리지는 않았지요. 우리는 그날 낮에 집으로 왔고, 집주인은 밤늦게나 들어와서 매일 아침 일찍 나가니 요코에게 가능하면 밤에는 방 안에만 있으라고 말했어요. 지금 생각해보면 반드시 그래야 할 필요도 없었는데 말이죠. 그래요, 차라리 당당하게 말을 했더라면 더 나았을 겁니다. 하여간 요코에게는 집주인인 치유사의 성격이 좀 괴팍해서 그런다고 설명하긴 했지요. 그런데 하필이면 바로 그날에 집주인, 평소에 거의 하지 않던 일, 내 방문을 두드리는 일을 해버린 거죠. 난데없이 거울을 빌리겠다는 것이 이유였어요. 내 방에만 거울이 걸려 있었거든요. 나는 방문을 아주 조금만 열고 거울을 전해주려 했는데, 그만 집주인이 문틈으로 요코를 보고 말았던 겁니다. 침대에 누워 있는 요코를요. 난 순간적으로 당황하긴 했지만, 이런 사적인 상황까지 모두 일일이 설명해야 한다는 것에 그만 화가 나버리고 말았어요. 도대체 뭐가 문제인 거지? 하고 속으로 생각했지요. 왜 애인을 집으로 데리고 오면 안 된다는 거지? 그리고 하룻밤도 채 지나지 않았고 집주인이나 다른 거주자에게 말 그대로 아무런 피해를 주지 않았는데 과연 내가 먼저 사과해야 할 필요가 있는 건지. 그래서 난 무뚝뚝하게 집주인의 눈앞에서 말없이 문을 닫아버리고 말았지요. 아무런 설명도 없이 말입니다. 그다음 날 집주인은 아침에 나가면서 내 방문 밑으로 쪽지를 밀어 넣었더군요. 쪽지에는, 그 일본 여자는 얼마나 더 오래 여기 있을 예정이냐는 질문이 적혀 있었죠. 그 일본 여자라는 말이 묘하게 거슬렸습니다. 집주인도 요코의 이름을 알고 있고, 함께 만난 적도 있거든요. 요코가 그에게 잘못한 일은 하나도 없습니다. 도리어 요코는 그날 오후에 집을 떠나기 전에 부엌 청소까지 도와주었어요. 그런데도 집주인은 그날 이후로 나에게 눈에 띄게 냉담한 태도를 유지하더군요. 내가 설명했지요, 요코의 집 건물에 화재 사건이 있어서 연기가 빠질 동안만 여기서 지내려 했지만, 하룻밤이 지나자 어쩐지 불편하다고 하면서 요코가 먼저 다른 친구 집으로 가기로 했다구요. 그런데 내 말투가 좀 퉁명스럽게 들렸을지도 모르겠습니다. 집주인은 그것을 시비 거는 것으로 해석했을 수도 있어요. 그는 복잡한 의심이 가득 담긴 눈으로 나를 쳐다보았는데, 그의 눈길은 그 자신이 입 밖으로 꺼내서 말하고자 하는 것보다 더 많은 것을 누설하고 있다는 것이 항상 문제지요. 그런 후 바로 얼마 전에 나는 우연히 화장실에서 한국 잡지를 하나 보게 되었어요. 무속인 단체에서 발행한 잡지가 집주인에게 매달 국제우편으로 배달되거든요. 그런데 우연히 펼친 페이지에 집주인이 쓴 칼럼이 실려 있는 걸 보게 되었지요. 필자의 사진까지 함께 나와 있었으니 결코 잘못 봤거나 동명이인의 글은 아니에요. 베를린에 거주하는 치유사이자 철학도인 자신의 생활을 묘사한 스케치였는데, 거기에서 이런 구절이 눈에 들어오더군요. 일부 강남 출신의 부유한 유학생들은—거기다가 '육체적인 욕구를 채우기 위해'라는 표현을 굳이 썼더군요—열 살이나 나이가 많은 외국 여자와 동거를 하는 등의 무절제하고 문란한 생활을 하고는 있지만 대다수의 진실한 학생들은 이런 서구적이고 분방한 환경에서도 흔들림 없이 학업에 전념하고 있다는 내용이었습니다. 강남 출신과 부유한, 열 살이나 나이 많은, 그리고 외국인 여자. 아무리 생각해도 이건 나와 요코를 겨냥한 어휘들임에 틀림이 없었지요. 물론 나는 그가 고집스레 생각하는 것만큼 그렇게 부유한 집안 출신은 결코 아닙니다. 하지만 내가 반년 넘게 함께 살면서 받은 인상으로는, 그는 지방대학에서 장학금으로 공부하고 순전히 무속 단체의 지원을 받아 유학 생활을 하는 그 자신보다 조금이라도 처지가 나으면 무조건 부유한 계층이라고 평가하는 습관이 있어 보였습니다. 그럴 때 그가 사용하는 부유하다는 묘사는 극기와 절제로 이루어진 정신적이고 진실한 삶과 정반대라는 은연 중의 비평까지 자동적으로 포함하는 것이지요. 물론 나는 그의 그런 선입견을 고쳐주기 위해서 노력하지는 않았습니다. 그래야 할 필요가 없었으니까요. 하지만 나보다 거의 열 살이나 나이가 많고 게다가 철학, 그것도 디오니소스적인 니체를 공부한다는 그가 그토록 기계적인 편견으로 세상을 간편하게 재단하는 것을 볼 때마다 나는 너무 이상하여 경이로움마저 느끼곤 했지요. 혹시 그가 글로 쓴 내용이 너무 큰 무게를 둘 만한 것이 아니라 형식적으로 제출한 작문쯤에 불과하고, 어느 정도는 후원단체에 대한 의무감 때문에 자신의 성실성을 과장하기 위한 것이었다고 생각해볼 수도 있겠지만, 내가 실제로 여기 살면서 느꼈던 그에 관한 모든 인상과 여러모로 맞아떨어지는 것임에는 틀림이 없었지요. 그렇지만 나는 나를 변명하기 위해 뭔가 시도할 생각은 없습니다. 어차피 난 다음 달에 베를린을 떠나기로 되어 있는 데다가, 그에게는 이미 나에 대한 미움과 더불어 자신의 세계관이 돌처럼 굳어져 있으므로, 내 변명 따위에는 관심조차 없을 테니까요.”

어떤 부족에게는 죽은 이의 영혼이 새가 되어 하늘로 날아간다는 믿음이 있다. 또 어떤 부족은 무서운 개가 지키는 문을 통과하여 명부의 세계로 들어가는데 산 자는 그 무서운 개의 눈빛을 감당할 수 없어 절대로 그 문을 통과하지 못하지만 죽은 자들은 홀연히 공포심을 넘을 수 있다고 한다. 섬나라에 사는 여러 해양 민족들은 바다를 죽음의 심연으로 생각하여, 죽은 이를 배에 태워 영원한 심연으로 돌려보낸다. 자작나무 위에서 육신의 죽음을 맞는 부족도 있다. 나뭇가지 위에 낡은 몸을 얹은 죽은 이는 파도치는 사나운 물 위의 가느다란 다리를 건너 저 세계로 넘어가는 마지막 꿈속에 잠긴다. 어떤 부족에게는 바다뱀에게 영혼을 납치당하는 것이 곧 죽음이기도 하다. 외로이 홀로 저승으로 가기 싫은 사자가 다른 이의 영혼을 유인해서 함께 끌고 가기도 하며, 죽은 이의 영혼이 서쪽 세계로 간다는 전설을 가진 부족도 있다. 인간의 발길이 닿지 않은 먼 서쪽의 평원을 지나면 거기에 나무가 한 그루 서 있고, 그 위에서 거인이 기다리고 있다가 그를 데리고 하늘로 올라가게 된다. 영혼은 호랑이와 뱀, 독수리 등으로 형태를 바꾸어 인간에게 나타난다. 그런가 하면 이누이트의 영혼은 바다표범이다. 나이가 아주 많은 노파, 강 위에 걸쳐진 한 줄기 다리, 잠과 꿈, 오르페우스의 노래, 짐승의 턱뼈, 불, 기둥, 흰 젖가슴이 달린 신비한 나무, 김이 피어오르는 고대의 커다란 가마솥, 동시에 존재하는 세 우주, 또아리를 튼 뱀, 인간의 여자와 간통을 저지르는 북극곰, 그리고 철의 산과 같은 존재의 신성을 믿는 부족들이 있다. 어떤 부족에게는 하늘의 구멍이 열려 있으며, 또 다른 부족의 샤먼은 동굴과 담배 연기와 독버섯을 통해 하늘을 보고 정신을 잃은 사이 달까지 올라갔다 돌아오기도 한다. 여기서 죽음은 종말이 아니라 하나의 체험, 하나의 경로이다. 달이 밝은 밤, 샤먼은 새의 깃털이 가득 달린 흰옷을 입고 스텝 평원에서 청동북을 두드리며 기도한다. 영혼을 돌아오게 해달라고 명부의 신에게 부탁을 올리는 모든 의례에서 예외 없이 불은 중요한 역할을 한다. 사례들은 무수하다. 경희는 생각했다.

책을 읽으면서 문득 떠오른 것이 있는데, 이러한 지엽적인 신과 다양한 형태의 원초적인 전래 믿음들은 그런 전통을 오래전부터 유지해온 그 부족사회의 구성원에게만 영향력을 발휘하는 것처럼 보인다. 그렇다면 더 이상 어떤 전통적 사회나 종족에 속하는 것도 아니고, 적어도 땅의 어느 한 구역에만 통용되어 내려오는 그런 특정한 지리적 요소에 기인한 영적 종교적 믿음을 처음부터 갖고 있지 않고, 설사 예전에는 그 땅에 그러한 믿음이 있었다 할지라도 이미 오래전부터 산업화가 고도로 진행되어 샤머니즘이 효력을 상실했을 뿐만 아니라 그에 관련한 집단적인 기억마저도 완전히 끊어져버린, 그리하여 모든 개별 존재 자체가 여기저기 이방의 것들과 뒤섞여버리고, 정신적 차원의 차이들을 균일하게 만드는 국제 기준을 오래전부터 받아들여왔으며, 전 세계적으로 통용되는 계몽된 표준이 유일한 가치로 자리 잡고, 그리하여 고유하고 전통적이며 설명 불가한 신화적 요소를 상당 부분 상실한, 지금 대부분의 우리들과 같은 그런 '도시인'이라고 불리는 광범위하고 인공적인 신(新)민족 집단의 영혼은 어떻게 되는 것인지 궁금하다고. 책에 의하면 그리하여 미래의 어느 날 인간은 저절로 자연스러운 기계가 될 것이라고 했는데, 우리들이 살고 있는 현재라는 시간은 이미 그 미래의 일부이며, 자연적인 토양과 직접 교통할 영혼이 없는, 혹은 더 이상 필요하지 않은 기계적 생물체의 최초 단계가 바로 '도시인'인 것은 아닌지. 그러자 미스터 노바디는 웃으면서 대답했다. 자신은 도시인이지만 동시에 오래된 민족적 기억을 보유하고 있는 고대인이기도 하다고. 그럼 나는 당신에게서조차 떨어져 나온 외톨이란 말이군요, 하고 경희는 절망 때문에 깜짝 놀라 외쳤다. 그게 아니라 당신이 내 후손인 거지요, 하고 미스터 노바디가 경희에게 말했다. 자신의 땅으로 함께 가자고 하며 미스터 노바디는 경희의 손을 잡았다. 베를린은 경희의 땅도, 그의 땅도 아니었다. 하지만 이곳 또한 도시인의 땅인 것은 맞아요, 하고 경희는 말했다.

경희는 말했다. 어슴푸레한 골목길 저편에서 그가 걸어오고 있는데, 검은색 조그만 자동차 한 대가 그 앞을 재빨리 가로질러 지나가는 순간 자동차는 다리를 최대한 벌리고 뛰어가는 한 마리 닭으로 변했다고. 윤기가 반짝반짝 나는 날개를 반쯤 치켜든 붉은 벼슬의 덩치 큰 하얀 수탉. "그래서 나는 수탉의 뒤를 쫓아 마구 달려갔답니다" 하고 경희는 손으로 입을 가리고 웃었다. 그 자동차에 혹시 자신이 타고 있었던 것은 아닌지 미스터 노바디는 궁금해했다. 그들은 경희의 꿈 이야기를 하고 있었다. "아니에요, 당신은 그 사이 홀로 집으로 돌아갔어요. 창을 열면 검은 이파리를 가진 대나무 숲이 내다보이는 방이 당신의 방이었죠. 그런데 아무도 당신의 방으로 감히 들어갈 수가 없어요. 다른 방에는 사람들이 가득 들어차 있었답니다. 마르고 몸이 가느다란 채식주의자 종족이었어요. 나는 그들 사이에 누웠죠. 한 명의 어머니와 세 딸들이 사방에서 나를 둘러싸고 잠들어 있었어요. 내 몸의 왼쪽과 오른쪽, 그리고 머리와 발치에 그들은 각각 머리를 나를 향해 두고 몸은 바깥쪽을 향해 길게 누웠어요. 우리는 그렇게 서로의 몸으로 잠의 방사형을 이루었답니다. 잠든 상태로 나는 물어요. 우리는 제대로 길을 가고 있는 것인지? 그러자 역시 잠든 상태로 딸 중의 한 명이 나를 향해 고개를 돌려요. 화려한 비단 이불이 딸의 몸에서 미끄러지면서 희고 딱딱한 막대 같은 딸의 나신이 드러나요. 그리고 자신들이 점치는 여인과 그녀의 세 딸들이라고 소개해요. 나신을 드러낸 딸은 나에게 글귀가 적힌 쪽지 한 장을 내밀죠. 거기엔 운명은 도덕성을 준수해야 한다, 뭐 그와 비슷한 문구가 적혀 있어요. 나는 그 문장이 뭔가 어법에 확실히 들어맞지는 않는다는 느낌을 받아요. 그 딸의 얼굴 위로 다른 딸의 얼굴이 겹쳐지죠. 그들은 모두 여전히 잠든 채로, 그렇게 하나씩 하나씩 겹쳐졌다가 분리되기를 반복해요. 하지만 겹쳐진 채로 있는 시간이 점차 길어지면서, 마치 덩어리진 네 개의 흰 횃불처럼 그 네 명의 모녀는 서로 뒤엉키며 흘러가요. 그래서 한참 지난 다음에야 나는 그들이 커다란 회전 원반 위에 올라앉은 뮤즈가 되어 손을 맞잡은 채 소리 없이 춤추면서 내 주변을 돌고 있다는 사실을 깨닫게 되죠…….”

그렇게 말하는 순간 경희는 꿈속의 현기증이 그대로 재현되는 것을 느꼈다. 그들은 침대 속에서 누운 채 집주인인 치유사가 돌아오는 소리를 들었다. 치유사는 현관에서 신발을 벗고 부엌으로 들어가 프라이팬을 가스 화덕에 올리고 성냥을 그어 불을 피웠다. 치익 하며 기름이 뜨거워지는 소리, 치유사가 찬장을 열고 접시를 꺼내는 소리와 물잔이 달그락거리는 소리가 들렸다. 타일 바닥을 딛는 치유사의 실내화 소리가 들렸다. 치유사는 고기 튀김이 든 접시를 쿵 하고 테이블 위에 놓았고 요란하게 물을 튀기면서 손을 씻었다. 잠들기 전에 욕실을 사용하고 싶으면 지금 하는 편이 좋을 거라고 경희가 미스터 노바디에게 속삭였다. "집주인은 당신이 오늘 여기 있는 걸 모르고 있으니까요." 경희가 덧붙였다. 그때 누군가 욕실로 들어가는 소리가 들렸다. 은환이었다. "저 공대생은 집 안에서 집주인과 한마디 말도 나누지 않는답니다. 심지어 마루에서 얼굴을 마주쳐도 멀뚱멀뚱 서로 모르는 척하며 지나갈 뿐이죠." 도대체 뭐가 그리 까다로운 거냐는 표정이 미스터 노바디의 얼굴에 떠오르는 것을 눈치챈 경희는 빠르게 이어서 말했다. "그들은 모두 대학생들이잖아요, 당신이 젊은 대학생일 때를 한번 생각해봐요. 당신은 아마도 기숙사에서 살았겠죠. 누군가는 휘발유 냄새가 진동하는 겨울용 자동차 타이어를 장롱 위에 올리고 잠을 자고, 또 다른 학생은 침대 아래로 밀어 넣어두죠. 여유가 없기 때문에 아무도 지하실 공간을 따로 얻을 엄두를 내지 못하니까요. 그리하여 온 집 안에 자동차 기름 냄새가 진동하는 거예요. 아니면 고등학교 시절에 여러 명이 함께 쓰던 답답한 기숙사 방이나. 200유로에 베를린에서 이런 방을 구한다는 건 절대 쉬운 게 아니에요. 혹시 집주인이 거울을 빌린다든지 핑계를 대고 갑자기 방문을 열지도 모르니 절대 이불 속에서 머리를 들면 안 돼요."

자신이 대학 시절에 살던 방은 고가 전철 바로 곁에 있어서, 거의 새벽까지 일 분 간격으로 열차가 들어오고 나갈 때마다 요란한 소음과 함께 방은 물론 건물 전체가 벼락을 맞은 듯이 좌우로 흔들리곤 했다고 미스터 노바디가 말했다. 건물뿐 아니라 누워 있는 침대까지도 요동치는 게 느껴졌어요, 하고 덧붙이면서 그가 웃었다. 그 집에서의 매일 밤은 기차의 침대칸에서 잠드는 것과 같았습니다, 하고. 경희가 대꾸했다. "그것 봐요. 하지만 이 집은 매우 조용하답니다. 전철역과도 거리가 멀어서 어두워진 다음부터는 인적조차도 드물죠. 그래서 행인들과 눈을 가까이 마주칠 위험 없이 마음껏 창밖으로 내다볼 수가 있답니다. 난 임시 거주지인 이 집이 마음에 들어요. 다른 사람의 침대에서 잠을 자고 다른 사람의 가구를 사용하며 다른 사람의 책상에 앉아 편지를 쓰면서도 이렇게 마음이 편할 수 있다는 것이 놀랍고도 좋아요."

저녁 식사를 마친 치유사는 요란한 소리와 함께 접시를 개수대에 던지다시피 놓고, 젖은 걸레를 집어 들더니 부엌 바닥을 쓱쓱 문지르기 시작했다. 테이블을 닦고 설거지를 하고 쿵쿵거리며 마루를 가로질러 방과 부엌을 몇 번이나 왔다 갔다 분주하게 굴었다. 욕실의 물소리가 솨아솨아 났다. 사기 화병에 물을 채운 다음 화병을 부엌으로 가져다 창턱에 쾅 하고 놓았다. 신경질적이고, 서투르고, 조급하고, 분노에 차 있고, 억눌렸으며, 이를 악문 듯하고, 심술스러우며, 과시적이고, 과도하고, 수선스러운 데몬스트레이션이었다. 집주인은 오늘 밤도 잠을 이루지 못한 채 책상 앞에 앉아 한국으로 보내는 긴 작문을 쓰게 될지도 모르겠군요, 하고 이불 속으로 파고들면서 경희가 중얼거렸다. 그때 무언가가 스윽 하는 소리와 함께 경희의 방 방문 아래로 들어왔다. 집주인이 밀어 넣은 쪽지였다. 거기에는 '부엌을 깨끗하게 사용해줘요' 하고 적혀 있었다.

꿈속에 나타난 자신의 집의 모양은 어떠했느냐고 미스터 노바디가 물었다.

"당신의 방은 창문이 크고, 창밖으로는 어스름에 잠긴 잿빛 풍경이 펼쳐졌어요. 당신은 방에 혼자 있길 원해서 아무도 들어오지 못하게 했지만 방문은 그대로 열어두었지요. 집은 사방으로 넓다기보다는 여러 개의 많은 방들이 기차처럼 일렬로 길게 늘어선 모양이고, 방과 방들은 여닫이문으로 서로 연결되어 있었답니다. 그리고 가족들이 아주 많았어요. 점치는 여자와 세 딸을 제외하고도 방마다 마치 한여름 휴가철의 여관처럼 사람들이 가득 들어차서 바닥에 요를 깔고 누워 있었어요. 더위 때문인지 모두 방문을 열어두었으므로, 나는 누워 있는 사람들의 몸과 몸 너머, 열린 여닫이문과 문들을 통해서 집의 가장 끝, 당신의 방에 있는 커다란 창문 바깥의 풍경을 볼 수가 있었죠. 대나무 숲이 나타나는가 하면 이어서 도시의 풍경과, 정돈되지 않은 변두리와, 기차역과, 물로 가득 찬 수로 위에 세워진 여러 개의 나무 기둥, 낡은 고아원 등의 풍경이 창밖으로 펼쳐졌어요. 풍경은 저 혼자 흘러갔어요. 내가 방에 가서 누운 이후부터 나는 당신을 잊었고, 창밖의 풍경을 쳐다보는 일에 집중하고 있었던 것 같아요. 하지만 어느 순간부터 점치는 여자와 세 딸들의 가느다란 몸이 나를 방해하고 있었죠. 아마도 나는 당신의 집을—흘러가는 창밖의 풍경 때문에—떠다니는 배나, 혹은 기차로 인식해버린 듯해요. 그래서 점치는 여자의 딸에게 우리는 제대로 길을 가고 있는 것인지? 하고 물었을 거예요."

그들은 밤이 아주 깊을 때까지 잠을 이루지 못했다. 새벽녘 미스터 노바디는 경희에게 다시 말했다. "내 집으로 와요. 그곳에는 어디에도 단단하게 밀폐된 벽이나 지붕이 없어서 당신의 영혼이 마음껏 방랑할 수 있답니다. 내 집, 내 고향으로 함께 가요. 나에게서 흘러나간 것이 당신 안에 있습니다. 나는 당신의 흙, 당신의 선조입니다."

다음 날 아침, 치유사는 미스터 노바디와 욕실 앞에서 정면으로 마주쳤다. 치유사는 샤워를 마치고 나가는 길이었고 미스터 노바디는 막 들어가는 중이었다. 미스터 노바디는 집 안에서, 특히 선선한 시월의 아침에는 침대에서 일어날 때 아무것도 걸치지 않아야 한다는 신념을 갖고 있었기 때문에 그날도 자신의 신념을 충실히 따랐다. 통통한 허리에 타월을 두른 치유사는 욕실의 문지방에 한 발을 걸친 채, 자신보다 머리 두 개는 큰 미스터 노바디를 올려다보았다. 치유사의 얼굴에는 표정이 없었고, 머리카락에서 물방울이 뚝뚝 떨어져 타일 바닥을 적시고 있었다. 경희는 생각했다, 바닥에 흥건하게 떨어진 물은 매우 위험하므로 즉시 마른걸레로 닦아내야만 하리라. 일 분 정도 시간이 흐른 뒤에야 치유사는 옆으로 비키며 미스터 노바디에게 아침 인사를 건넸다. "안녕하십니까, 좋은 아침입니다. 제가 손님에게 아침 식사를 대접하도록 하죠." 아침에는 샤워를 하지 않는 경희는 이불을 몸에 둘둘 감은 채 환기를 위해 창문을 열어젖히고 방 한가운데 서 있으면서 이 소리를 들었다.

치유사의 집은 아침과 오전에 강한 햇살이 부엌과 경희의 방으로 비쳐들었다. 오후가 되면 사선으로 비스듬히 기울어진 태양광선과 함께 꿀 빛 정적이 마루에 고이고, 해가 지기 시작하면 치유사와 은환은 각자의 방에 딸린 발코니로 나가 뒷마당의 은은한 저녁 빛과 이른 밤 냄새를 들이마셨다. 치유사의 집에는 쓰레기장에서 주워온 고물 청소기가 있었다. 아무리 청소기를 틀어도 소리만 요란할 뿐 먼지 흡입이 되지 않아서 경희가 한번 청소기를 열어보았는데 그 안에는 산더미 같은 먼지가 얼마나 치밀하게 그득 들어차 있는지 단 한 톨의 먼지도 더는 들어갈 틈이 없어 보였다. 하지만 청소기용 종이봉투가 없었기 때문에 그 상태로 계속해서 사용하는 수밖에 없었다. 청소 당번이 되면 그들은 허리를 굽히고 부엌과 욕실 바닥을 걸레질했다. 경희는 청소할 때 세면대에 비눗물을 풀고 욕실 거울과 욕조 그리고 변기를 닦았다. 일주일에 한 번 경희는 빨랫감이 가득 든 바퀴 달린 여행용 트렁크를 끌고 빨래방으로 갔다. 자동판매기에서 가루비누를 사고 세탁기를 작동시킨 다음 경희는 빨래방 벤치에 앉아 책을 읽으며 세탁이 끝나기를 기다렸다. 평일 한낮의 빨래방은 언제나 비교적 한산했다. 세탁실을 갖추지 못한 방 하나짜리 셋집에 사는 은퇴자들, 노인들, 그리고 여러 가지 이유로 인해 '나의 베를린 주소'가 필요한 외국인들이 그곳에 들렀다. 책을 읽던 경희는 문득 고개를 들었는데, 구십 살은 되어 보이는 한 노인이 느릿느릿 팔을 움직여 빨랫감을 건조기에 넣고 있었다. 빨래방 안은 널따란 유리창으로 스며든 가을 햇빛과 기계의 열기로 따스했고 간헐적으로 웅웅거리는 나직한 소음과 건조기가 탁탁거리며 돌아가는 소리가 들렸으며 전체적으로 평화로웠다. 경희는 빛과 그늘의 경계가 선명하고 날카로운 거리 풍경을 내다본다. 보이지 않는 빨래의 천 조각이 휘날리는 골목들. 자전거를 타고 지나가는 사람들의 얼굴이 수천의 금빛 보리 이삭처럼, 보리 이삭 모양의 화살촉처럼, 풍경 속으로 풍경의 입자가 되어 융해되어 갔다. 내 가슴은 누설할 수 없는 불분명한 이유로 항상 터질 것 같으니……. 아무것도 두려워할 것은 없다고 안심시키는 두려운 꿈의 속삭임.

거실이 없으므로 그들은 부엌의 조그만 2인용 테이블에 옹기종기 둘러앉아야 했다. 치유사는 방에서 등받이 없는 나무 의자를 하나 가지고 왔다. 다행히도 전날 사다 놓은 딱딱한 둥근 빵과 버터와 잼 이외에 삶은 달걀이 있었다. 커피는 경희가 만들었다. 서랍을 구석구석 뒤져 찾아낸, 과거에 세든 사람이 쓰다가 두고 간 낡은 나이프를 놓고 얼룩이 진 크리스마스 냅킨도 꺼내놓았다. 삶은 달걀용 그릇이나 스푼은 없었으므로 손에 들고 그냥 먹기로 했다. 치유사는 경희에게 접시를 양보하고 자신의 빵은 냅킨 위에, 그리고 미스터 노바디에게는 나무 도마를 접시 대용으로 쓰게 했다. 경희는 방으로 가서 병에 든 꿀을 가져왔다. 그들은 좁은 공간에서 서로 부딪히지 않도록 팔꿈치를 조심스럽게 약간씩만 움직여가며 빵을 자르고 버터와 잼을 발랐다. 아직 채 여덟시도 되지 않았다. 이렇듯 이른 시간에 부엌을 이용해서 정식으로 아침을 먹는 사람은 학교와 도서관으로 가야 하는 치유사뿐이었다. 경희는 아침밥을 방에서 해결했고 은환은 늘 늦잠을 잤다. 미스터 노바디는 커피에 우유를 조금, 설탕을 듬뿍 탔다.

"이 사람은 내 친구예요. 어젯밤에 베를린에 도착했거든요." 경희는 미스터 노바디를 가리키며 치유사에게 뒤늦은 소개를 했다. 그리고 서둘러 덧붙였다. "내일 베를린을 떠날 거예요."

"당신이 올지도 모른다고 얘기를 들었습니다." 치유사는 예의 바르게 미스터 노바디에게 커피를 권하며 말했다. "그런데 이렇게 이른 아침에 식사를 하는 것에 익숙한지 모르겠어요. 도시 사람들은 요즘 점점 늦게 일어나는 경향이 있는 것 같으니 말이죠."

"난 태생이 도시 사람도 아니고, 원래 일찍 일어나는 편이지요. 내 고향 집에서라면 지금쯤 벌써 아침 식사를 다 마치고 집 앞 언덕을 한 바퀴 돌았을 겁니다." 미스터 노바디가 대꾸했다. "그렇지만 당신처럼 젊은 사람이 매일 일찍 일어난다고 하니 나에게는 그 점이 더 예외처럼 보이는군요."

"물론 도서관에 가야 하기 때문이지만, 그래도 난 하루 중에서 아침이 가장 좋습니다. 아침에 해가 떠오를 때 그 빛을 받으면 분명 내 안의 에너지가 상승하는 걸 느낄 수가 있으니까요." 치유사는 작은 눈을 더욱 가늘게 뜨고 막 햇살이 정면으로 들기 시작한 부엌 창을 쳐다보면서 말했다. 그러고는 문득 정색을 하고 미스터 노바디에게 묻는 것이었다. "그런데 혹시 당신은 크리스천인가요?"

미스터 노바디는 아니라고 대답했다. 그러자 치유사는 조금

경망스럽게 느껴질 정도로 큰 소리로 웃었다. "그러면 여기 있는 우리 세 사람은 문화-크리스천의 제국에서 살고 있는 크리스천 아닌 야만자들이군요, 하하하!"

경희는 커피를 마시다 말고, 자신은 여기서 '살고' 있는 것은 아니라고 치유사의 웃음을 잘랐다.

미스터 노바디도 웃음기 없는 얼굴로, 난 베를린에 며칠 다니러 온 여행자일 뿐입니다, 하고 말했다.

"그렇게 본다면 나 역시 마찬가지예요. 나도 이곳의 영원한 주민은 아닙니다. 서류상 신분은 유학생일 뿐이니까요. 그래도 어쨌든, 당분간 몇 년 동안은 여기서 살고 있는 것이 맞긴 하죠. 그런데 내가 말하려던 것의 핵심은 장기 거주냐 아니냐 하는 문제는 아니었는데…… 여기 와서 느낀 건데, 이곳 사람들은 어떤 장소가 고향이냐 아니냐를 가지고 끝도 없는 토론을 벌이느라 지나치게 많은 시간을 허비하는 건 맞아요. 그게 모든 의식적 이민자들의 어수룩한 특징이기도 합니다. 턱없이 과도한 실향 의식. 하지만 고향이라니, 흥, 그런 건 없죠, 도대체 그게 뭐길래!"

그러면 말하려던 원래 테마는 무엇이냐고 경희가 물었다. 그러자 치유사는 그건 태양이지요, 하고 대답했다. "고대 이집트 신화에서는, 독일어 단어의 성과 반대로, 태양이 남성, 그리고 하늘이 여성으로 묘사된답니다. 움직이는 것은 태양이고 정지한 것은 하늘이며, 하늘의 몸으로 들어갔다가 나오는 것도 태양이니까요. 아침의 장밋빛 햇살은 날마다 새로 태어나는 존재의 상징이 되는 거죠. 밤은 우리를 꿈으로 몰아가고, 그래서 생명의 기운을 소진시킵니다. 밤새도록 작은 새와 어린 여자아이, 기묘한 난쟁이와 여인의 머리를 한 나비 등으로 모습을 바꾸며 나타나는 정령이 사람을 미혹시키고 덧없는 사랑의 불길에서 허우적대게 만들어요. 이집트 신화에서 묘사하는 바에 따르면 그것은 태양신 '레'가 밤 동안 지하 세계의 강물 위를 조각배를 타고 고요히 여행하는 동안 보게 되는, 현상계에서 일어나는 온갖 어지러운 사물의 그림자이자 환영들인 거죠. 저녁이 되면 하늘의 여신 '누트'는 태양을 삼킵니다. 삼킨다는 건 육신의 내부로 받아들인다는 거예요. 그러므로 태양은, 낮과 마찬가지로 밤에도 누트의 몸속을 관통하며 여행하는 셈이죠. 누트는 부드러운 만곡을 그리며 대지의 위로 길고 우아한 몸을 구부리고 있습니다. 그녀의 아름다운 사지는 모두 대지에 닿아 있죠. 그것이 동서남북을 가리킵니다. 이집트의 고대 벽화에는 그렇게 지상을 향해 몸을 굽힌 여신 누트의 모습이 나와 있습니다. 어떤 그림에는 구부린 누트의 하복부 틈새를 향해 불붙은 화살처럼 돌진하는 힘찬 태양이 그려져 있기도 하지요. 밤 동안 지하 명부의 강물을 배 저어 간 태양은 다음 날 아침이면, 자신이 밤새도록 휘저어 갔던 누트의 축축하고 따뜻한 아랫배를 떠나, 지상과 하늘의 틈바구니인 그녀의 음부에서 스윽 하고 빠져나오는 겁니다. 그 무엇과도 비교할 수 없는 불그스름하고 사랑스러운 만족감의 광채와 함께 말이죠. 그리고 저녁이 되면 젖꼭지가 그리운 어린 짐승처럼 자신이 나왔던 그 음부를 찾아서 다시금 파고드는 겁니다. 그렇게 본다면 하루하루 떠오르는 태양은 자연이 그려내는 우주적인 관계의 형상화라는 생각이 들지 않나요?"

"그래서 누트가 자기 자식을 잡아먹는다는 말이 생겨난 거로군요. 자신의 몸에서 나온 것을 다시 삼키니깐 말이죠." 경희가 이렇게 대꾸했으나 그건 이 자리에서 뭔가 적절한 대응의 말을 내놓아야 한다는 의무감에서 비롯된 것이었다.

"난 항상 그 신화를 들을 때마다 하늘과 지하 세계가, 탄생과 죽음이 우리의 눈에 단절되어 있는 것처럼 보일 뿐, 결국은 하나로 연결되어 서로가 서로의 종말이자 시작인 관계를 형성하며 흘러가고 있다는 연속적인 우주관이 인상적이었답니다." 신중한 표정으로 미스터 노바디가 말했다.

"하나로 연결된 것은 어쩌면 그뿐이 아닐 수도 있죠." 입속에 든 빵을 우물거리는 치유사의 발음은 불명확했다. "모체와 교접하는 형국인 태양은 스스로가 자신의 아버지이자 자식인 셈이죠. 서로에게 조상이자 미래가 되어주는 관계. 우리는 끝없이 되풀이하여 샘솟는 분수에서 태어난 것이고, 영원한 생명의 순환 고리에 매달려 있다고 할 수 있어요. 이런 사실을 진심으로 깨닫는 순간, 내 영혼이 번개에 맞은 듯 떨립니다. 개인은 작고 이름 없지만, 누구나 영원의 사막에 발자국을 남기며 끝없이 걷고 있으니까. 난 아침이 좋답니다. 태양이 투명한 하늘과 지평선의 경계를 비집고 솟구쳐 오르는 광경은 언제 봐도 감격스럽지요. 아침이 되어 그 빛 속에 홀로 서면 지난밤 나를 고통하고 고뇌하게 만들었던 온갖 현상적 사물들이 허무하게 바스라지니까요. 우리를 괴롭히던 거짓으로 아름다운 육신들이 영혼 없이 소멸하는 시간이죠. 마력을 잃은 유혹의 몸들은 헛것으로 돌아가게 됩니다. 껍데기뿐인 그들의 소멸은 당연한 숙명이에요. 그들의 본질은 메아리 없는 죽음, 그 이상의 것은 아니죠." 치유사는 냉담하고 사악한 복수의 표정으로 얼굴근육을 부르르 떨었다. "어젯밤에는, 늘 그렇듯이 그런 잿빛의 마물들이 현기증 나는 교태를 피우는 와중에 신기하게도 그 한가운데 우뚝 솟아난 생명나무와 그 나무의 신부를 또렷하게 보았답니다. 신부는 흰 베일만 걸친 알몸으로 나무에 꼭 달라붙어 있는데, 나무는 눈앞에서 쑥쑥 이파리와 가지를 피워 올리는 모습이었어요. 열매들이 얼마나 묵직한지 그 무게 때문에 늘어진 가지가 거의 뿌리에 닿을 지경이었다구요. 그런데 열매라는 것들의 모습은 또 어땠는지 압니까? 시커먼 입, 활짝 벌어진 동굴들, 불결한 상처처럼 갈아 헤쳐진 한 덩이의 검붉은 흙, 우묵하고 불결하게 검고 깊은 연못……." 치유사는 스스로의 기억과 묘사에 한껏 도취되어 이제는 미스터 노바디와 경희의 존재조차 거의 잊은 것처럼 몽롱하게 도취된 표정으로 말을 이어갔다. "그런데, 내가 나무로 다가가자, 그 나무줄기 한가운데에 이백 살은 된 듯한 늙은 남자의 얼굴이 불쑥 나타나더군요. 내가 그 얼굴을 채 알아보기도 전에, 거의 동시에 나무에 달라붙어 있던 신부도 고개를 나에게로 휙 돌리는데, 그제야 나는 흉하디흉하게 일그러진 여인의 모습을 알아볼 수 있었답니다. 그건 놀랍게도 생존해 있는 내 어머니와 아버지인 육신의 부모들이었단 말이에요. 그들은 입을 벌리고 소리를 지르고 있었죠. 그래요, 그들은 그 짓을 하느라 여념이 없었고, 주변에 내가 있건 말건 그건 아무런 상관도 안 하는 듯했어요. 괴성을 지르고, 끙끙거리고, 땀을 뻘뻘 흘리고, 겨드랑이와 사타구니에서 풍기는 들척지근한 악취에다, 서로 뒤엉켜서 추하게 늘어진 살덩어리 하며, 히히덕거리고, 서로의 모든 구멍을 손가락과 혀끝으로 후벼 파고, 분비물을 쪽쪽 빨고, 게다가 처음에 베일이라고 생각했던 흰 천은 어머니의 가랑이 사이에서 비어져 나오는 더러운 피가 묻은 붕대 뭉치에 불과했죠. 오, 난 밤새도록 그들의 신음 소리와 짐승 같은 몸부림을 꼼짝없이 지켜보며 시달렸답니다. 그건 정말이지 지옥이 따로 없어요! 이제 이해할 수 있겠죠, 내가 왜 신선한 아침 태양에 감사의 찬미를 보낼 수밖에 없는지를!"

경희는 빵을 씹다가 불쑥 웃음을 터트렸다. 이건 정말이지 아침 식사 자리에서 화제로 삼기에는 너무 민망하군요, 하고 한마디쯤 핀잔을 줄 수도 있었지만 그러지 않고 치유사가 하고 싶은 말을 모두 하며 마음껏 복수를 즐기도록 내버려두었다. 베를린에서 200유로를 들고 어디 가서 이런 방을 구한단 말인가. 게다가 부동산 업자의 수수료도, 보증금도 없는 방이 아닌가. 미스터 노바디도 이제는 치유사의 의도를 충분히 알아차린 듯했지만 크게 불쾌하지 않은 것 같았다. 도리어 그는 유쾌한 목소리로, "그렇다면 당신은 꿈속에서 당신이 물질적으로 만들어지던 바로 그 순간을 목격한 셈이군요. 그건 진정한 의미의 '세상에 온 순간', 아니 '세상이 내게로 온 순간'이라고 말해야겠습니다!" 하고 껄껄 웃는 것이었다.

경희는 지난밤에 사다리를 기어올라갔다. 메마른 나무로 된 사다리는 미스터 노바디의 몸처럼 생겼다. 그것은 흰 사다리였고, 집과 세계를 받치는 기둥이었다. 당신은 내 나무예요, 나의 선조 나무, 하고 경희는 바람 속에서 몇 번이나 소리를 질렀다. 누군가의 집 창문에서 달아난 담요 한 장이 온몸을 너울거리며 그들의 눈앞을 날아갔다. 당신은 내 집이에요. 나의 사랑스러운, 흙으로 된 사람. 참다못한 은환이 마루로 나와 한 번쯤 방문을 두드렸지만 그들은 신경 쓰지 않았다. 경희를 머리 위에 태운 채로 미스터 노바디는 노래를 불렀다. 경희는 그 노래를 이해하지 못했다. 그것은 미스터 노바디의 모국어였기 때문이다. 그의 노래는 우렁찼고 멜로디는 장중했지만 그 안에는 애수라기보다는 호전적인 비장함이 가득했으며, 지하실과 땅을 울려 잠든 혼령들을 뒤흔들어 깨우는 듯했다. 미스터 노바디는 그 노래가 불꽃에 관한 것이라고 설명했다. 경희는 웃으면서 두 손으로 천장을 받쳤다. 그리고 드디어 자신이 하늘에 닿았다고 크게 소리를 질렀던 것이다. "봐요, 당신의 불꽃 노래가 날 하늘로 들어 올렸군요. 난 이전과 다르게 보고 이전과 다르게 듣고 이전과 다르게 느껴요. 여기는 빅뱅 이전의 시공간이고, 우리는 그만큼 늙었군요. 우리는 세계의 부모예요."

그들은 결국 테이블을 두드리며 모두 커다랗게 웃고 말았다. 빵 부스러기와 달걀 껍질이 접시에서 튀어 오르고 나이프가 덜그덕 소리를 냈다. 치유사까지도 달걀을 입속에서 우물거리면서 마침내는 웃음을 터트렸다. 빨간 자동차를 조심해요, 하고 치유사는 너그러운 표정으로 경희의 옆구리를 툭 치면서 선심 쓰듯이 말했다. "나는 당신의 미래에 대해서 아무것도 말해줄 수는 없지만, 빨간 자동차를 조심하라는 것, 지금처럼 항상 검은 옷만 입고 다니면 당신의 정령이 기운을 얻지 못할 거라고 말할 수는 있답니다." 경희는 대답했다. "난 여행자예요. 가방 하나에 모든 소지품을 넣어 다녀야 하기 때문에, 옷이라고는 검은색 코트, 검은 바지, 검은 치마와 블라우스 이것뿐이랍니다. 이곳은 나에게 여행지예요. 옷 색깔에 대해서 까다로운 취향을 유지할 수는 없다구요. 그리고 이 사람은 오늘 하룻밤 여기서 더 머물게 될 거예요. 상관없겠죠?"

"하룻밤이라면 상관없겠지요." 마침내 완전히 포기하기로 작정한 치유사는 아무런 문제도 없다는 듯이 시원시원하게 대꾸했다. 그리고 미스터 노바디를 향해서 물었다. "혹시 긴 여행 때문에 등에 통증이 온 것은 아닌지, 내가 아주 약간의 등 마사지를 할 줄 아는데 원하신다면 오늘 저녁에 해드릴 수 있지요." 미스터 노바디는 정말로 등에 통증이 있었다. 비행기의 이코노미석에 앉아 이리저리 여행을 다녔기 때문만은 아니고, 수년 전부터 뿌리내린 고질병인데 의사나 약물이 아닌 타일랜드 마사지사의 손길만이 그 통증을 가라앉힐 수 있다고 했다. "그렇다면 감사하겠습니다. 하지만 난 지난 3년 동안 단 한 번도 물로 몸을 씻지 않았는데, 그건 상관이 없겠는지요." 미스터 노바디는 이렇게 정중하게 말했고, 이것을 들은 치유사와 경희는 놀라서 동시에 고개를 쳐들었다. 하루에 두 번씩 샤워를 하는 치유사는 키득거렸고, 미스터 노바디도 소리 내어 웃었다. "그래도 내 나름의 방식으로 젖은 수건과 공기를 이용해서 풍욕을 해오긴 했답니다. 이른 아침, 아들이자 아버지인 해가 떠오를 때 말이죠."

자신은 회고록을 쓰려고 했다고 미스터 노바디는 말했다. 그리고 이미 수년 전에 원고의 대부분을 모두 완성했다. 하지만 그것을 책으로 출판할 수는 없었다. 적어도 아직까지는. 그는 많은 이야기를 하지 않았는데, 이야기를 통해서 어떤 사람에게는 의도하지 않은 상처를 입히거나, 혹은 또 어떤 사람을 의도와는 다르게 소홀히 다루게 될 것이 두려웠기 때문이다. 그는 원고를 가방에 담았다. 그는 여행을 떠났다.

그들은 경희의 방에서 두 개의 침대에 나란히 엎드린 채 누워 있었다. 경희는 만성통증이 없었고 특별히 등 마사지를 받고 싶지는 않았지만 미스터 노바디 혹은 치유사의 마사지 동반자로서 그 자리에 누워 있었던 것이다. 치유사는 따뜻하게 데운 정체불명의 노란 오일을 미스터 노바디의 등에 바르고 팔 뒤쪽과 등을 원을 그리며 문질렀다. 치유사에 의하면 그것은 사막 마멋의 오일이라고 했다. 마사지를 하는 치유사의 손등은 희고 둥글면서 통통했다. 윗옷을 벗고 살갗을 드러낸 채로 있었으므로 경희는 한기를 느꼈다. 등이 좀 나아지는 것 같으냐고 치유사가 묻자 눈을 감은 미스터 노바디는 입술을 움직이지 않으면서 음 하고 대답했다. 치유사는 손등으로 미스터 노바디의 등판을 철썩철썩 세게 두들겼다. 기름방울이 튀어 경희의 얼굴까지 날아왔다. 치유사는 신이 나는 것 같았다. 그는 신바람이 들린—오, 이것은 그에게 얼마나 적절한 표현인지 모른다—난쟁이처럼 짤막하고 단단한 몸통을 날래게 놀려가며 미스터 노바디의 몸 주변을 이리저리 부지런히 돌아다녔고 매번 방향을 바꾸어가며 마사지를 했다. 손바닥에 기름을 붓고 등판 전체에 골고루 바른 다음—팔이 짧은 치유사는 이 일을 하기 위해서 미스터 노바디의 왼쪽과 오른쪽으로 번갈아가며 위치를 바꾸어야 했다—부드러운 손놀림으로 아래에서 위로, 위에서 아래로 쓸어주고 등뼈 가운데와 겨드랑이 팔꿈치 등을 꾹꾹 누른다. 그리고 두 손을 척추 위에 교차시켜놓고 힘껏 누르기를 반복했다. 손가락으로 어깨 근육들을 하나하나 건드리면서 지압을 했다. 치유사는 이런 식으로 해서 자신이 타인의, 그것도 대개는 늘 자신보다 더 크고 강하며 대개는 더 아름다운 타인의 몸을 지배하고 그의 통증을 관장한다는 쾌감을 느끼는 듯했다. 치유사는 냉랭한 공기에도 불구하고 이마에 땀이 밸 정도로 마사지에 열중하고 있었다. 그러면서 미스터 노바디에게, 왜 원고를 출판하지 못하고 있는지 이유를 물었다.

그 배경에는 여러 가지 설명이 존재하지만, 가장 우선적인 것은 내 아내의 반대 때문이지요, 하고 미스터 노바디가 대답했다. "원고의 내용 중에는 그녀의 마음에 들지 않는 것이 있거든요."

"그렇다면 명색이 소설가인 당신은 작품을 쓸 때마다 항상 아내의 사전 승인을 받고 책을 냈다는 뜻인지."

"그건 아니지만, 회고록은 소설과 성격이 많이 다르지요. 모든 개인은 실명으로 등장하여, 우리가 깡그리 잊고 싶어 하는 부분들까지 모두 말과 행동으로 진술하게 되는 거니까요."

"하지만, 이건 순전히 내 생각이긴 하지만, 아무리 그렇다 해도 방법이 없는 건 아닐 텐데, 예를 들자면 당신은 전혀 거짓이 아닌 방식으로, 하지만 동시에 우회적으로 진술하는 편을 선택할 수가 있지 않은가요. 피차간에 불편한 직접적인 사안을 언급하지 않는 식으로 말이죠. 때로는 그런 회피가 인생의 정답이 될 때도 있지 않을까요."

"처음에는 나도 그럴 생각이었죠. 그것이 당연하기도 하고 말입니다. 그리고 또 실제로 난 그렇게 하기까지 했습니다. 그런데, 문제는, 그 말하지 않는 침묵의 방식이, 바로 내가 지레짐작하고 그녀를 위한다는 명분하에 흐릿하게 처리해버린 그런 모호한 설명들이 아내의 기분을 결정적으로 상하게 하고 만 것이죠. 그리고 일부가 생략된 설명은, 단지 아내뿐 아니라 그 일에 관련된 모든 등장인물들에게 뭔가 불충분하게 취급되었다는, 그래서 자신의 존재와 명분이 사소하게 다루어졌다는 의심스러운 불만의 감정을 불러일으킬 가능성이 높다는 것이 나중에 밝혀졌답니다. 그들은 대개 나의 친구들이거나 가족, 나에게 소중하거나 가까운 사람들이 대부분인데 말입니다. 특히 아내는 다른 누구보다도 심각하게 상처를 입었습니다. 그리고 아직 치유가 되지 않은 상태이기도 해요. 아내는 내가 자신을, 그것도 공개적으로 바보 취급했다고 여기게 되었죠. 내가 누구나 알 만한 일을 일부러 언급하지 않았다는 이유로 말이죠. 하지만 그 반대의 경우라도 어쨌든 그녀는 화를 내었을 겁니다. 우리는 이미 오래전부터 사실상 함께 살고 있지는 않지만 그래도 그녀가 내 아내라는 사실은 분명하니까요. 난 변호사로부터 편지를 받았습니다. 내가 이 책을 출판하게 되면 고소당하리라는 내용이었습니다. 그게 벌써 3년이나 지난 일이군요."

"그렇게 심각하고도 경직된 일이 부부 사이에서도 벌어진다는 것이 놀랍군요." 치유사는 고개를 갸웃거리며 미스터 노바디의 등을 열 개의 뭉툭한 손가락으로 쓰다듬으며 근육이 뭉친 부분을 찾아내려 했다. "그런데 당신은 그 회고록에서 무엇을 주로 '회고'하려는 거죠? 설마 부부간의 사소한 일들을 고백하려고 책을 쓰는 것은 아닐 텐데."

"난 12년 동안 소설 쓰는 일을 금지당한 채 문화재관청의 하급 공무원으로 살아가야만 했습니다."

"문화재관청의 공무원이라, 그리 나쁘게 들리지는 않는 말이네요."

"중요한 것은 그 앞에 붙은 '금지당했다'는 말인 거죠. 그 전에는 대학에서 외국어를 가르쳤지만 어느 날 갑자기 일자리를 잃게된 거지요. 그때는 마침 베트남과 중국이 전쟁 중이었어요. 그래서 베트남으로 가서 종군기자 생활도 했지요. 이후에 나는 미술사와 전혀 관련이 없는 입장인데도 불구하고 박물관으로 배치받은 것이고. 그곳에서 동유럽이나 특히 러시아 관리들이 올 때마다 박물관의 지하실로 그들을 데리고 가서 보물과 문화재를 안내해주는 일을 맡았습니다. 그들은 탐낼 만한 물건이 있나 뒤지기 위해서 우리나라를 가로지르며 여행을 다녔죠. 드디어 그들의 탐욕을 자극할 물건이 더 이상 한 점도 남아 있지 않게 되자, 어느 날 갑자기 우리는 길 잃은 유성처럼 그들로부터 떨어져 나오게 된 것이고."

"문화재는 없다, 하지만 지금은 다시 소설을 쓸 수 있게 되었다, 그래서 기쁘다, 그 말이죠?"

"네 맞습니다. 불행 중 다행히도."

"그렇다면 당신은 애국자가 아니군요."

"네 그렇죠. 불행 중 다행히도."

"그런데 이번에는 아내가 소송을 하겠다고 하는군요. 당신이 등에 통증을 갖게 된 것이 그즈음부터일 텐데요." 그러자 미스터 노바디는 잠시 눈을 떴다. "맞습니다. 생각해보니 맞아요. 그때부터 심장에 문제가 생기기도 한 것 같군요. 최근 들어서는 혈압도 위험 수준으로 높아졌다는 경고를 들었습니다."

"당신 얼굴빛을 보니 심장은 타고난 집안의 문제라는 생각이 듭니다. 하지만 등은 다르죠. 그건 내 손안에 있어요. 지금은 어떤가요, 통증이 좀 가벼워진 것 같지 않나요?" 치유사는 만족스러운 표정으로 헌 타월을 가져와 손을 닦았다. "등뿐만 아니라 귀의 이명도 내 전문 치유 분야랍니다. 혹시 이명이 있다면 내가 온전히 치유해줄 수 있어요. 난 당신의 귀에 입술을 대고, 세상에서 가장 강렬하고 뜨거운 흡착 키스를 할 겁니다. 보통 세 번 정도 그렇게 해요. 내 세미나에 처음 참석한 사람들에게는 오락이나 쇼처럼 보일 수도 있지만, 그러한 키스야말로 나와 같은 전문 치유사에게는 가장 힘들고 에너지가 소모되는 일이랍니다. 한 번의 키스가 끝나면 혼이 빠져나간 듯 정신마저 아득하고 눈앞도 희미해질 정도니까요. 키스를 당한 사람이 아니라 치유사인 내가 말이죠. 아, 움직이지 말아요, 아직은 등이 온통 기름투성이랍니다. 이 타월로 닦아드릴 테니 기다리세요." 치유사는 손을 닦은 타월로 미스터 노바디의 등을 문질러 닦았다. 기름이 주르륵 흘러내렸으므로 경희는 이불이 더러워질 것이 걱정되었다. 그래서 치유사에게 말했다. "조심해요, 기름이 흘러내리잖아요. 이불에 묻으면 얼룩이 지고 냄새도 날거예요."

"이 기름은 색이 진하지만 더럽지는 않아요. 그러니까 얼룩은 신경 쓸 필요가 없답니다. 그리고 냄새가 거슬려서 잠을 잘 수 없다면 욕실 선반에 섬유 탈취제가 있으니 그걸 듬뿍 뿌리면 되죠. 아무 문제가 없어요. 그 탈취제 덕분에 사실 난 이불 빨래를 거의 하지 않아도 되죠. 예상치 못한 방문객이 오면—이 부분에서 치유사는 묘하게 강한 악센트로 발음했다—새 이불이라면서 탈취제를 뿌린 이불을 내주죠. 그래도 불평하는 사람이 아무도 없던걸요." 치유사는 손으로 입을 가리며 킥킥 웃었다. 그리고 경희를 향해서 몸을 돌리고는 아직 기름기가 남아 있는 손으로 경희의 등을 툭툭 건드렸다.

"어때요, 마사지 생각이 없어요?" 경희는 마사지를 좋아하지 않고, 더구나 기름 마사지는 싫다고 대답했으나 이미 치유사는 소시지처럼 통통한 손가락을 경희의 척추와 엉치뼈에 대고 여기저기 누르는 중이었다. "골반이 틀어지면 나중에 허리 통증이 찾아오기가 쉽죠. 다리 모양도 이상해지고 무엇보다도 무릎 통증이 생기기 쉬워요. 게다가 장기에도 좋지 않은데, 아무래도 당신은 골반이 뒤틀어진 것 같아요." 의자에 앉을 때 몸을 비스듬하게 기울이는 습관이 있으며 허리의 좌우 모양이 비대칭인 경희는 아마도 그의 말이 맞으리라는 생각이 들었다. 빨간 자동차를 조심하고 검은 옷을 입지 말라는 조언과 함께.

"난 예전에 산부인과 수술을 했어요. 그래서 미스터 노바디처럼 등의 통증 대신 골반이 삐뚤어진 것일 수도 있어요." 경희는 불쑥 이렇게 말했다.

"아 그렇군요." 치유사는 잠시 입을 다물고 미스터 노바디를 힐끗 보았다. "비밀스럽게 산부인과 수술을 하기 위해서 여자들이 외국으로 간다는 말을 듣긴 했지만 실제로 그런 일이 베를린에서 일어날 거라고는 상상하지 못했는데."

"수술을 하기 위해 베를린으로 오는 사람은 없어요. 그건 말도 안 돼요." 경희는 즉각 반박했다. "도리어 그 반대랍니다. 임신 문제에 대한 상담을 받고 숙려 기간을 거치는 복잡한 절차를 생략하고 수술을 받으려는 베를린 여자들이 리버럴한 이웃 나라로 가죠. 네덜란드 같은 곳. 그리고 환자의 차트는 어차피 세계 어느 곳이나 다 비밀에 속하는 것이니까요. 적어도 난 그렇게 들었답니다. 그리고 내 수술은 벌써 20년이나 지난 일인걸요. 그건 유럽에서 일어난 일이 아니죠. 그때 난 아직 대학생이었어요. 그 당시 한국은 네덜란드처럼 자유로운 곳은 결코 아니었지만, 이상하게도 수술하기 위해서 굳이 외국의 병원으로 갈 필요까지는 없답니다. 아마도 그럴 만큼 돈을 가진 여자들이 없었던 것도 중요한 이유가 되겠죠. 그래서 한여름 버스 정류장 플라타너스 나무 그늘마다 부채를 손에 든 늙은이 하나와 군복을 입은 남자, 그리고 병원이 하나씩 있었던 것으로 기억나요. 나는 버스에서 내려 병원으로 들어갔답니다."

당신의 귀에 흡착 키스를 해주겠어요, 하고 치유사가 경희에게 제안했다.

하나의 태양이 몸이 되었다. 몸은 아무것도 없는 허공에서 하늘을 향해 길게 너울거리는 섬광의 형태로 나타났다. 발 없는 흰 횃불이었다. 몸은 불의 형체를 지녔다. 몸은 일생 동안 피투성이이며 몸은 신기하다. 몸은 몸이 내버린 것들로 뒤범벅된다. 태양이 제 몸을 태우며 타오른다. 몸은 나에게 속해 있다. 혹은 내가 몸에 속해 있는 것이다. 몸은 열려 있다. 사물과 정신이 몸을 투과하여 흘러간다. 몸은 안긴다. 몸은 따스하므로, 몸은 춥다. 몸은 아픔을 안다. 몸은 덜덜 떨 줄을 안다. 혹은 간지러움과 부드러움을 안다. 몸은 배가 부르며, 몸은 운다. 몸에서 뜨끈한 액체가 흘러나오는 것을 피 혹은 오줌이라고 부른다. 몸은 입맞춤과 어루만짐을 당한다. 몸은 몸을 사랑한다. 몸은 기꺼이 잠든다. 잠든 몸은 영혼의 여행자이다. 몸은 꿈을 꾼다. 꿈속에서 몸은 색이 춤추는 것을 본다. 묘사할 수 없는 반짝임이 세계를 이룬다. 나는 이것을 장님의 반짝임이라고 부른다. 눈동자에 와서 맺히는 영롱한 어룽거림들. 그러나 결코 묘사도 기억도 할 수 없는. 어디로 향하는지 알 수 없는 무형체의 빛들.

우리가 이 세상에서 마지막으로 보게 되는 영상은 우리의 출생의 순간이라고 합니다, 하고 미스터 노바디는 말했다. 그렇다면 그것은 미래인가요 아니면 과거인가요? 하고 경희가 물었다. 그 말과 거의 동시에, 경희의 몸 어느 특정 지점의 예민한 점막 위로 미스터 노바디의 특정 지점 점막이 밀착한 채 흘러갔다. 보이지 않는 불이 활활 타면서 느리게 흘러갔다. 그의 혀끝이 경희의 감긴 눈꺼풀을 열고, 경희의 눈동자 표면을 시간을 들여 말끔히 핥았다. 미지근하게 불타는 침이 경희의 눈을 소리 없이 태워 화상을 입혔다. 경희는 부르르 떨며, 자신이 사실은 사람이 아닌 오직 중첩된 감각만으로 이루어진 원시 생물체임을, 장님 벌레이자 수천 겹의 눈꺼풀을 가진 변종 나비임을 인식했다. 동시적으로 열리는 수천의 눈꺼풀을 가진. 그것은 모종의 예언적인 애정—나는 너를 열망해버릴 것이다—이 앞으로 더욱 많은 생을 넘나들며 유효하게 작용할 것을 암시하는 행위였다.

4. 고립으로부터의 이 독특한 거리

그들은 처음에 미스터 노바디를 통해서, 혹은 마리아를 통해서 서로의 존재를 알게 되었다. 미스터 노바디는 자신의 아들인 그에 대해서 설명하기를, 아들들 중에서 가장 머리가 좋았고 어린 시절부터 예술적인 감각과 감수성, 언어의 능력이 뛰어나서 자신은 그를 어린 베토벤으로 생각했다고 말했다. 그러나 지금 현실적으로 그는 아들들 중에서 가장 어렵게 살고 있으며 경제적으로 남에게 의지하지 않으면 가족들을 건사하기 힘들 뿐 아니라, 자신이 갖고 태어난 뛰어난 예술적 재능에도 불구하고 아무것도 이루지 못한 불행한 인간에 속하게 되었다고. 마리아는 말했다. 그는 착한 사람이야, 마음이 따뜻하고 태생적으로 온화했어. 그러면서도 책임감과 정의감이 유난히 강한 남자였지. 그는 대개의 동아시아인과는 달리 유럽 생활을 힘들어 했어. 그의 눈은 항상 먼 곳을 보고만 있었는데, 고향에서 대학을 다닐 때 감옥에 다녀온 적이 있었다고 들었어. 아버지의 영향력으로 풀려난 뒤, 그는 자신의 아이를 임신하고 있던 소녀와 결혼하여 이른 나이에 아버지가 되었다더군. 마치 자기 아버지가 그랬던 것처럼.

"여행은 어땠어?" 하고 반치가 물었다.

"지금 막 네게 그 얘기를 하려는 참이었는데, 행복하고 환상적이었어. 출발이 지연된 데다가 비행도 예외적으로 네 시간이나 걸렸지만……."

"그런데도 비행이 지루하지 않았다는 말이구나."

"아니, 비행은 늘 그렇듯이 지루했지. 하지만, 놀랍게도 비행기 안에서 좌석 모니터로 〈아웃 오브 아프리카〉를 보았거든."

"뭐라고? 아프리카에도 갔었단 말이니?"

"아니, 〈아웃 오브 아프리카〉. 영화 말이야."

"아 그것. 그런데 비행기에서 영화를 본 것이 뭐가 그리 좋았다는 거지? 그리고 설마 그 영화를 지금에야 처음으로 보았다는 말은 아니겠지."

"오, 그건 네 말이 맞아. 난 그 영화를 지금까지 아마 다섯 번은 보았을 거야. 하지만 이번 여행에서 본 〈아웃 오브 아프리카〉가 가장 좋았다고 할 수 있어."

"그러면 지금까지 본 것들은 다른 〈아웃 오브 아프리카〉였단 말이야?"

"아니, 그것들도 전부 같은 〈아웃 오브 아프리카〉였어."

"글쎄, 난 그 영화를 본 지 오래되어서 그런지, 줄거리도 생각이 안 날 정도야. 내게는 그다지 인상적이지 않은 내용이어서일까. 또 이상하게도 항상 〈인도로 가는 길〉과 혼동이 되던걸. 제목이 비슷한 것도 아닌데 말이지."

"인도, 뭐라고?"

"〈인도로 가는 길〉, 책 말고 영화 말이야."

"아, 그것. 생각해보니 그 영화야말로 정말 오래전에 봤던 것인데."

"난 그 영화를 비엔나에서 보았지. 아마도 마리아와 함께 봤을 거야. 무슨 극장이었는지는 기억나지 않는군."

"난 마리아를 만나지 못한 지 오래야."

"그건 나도 마찬가지야. 우리는 잠깐씩 통화 정도만 했는데, 수년 전부터는 그것도 불가능했어……."

"나도 그렇지만, 난 항상 마리아 생각을 해……."

"뭐라고? 잠깐만, 내가 너에게 원래 물어보려던 것은 그게 아니고……."

"여행이 어땠냐고 물었잖아."

"아, 참, 그렇지. 여행은 어땠어?"

"좋았다고 했잖아. 환상적이었다고!"

"비행기 여행이 환상적일 수 있다니, 믿어지지 않지만 하여튼 다행한 일이다. 난 항상 비행이 싫었거든. 그런데 가방은 이게 전부야?"

"그 가방은 무거워, 너는 그걸 나를 위해서 반드시 들어야만 할 의무는 없어……."

"뭐라고? 무슨 소리야, 난 너무나 기꺼이 너의 가방을……."

"그런데 반치, 우체국이 어디지?"

"뭐라고?"

"우체국 말이야, 국제우편을 부칠 수 있는 곳."

"아 그거라면 중앙 광장에 있어. 내일 내가 차로 데려다 줄게."

"고맙지만 그럴 필욘 없어. 난 걸어서 갈 거야."

"내일 아이들을 소년궁전으로 데려다 줄 일이 있어서 어차피 차를 몰고 나가야 하니까 상관없다니깐."

"그래도 걸어서 가겠어. 난 걸어서 가고 싶어. 그래야 할 것 같아."

"뭐라고? 무슨 소리야?"

"엽서를 부치겠다고."

"아 엽서."

경희는 어느 날 엽서를 부치기 위해 아시아 대륙의 중앙에 있는 한 도시의 우체국을 방문했던 일을 그렇게 이야기했다.

귀퉁이가 깨어진 불규칙한 모양의 더러운 포석들을 지나 역시 마찬가지로 귀퉁이가 허물어진 계단을 올라서면 그곳은 이미 천장이 높은 우체국의 홀인데, 빈약한 조명과 가득 쌓인 사서함 위쪽으로 지나치게 높이 달린 채광창 때문에 실내는 항상 어둑하며, 공기는 놀라울 정도로 탁했다고. 마치 보이지 않는 거대한 화물차가 우체국 내부에 자리 잡고 끊임없이 배기가스를 뿜어대는 듯이. 경희는 현기증을 느끼며 생각했다. 이곳은 분명 산소가 부족하군, 나는 거의 숨을 쉴 수가 없어, 그러니 밖으로 나가야만 해. 그러나 경희는 그림엽서를 사야 하고, 외국으로 엽서를 보내야 한다. 게다가 외부로 나간다고 해도 상태가 크게 쾌적해지지는 않을 터인데, 광장 주변을 지나는 자동차의 소음과 쉼 없이 울려대는 크고 작은 자동차의 신경질적인 경적 소리, 그리고 혼탁한 공기 사정은 바깥도 마찬가지일 것이다. 경희는 그림엽서를 사야 하고, 외국으로 엽서를 보내야 한다. 우체국 입구에는 대개의 공공시설과 마찬가지로 '소매치기 조심'이라고 현지 문자가 아닌 영문으로 적힌 팻말이 달려 있었다. 경희는 카운터로 다가가 종이 박스에 든 엽서들을 고르기 시작했다. 나는 밖으로 나가야만 해, 그것도 걸어서.

경희는 마리아에게 엽서를 썼다. 경희가 여행을 떠났고, 그 여행은 지금도 현재 진행 중이며, 아마도 도중에 비엔나에 있는 마리아를 방문하게 될지도 모른다는 내용이었다. 어느 순간 충동적인 마음에 경희는 엽서의 말미에, 걸어서, 라고 썼다. 그것은 마치 경희가 한국에서 비엔나까지 걸어서 가겠다는 말처럼 읽혔다. 물론 마리아는 믿지 않을 것이고, 아마도 그 농담이 약간은 재미있다고 생각하고 웃을지도 모른다. 실제의 다른 사람들이 늘 그렇듯이, 마리아는 실제로는 아무것도 모를 것이다. 경희가 실제로 그 길을 걸어가리라는 것을. 경희가 실제로는 그 길을 걸어 반대편 끝으로 가 닿아 있게 될 것임을. 그러나 마리아는 실제로 볼 것이다. 경희가 실제로는 자신의 환상에서 추방되어 실제의 공항에서 공항으로 서성대고 다닐 것을. 경희는 테러리스트 검색대와 액체 성분 소지물을 위한 투명 비닐봉투 판매기, 텅 빈 채로 방치된 VIP 전용 카운터 앞을 지나쳐갔다. 폭풍 때문에 연착된 비행기가 경희의 머리 바로 위로 닿을 듯 낮게 날아가게 될 것이고, 그때 경희의 표정은, 머리 위로 거대한 비행기가 영원히 선회한다는 사실을 모르는 채로, 그늘진 어휘와 어휘 사이를 이동하며 과거와 미래를 동시적으로 만들어내는 것이 비행기가 아닌 자기 자신이라고 생각하는 것처럼 보이리라. 실제의 경희가. 오직 실제의 현상으로.

경희는 중앙우체국 건물 안에 있었다. 경희는 마른기침을 하면서 우체국 탁자에 기대서서 네 장의 엽서로 이어지는 긴 편지를 썼다.

마리아, 어떻게 지내는지. 나는 여행을 떠났어. 지금도 진행 중인 여행이야. 아마도 나는 도중에 비엔나를 방문하게 될지도 몰라. 너에게 문득 들려주고 싶은 말이 있는데, 몇 년 전 어느 날 나는 서울에 있는 집을 떠났어. 나는 하루 종일 걷고 또 걸었지만 놀랍게도 내가 태어난 그 도시조차 벗어나지 못했지. 집을 나올 때 나는 내가 가지고 있는 가장 큰 여행 가방에 여러 달 동안 필요한 소지품을 챙겨 넣었어. 속옷과 양말, 스웨터와 티셔츠와 무릎 담요, 머플

러와 털모자와 연필 한 다스와 사전과 책들, 비타민과 감기약, 기침약, 두통약과 물에 녹여 먹는 진통제, 여벌의 신발에 심지어 슬리핑백도 넣었단다. 그러다 보니 가방은 거의 내 몸집만큼 커지고 말았지. 그 커다란 가방을 끌면서 걷고 있으니 버스 정류장과 자동차 전용도로, 극장과 공원, 철제 펜스와 담벼락들, 주차타워와 용도를 알 수 없는 시설물들이 내 앞을 가로막았어. 길가에 함부로 쌓아놓은 쓰레기 더미와 수많은 행상인들의 수레는 말할 것도 없고 말이야. 어느새 나는 땀을 흘리면서 언덕을 오르고 있어. 그리고 그제야 알아차렸어. 이 도시는 화성의 표면처럼 수없이 많은 불그스름한 언덕으로 이루어졌다는 것을. 언덕을 올라갈수록 모든 사물들이 둥그스름한 대기의 엷은 층 위로 떠오르는 달처럼 지평선 위로 솟구치며 모습을 나타내는 거야. 집들과 사원과 고층 건물과 끝없는 계단, 언덕, 자동차, 빌딩과 지하철로 향하는 커다란 문들이. 언덕길이 나타날 때마다 나는 두 손으로 가방을 잡고 힘껏 끌어올려야만 했고, 보행자 도로는 예고도 없이 자주 끊어지면서 불쑥 지하 통로로 연결되곤 했지. 그러면 어느새 긴장한 내 이마에는 또다시 땀이 배곤 했어. 울퉁불퉁한 포도 때문에 가방은 자꾸만 덜컹거리며 걸음을 지연시켰어. 사람들이 나와 가방을 방해할까 봐 두려운 나머지 나는 인적이 드문 길로만 가려고 노력을 했고, 그러다 보니 항상 내 앞에는 구불구불하고 경사진 언덕길만이 놓여 있게 되었어. 두 시간 정도 헤매고 돌아다닌 후 나는 지쳐서 그 자리에 주저앉아야만 했지. 그 도시는 나를 사로잡고 놓아주지 않을 것처럼 보였어.

도시는 이미 한참 전에 참매의 먹이가 되어 사라진 내 탯줄을 움켜쥐고 있는 것 같았지. 인간은 자신의 근원에 대해 생각할 때마다, 피와 고름과 정액의 거품이 뒤섞인 환자용 요강을 머릿속에서 몰아내려고 한 번쯤 노력을 해야만 해. 막다른 골목에서 마주친 하수구의 들끓는 거품에서 나는 그 말을 상기할 수 있었어. 넌 네 방에 해골을 갖고 있다고 했지? 그것이 자꾸 생각나. 넌 말의 몸통이 태양과 바람에 노출된 채 부패되는 걸 보러 반치의 나라로 여행을 떠나고 싶다면서 나와 함께 가자고 권한 적이 있었잖아. 그것이 자꾸 생각나. 넌 살과 기름 덩어리인 흐물흐물한 육신이 어떻게 단단한 흙으로 돌아가는지 그 과정을 내내 눈으로 지켜보고 싶다고 했는데, 그것을 잊지 못하겠어. 넌 나에게 부탁했지, 곁에서 우산을 들고 서 있으면서 육식조들이 날아오면 우산을 휘둘러 그들을 쫓아달라고…….

하여간 걸어서 도시를 떠나기 위해 가방을 들고 헤매던 그날처럼 내가 스스로를 오직 생물학적인 덩어리로만 여겨본 적은 없었을 거야. 넌 나의 해골도 갖기를 원할까? 그리고 깨달은 사실. 도시는 성문이 없었어. 도시를 흐르는 강물은 도시 밖으로 나가지 않고 어딘가의 여울목에서 말굽 모양으로 휘몰아치며 다시 도시 안으로 밀려 들어오고 있는 거야. 내가 두 발로 걸어서 성문을 통과하지 못하면, 나는 내가 실제로 이 도시를 떠나 광야로 나선다는 느낌을 갖지 못하겠지. 그리고 마치 책의 다른 페이지를 펼치듯이 낮과 밤, 달과 태양, 검은 흙과 투명한 물처럼 내 환영의 세계가 동시적인 전환을 체험하는 것은 오직 비행기의 비현실적인 거무스름한 방사성 그늘을 통해서만 가능해지겠지. 나는 반치를 만났어. 나는 그에게 함께 비엔나로 가자고 설득해볼 생각이지만, 어떻게 될지는 모르겠어. 지금 생각이 난 사실인데, 바그너를 들으러 갔다가 한 일본인 남자를 만났고, 그로부터 살해 협박을 받았다고 말한 사람은 다름 아닌 마리아 너였던 거야. 그 일본인은 키가 작고 흰 얼굴을 가졌어. 그는 네 옆자리로 와서 앉았지. 그가 너에게 말을 걸었고, 잠시 뒤에 그가 이렇게 말했을 때, 너는 그것을 금방 알아들을 수가 없었다고 했어. 너를 죽여버릴 거야, 하고 일본인은 하얀 얼굴로 말했지. '너를 죽여버릴 거야, 너의 가족, 네 친구들, 너의 보험 회사, 너를 좋아하고 너에게 돈을 상속해주기로 약속한 사람들 전부 다.' 너는 충격을 받았고, 잠시 동안이나마 네가 그 일본인과 사랑에 빠져 있었다고 믿었던 터이므로 그 충격은 더욱 심했지. 너는 두통과 구역질을 느꼈어. 일본인이 걸어서 오페라극장을 빠져나가 버린 다음에도 〈탄호이저〉는 계속되고 있었고, 너는 좌석에 엎드려 소리 죽여 울었어. 일생에 걸친 너의 편두통, 너의 우울, 너의 느림, 너의 나이 듦, 너의 부어오른 위장, 고통에 찬 너의 찡그림, 너의 악취, 너의 축축한 피부, 너의 목소리, 너의 희미한 일그러짐, 그 일본인은 너의 한가운데로 순식간에 쳐들어와 이 모든 너의 네거티브 요소들의 제왕이 되었던 거야. 이런 사랑! 너는 이런 사실들을 나에게 편지로 써 보냈지. 그것이 지금 내 머릿속에서 그대로 생생하게, 필요 이상으로 과도한 생생함으로 떠올라. 마치 내가 그날 극장 안에서 그 일본인과 함께 나란히 손을 잡고 〈탄호이저〉를 듣고 있었던 당사자인 양. 지금 내 기억이 틀리지 않다면 나는 분명 이렇게 답장을 써 보냈을 거야. '걱정할 것 없어, 마리아. 그는 분명 폭력적인 언어 습관을 가진 것뿐이고, 정말로 그걸 실행에 옮길 생각은 없는 종류의 사람일 거야. 아마도 그는 너에게만이 아니라 다른 사람들에게도 그런 식으로 말하고 다닐 것이 틀림없단다. 그리고 그가 능숙하지 못한 외국어로 의사를 전달하고 있다는 점도 조금은 염두에 두렴. 그럴 경우 사람은 늘 과도한 표현을 사용할 수밖에 없으니까. 사랑을 담아서. 경희.' 그런데 말이야, 가슴이 찢어질 것 같아, 더 이상 엽서의 빈 공간이 남지 않았고, 그래서 이 편지가 여기서 이대로 끝나버릴 것이 분명하니까……

반치가 우체국 건물 안으로 들어섰다.

갈비뼈가 앙상하게 드러나고 단단한 뿔이 커다랗게 앞으로 불쑥 튀어나온 밝은 갈색 소 한 마리가 도로 위를 서성이고 있었다. 버릇없고 오만한 까마귀들이 소의 뿔 위를 스치듯이 낮게 날아갔다. 까마귀들이 일으킨 먼지바람 속에서는 짙은 동물의 피와 쇳가루 냄새가 났다. 개의치 않는 사람들이 자욱한 먼지 속을 발을 질질 끌면서 걸어 어딘가로 갔다. 커다란 털북숭이 개들이 그 뒤를 따랐다. 신호등이 바뀌고, 하지만 차들은 멈추지 않았고 길을 건너는 보행자들도 마찬가지였다. 한여름의 이글거리는 태양빛과 더러운 잔에 든 투명하고 독한 술, 줄에 묶인 염소, 희게 번득이는 신형 건물의 거대한 측면들, 장중한 국립 오케스트라의 멜로디, 무대 위에서 공연하는 가느다란 목의 여배우, 갑작스러운 소나기가 내린 뒤 구름 사이로 지상을 향해 화살처럼 떨어지는 무지개의 만곡, 자동차 바퀴에 납작하게 깔린 양치기 개 한 마리, 개의치 않고 머리를 흔들어대는 고집스러운 염소 떼, 성스럽다고 알려진, 바람에 펄럭이는 푸른 천, 2층 나무 창틀 밖으로 상반신을 기대고 가슴을 드러낸 채 아래 거리를 내려다보는 거무스름한 피부의 여인, 시장 좌판을 누비는 고양이만 한 쥐들, 불 꺼진 간판과 쇼윈도, 칙칙한 조명 아래 불그스름한 고깃덩이들이 뼈와 함께 통째로 들어 있는 정육점의 냉장고, 시내 중심가 한 사원의 1층에 자리한 반치의 인쇄소, 반치는 그곳에서 인도 수트라 경전을 직접 번역하고 그 문구를 적어 넣어 그림엽서를 만드는 일을 한다.

반치는 자신의 작품을 '살아 있는 그림'이라고 표현했다. 한 번의 작동으로 엽서의 그림을 순식간에 다른 그림으로 변신시킬 수가 있기 때문이다. 그런데 놀랍게도 디지털 기술을 이용하는 게 아니다. 엽서 아래를 살짝 잡아당기면 광활한 스텝 초원의 풍경이 팔이 네 개 달린 칼리 여신의 모습으로 바뀌고 빙하로 뒤덮인 네모반듯한 탁자 모양 산이 염소 치는 소녀의 얼굴이 된다. 반치는 그림이 인쇄된 두 겹의 마분지를 순전히 수동적인 방식으로 조작하는 트릭을 직접 고안해냈노라고 했다. 누군가의 생일 선물이나 혹은 특별한 마음을 전달하고 싶을 때는, 이메일이나 보통 그림엽서보다 이편이 훨씬 더 진지하게 보이지 않을까, 하고 반치는 말했다.

"그렇다면 반치, 넌 그런 카드를 만드는 기술을 특허 낸 거니?" 하고 경희가 물었다. 반치는 특허라는 단어의 생경함 때문인지 한동안 말없이 가만히 있다가, "이 혼돈스러운 도시에서 그런 것은 의미가 없어" 하고 무기력하게 대꾸했다.

반치의 인쇄소가 자리한 공간은 사원의 별관 강당으로 올라가는 계단 곁에 있었는데 그 강당은 대규모는 아니지만 특별한 행사가 있을 때—예를 들자면 달라이 라마가 방문한다든지 하는—각지의 절에서 승려들이 모여들어 회합을 갖는 장소로 평소에는 조용하게 비어 있는 곳이었다. 나는 가족을 위해서 목숨을 버릴 수 있어, 하고 반치는 말했다. "나뿐만 아니라 우리나라의 남자들은 아마 모두 그런 생각을 갖고 있을 거야. 그건 어떤 타당한 근거나 이유가 있어서가 아니라, 그냥 우리 핏속에 그렇게 새겨진 수트라의 문구와 같지."

그들은 관광객들이 구경거리를 찾아 기웃대는 사원의 마당으로 들어섰다. 중앙 불당의 문을 활짝 열어놓은 채로 승려들이 책을 펼치고 불경을 읽던 그 책상에서 밥을 먹고 있었다. 그들은 자신들을 지켜보는 관광객들을 홀낏거리며 신나게 밥을 먹었다. 그들에게 밥을 먹는 행위는 단지 사적인 것만은 아니었지만, 그것을 특별히 사적인 것으로 생각하는 유럽인들은 냉담하게 고개를 돌려버렸다. 더러운 비둘기들이 무질서한 흙 마당 한가운데서 모이를 주워 먹었다. 비둘기 모이 파는 노파들이 그 언저리를 서성였다. 머리를 땋아 내린 소녀들이 동전을 건네고 비둘기 모이를 샀다. 이 도시의 모든 사물은 귀퉁이가 깨어져 있다. 사원과 종, 승려들과 자동차, 돌계단과 건물, 그리고 비둘기와 반치의 귀퉁이. 경희가 반치의 팔을 잡으며 말했다. "반치, 난 말이지, 걸어서 이곳으로 오려고 했어." 그러나 반치는 그 말에 대한 대꾸는 없이 이렇게 말할 뿐이었다. "나는 가족을 위해서 목숨을 버릴 수 있어. 하지만 그 말은, 가족이 원하는 것을 모두 다 한다는 의미는 아니야. 작년에 있었던 선거에서 나는 반대표를 던졌지. 그 선거는 드넓게 펼쳐진 황량한 땅을 외국인에게 매도하는 법안에 관한 거였어. 찬성표를 던지면 개인당 500달러를 받을 수 있었는데도 말이야. 그 땅에는 아무도 공식적으로는 살지 않아. 그곳은 등록된 주민을 위한 땅이 아니라는 뜻이야. 그곳은 원칙적으로 오직 방랑자만을 위한 곳이니까. 그리고 난 방랑자가 아니야. 우리 가족도 방랑자가 아니야. 모두 이미 오래전부터 도시인이지. 이 도시에서 500달러는 큰돈이야. 내 아내는 나를 닦달했어. 이봐요, 반치. 당신은 아이가 둘이나 돼, 그런데 왜 그런 큰돈을 마다하는 거지? 당신은 찬성표를 던져야 해, 왜 미래를 비관하기만 하는 거야? 다른 사람들은 모두 돈을 받는데 우리만 손가락을 빨고 있어야겠어? 당신이 생각하는 그런 나쁜 일은 당장 일어나지는 않을 거야, 정치적으로 안전하기만 하다면 다른 모든 재앙은 환상일 뿐이니까. 모든 인간의 욕망은 사악하고 모든 원초적인 자연은 선하다는 그 이분법을 좀 버려, 인간은 선택을 할 권리가 있다구. 일어나는 모든 일이 오직 나쁠 뿐이라는 강박에서 벗어나봐. 그리고 설사 어떤 선택의 결과로 나쁜 일이 일어난다고 해도, 어쩌면 그것은 당신 생각처럼 그렇게 아주 최악으로 나쁘지만은 않을지도 모른다구……. 덜 나쁜 것과 더 나쁜 것 중에서 덜 나쁠 일이 일어날 수도 있단 말이야. 당신 자신이 아닌 다른 사람들의 선택에도 그 나름의 이유와 해명이 있을지도 모른다는 생각은 단 한 번도 안 해본 거야? 그리고 무엇보다도 이게 중요한 문제인데, 인쇄소라고 차려놓은 당신 가게는 파리만 날리고 당신은 벌이도 거의 없는데 아이는 둘이나 되잖아. 게다가 당신, 엄청난 액수의 일제 복사기 값도 할부로 갚아야 하고. 은행은 당신의 욕망이 선하건 악하건, 당신의 선택이 이 세상의 버려진 땅 한 귀퉁이 흙 한 알갱이와 바람 한 줌에 어떤 영향을 미치건, 그런 것에는 관심이 없어. 그러니까 당신은 찬성표를 던지고 500달러를 받아야 해. 당신이 그렇게 하지 않는다면, 그건 오직 한 가지, 당신이 우리를, 나와 아이들을, 더 이상 사랑하지 않는다는 뜻이야……."

"그래, 난 도시인이야" 하고 경희가 문득 혼잣말처럼 말했다. "일제 복사기를 사느라 은행에 빚을 지진 않았지만, 다른 이유로 은행에 빚을 지긴 했어. 피곤한 얼굴을 한 융자 담당 직원은 내 계좌로 돈을 이체해주면서 말하더군. '이거 알고 있나요? 2013년에는 현존의 세계가 몰락하게 된답니다. 혹은 2012년이거나. 여러 예언들이 그 점에서 일치하고 있어요. 그러니 지금 당신이 융자를 받기로 결정한 것은 어쩌면 그 점에서 아주 현명한 선택일지도 모르지요.' 그래서 내가 물었지. 그러면 몰락 이후에는 무엇이 남게 되나요? 하고. 융자 담당 직원은 고개를 잠시 떨구고 책상 위에 놓인 융자 관련 지침서를 내려다보는 듯했어. 그러더니 다시 고개를 들고, 돈을 빌리기 위해 순서를 기다리고 있는 다른 대기자들의 얼굴을 쳐다보면서 대답하더군. '아마도 한동안 조용할 거예요. 잠시 동안은 어쩌면 아무 일도 일어나지 않겠죠. 그리고 새로운 빅뱅, 그다음 생이 오는 거겠죠. 광물들이 죽고 섬광이 태어나는 우주의 루틴(routine)이 다시 시작될 거예요. 그렇지 않을까요' 하고."

그들은 어린 느릅나무가 드문드문 서 있는 사원 앞길을 걸었다. "나 또한 마찬가지로 도시인이지, 내 아버지와 달리 나는 도시에서 태어나 자랐어. 그 말을 수백 번 반복할 수도 있어, 난 도시인이라고." 반치가 말했다. "그래서 예를 들자면 나는 내 아버지와는 달리 말[馬]을 표현하는 수많은 방언에 대해서 알지 못해. 어떤 민족에게는 말을 나타내는 말이 너무나 무수하여 은하수의 별이나 무지개의 아득함을 연상시켜. 한 살배기 말과 두 살배기 말, 그리고 세 살배기 말과 네 살배기 말은 모두 다른 어휘로 표현되지. 뿐만 아니야. 그 모두가 색깔에 따라 제각각 다른 이름을 가지고 있는 게 보통이야. 갈색 갈기에 검정과 흰색 얼룩무늬를 가진 세 살배기 말과 천둥치는 밤에 태어난 흰색 어린 망아지는 마치 도시인들이 '책상'과 '우물'을 구분해서 명칭을 짓는 것처럼 다른 단어로 표현되지. 책상과 우물이 완전히 다른 것처럼, 말 부족에게는 그 말들이 그렇게 완전히 별개의 종류인 것이 당연하니까. 그렇기 때문에 나는 산스크리트어를 번역할 수는 있어도 말에 관한 책은 쓸 수가 없는 거야." 그들은 달려오는 자동차를 조심하면서 길을 건넜다. 여기서는 차라리 붉은 신호등일 때 여러 명이 함께 길을 건너는 편이 녹색 신호에서 홀로 건너는 것보다 더 안전하다고 반치는 말했다. "이 도시는 문명화되지 않았으니까." 반치는 '우리 민족은' 혹은 '이 도시의 사람들은' 하고 말하는 대신 '이 도시는'이라는 표현을 사용했다. 맞은편으로 건너온 반치는 돌로 지은 육중한 건물의 1층 창을 가리켰다.

　"내가 어렸을 때 우리는 여기서 살았어. 바로 이 방에서. 이 방에서 부모님은 우리 형제자매들 네 명을 낳고 길렀지. 여긴 아버지가 독일어 강사로 일하던 대학의 기숙사 건물이야. 욕실과 주방은 공동으로 사용했어. 아버지는 도시 혐오자였기 때문에 아이들을 위해서 교외에 집을 지으려고 필사적으로 노력을 했지. 첫번째로 지은 집은 당에 빼앗겼지만, 두번째 집은 어떻게 해서 지켜낼 수가 있었어. 대신 아버지는 대학의 일자리를 잃어야 했고. 그래서 아버지는 전쟁 중인 베트남으로 가서 종군기자 생활을 했어. 당시에 중국이 베트남을 침공했거든. 베트남에서 돌아온 아버지는 나중에 박물관에 일자리를 구했고, 나는 러시아어 학교를 다녔어. 내가 가장 좋아하는 작가는 헤밍웨이지만, 그래도 난 당시 학교에서 도스토옙스키와 푸시킨을 통해 처음으로 문학에 눈을 뜨던 그 시절을 지금도 아름답게 회상할 수 있단다. 아, 네가 러시아어를 말할 줄 알면 얼마나 좋을까. 마리아는 러시아어를 꽤 잘했어. 하지만 내가 그녀와 함께 살 당시는 독일어를 배우고 있었기 때문에, 마리아에게 항상 독일어로 말해줄 것을 요구했어. 혹시 넌 한국에서 내 것과 같은 그런 '살아 있는 그림'을 본 적이 있는지."

경희는 아니라고 고개를 저었다. "컴퓨터그래픽스 기술이 있기 때문에 어떤 신기한 그림에도 사람들은 크게 감탄하지는 않을 거야. 삼차원 디오노사우루스의 등뼈가 홀로그램 마돈나로 바뀐다고 해도 이제는 모두 나비가 꽃밭을 날아다니는 것처럼 당연하게 생각할걸. 그런데 반치, 넌 마리아를 다시 만나고 싶지 않아? 네가 원한다면 우리는 함께 비엔나로 갈 수 있어."

경희는 걸어서, 라고 덧붙이지는 않았다. 나는 가족을 위해서 목숨을 버릴 수 있어, 하고 한때 오스트리아에서 대학을 다니다 중단한 적이 있는 제3세계의 수줍은 아마추어 예술가 반치는 이렇게 대답할 뿐이었다. 그들은 도중에 '시시'라는 이름의 레스토랑을 지났다. 저곳은 오스트리아 식당인지, 하고 경희가 물었다. 반드시 그렇지는 않다고 반치가 대답했다. 저곳에는 벽에 황녀 시시의 초상화가 걸려 있기는 하지만 진짜 오스트리아 식당이라고 할 수는 없다. 양고기 스튜와 감자 국수, 굴라시를 먹을 수 있지만 메뉴에 비엔나 슈니첼은 들어 있지 않다고. "하지만 네가 원한다면 이 도시에 있는 유럽 맥주홀을 구경시켜줄 수 있어. 진짜 독일식이지. 독일대사관 근처에 있는데, 맥주를 만드는 시설을 투명한 유리창을 통해 들여다볼 수 있단다. 독일대사관 곁은 북한대사관 건물인데 네가 그들을 볼 수는 없을 거야. 그들은 바로 이틀 전에 건물을 비우고 철수해버렸으니까. 사람들이 건물을 헐었고 엄청나게 많은 먼지가 행인들의 머리 위로 쏟아져 내렸어. 그때 난 너를 떠올렸지.

네가 며칠만 더 빨리 이 도시에 온다면 우리는 담장 바깥에서 대사관이 헐리는 광경을 구경할 수도 있었을 텐데. 너에게 그곳을 꼭 보여주고 싶었어. 북한대사관은 나에게 특별한 장소거든. 어린 시절에 난 학교에서 돌아오는 길에 그곳의 흰 담벼락에 붙은 화려한 북한의 풍경화와 연분홍빛 꽃으로 장식된 기록화들을 감탄하며 바라보곤 했지. 크고 튼튼한 남자와 젊고 아리따운 여자들의 그림, 구체적인 내용은 알 수 없었지만 장중하고도 비감하고 한편으로는 가슴 뭉클하게 아름답고 영웅적인 인상을 주는 그림들이었어. 철문 사이로 들여다보이는 대사관 건물은 또 얼마나 품위 있고 장엄했는지. 마치 먼 나라의 궁전처럼 보였어. 나는 그들을 동경했어. 그들은 어린 나에게 처음으로 다가온 막연하고도 추상적인 이름의 실체였지. 절도와 우아함, 명예, 질서, 존엄, 그리고 외국과 이방인. 하지만 이제 그들은 여기 없지. 그들은 떠나버렸어."

"나는 많은 도시를 알지는 못해." 경희가 말했다. "내가 이 세상에서 단 하나의 도시만을 알고 있을 때, 그때 나는 완전한 체류자라기보다는 아직 이 세상의 방문객에 가까운 입장이었어. 왜냐하면 나는 언어를 모르고 있었으므로. 양육자가 나에게 한 음절 한 음절 말을 가르치는 중이었고, 그 도시에는 궤도를 따라 달리는 전차와 자전거가 있었어. 내가 처음으로 기억하는 그 도시의 모습은 한 젊은 여인이, 아마도 눈먼 여인이었던 것 같아, 사선으로 비스듬히 차도를 가로질러 걸어가는 모습이야. 유모차에 앉은 나는 그 영상을 기억하면서, 왜 그녀는 다른 사람들처럼 인도로 가지 않고 차도로 가는 것일까 이상하게 생각하지. 지금 생각해보면 그 순간은 내 삶이 열리던 최초의 오후에 해당해. 그날 한 남자가 자전거를 타고 가고 있어. 지붕에 전선을 매단 전차가 스스르 미끄러져 오는 어느 무언어(無言語)의 오후. 그것은 분명 지나간 시간인지 아니면 지금까지도 동시적으로 내 환영의 어느 눈꺼풀 아래서 변함없이 진행되고 있는 영원한 '지금 이 순간'의 현재형 영상인지. 전차가 여인의 몸 위로 지나가. 소리도 없이. (나는 소리를 기억하지 못해.) 여인은 얼굴을 감싸 쥐고 바닥에 쓰러지며, 자전거를 탄 남자가 그녀의 몸을 들어 올리지. 내 몸을 들어 올려줘, 라는 문장이, 모국어가 아닌 지금은 잊혀진 어느 오래된 고대어로 나에게 떠올랐다는 생각이 들어. 그때 나는 아직 그 도시에 도착한 지 얼마 지나지 않은 방문객이고, 유모차가 나를 운반하며, 모든 사물과 풍경이, 한 음절 한 음절의 모든 언어가, 어느 것 하나도 익숙하지 않아. 그래서 나는 종종 고대어로 생각했고, 고대어와 새로운 언어를 혼용하고 있었어. 나는 언어를 혼동하듯이 양육자를 혼동했어. 나는 도시를 혼동하듯이 지금과 그때를 혼동해. 나는 얼굴을 감싸 쥐고 바닥에 쓰러져. 전차가 내 몸 위를 스르륵 지나가. 그리고 눈을 뜨면, 나는 다른 도시에 와 있는 나를 발견하게 되는 거야."

"너는 마치 삶의 방랑자처럼 말하는구나. 아니면 시간의 방랑자라고 해야 하나."

"내 삶의 거의 대부분이 흘러가버릴 정도로 오랫동안 나는 방랑자가 아니었어. 나는 그걸 알고 싶어 하지도 않았고, 심지어 직업도 갖고 있었단다."

"무대 배우."

"목소리 배우."

"그건 놀라운 일이야. 네가 직업을 갖고 있었다는 사실이 아니라, 네가 그런 직업으로 살아갈 수 있었다는 것이. 이 도시에서는, 설사 그런 직업을 가질 수 있다 해도 결코 그것으로 살아가지는 못해. 어림없는 소리지. 내 친구들의 경우를 봐도, 내가 아는 한 그들은 모두 뛰어난 시인이고 작가이며 배우이고 마술사이고 화가이고 치유사이지만, 동시에 그들은 현실의 택시 운전수이고 법률사무소 하급 직원이며 공항 면세점 판매원에 때로는 관광객 대상의 불교 승려에다 영세 인쇄소 경영자이기도 하지. 내 생각에는 말이지, 내 아버지야말로 이 도시 출신으로 유일하게 자립한 예술가가 아닐까 해."

"그리고 어쩌면 가장 부유한 작가일지도 모르지. 그런데 반치, 그거 알고 있어? 우리는 내일이라도 비엔나로 가서 마리아를 만날 수 있어."

"아니, 나는 갈 수 없어. 나는 이번 선거에서 반대표를 던질지 찬성표를 던질지를 결정해야만 하니까."

"그걸 네가 반드시 이곳에서 지금 이 순간 결정해야만 한다는 건지. 난 네가 이미 지난번 선거에서 반대표를 던졌고, 너의 국가 전체가 그렇게 결정의 절차를 마쳤다는 소리로 이해했는데."

"때로는 영원히 지속되는 지금 이 순간이란 것도 존재하니까.

나는 너도 그렇게 말한 것으로 이해했는데."

　그들은 건물이 완전히 철거되어 먼지 구덩이만 커다랗게 남은 북한대사관의 담장을 지나쳐서 걸어갔다. 담장의 울타리 너머로 한 남자가 구덩이 주변을 홀로 한가롭게 서성이는 것이 보였다. 그 말고는 다른 사람의 모습은 없었다. 왜 국가라는 것이 여전히 존재해야 하는지? 경희는 스스로에게 물어보았지만 설득력 있는 대답을 기대한 것은 아니었다. 경희의 첫번째—동시에 공식적으로는 유일한—남편이었던 사람은 공무원이었으며, 국가의 편에 서서 시장을 조사하고 시장과 협상을 벌이는 일을 했고, 하지만 사실은 '시장과 관련한 국가의 역할을 고뇌하고 근심한다'고 하는 표현이 더 맞겠지만, 은행과 기업들은 그를 소멸해가는 국가의 대사이자 그 국가가 파견한 외로운 외교사절로 인식하고 있었다는 사실이 문득 경희의 머리에 떠올랐다. 이 추상성의 과거라는 현실과 영롱하고도 생생한 꿈의 촉감이 불러일으키는 발걸음의 이동, 그러한 대비들. 대사관 건너편에는 반치가 말한 유럽식 맥주홀이 있었다. 반치는 경희를 데리고 맥주홀 안으로 들어갔다. 널찍한 홀 안은 인공조명이 없이 반쯤 그늘지고 서늘했는데 테이블을 차지하고 있는 손님들은 거의 대부분이 유럽인들이었다. 모래색 머리카락을 가진 유럽인 특유의 침울하고 심각한 표정으로 손가락으로 턱을 고인 채 말없이 맥주잔을 들여다보고 있는 그들은 재앙의 땅을 떠나온 고뇌에 찬 난민들처럼 보였다. 입구에서 비스듬하게 비쳐드는 빛이 그들의 머리 위에 공기의 지붕을 드리웠다. 홀 한켠에는 투명한 유리 벽이 있었고, 그 뒤편은 맥주를 발효시키는 시설이 있었다. '독일식 공법으로 만드는 맥주'라고 홀 여기저기에 광고 문안이 붙어 있었다. 반치와 경희는 태연한 걸음으로 홀 전체를 한 바퀴 돈 다음 다시 밖으로 나왔다. 종업원이나 손님들은 아무도 그들에게 신경 쓰지 않았다. 키가 큰 반치는 앞장서서 휘청휘청 길을 건넜다. 잠시 후 그는 간판도 없는 좁다란 한 상점 안으로 불쑥 들어갔다. 서너 대의 복사기가 놓인 복사 및 사무용품점이었다. 내 가게도 이것과 비슷해, 하고 반치는 경희에게 마치 자신의 가게를 보여주는 사람처럼 자연스럽게 말했다. 경희는 고개를 끄덕였다. 그리고 말했다. "너는 마치 유목민들이 그러는 것처럼 다른 이의 상점을 자유롭게 드나드는구나. 마치 짐승의 길에는 국경이 없다는 것처럼." 상점 안의 사람들은 그들을 멀뚱히 쳐다보고만 있었다.

"처음에 나는 이 도시와 저 도시가 완전히 다른 곳이라 생각을 했지." 경희가 말했다. "지리적인 거리를 무시한다 할지라도 어쨌든 그들은 모두 한 개인에게 필연적으로 시간차를 두고 순차적으로 나타나며, 그런 까닭에 하나씩 차례로 모습을 드러내는 각각 다른 생처럼 보였으니까. 하나의 생이 완전히 끝난 다음에야 비로소 다음 생이 시작될 수 있는 것처럼, 도시들도 그런 식으로 존재하는 거라고 생각했었어. 그러나 어느 순간부터, 도시를 하나하나 지나쳐서 걸어가다 보면, 이 모든 다른 얼굴과 자태의 도시들 사이를 관통하는 보이지 않는 시공의 혈관이 있어서, 그것은 일종의 정신의 공항 같은 것인데, 그것을 통해서 도시들이 동시에 살고 있다는 생각이 들어. 그리고 각자 별개인 도시들이 실제로는 아주 완전히 별개의 것이 아니라 서로 마주치고 관통하며 때로는 무의식중에 겹쳐질 수도 있음을. 이 생과 저 생도 마찬가지겠지. 내가 아직 이 생에 완전히 도착하기 전에, 전차가 내 최후의 육신 위를 지나가는 것을 보았다는 생각과 함께. 그러므로 우리는, 어쩌면 지금 이 순간에 나 자신을 온전히 바치기 위해서, 반드시 온 정신을 한곳으로 집중할 필요가 없을지도 몰라. 내가 나에게로 집중하면 집중할수록 나는 점점 파생하고, 또 그런 생각을 하면 할수록 나는 동시에 수많은 자아로 분열되면서 아득해지지. 나는 너처럼 명상가도 아니고 불교도도 아니야, 반치. 살아갈수록 나는 점점 희박하고 점점 퍼져나가며 다중적인 우주의 일부로 넓게 스며든다는 것을 말하려는 것뿐이야. 그래서 마침내는 나 스스로가 온 세계의 지평선이 되고 말거야. 그런 순간이 올거야. 하지만 반치, 지금 이 순간 나는 네가 좋아. 그 어느 때보다도 지금 이 순간 네가 더없이 좋아. 너와 함께 마리아에게 가고 싶어."

"나는 네가 어떻게 모든 문제를 그런 식으로 해결할 수 있는지 놀라워." 반치는 경희에게 잡힌 팔을 조심스럽게, 그러나 단호하게 빼면서 말했다. "나는 네가 놀라워. 어째서 너는 이 도시와 저 도시를 동일하게 볼 수 있는지, 도시와 도시 아닌 것들을 그토록 자연스럽게 혼동하는지. 게다가 충분히 교육을 받았음에도 불구하고 찬성표와 반대표의 차이를 전혀 이해하지 못하는지. 사랑과 사랑 아닌 것, 생명과 생명 아닌 것의 차이를 그토록 쉽게 무시할 수 있는

지. 혹은 그런 차이들이 어떻게 너에게 그토록 전혀 결정적이지 않을 수 있는지. 너는 놀라워. 문제와 문제 아닌 것들을 모두 한꺼번에 고요히 번득이는 적막한 별들처럼 생각할 수 있는 네가 놀라워. 아무 소리도 들려오지 않는 별들. 진동할 대기도 없이 오직 암석으로만 이루어진 별들. 보이는 것은 단지 절대의 어둠 속에 금처럼 길게 그어진 광선의 지평선뿐. '신의 감은 눈꺼풀'이라고 불리는 그런 지평선뿐. 그래서 간혹 감탄스러운 것도 사실이야. 하지만 나는, 단 하나의 별을 찾아 밤마다 추상의 여행을 떠나는 실패한 몽상가인 건 맞지만, 그래도 이 삶의 가족을 위해서 죽을 수도 있어. 나는 아직도 종종 늑대가 나타나며 부자들이 정원에서 악어를 기르는가 하면 밤마다 집 없는 사람들이 절망에 차서 울부짖는 이 도시에서 태어나 자랐어. 그래서 이 도시에는 심지어 동물원조차 없지. 나는 네가 이 도시를 네가 태어나고 자란 도시와 쉽사리 겹쳐서 생각할 수 있는 그 방식이 놀랍고도 두려워. 네가 즐겨 말하는 '동시에'란 어휘가 두려워. 그건 네가 생각하는 것처럼 단순하고 무해한 게 아냐. 반복되는 어휘는 어휘 이상의 힘을 갖지. 나는 이렇듯 바람처럼 홀연히 나타났다 수없이 많은 별의 어휘를 쏟아놓고 다시 아무 일도 아니라는 듯이 사라져버릴 것이 분명한 네가 놀라워. 놀랍고 두려워. 이 도시에 도착해서 저 도시를 떠날 수 있는 너를 감탄해. 너는 시작도 없고 끝도 없는 이야기를 낭독하는 사람, 그 이야기 속에서 계속해서 살아 있는 사람처럼 보여. 너는 구분할 수 없는 우주만큼이나 현기증이 나. 너는 내가 어린 시절에 들었던, 사흘 밤

낮 동안 계속해서 낭독되던 옛날이야기 같아. 네 입은 늘 뭔가를 낭송하듯이 말하는데, 너는 늘 너는 없다는 말을 하고 있는데, 어느새 말해지는 것은 너 자체라는 생각이 들어. 변형되고 파생되고 비유되고 한없이 희박해져서 성분이 투명해진 너. 네가 이상하고 놀랍지만, 그래도 넌 우리 집에서 머물 수 있다. 네가 있고 싶은 만큼 있어도 괜찮아. 우리는 너를 환영해. 내 아내가 얼마나 친절하고 상냥한 사람인지 너도 알게 될 거야. 그녀가 상냥한 것은 아버지가 일부러 전화를 걸어서 널 부탁했기 때문만은 아니야. 그녀는 가족과 친구들, 나를 방문한 손님들을 항상 진심을 다해 대접하지. 그녀는 병원에서 일하는 간호사고, 한 달에 150달러를 벌어. 나는 그런 그녀를 위해서 찬성이냐 반대냐를 결정해야만 해. 도시인인 우리가 단한 번도 가보지 못했고, 앞으로도 영원히 볼 일이 없을 그 아득한 땅, 그곳을 일본인들에게 합법적으로 팔 것인가 말 것인가 하는 문제를 결정해야만 해. 그 땅을 일본인들이 사든 사지 않든, 내 몸과 그 땅은 앞으로도 영영 아무런 관련이 없는 채로 서로에게 더없이 미지의 존재로 남아 있을 테지만, 나는 죽는 그날까지 단 한 마리의 양도 그 땅에 방목하고 기를 수는 없겠지만, 그럼에도 불구하고 그 문제에 대한 결론을 내리는 데 내가 참여하게 되었다는 이 현실이 어리둥절할 뿐이야. 2000년 이후 약 10년 동안 우리는 참으로 어려운 시절을 보냈어. 그리고 이제 갑자기, 땅을 파는 문제에 참여할 수 있다는 거야. 아마도 너에게는 무의미하게까지 보이겠지만, 실제로는 물론이고 사진으로조차도 본 일이 없는 그 땅을 내가 앞으로 꿈에서 무수히 보게 될 것을 생각하면, 나는 벌써 지금의 이 삶이 놀라워. 꿈에서 나는 선조들처럼 늙고 외로운 추장이 되어 말을 타고 그 땅을 지나겠지. 내 피와 뼈가 생겨났고 내 조상들이 살았던 그 땅, 내가 영원히 모르게 될 그 땅을. 아니 어쩌면 나는 지금 이 순간도 손에 초라한 보따리를 들고, 아내와 아이들을 뒤에 거느리고 실제로 그 땅을 일생 동안 걸어서 지나가고 있는 것일지도 모르지. 한번 지나가기 위해서는 한 사람의 일생이 걸리는 땅을. 내가 이렇게 나에게 병행하는 제2의 현실로 그 땅을 실감하면서 그것의 법적인 판매 문제를 이 먼 도시에 앉아서 민주적 투표로 결정해야 하는 것은, 마치 내가 앞으로 마리아를 만나게 될지 어떨지를 투표로 결정하겠다는 말처럼 느껴져. 하나의 세계에서 제각각의 두 가지 혹은 그 이상의 현상이 공존할 수 있다는 네 생각이 항상 놀라워. 만일 네가 주장하는 대로 시간의 본질이 카오스가 맞다면, 나는 마리아를 만나고 또한 만나지 않게 된다는 거야. 왜냐하면 그 두 가지 사실 모두 우리의 삶이 다하는 그날까지 영원히 결정되지 않은 채로 머물러 있을 테니까. 그렇다면 땅은 어떻게 되는 것인지? 본 적도 없고, 그 누구도 살지 않았다는 황무지는, 그리고 투표는 어떻게 되는 것이지? 아, 이 무슨 말도 안 되는 헛소리인지! 나는 늘 이런 것을 증오했었어! 집어치우자. 그 땅은 스텝 황야이며, 초목이라곤 아무것도 자라지 않고, 눈먼 들쥐와 앙상한 여우들이 메마른 땅에 굴을 만들어 파고 들어가 있는, 돌무더기와 늙은 짐승의 뼈들이 굴러다니는 땅이라고 정부는 말했어. 오래전에 걸어서 산맥과 대륙을 가로지르는 상인들은 험준한 그 땅을 경로로 잡지 않았고, 오직 살인을 저지르고 추방된 자들과 오랜 방랑으로 정신이 온전하지 않은 이들만이 그곳에 발을 디뎠다고 말했어. 근대는 지도의 세기였지. 세계의 그 어느 구석도 희게 비어 있어서는 안 되었으므로, 탐험가들은 그곳으로 가서 이름을 붙이고 산맥과 강줄기의 지형도를 만들었지. 그래서 그곳은 비로소 '영토'가 되었어. 나는 내가 죽는 그날까지 그 땅을 결코 보지 못할 것임을 알아. 하지만 일생 동안 꿈속에서 그 땅을 보게 되리라는 것, 일생 동안 꿈속에서 그 땅을 벗어나지 못하리라는 것 또한 잘 알고 있지. 나는 도시인이야. 석탄 난로가 있는 방 하나짜리 대학 기숙사 아파트에서 어린 시절을 보냈고, 내 아이들도 도심의 좁은 아파트에서 자라게 되겠지. 단 한 번의 지진으로 맥없이 허물어져버릴 빈자들의 아파트. 낙타 뼈가 굴러다니는 스텝 황야를 팔아야만 해. 나는 내가 그 문제에 책임이 있다고 느껴. 그건 제어할 수 없는 현기증이야. 민주주의의 현기증, 도시의 삶이라는 현기증, 밀도의 현기증, 이성과 실제의 현기증. 그런데 이상하게도, 나는 내가 앞으로 팔아넘길 그 땅에서 나왔어. 내 뼈는 그곳의 흙으로 이루어졌어. 내 아버지는 그곳에서 태어났지. 그는 대학을 다니려고 열여덟 살에 당시의 레닌그라드로 가기 전까지 그곳에서 데운 염소젖을 먹고 늑대 가죽을 걸친 채 유목 부족들의 천막에서 살았다는 거야. 그렇다면 정부에서 말하고 있는 것과 탐험가들이 책에 써놓은 것과 아버지의 말에는 서로 일치하지 않는 무엇이 있어. 우리 조상은 추방된 범죄자들이었단 말인가? 아니면 아버지가 주장하는 대로 그들은 원래 그곳에서 살고 있었고, 어쩌면 지금도 살고 있는 것은 아닐까. 그들은 누구일까? 혹시 그들이 바로 내가 아닐까? 어느 쪽이든 간에 그들은 아무도 신경 쓰지 않는 보이지 않는 사람들임은 분명해. 그것이 나를 오랫동안 괴롭혀왔어. 그런데 너는 그것을 괴로움으로 받아들이는 나를 이해하지 못하고 있는 거지. 그 땅이 나에게 최후로 남겨준 그 괴로움마저 모호하고도 '동시적'인 것으로 만들고 있는 거야."

그들은 잠시 말없이 걸었다.

"나를 이곳에서 머물게 해준 너와 네 아버지에게 감사해" 하고 경희가 반치에게 말했다. "비록 그를 만난 지 1년이나 지났지만." 그러자 반치가 경희를 내려다보며 희미하게 미소 지었다. "난 그를 마지막으로 만난 지 5년도 더 넘었어. 그는 나를 늘 경제적으로 도와주긴 했지. 하지만 아마도 내 생각에, 설사 입국허가를 받는다고 해도 그는 다시 이 나라로 돌아올 것 같지는 않아."

잠시 동안, 그들이 공통적으로 그리워하는 미스터 노바디의 얼굴이 그들의 마음에 떠올랐다가 사라져갔다.

"반치, 너도 아마 마음속으로는 잘 알고 있겠지만, 네가 어디에 있든, 무엇을 하든 변함없는 그런 일들이 분명히 존재한단다. 예를 들자면 누군가가 죽으면 반드시 누군가가 태어나는 것. 단 한 번도 서로 만난 적이 없는데도 불구하고 그래도 달은 태양의 유일한 신부라는 것. 나는 생각해, 하나의 문을 닫으면 어딘가에서 보이지 않던 문이 나타나는 법이라고. 그 문밖에 무엇이 기다리고 있는지에 대해서 괴로워하지 않는다고. 세상을 바꾸기를 원하면서 반드시 괴로워할 필요는 없어. 네가 원하는 것에 대해서 괴로워할 필요가 없어. 너는 네가 원하는 것을 고통 없이 순수하게 바랄 수 있는 거야. 네 바람이 이루어지는지의 여부와는 무관하게. 설사 네가 그것을 위해 아무것도 안 할지라도, 너는 네 바람을 일생 동안 고스란히 간직할 수 있어. 나는 너에게 강요할 마음은 없지만, 그래도 네게 순수한 제안으로 말해주고 싶어. 너는 마리아에게 갈 수 있어. 그건 네가 지금이라도 당장 네 아버지의 그 땅으로 돌아가서 늑대 가죽을 걸치고 살아갈 수 있는 것과 같아. 심지어 넌 그 두 가지를 동시에 행할 수도 있어. 지도가 무슨 상관이고 이미 죽어버린 탐험가들이 무슨 상관이란 거지? 알고 있는 어휘라고는 스무 가지에 불과한 정치가라는 족속들은 잊어버려. 정부의 그 어떤 관리도 그 땅에 발을 디디기를 원하지 않을 게 분명해. 그들은 단지 비행기를 타고 지나가면서 그곳을 한번 쓱 둘러본 것이 전부일 테지. 비행기 안에서 그들이 생각하는 것에 대해서 함께 생각하면서 너를 더 깊은 괴로움으로 몰고 가는 일을 그만두길 바라. 단지 그것만을 생각해. 그곳에 가면 이 언덕과 저 언덕은 서로 팔을 벌린 듯이 이어져 있고, 짧은 우기 동안 강물은 이 계곡에서 저 계곡으로 자연스럽게 흐를 뿐이며, 생명이 짧은 꽃들은 기꺼이 이름이 없고, 자신이 뭐라고 불리는지 개의치 않은 채 피어 있을 테지. 우기가 지나 강바닥이 말라붙고 혹독한 황야에서 풀들은 말라 죽겠지만, 그들은 그것을 괴로움이라고 부르지 않을 거야. 국경은 그어져 있지 않고 군인도 깃발도 정주자도 없는 땅에서는. 마리아가 그곳으로 가고 싶어 했던 것을 기억해? 그녀는 죽은 말의 육신이 부패하는 시간 동안 내내 곁에서 지켜보기를 원했거든. 마리아는 말했어, 우리가 무엇을 결정하는 데 유일한 장애물은 바로 우리 자신이라고. 네가 그곳으로 갈 수 없는 유일한 장애는 너 자신인 거야. 그리고 네가 어느 구체적인 한 개인에게 이 세상의 다른 이에게보다 더 많이 잘못할 수 있을 거라는 상상은, 네가 무언가를 실제로 결정할 수 있으리라는 것, 그 결정이 너의 실제에 어떤 실제적인 영향을 미치리라는 생각과 마찬가지로 그야말로 너의 상상에 불과해. 하지만 이건 단지 순수한 제안으로서 하는 말이니까 난 이제 입을 다물겠어."

반치의 집은 시내의 오래된 아파트였다. 방이 두 개뿐인 좁은 집이지만 따뜻하고 무엇보다도 아이들의 학교가 가까워서 좋다고 그는 말했다. 아이들이 위험한 차도를 건너지 않아도 되고 수상한 골목길과 술집 거리를 지나지 않아도 되니 더할 수 없이 좋은 장소라고. 게다가 골목길 쓰레기 하치장 곁에 선 앙상한 포플러 두 그루까지. 그건 바로 이 도시의 사치품, 자연이 아닌가. 아이들이 자라면, 비엔나와 라이프치히에 푸르른 나무들이 얼마나 많이 서 있었는지, 그걸 말해줄 생각이라고. 반치의 집에서 가장 큰 방은 거실과 손님용 침실과 그의 서재에다가 태어난 지 1년이 채 안 된 막내아들의 놀이방까지 겸하고 있었다. 반치는 거실 선반에서 자신이 번역한 수트라 경전과 그가 가장 좋아하는 책인 헤밍웨이의 『노인과 바다』, 그리고 그의 아버지의 책 몇 권과 자신이 친구들과 공동으로 만드는 문학잡지를 경희에게 보여주었다. 그의 아내가 양고기가 든 따뜻한 쌀죽을 끓여 내왔다. 우리는 시내 산책을 했어, 하고 반치는 독일어를 할 줄 모르는 아내에게 친절하게 설명했다. "도중에 북한대사관이 있던 자리와 시시 레스토랑을 지나서 갔어. 늘 그렇듯이 길에는 먼지가 많았지. 오는 길에 집 앞 상점에 들러서 경희를 위해서 물 두 병과 당신을 위해서 야채주스를, 그리고 아이들을 위해서 콜라를 사왔어."

반치는 선반에서 작고 납작한 노트를 꺼내 페이지를 펼치고 경희에게 보여주었다. 노트에는 시가 가득 있었지만 모두 키릴문자였고, 경희는 그중 영어로 적힌 단 한 개의 시만을 읽을 수 있었다.

Talking in bed ought to be easiest
Lying together there goes back so far
An emblem of two people being honest.

Yet more and more time passes silently.
Outside the wind's incomplete unrest
builds and disperses clouds about the sky.

And dark towns heap up on the horizon.
None of this cares for us. Nothing shows why

At this unique distance from isolation

It becomes still more difficult to find
Words at once true and kind
Or not untrue and not unkind.

— Philip Larkin, 「Talking in bed」

　"이 시는 그것이 나로 인해 읽힌 어떤 시점의 상황에서 보자면 궁극의 잠자리, 즉 집에 관한 기록이기도 했어" 하고 반치가 말했다. "비엔나에 살고 있을 무렵에 읽은 것이니까. 마리아는 내가 라킨의 시를 읽기 바랐거든. 마리아는 라킨의 애독자였지. 그의 시뿐 아니라 그의 개인적으로 분방하면서 업적을 이룬 삶도 그녀를 열광시켰을 거라고 짐작할 수 있지. 당시 대학생으로 유럽에 막 건너갔던 난 그냥 어리둥절할 뿐이었어. 하여간 마리아의 말에 의하면 80년대 초에 그녀는 런던에서 라킨을 직접 만나기도 했다고 해. 그 이상의 일에 대해서는 듣지 못했어. 나는 비엔나에서 비로소 어떤 경우에는 집이 머물면서 방랑하는 자들의 장소라는 것을 깨달았고, 수많은 집들이 한 인간의 육체에 와서 쌓이며, 내 고향 도시와는 달리 그토록 많은 사람들이 혼자서 살고 있다는 사실과 더불어, 그들은 마치 일생에 걸쳐 자신의 육신 안에 자리한 내부—집들을 방랑하는 것 같고, 그들에게 삶은 기본적으로 유랑이며 그들의 모든 발길과 눈길은 스스로도 알지 못하는 유예된 카라반이라는 것을 알아차렸지. 나는 나무가 아니에요, 하고 그들의 발길은 말하고 있는 듯했어. 그래서 나는 이 집에서 저 집으로 떠나갑니다. *어두운 마을들이 지평선 위로 중첩되며 쌓이는데. 아무도 우리를 신경 쓰지 않아. 아무도 이유를 설명할 필요가 없지. 고립으로부터의 이 독특한 거리에서는.* 그래서 나는 어느 순간 내가 읽는 모든 종류의 문자들을 집과 거주지, 도시와 잠, 흐름과 유동, 방문과 떠남의 기록으로 이해하기 시작한 거야. 삶이 '구상된 공간' 그 자체라는 느낌. 그렇게 쌓여가던 집들이 어느 순간 마침내 궁극의 침대로 스스로를 드러내리라는 느낌. 내용으로서의 삶은 결국 어느 누구도 모르는 장소인 그 침대에서 이루어지는 대화라는 느낌.

어느 날 마리아의 집에 몸집이 작고 수염을 덥수룩하게 기른 낯선 젊은이가 찾아온 적이 있었어. 티셔츠에 청바지 차림인 젊은이는 자기 몸의 두 배는 될 것 같은 엄청난 배낭을 메고 있더군. 젊은이는 더러운 운동화를 벗지도 않은 채 우리가 사는 방으로 들어와서는 한구석에 슬리핑백을 깔고 누웠어. 그리고 바로 잠들었지. 죽을 만큼 피곤했던 것이 분명해. 그는 스페인어를 사용하는 아르헨티나인이었어. 그 방 안에서 우리 세 명은 한동안 함께 살았지. 마리아는 그의 존재를 전혀 신경 쓰지 않았어. 밥을 먹을 때나 잠을 잘 때, 심지어 속옷을 갈아입을 때도 마치 그가 거기 없는 것처럼 행동했어. 며칠이 지난 후 마침내 궁금해서 참을 수 없는 지경이 된 내가 물었지. 마리아, 저 젊은이와 아는 사이야? 하고. 그러자 마리아는 자신도 처음 보는 사람이라고 대답하는 거야. 하지만 언젠가 그가 찾아올 줄은 이미 알고 있었다고. 그래서 창가의 자리를 치우고 한 사람이 누울 만큼의 자리를 마련해두었노라고. 너도 알고 있을 거야, 마리아의 방이 얼마나 카오틱한지. 자신만의 신념에 의해 그 어떤 가구도 갖고 있지 않는 그녀는 모든 소지품과 옷가지, 책과 악기와 물병과 음식이 든 접시들을 그냥 방바닥에 모조리 늘어놓고 살았으니까. 그게 그녀의 삶의 방식이었어. 어떻게 그럴 수가 있지? 하고 내가 물으니 그녀가 대답하더군. 나는 카라코룸이야."

"뭐라고, 카라코룸이라고 했어?" 경희가 물었다.

"카라코룸이 뭐지? 하고 나도 물었어. 그러자 마리아는 그것이 집을 공유하는 단체, 혹은 그 회원들을 말하는 거라고 대답했어. 집을 공유하다니, 나는 그 말을 얼른 이해하지 못하고 되물었어. 전혀 모르는 사람과 말이야? 그렇다니까, 하고 마리아는 말했어. '카라코룸은 방랑자들에게 집을 제공하는 거야. 회원들끼리 서로 공유하는 형태로 말이야. 집을 갖고 있으면—여기서 집이란 기본적으로 잠자고 쉴 수 있는 방 한 칸짜리 지하 공간에서부터 대저택까지 구분 없이 해당되는 개념이야—누구든지 회원이 될 수 있지. 일단 회원이 되면 전 세계의 카라코룸 회원들에게 방을 제공해야 할 의무가 생겨. 그게 누구든 상관없이 말이야. 하지만 그 집이라는 것이 여관이나 호텔처럼 일정한 기준에 부합해야 하는 건 아니고 식사를 대접해야 한다거나 침대 시트를 갈아주어야 한다는 조건 따위는 애초에 없어. 원한다면 할 수도 있지만, 기본 원칙은 그야말로 자유롭게, 집, 혹은 하나의 방, 혹은 슬리핑백을 깔고 그야말로 딱한 사람이 비를 피해 누울 수 있는 만큼의 지붕 밑 공간이면 되는 거야. 여러 명이 공동으로 사용하는 방이라도—지금의 우리처럼— 전혀 문제 될 건 없어. 그러므로 바꿔 말하면 카라코룸에 가입했다 는 것은, 곧 전 세계에 동시적인 잠자리를 갖고 있는 것이나 마찬가 지야. 우리가 다른 도시를 여행할 일이 생기면, 우선 그 도시의 카 라코룸들에게 연락해서, 방문객을 받을 상황이 되는 집을 찾고, 거 기로 가서 지내면 되는 거야. 호세—그제야 나는 그 아르헨티나 젊 은이의 이름이 호세라는 것을 알았지—는 부에노스아이레스의 자 신의 집에 방랑자들을 묵게 하고, 나는 비엔나에서 그렇게 하는 거 지. 그 밖의 수많은 도시에서 카라코룸들은 그런 일을 하고 있어. 우리가 나중에 인도를 여행하게 되면, 그때 우리는 인도 카라코룸 들의 집에서 머물 수 있다는 거지. 우리는 세계 어디의 공항에 도착 하더라도, 바로 카라코룸으로 갈 수 있는 거야. 이제 이해하겠니?' 하고 마리아는 말했어. 그래도 나는 여전히 어리둥절하고 있었어. '우리'가 함께 머물 수 있다는 거야? 나는 카라코룸의 회원이 아닌 데도? 그렇게 묻자 마리아는 자신이 내 이름도 함께 올려두었으므 로 나 또한 이미 카라코룸이라고 간단하게 대답하더군."

"그렇다면 너의 카라코룸은 마리아와 함께 살던 비엔나의 방 인 거야, 아니면 지금 이 도시의 이 집도 카라코룸의—말하자면 상 징적인—소유인 거야?"

"그건 나도 몰라. 인터넷을 거의 사용하지 않던 나는 웹상의 공동체인 카라코룸이란 세계 자체를 모르고 있었고, 그건 지금도 마찬가지야. 하지만 마리아가 이 도시의 내 주소까지 거기에 등록을 해놓지는 않았겠지. 만일 그랬다면 어느 날 누군가 세계의 방랑자가 불쑥 우리 집으로 찾아와서, 마치 우리가 이 도시의 유럽식 맥주홀과 사무용품 상점에 인사도 용무도 없이 들어서서 주저 없이 둘러본 다음 아무런 주문도 하지 않고 그대로 나와도 상관없는 것처럼, 그렇게 자유롭게 들어서서는 이 손님용 침실 겸 거실에서 내 어린 아들과 함께 지내게 되겠지. 그리고 그는 자신이 카라코룸이며, 따라서 잊혀진 도시 카라코룸에조차 방을 가지고 있다고 주장하겠지."

"그는 방세도 없이 자유로울 수 있겠지……."

"카라코룸은 방세로부터 자유로운 세계라고 마리아는 말했어. 부에노스아이레스의 궁전 빌라에서든, 비엔나의 셋방에서든, 아니면 정말로 폐허의 도시 카라코룸에서도. 마리아로부터 충분히 설명을 들은 다음에도 내 머릿속에서는 이런 생각이 떠나지 않았지. 만일 카라코룸이 정말로 있었다면. 짙은 초록빛 벽돌이 깔리고 예순네 개의 기둥으로 이루어진 드넓은 칸의 궁전과 검은 벽, 검은 산의 고대 도시가 스텝 황야 한가운데에 정말로 있었다면. 끊임없이 이동하면서도 이 세계의 모든 중심부를 차지하고 있던 신의 눈동자 같은 도시가. 하늘의 모든 방향으로부터 떠나온 먼지의 방랑자들에게 문을 열어주는 방랑의 도시가 정말로 있었다면. 지금도 방랑 중인 그 기억의 도시가, 너울거리는 가죽 장막, 방울과 북이 매달린 천장, 그리고 비단의 휘장으로 이루어진 그 허공의 도시가 우리의 머릿속에서 어느 날 문득 그리움으로 떠오른 것이 아니라, 정말로 이 차원에서 존재한다면. 내 말은 곧 이런 뜻이야, 네가 소유했다고 끊임없이 주장하는 그 방랑이, 그 이동이, 시간의 정체라는 그 동시적인 발걸음이, 그림자나 역설의 표현에 불과한 언어적인 성분만이 아니라, 우리 개개인의 존재와 상관없이, 정말로 거기에, 사물로서, 육신으로서, 가죽과 살의 냄새로서, 거기 있는 거라면……."

5. 이것은 정녕 밤인가?

그 방에서 잠을 깨던 순간에도, 경희는 격렬한 꿈속에서 완전히 빠져나온 것은 아니었다. 꿈의 마지막은 반투명한 아마포 옷을 입은 남자였다. 남자는 석회가 녹아 흐르는 우윳빛 강을 건너 신비스럽게 넓적한 등을 보이며 멀어져갔다. 천장에 매달린 죽은 짐승의 갈비뼈가 덜그럭덜그럭 흔들리는 소리가 멀어져간다. 내가 그것으로부터 멀어져간다. 꿈과의 거리가 점점 아득해지는 어느 해변. 경희는 그곳에서 홀로 잠에서 깨어났다. 창은 열려 있었는데, 아침인지 저녁인지 알 수 없게 흐릿하면서 낡고 불그스름한 빛과 불분명한 소음으로 이루어진 세계가 창밖에 펼쳐졌다. 눈에 보이지 않을 정도로 투명한 흙빛의 메뚜기 떼들이 펄쩍펄쩍 뛰어오르는 드넓은 마른 대지의 장면이 꿈의 마지막에 나타났다는 생각이 들었다. 맨

발로 흙바닥을 디딜 때마다 날카로운 풀잎과 뾰쪽한 흙 알갱이들 사이에서 어떤 날개 달린 생물들이 동시에 수백 마리씩 튀어 올랐는데, 그것들은 허공에서 날개를 떨며 가냘픈 피리 소리를 냈다. 경희는 겨울용 슬리핑백 속에서 잠들어 있었고, 그래서 자신이 여전히 여행 중이라는 사실을 알아차렸다.

방에는 가구라고 할 만한 물건이 하나도 없었다. 사방은 흩어진 옷가지와 아직도 물건이 들어 있는 이삿짐 박스, 아무렇게나 놓인 책들과 겨울용 털장갑, 앨범과 포스터, 커피가 반쯤 담긴 사기잔과 목이 긴 장화와 가방 등으로 가득해서 빈 공간이라고는 찾기가 어려웠다. 문 곁에는 커다란 첼로 케이스가 있었고 난방기 위에는 빨아 널어놓은 속옷들이, 벽에는 커다란 사진 액자가 기대서 있었다. 멀리 보이는 눈 덮인 산봉우리와 희미한 연둣빛 팜파스 초원, 완만한 구릉으로 이루어진 드넓은 목장을 찍은 평범해 보이는 풍경 사진이었다. 사진 속 목장에는 소들이 드문드문 흩어져 있었고, 목동인 듯이 보이는 한 남자가 말을 타고 그 사이에 우두커니 서 있었다. 챙이 넓은 모자 아래서 남자의 검게 그을린 얼굴 아랫부분과 턱이 드러나 있었다. 첼로 연습용 악보대에는 신문에서 오려낸 도밍고의 사진이 있었다. 바이로이트 바그너 축제에서 〈로엔그린〉으로 무대에 선 모습이었다. 경희는 자신이 얼마나 오랫동안 잠들어 있었는지, 지금이 저녁인지 아침인지, 혹은 가능성은 희박하지만 어둡게 흐린 한낮이거나 아니면 보기 드물게 환한 한밤중인 건지, 자신이 배가 고픈 건지 단지 목이 마를 뿐인 건지 차갑게 건조한 것이 공기인 건지 경희 자신의 목구멍인지 구분할 수 없는 느낌에 휩싸여 있었다. 방바닥에는 경희의 것 말고도 반대편 구석에 또 하나의 슬리핑백이 지퍼가 열린 채 펼쳐져 있었으므로 경희는 이곳에 자신이 혼자서 잠들었던 것은 아님을 알 수 있었다. 펄럭이는 날개를 가진 커다란 나방 두 마리가 생명이 다한 채 조용히 바닥으로 떨어지고 있었다. 창밖에서 들려오는 소음은 야생 기러기들이 굵게 내지르는 목쉰 울음소리 같았다.

방을 나서서 좁다란 복도를 돌아서자, 작긴 했지만 그래도 문이 열려 있는 부엌을 발견할 수 있었다. 경희는 물을 마신 다음 냉장고에서 빵을 꺼냈다. 이 빵이 누구의 것인지는 알 수 없지만, 갑작스러운 허기가 밀려왔기 때문에 나중에 사다 놓을 생각으로 일단 먹기로 했다. 조그만 개수대에는 설거지 감이 가득 쌓여 있었고 2인용 식탁에도 빈 그릇과 과자 봉지, 사용한 식기와 버터 그릇, 말린 자두가 든 사발을 비롯한 이런저런 물건들이 가득했다. 경희는 그것들을 조심스럽게 밀치고 간신히 공간을 마련한 다음 커피를 끓이고 빵을 잘랐다. 문이 쾅 하고 닫히는 소리와 함께 누군가 욕실로 들어갔다. 방문 뒤편에서 개가 조그맣게 짖었다. 등받이가 없는 의자에 앉아 경희는 부엌의 벽에 몸을 기댄 채 빵을 씹었다. 그리고 자신이 얼마나 오랫동안 여행길에 있었는지, 그리고 돈이 얼마나 남아 있는지도 생각해보았다. 아마도 '거의 없다'가 정답일 것이다. 처음에 그런 생각이 떠올랐을 때는 불쾌감과 동시에 차갑게 미끈거리는 공포심이 엄습했던 것을 기억한다. 처음에는 가슴을 두근

거리게 하다가 이윽고 심장을 슬프게 가라앉게 만드는 무거운 공포. 하지만 이제 더 이상은 아니다. 거의 없다. 그러나 경희는 지난 수년간 자신의 목소리를 녹음하고자 원하던 프로듀서를 알고 있으며, 비록 그동안 서로의 일정과 시간이 맞지 않아서 녹음을 실행하지는 못했지만 그가 어느 정도의 돈을 도와줄 수 있을 거라고 믿었다. 설령 그에게서 도움을 받지 못한다 할지라도 당장 큰 문제가 생기지는 않으리라고. 경희는 카라코룸이므로. 어쩌면 카라코룸으로 향하는 여행자이므로. 하지만 그러한 낙관적인 생각의 이면에는 삶에 조련되기를 거부하는 맹수와 같은 비현실적 고집이 깃들어 있기도 했다. 마침내 부모에게 편지를 써야 하는 그날이 온다면 차라리 이빨을 드러내고 자기 자신을 잡아먹어버리는 편이 나으리라.

그때 누군가가 소리도 없이 불쑥 부엌으로 들어섰다. 방금 샤워를 마친 듯한 여자아이로, 몸집과 키가 보통 이상으로 매우 컸으므로 생각에 잠겨 있던 경희는 동상처럼 크고 흰 피부를 가진 아름다운 얼굴의 젊은 여자 거인과 마주쳤다고 순간적으로 생각될 정도였다. 젖은 머리를 높이 틀어 올리고 두 개의 거대한 언덕만 한 젖가슴을 가리기에는 터무니없이 작아 보이는 붉은색 타월의 욕실 가운을 걸친 흰 소녀는 경희를 전혀 개의치 않은 채 성큼성큼 냉장고로 다가가 문을 열고 병에 든 주스를 꺼냈다. 그러고는 경희에게 여전히 단 한 번의 눈길도 주지 않은 채 맨발로 자박자박 소리를 내며 그대로 자신의 방으로 돌아가버렸다. 방문 틈으로 또다시 개 짖는 소리와 함께 웅얼거리는 말소리가 새어 나왔다. 경쾌한 라디오,

혹은 남자친구, 하고 경희는 생각했다. 순간적으로 떠오른 생각이지만 그 두 가지는 젊고 살집이 좋은 대학생 시절의 고유한 소유물과 같았다. 경희는 겉옷을 걸치고 집을 나섰다.

태양은 하늘 어디에도 보이지 않았고, 뿐만 아니라 달도 별도 구름도 없었으며 몸체를 반짝이는 비행기나 위성도 날지 않았다. 이것은 밤인가? 그러나 적어도 지금이 밤이 아니라는 것만은 분명했다. 나이 든 여자와 엄격한 표정의 낮의 사람들, 책가방을 멘 아이들과 자전거의 행렬이 거리를 지나다녔기 때문이다. 자전거에 탄 사람들은 청바지 차림의 젊은이들이 대부분인데 가장 앞쪽에는 배낭에 깃발을 꽂은 인솔자가 있어서 모두 그 뒤를 질서 있게 따르고 있었다. 경희는 그 깃발에서 카라코룸이라는 글자를 얼핏 보았다는 생각이 들었지만 그건 분명하지는 않다. 아직도 경희는 잠에서 덜 깨어난 듯한 느낌에 사로잡혀 있었고, 여전히 잠의 문지방 위에 너울을 쓰고 머무는 기분이었기 때문이다. 대개 오랜 시간 동안 비행기를 타고 와 숙소에서 쓰러지듯 잠이 든 다음 날은 하루 종일 이런 기분이기 마련이지, 하고 경희는 생각했다. 그리고 밖으로 나가 임의의 어느 한 방향으로 하염없이 걸어가고 싶어지는 거야. 커다란 버섯의 그림자처럼 약간의 흐릿한 빛에만 의지한 채.

한동안 그렇게 방향을 의식하지 않으면서 전차 노선을 따라서 걷자 눈앞에 복잡하고 커다란 대로가 나타났다. 우아한 돌기둥 주랑과 옷자락처럼 주름진 돌 장식이 아름다운 오페라 극장 앞이었다. 반 시간쯤 전에 경희를 스쳐 지나간 자전거의 행렬은 그곳에 멈추어 서서 인솔자가 설명해주는 말을 듣고 있었다. 그들은 모두 귀에 무선이어폰을 꽂고 있어서, 인솔자는 시끄러운 자동차의 소음에 맞서 고함을 지를 필요가 없이 무선마이크에 대고 이야기를 하면 되었다. 그런 까닭에 경희처럼 호기심을 가진 몇몇 행인들이 그들의 곁으로 다가와보았지만 인솔자의 말을 알아듣는 것은 불가능했다.

경희는 오페라극장 앞 벤치에 앉았다. 그리고 들고 나온 손가방 안에 든 물건들을 살펴보았다. 약간의 지폐와 동전이 들어 있는 인조가죽 지갑, 장갑과 머플러, 검은색 볼펜, 테라코타 색 립스틱, 오페라극장의 팸플릿, 목이 아플 때 먹는 사탕, 자연사 백과사전 한 권, 그리고 편지가 든 봉투 하나. 편지는 윗부분에 회사의 이름이 인쇄된 흰 종이에 적혀 있었다. "…… 그리하여 아주 유감스러운 일이지만 우리 에이전시는 그동안의 누적된 적자로 인하여 이전에 기획된 녹음 스케줄 중 상당 부분을 불가피하게 최소로 할 수밖에 없는 상황에 이르렀고 그중에는 귀하가 녹음하기로 되어 있던……" 문득 경희는 옆 벤치에 앉아 있는 회색 턱수염의 허름한 노숙자 남자가 '내가 어디서 왔는지, 내 이름은 무엇인지, 당신은 그것을 물어서는 안 됩니다……' 하고 노래한 뒤 불행하게도 사람들로부터 영영 잊혀진 오페라 가수 도밍고라는 생각이 떠올랐다. 검고 긴 망토 차림에 회색 머플러를 턱과 얼굴에 둘둘 두른 남자는 고개를 깊숙이 기울이고 잠든 것처럼 앉아 있었다. 비행기가 지나가는 높이에서 바람이 빠른 속도로 대지를 향해 휘몰아쳤고, 맨 얼굴로 하늘을 쳐다보는 사람들의 살갗에 채찍과 같은 상처를 남겼다. 보이지 않는 태양이 불러일으킨 먼지는 지상에 닿기도 전에 방사능을 방출하는 전기의 입자 알갱이로 변해 사람들의 심장으로 와서 하나하나 박히고 있었다. 거무스름한 반투명 안개가 허공의 바다를 겹겹으로 항해하는 거대한 검은 배들의 그림자처럼 머리 위를 흘러가는 중이었다. 경희는 마치 자연이라는 운명에 복종하는 몸짓인 듯이 고개를 수그리고는 아무런 흥미도 불러일으키지 않는 희미하고 머나먼 편지를 정성 들여 계속해서 읽기 시작했다. "…… 하지만 또 다른 프로젝트에 대해서 당신에게 제안을 하자면, 원래는 2인극으로 만들어진 낭송극이지만 그것을 한 명의 성우가 연기하는 무대로 만드는 공연 프로젝트에 목소리 배우로서 참가해 줄 수 있는지를……."

'스타벅스'. 다시 고개를 쳐든 경희는 그 간판을 발견한 순간 이상한 안도감을 느끼고 갑작스럽게 피난처를 발견한 사람처럼 발걸음을 그곳으로 옮겼다.

경희는 두 잔의 밀크커피를 주문했다. 그리고 한 잔의 밀크커피만을 받아 들 수 있었다. 이미 지불이 끝난 영수증을 손에 쥔 많은 사람들이, 외국인들, 관광객들, 산책자들, 오페라 관람자들과 스타벅스 애호가들이 저마다 서서 주문한 커피가 나오기를 기다리고 있었다. 한참을 기다린 후, 다시 한 잔의 밀크커피가 여점원의 손에 의해 퉁명스럽게 테이블 위에 불쑥 놓여졌다. 그런데 이번엔 경희가 손을 뻗기도 전에 한 여자가 그 커피를 휙 채가버리는 것이었다.

사라진 한 잔의 밀크커피. 경희는 그것이 자신이 주문한 두번째 밀크커피인지 아닌지 알 수 없는 채로 계속해서 기다렸다. 계핏가루를 뿌린 카푸치노와 에스프레소, 그리고 다시 에스프레소와 밀크커피 세 잔이 나왔다. 하지만 그것은 경희의 주문과는 달리 작은 잔에 든 밀크커피였으므로 경희는 손을 뻗어 그것을 집지 않았고, 시끄럽게 떠들어대는 여고생들에게 양보했다. 여점원은 수돗물로 손을 씻고는 태연한 몸짓으로 담배를 피우러 가버렸다. 경희가 손짓을 하자 뚱한 표정의 키가 작은 남자가 마지못해 다가와서는 경희에게 주문한 것이 무엇이냐고 물었다. 이걸 줘요, 하고 경희는 영수증을 내밀며 '밀크커피 두 잔'이라고 인쇄된 부분을 손가락으로 가리켰다. 그건 이미 당신이 받지 않았느냐고, 귀찮은 어투로 키 작은 남자가 대꾸했다. 하지만 난 이 한 잔만 받았단 말이에요, 그리고 내가 받은 커피는 이미 차갑게 식은 지 오래라구요, 하고 경희는 천천히 대답했다. 그러거나 말거나 키 작은 남자는 경희 말고도 막 영수증을 내민 다른 사람들의 주문까지 포함해서 한꺼번에 다섯 잔이나 되는 밀크커피를 다 만들 때까지 경희에게 등을 보이고 있었다. 그가 다섯 잔의 밀크커피가 올려진 쟁반을 탁자에 거칠게 내려놓자 밀크 거품이 일제히 출렁거리면서 커피 방울이 쟁반에 튀었다. 문이 열리고 그리고 닫혔다. 그사이에 비둘기 한 마리가 스타벅스 안으로 날아 들어왔으므로, 커피를 마시던 사람들 사이에서는 작지만 흥겨운 소란이 있었다. 오페라의 시작이 가까워질수록 스타벅스 안으로 들어오는 사람과 밖으로 나가는 사람들의 수가 동시에 모두 증가하는 것처럼 보였다. 유리벽 밖으로 길을 건너가는 엘리네크의 모습을 보았다고 경희는 생각했다. 가죽과 털로 만든 외투에 얼룩덜룩하게 무늬 진 스카프를 두른 평범한 모습으로, 오직 혼자서, 그 누구의 주목도 받지 않은 채. 그 누구도 주목하지 않은 채. 그러나 어쩌면 그것은 경희의 미약한 시력이 망막에 가공해 놓은 환각의 장면에 불과할지도 모른다. 희미한 닭장 냄새를 남기고 비둘기는 다시 열어젖혀진 문밖으로 날아갔고 경희는 마침내 두 번째 밀크커피를 손에 넣을 수 있었다. 나의 사랑스러운 캄보디아 딱따구리, 경희의 오른편에 서 있던 한 남자는 키가 작고 피부가 거무스름한 젊은 아내의 뺨을 쓰다듬으면서 이렇게 말하는 중이었다.

중년의 한 동양인이 경희의 옆 테이블에 외롭게 앉아 있다가 커피를 들고 오는 경희에게 물었다. 당신은 어디로 가느냐고. 동양인의 머리카락은 거의 백발이었지만 얼굴이나 목소리, 몸짓은 자신감이 넘치는 것이 아직 완전한 노인으로는 보이지 않았다. 그는 머리와 눈썹을 일부러 희게 물들인 젊은이와 같은 주저 없는 태도를 갖고 있었다. 적어도 아직 아흔 살이 되려면 한참 남아 보였다는 것이다. 그는 단정하게 다림질 된 밝은색 줄무늬 셔츠 차림에 발에는 무릎까지 오는 갈색 카우보이 부츠를 신고 있었다. 평범한 관광객이 아니라 외국에서 장기 체류 중인 예술가나 배우처럼 보이는 남자였다. 경희는 이런 유의 질문을 받을 때면 늘 하는 대로, 즉 머리에 떠오르는 즉석 문장을 그대로 소리 내어, 중국으로 갈 거라고 대답했다. 그때 마침 서너 명의 중국인 여학생들이 큰 소리로 떠들면서 스타벅스의 유리문을 열고 밖으로 나가는 것이 보였기 때문이다. 화장기 없는 젊은 여학생들은 길고 반들반들한 검은 머리칼을 하나로 묶고 두터운 재킷의 지퍼를 목까지 끌어 올리고는 때마침 지구에 도달한 태양풍의 에너지 섬광을 향해 씩씩하게 나섰다. 바로 그 순간 소녀들은, 한때 경희가 그랬던 것처럼, 가슴이 깨질 듯한 소리 없는 우울의 음파가 온몸을 관통하는 것을 느꼈을지도 모른다. 소녀들의 몸은 그 누구도 알아채지 못하는 짧은 시간 동안 텅 빈 우주를 공명하는 울림판이었다.

지하철 정류장 입구와 버스에서 사람들이 쏟아졌고 그들은 모두 오페라극장으로 향하고 있었다. 그러면 지금은 〈파르시팔〉이 시작하기를 기다리는 거냐고 다시 동양인이 물었다. 경희는 고개를 저었다. 경희는 가방에서 편지를 꺼내서 계속해서 읽을 것인지 아니면 다른 종류의 장황한 국제 통신문과 마찬가지로 미사여구로 이루어진 내용 없는 형체에 불과할 그것을 평소 때와 다름없이 무시해버릴 것인지 망설이는 중이다. 관광객인 듯한 여러 명의 사람들이 한꺼번에 자리에서 일어나 부산스럽게 출구로 다가가는데, 그중의 누군가가 이렇게 말하는 것이 경희의 귀를 스치고 지나갔다. "원칙적으로 나는 내가 알지 못하는 한 도시에 있었어……." 그래서 경희는 동양인을 향해 몸을 돌리고 자신도 모르는 사이 입을 열어 이렇게 말하고 있게 되었다.

"…… 그리고 지금 머리에 떠오른 생각이지만, 이곳은 원칙적으로 내가 알지 못하는 도시인 것이 맞아요. 하지만 이야기나 마음처럼 도시들도 감각으로 이루어진 어떤 원형을 갖고 있는 것은 아닐까요. 누구나 공통적으로 소유한 어린 시절의 불길함, 유괴당하기 직전의 울적하고 스산한 변두리의 인상들 같은 것. 정체불명의 기시감. '정처 없이 떠난다'는 말은 곧 우리 스스로 그런 곳으로 저절로 간다는 뜻이겠지요. 어느 날 내가 사는 도시의 길을 걷고 있는데, 한 유럽인과 마주치게 돼요. 그런데 그가 스쳐 지나가고 나자, 나는 우리가 서로 알고 있다는 생각이 드는 거예요. 몸집이 작고 짙은 모래 빛 머리칼을 가진 그 중년 남자는 내가 언젠가 공연장에서 만나서 내 독일어 선생의 소개로 서로 잠시 인사를 나누었던 사람인 듯하고, 그도 그 사실을 기억하는 듯해요. 하지만 나는 그가 어째서 이런 극동의 도시에서 서성이고 있는 건지, 그것도 오직 혼자서, 그 누구의 주목도 받지 않은 채, 그 누구도 주목하지 않은 채, 그야말로 정처 없이 서성이고 있다니, 완벽하게 이해하지는 못하죠. 그런데 그도 나와 같은 생각을 떠올렸는지, 우리는 서로 동시에 몸을 돌리고 알은척을 해요. 그리고 거의 동시에 입을 열어, 거의 똑같은 문장의 말을 하게 됩니다. 어디에서인지는 알 수 없지만, 우리는 한 번 만난 적이 있지요, 하고. 그러자 어느 순간, 그 공연장 카페테리아에서 일하던 여자의 모습도 어디선가 나를 그렇게 스치고 지나갔다는 생각이 들었답니다. 그 여자는 아마도 나를 향해서 이렇게 물었겠지요. 차를 마시겠어요, 아니면 커피를 마시겠어요?"

말을 하고 있는 사이 어느덧 경희의 마음속에는 이 무의미한 대사가 그들의 대화를 계속되게 만들어주는 일종의 펄럭이는 공중

다리가 되지 않을까 하는 생각이 떠올랐다가 사라졌다.

그들은 이런저런 말을 몇 마디 주고받았다. 그들은 옆 테이블에 나란히 앉아 커피를 마셨다. 스타벅스가 있어서 다행이라고 경희는 말했던 것 같다. 중국이나 유럽이나 어디서든 사람은 고향처럼 익숙한 풍경을 가질 수 있으니까. 그건, 예를 들자면 맥도날드도 마찬가지지요, 하고 동양인이 머리를 끄덕였다. "그로 인해서 방랑자들은 자신의 고향이 중국도 유럽도 아닌 오직 대도시라는 사실을 깨닫게 되는 거겠죠."

"하지만 방랑자들이 수천 킬로나 떨어진 대륙의 낯선 도시에 도착한 다음 하필이면 다른 것도 아닌 너무나 익숙한 문화적 표지를 만나게 된다면, 마치 섬을 향해 헤엄치는 난파 선원처럼 그들은 팔을 휘적휘적 흔들며 그곳을 향해 다가가는데, 그러면서 그들은 슬퍼해야 하는지 아니면 기뻐해야 하는지. 내 말은, 그들은 무엇을 보기 위해서 그 먼 거리를 걸어서 갔던 걸까요."

그러자 동양인은, 그건 단지 발견일 뿐, 슬픔도 기쁨도 아니다, 마치 이 도시와 저 도시에서 만나는 여인의 아름다움이 아름다움 그 자체일 뿐 선도 악도 아닌 것처럼, 또한 다르게 표현하자면, 우리가 한 명의 여인을 이 도시와 저 도시에서 만나게 될 때 마치 그 여인이 각각 다른 여인인 것처럼 느껴지듯이, 실제로 각각 다른 여인이 될 수 있듯이, 하고 대답했다.

"하지만 여인은 자연의 일부이지만 스타벅스는, 여인으로 치자면 방패에 그려진 성모마리아처럼 고안된 상징이자 문명의 발명

품인 인공물이잖아요. 게다가 그건 UN이나 방사능 폐기물을 실은 공해상의 배처럼 표준화된 기호이면서 인공이기조차 해요. 말하자면 국제적인 표의문자라구요." 동양인의 지나치게 목가적인 표현에 반발을 느낀 경희가 이렇게 대꾸했다.

하지만 동양인은, "스타벅스 또한 지하철이나 버스처럼 도시의 속성이자 도시의 자연이지요. 우리는 이 도시에서 어떤 영화를 보고, 수천 킬로나 떨어진 다른 도시로 날아가 그곳에서도 같은 영화가 상영되고 있음을 쉽게 발견하곤 하지만 그런 것으로 인해 특별한 상실감을 느끼지는 않는답니다" 하고 아무렇지도 않은 잔잔한 표정으로 응수했다.

"나는 스타벅스가 없는 대도시를 방문한 적이 있답니다, 하지만 그 도시에는 이곳만큼이나 아름다운 오페라하우스가 있었죠" 하고 경희가 다시 말했다. 그러자 동양인이 미소를 지으면서 대답했다. "우리는 그런 일을 이 세상의 예외적인 사건이라고 부를 수 있겠네요. 나라면 복잡한 생각 없이 그 예외에 순수하게 기뻐하겠습니다."

"바로 그해 겨울까지도 나는 예외적인 사건이란 건 단 한 번도 겪어보지 못한 삶을 살았답니다." 두번째 커피 잔을 집어 들면서 경희가 이야기했다. 커피는 싸늘하게 식었고 우유 거품에서는 차가운 비린내가 풍겼다. "왜냐하면 나는 대도시에서 태어나고 자랐으니까요. 지금도 마찬가지지만, 나는 여러 가지 의미에서 지극히 평범한 여자였답니다. 학교 다닐 때는 일주일에 두 번 방과 후에 성악 수업을 받았어요. 위대한 예술가를 꿈꾸거나 한 것은 아니고, 단순히 노래 부르는 것이 좋았던 거죠. 사람들은 나에게 목소리가 아름답다고 했어요. 하지만 사실상 내 목소리의 음폭은 그다지 크지 못했고, 가수가 되기에는 폐활량도 많이 부족했어요. 결정적으로 난 음정의 불안함이라는 치명적 약점을 갖고 있었는데 수년간의 혹독한 훈련을 통해서도 완전히 고쳐지지 않았답니다. 그와 더불어서 음색도 나이가 들면서 점차 이른 봄의 얼음이나 엷게 희미해진 청동거울 같은 모종의 '흐릿함'이란 성격을 연상시키는 막으로 덮이게 되었어요. 그리하여 어느 순간부터 내 노래를 듣고 난 사람들은 다시 말하곤 했죠. 어머나, 넌 매우 서정적이구나. 그것뿐이었어요. 난 처음부터 실패할 목소리를 타고난 거예요. 난 그 사실을 어릴 때부터 잘 알고 있었지만 이상하게도 그다지 큰 좌절로 받아들이지는 않았답니다. 아마 훌륭한 가수가 되어서 가까운 누군가를, 예를 들자면 가족 같은, 기쁘게 해주고 싶다는 어린아이다운 욕망이 유난히 희박했기 때문일 겁니다.

아, 부모님은 둘 다 교사였고 집에는 가정부 한 명과, 그리고 나보다 나이가 열 살쯤 더 많은 자매가 한 명 있었어요. 아니 어쩌면 열 살보다 더 많았을 수도 있군요. 스무 살쯤은 더 많았을지도 몰라요. 정확한 사항은 기억나지 않아요, 이미 너무나 오랫동안 만나지도 못했으니까요. 그녀의 이름은 지금 밝힐 수가 없답니다, 용서해요. 소녀 시절 이후로 항상 머릿속에서 떠나지 않고 있던 끈질

긴 의심과 불안, 축축한 공포, 쫓기는 듯한 강박관념의 근원이 어쩌면 그녀의 이름 때문일지도 몰라서, 스스로에게 약속을 한 까닭이죠. 두 번 다시 내 자매의 이름을 입에 올리지 않고, 생각으로 떠올리지도 않겠다구요.

이상한 일이지만 내가 기억하는 한 그녀는 항상 성인이었어요. 마치 처음부터 몸집이 큰 어른으로 태어난 듯했죠. 그것도 평균 이상으로 큰. 물론 어린 소녀가 나이 차이가 많은 자매에 대해서 느끼는 그런 완숙한 여성스러움에 대한 과도한 환상 때문일 수도 있겠네요. 당신이 무슨 생각을 하는지 알아요. 어머니에 대한 감정과 혼동하는 거라고 말하고 싶은 거죠? 하지만 틀려요, 내 어머니는 아주 처음부터 분명히 나이 든 노인처럼 보였으니까요. 이건 의심의 여지가 없답니다. 어머니뿐 아니라 아버지도, 그들은 내가 기억하는 한 모두 은퇴하기 한참 전부터 최소한 60대 후반 정도의 인상과 외모를 갖고 있었어요. 두꺼운 안경알 뒤편의 둔하고 작은 눈과 닳아버린 나뭇가지처럼 짧고 뭉툭한 팔다리, 생기 없이 신경질적인 얇은 입술, 습관인 듯 불만스럽게 늘어진, 탄력 없이 희고 늘 습기가 고인 듯이 비위생적으로 음습해 보이던 뺨과 입가, 게다가 항상 까다롭고 보수적인 취향까지. 그들은 내 기억의 가장 시작부터 어른이 아니라 노인의 표상으로만 존재했답니다. 내가 마음속으로 상상해낸 그림이 아니라 실제 그들의 육신이 그러했다는 말이죠. 그래요, 자연은 그들의 육체를 '폐기물'이라고 부르겠죠. 물론 그런 외양에 어울리게 규율에 얽매인 완고함과 비타협적인 엄격함도 충분히 갖추고 있었답니다. 그러니 난 지금 내 부모와 자매를 혼동하는 건 분명 아니에요. 하여간 내 자매는 나보다 나이가 훨씬 많았고, 그에 비해서 기묘하게 느껴질 정도로 집 안에서 존재감이 없었다는 생각이 드네요. 그녀는 늘 느리고, 더 정확히 말하자면 나태하고, 조용하고, 정확히는 침울하고, 아마 가끔은 소리 내어 뭔가를 말했을 수도 있지만, 그녀의 목소리조차 기억나지 않고, 그 내용도 늘 내가 이해하지 못하는 어휘들로만 이루어졌을 것이 분명해요. 우리는 대개의 가정에서 흔히 그렇듯이 방을 함께 사용하는 자매가 아니었으므로, 그러기에는 나이 차이가 너무 많이 난 거겠죠, 사실 그녀에 대해서 보통의 자매들이 그러는 것처럼 친근하고 가까운 감정을 가져본 적은 없어요. 그 반대의 감정도 물론 없었구요. 그녀는 어머니처럼 나를 감시하거나 아버지처럼 나에게 벌을 주는 역할을 맡고 있지도 않았으므로, 나는 아주 한참이나 지난 다음에야 한집 안에 함께 사는, 그러나 나와는 어떤 관련성의 여부가 매우 불분명한 어른으로서 그녀의 존재를 피부로 인식하기 시작했을 거예요. 약간의 어리둥절함과 판단하기 어려운 혼란스러움을 가지고서 말이죠.

내가 기억하는 한 그녀는 아무 일도 하지 않았어요. 학교를 다닌다거나 아니면 직장을 다니거나 하지 않았다는 뜻이죠. 지금 돌이켜보면 그녀는 아마도 당시에 흔하게 존재하던, 경제적 자립 능력이 없어서, 혹은 그럴 용기나 의사가 없어서 부모의 집을 떠나지 못하고 있는, 일종의 '결혼 대기 상태'이자 '예비 신부군'이 사회적 정체성의 전부인 그런 수많은 미혼 여성 무직자들 중 하나였던 것 같군요. 하지만 우리는 아무도 그런 그녀의 입장을 특별히 비관적이라고 생각하지는 않았을 거예요. 당시만 해도 미혼의 젊은 여성의 위치란—당시 그녀가 젊었었다는 전제하에서—어디까지나 아직 제자리를 찾아가기 이전에 일시적으로 플랫폼을 서성이는 미완의 환승 상태일 뿐이라는 견해가 지배적이었으니 굳이 다른 뭔가를 도모할 필요성이 없던 시대였으니까요. 어머니가 일을 했기 때문에 우리 집에는 매일 출근하는 가정부가 있었고, 따라서 그녀는 청소나 요리 등 집안일을 할 필요도 없었답니다. 내 부모님은 가차 없고 무서운 사람들이어서, 내가 아주 작은 실수를 해도 절대 용서하는 법이 없었지요. 학교에서 연필이나 돈을 잃어버리고 온다거나 허락 없이 친구 집에 놀러 갔다 늦게 온다거나 숙제를 빼먹는다거나 어린아이답게 작은 거짓말을 한다거나 학용품 살 돈을 부풀려 말한다거나. 그러면 그들은 나에게 소년원에 가게 될 거라고, 소년원에서 어른이 되면 그다음에는 자동으로 감옥에 가게 될 거라고, 예절을 모르고 버릇이 없는 나쁜 아이는 옷을 모두 벗겨 학교 운동장에서 하루 종일 벌을 세워야 한다고 나를 협박하곤 했지요. 심지어는 감옥에서 혹독하게 죗값을 치르는 죄수들의 모습이라면서—그들은 모두 나처럼 거짓말을 즐겨 하고 경박하며 부주의한 데다가 도둑질까지 일삼았기 때문에 아동기 이후로 전 일생을 감옥에서 보내야만 했다며—나에게 끔찍한 사진들을 보여준 적도 있었답니다. 비참한 몰골의 사람들이 비쩍 말라빠져서 시체처럼 퀭

한 눈으로 멍하니 카메라를 응시하고 있는 소름 끼치는 사진이었죠. 그들은 죄에 대한 벌로 밥을 아주 조금씩만 먹을 수 있으므로 그렇게 비참하게 말라비틀어졌다는 거예요. '네가 앞으로 다시 한 번만 더 거짓말을 한다면' 하고 그들은 내 눈을 똑바로 들여다보면서 섬뜩한 목소리로 말했어요. '그때는 당장 경찰을 불러 너를 이런 감옥에 데려가라고 해버릴 테다. 이 감옥에서는 하루에 세 번씩 매질도 당해야 해' 하고. 나중에 알게 된 사실이지만, 그들이 내게 보여준 사진은 2차 대전 당시 아우슈비츠 강제수용소의 유대인들의 모습이었답니다. 푸른 줄무늬 옷을 입은 죄수들이 우글대는 사진집을 그들이 정말 많이 갖고 있었던 것도 지금 생각나는군요. 그들은 또 정반대의 말도 했어요. 내가 발끝으로 얌전히 걸어 다니지 않으면 끈으로 집 안의 기둥에 묶어버린다는 거예요. 그러면 밥도 개처럼 엎드려서 먹어야 한다구요. 그런데 나중에 우연히 나는 『내셔널지오그래픽』 잡지에서 스텝 황야에 사는 유목민들은 아기를 그렇게 천막 기둥에 끈으로 묶어서 기른다는 내용을 읽게 되었지요. 부모들이 모두 일을 해야 하니 아기를 지켜볼 수가 없어서, 아기들이 펄펄 끓는 우유 솥 안으로 넘어지거나 혹은 밖으로 나갔다가 늑대에게 잡아먹히는 걸 방지하기 위해서라고 해요. 그걸 읽는데 나도 모르게 눈물이 주르륵 흘렀답니다. 늑대에게 잡아먹히는 걸 방지하기 위해서라니, 그 표현이 너무나 다정하고 사랑스럽게 느껴졌던 거예요. 그건 아기 머리에 번개가 떨어지지 않도록 늘 양털 모자를 씌우고 다닌다는 말처럼 들렸으니까요.

혹시 당신이 오해할까 봐 하는 말인데, 나는 부모들에게 아무런 미움이나 원망을 갖고 있지는 않아요. 아마도 그들은 자신의 자리에서 최선의 일을 한다고 믿었을 테니까요. 그들은 나름대로 노력했다고 생각해요. 무엇을 위한 노력인지는 아마 나 자신과 마찬가지로 그들도 알 길이 없을 것이고, 그 점에 관해서는 우리 인간은 항상 모든 종류의 연민의 대상이 될 자격이 충분한 법이겠죠. 하지만 그렇게 엄격한 부모들도 내 자매에게는 아무런 간섭을 하지 않았답니다. 그녀는 내가 부엌에서 매를 맞고 있을 때도 개의치 않고 속치마 바람으로 집 안을 왔다 갔다 하면서 인스턴트커피를 마시거나 흑백텔레비전을 보곤 했어요. 심지어 그녀는 자기 방에서 몰래 담배도 피웠답니다. 이건 당시로서는, 적어도 스스로 점잖다고 자부하는 사람들의 가정에서는 눈이 튀어나올 만큼 놀라운 스캔들에 해당되는 거였죠. 그리고 난 분명 부모님도 그 사실을 알고 있었다고 확신해요, 왜냐하면 그녀가 방문을 여닫을 때마다 냄새가 풍겼으니까요. 그녀는 방 안에 늘 촛불을 켜두곤 했지만, 촛불이 냄새와 연기를 없애준다는 속설은 틀린 게 분명해요. 그녀는 마음껏 늦잠을 잤고, 나와는 달리 머리와 옷차림이 자유로웠고, 자주는 아니었지만 외출했다가 밤늦게 돌아온 적도 몇 번 있었지요. 어린 나는 막연한 마음에 그런 그녀가 부러웠어요. 그녀와 나의 생활이 너무나 달라서, 마치 신분이 다른 종류의 인간처럼 생각될 정도였지요. 나는 그녀가 나와 피를 나눈, 손을 잡고 함께 영화를 보러 갈 수도 있는 그런 자매의 위치에 있는 사람이라는 사실을 받아들이기가 정말로 쉽지 않았답니다."

그런데 지금 유리창 밖 안개의 벽이 만든 희미한 그늘 속을 작은 우산을 쓰고 지나가는 안경 쓴 승려는 달라이 라마가 아닌가. 경희는 문득 이런 생각이 머리를 스치고 사라지는 것을 알았다. 그런 생각을 가진 것은 경희 혼자만이 아니었다. 창가 소파에 깊숙이 앉아 휴대폰을 만지작거리던 한 젊은 남자가 자신도 모르는 사이 자리에서 몸을 거의 절반 이상이나 벌떡 일으키며 손을 이마 위로 갖다 대고 그 승려가 사라지는 뒷모습을 뚫어져라 응시하고 있었다. 남자의 입과 눈동자는 놀라움에 잔뜩 벌어져 있었다. 그러고는 무의식중에 커다랗게 소리를 질렀다. "저기 달라이 라마가 간다! 저기 달라이 라마가 간다!" 사방에서 커피잔들이 일제히 요동치며 달그락거렸다.

사람들은 아무런 반응을 보이지 않았다. 그들은 여전히 웃고 떠들며 자신들의 이야기에 열중하고 있었다. 하지만 경희는 아마도 대학생인 듯한 그 경솔한 젊은이 덕분에 동양인을 향해서 이렇게 말할 용기를 얻을 수 있었다. "저 사람이 잘못 본 게 아니에요. 나도 방금 스타벅스의 유리창에 승복 자락이 스칠 듯 가까이 지나가는 달라이 라마를 본 것 같아요. 마침 바람이 불어와서 승복 자락이 그의 얼굴을 온통 뒤덮는 바람에 자세히 보지는 못했지만." 그러나 동양인은 고개를 창 쪽으로 돌리지도 않은 채 말했다. "그건 당신이 잘못 본 것이 틀림없어요. 지금 달라이 라마가 아무 예고 없이 이 도시에 불쑥 나타나다니, 그게 말이 된다고 생각합니까? 승려 복장을 하고 돌아다니는 삭발의 동양인이 모두 불교도라고 생각하지 말아요. 거리의 음악가나 퍼포먼스 배우, 주목받고 싶은 거지들 말고도 단순히 재미 삼아서 그렇게 차리고 다니는 사람들도 있으니까요."

"그런데 그해 겨울에, 나는 그녀를 보았답니다." 살짝 실망한 경희는 계속해서 말했다. 동양인은 어느새 경희의 건너편으로 옮겨와서 상체를 앞으로 숙이고 경희의 말에 귀를 기울이고 있었다. 동양인의 검은 눈동자는 친절한 빛을 띠고 있었다. 하지만 경희는 사람들의 눈빛에서 무언가를 읽어내려는 몸짓을 좋아하지 않았고, 그럴 수 있다는 유럽식 믿음을 갖고 있지도 않았다. 경희는 동양인의 지나칠 정도로 진지하게 경청하는 태도가 문득 마음에 거슬린다는 느낌이 들었다. 이건 그냥 단순한 자매 이야기일 뿐인데 왜 이 사람은 우연한 청취자의 역할에 이토록 과장해서 몰입하는 걸까, 단순히 극동인 특유의 피상적인 예의범절인 걸까 아니면 이 사람이 내 이야기에서 뭔가 나에 대한 것을 알아차린 것일까, 이 사람은 혹시 내가 기억하지 못하는 어린 시절의 내 이웃이라도 되는 걸까, 하고 경희는 말을 계속하면서도 마음속으로는 모국어로 이렇게 생각을 하고 있었다.

"그런데 그해 겨울에 나는 그녀를 보았던 거예요. 마치 그때까지는 단 한 번도 그녀가 내 눈에 보이지 않았던 것처럼, 그렇게 보게 된 거랍니다. 그해 겨울 어느 날 밤이었어요. 나는 침대에서 만화책을 보다가 잠이 들었어요. 그런데 만화책이란 물건은 난잡한 연애소설이나 욕설, 이빨을 썩게 하는 설탕 과자, 경박한 웃음과 함께 집 안에서 아주 엄격하게 금지된 품목 중의 하나였지요. 그래서 내가 한밤중에 이해할 수 없는 이유로 문득 잠에서 깨어났을 때, 방 안에 어두운 그림자가 서 있는 것을 발견하고는 유령이나 어둠에 대한 본능적이고 막연한 두려움에 앞서는 구체적인 공포감에 사로잡힌 것도 당연했죠. 나는 내 부모 중 한 사람이 내가 잠든 틈을 타서 가방과 책상 서랍 검사를 하러 들어왔다고 생각했으니까요. 그들은 간혹 그런 일을 하곤 했답니다. 내 심장은 오그라들었어요. 그때 문득 떠오른 것은, 이 자리에서 그대로 죽어버렸으면 좋겠다는 것, 그야말로 지금 당장 완전히 죽어버리고 싶다는 것, 그러면 앞으로 다가올 무서운 처벌과 그 처벌을 앞두었을 때의 영혼과 육신이 모두 흉측하게 뒤틀리는, 정신이 화상 입은 난쟁이처럼 쪼그라드는 초조하고 비루한 절망감을 피할 수 있을 테니까. 그건 정말로 진지한 바람이었고, 남아 있는 내 나머지 생이 하나도 아쉽지 않을 정도였죠. 나는 잠결에 뒤척이는 척하면서 이불을 머리끝까지 뒤집어썼는데, 그러느라 머리맡에 있던 만화책이 그만 침대 아래로 툭 떨어지고 말았습니다. 그러자 마치 지진이라도 난 듯이—내게는 분명 지진처럼 느껴졌지요—바닥 전체가 우르르 울리며 진동하는 것이었죠. 이제 도저히 피할 수 없어, 하고 난 생각했어요. 만화책은 금방 들통날 것이고, 그들은 내가 무슨 돈으로 만화책을 샀는지도 물어보겠지. 그러면 난 그저께 어머니의 지갑에서 지폐를 한 장 빼낸 것마저 실토하지 않을 수 없게 될 거야. 그리고 어쩌면, 그런 행위가 처음이 아니었음도 실토해야 할지도 모르지. 그들은 만화책을 집어 들고 내 머리통을 후려갈기겠지. 아니면 늘 말하던 대로, 냉혹한 표정으로 감옥으로 보내버릴지도 몰라. 나는 학교에서 창피를 당하고 쫓겨날 거야. 친구들도 모두 다 내가 도둑이고 거짓말쟁이라는 걸 알게 될 테지. 나는 이불 속으로 머리를 파묻었고, 무슨 일이라도 어차피 일어날 일이라면 제발 얼른 일어나버리기를 기원하고 있었어요. 그런데 그 검은 그림자는 책상 곁에 우뚝 서 있었는데, 만화책이 떨어지는 것을 보았는데도 불구하고 꼼짝도 하지 않았습니다. 만화책을 집어 들고 내 머리통을 후려치기는커녕, 만화책에는 관심도 없다는 듯이 팔짱을 낀 채 그냥 그대로 서 있는 거였어요. 그렇게 시간이 흘러갈수록 나는 점점 이상하다는 생각이 들었고, 너무나 겁이 났지만 결국 고개를 들지 않을 수 없었습니다. 눈을 뜨자마자, 나는 내 얼굴에 바로 닿을 듯이 가까이 다가와 있는 어떤 얼굴을 보게 되었죠. 난 깜짝 놀라서 반사적으로 두 손으로 얼굴을 가렸는데, 그게 누구인지 알아차리기도 전에, 그 얼굴이 검은 거울에 비친 내 얼굴이라고 순간적으로 생각했기 때문이랍니다.

하지만 잠시 후, 방에 들어온 사람이 내 자매임을 뒤늦게 알아차렸습니다. 더욱 놀라운 일은 내 자매는 옷을 하나도 걸치지 않은 알몸이었다는 거예요. 세상에, 그건 상상을 초월하는 또 다른 사건이었어요. 비록 그녀가 덥수룩한 머리를 하고 속치마 바람으로 흔들흔들 단정치 못하게 왔다 갔다 하는 건 많이 보았지만, 알몸으로 집 안을 돌아다닌 적은 한 번도 없었어요. 목욕탕에 들어가기 전에 옷을 벗느라 어쩔 수 없이 가족들에게 슬쩍 알몸을 보여주는 것과는 달리, 아무 이유도 없이 단지 알몸이 되고자 하는 의지만으로 알몸 상태로 있는다는 건 혁명적인 종류의 일이었죠. 혁명적인 종류, 물론 그런 어휘는 당시 내 머리에 떠오르지는 않았겠지만 그런 종류의 성격임을 알아차렸다는 거예요. 그녀가 왜 그 시간에 내 방에 와 있는지 이유는 지금도 알 수 없어요. 아마도 그녀는 그때까지 단한 번도 내 방에 들어온 적이 없을 겁니다. 모든 것이 나에게 너무나 생소하고 불안하고 두려웠어요. 차라리 강도가 들어왔다면 그보다 훨씬 덜 놀라웠을지도 모르죠.

그녀가 처음 나에게 어떤 몸짓을 했는지 그건 기억나지 않아요. 나에게 무슨 말을 걸었는지, 아니면 내 이름을 불렀는지도…….그런데 지금 문득 떠오른 생각이지만, 과연 그녀가 내 이름을 알고나 있었을까요? 나이 많은 다른 여자들이 그렇듯이 나를 집에서 기르는 조그맣고 말 없는 개구리 정도로 생각하고 있었을지도 모르는데. 그러면 나는 그녀의 이름을 한 번이라도 불러본 적이 있었을까요? 그녀의 이름을 생각한 적이 있었을까요? 우리는 살면서 같은 이름을 가진 사람을 참으로 자주 만나긴 해요…….이름은 습득된 영혼 같은 거죠. 이름이 내 안에 있는 것이 아니라 내가 이름 속에서 살아요. 이상한 질문이긴 하지만, 나는 그녀의 이름을 도대체알고나 있는 걸까요? 하지만 지금 난, 그녀의 이름이 아니라 알몸에 대해서 잠시, 조금만 더 말할 것이 있다는 생각이 들어요. 그건누구나가 갖고 있는 그런 일반적인 몸이 아닌 것처럼 보였으니까요. 앞으로 툭 튀어나오고 소름이 잔뜩 돋아난 데다가 부패한 듯이 부풀어 공기가 가득 찬 배란, 용서해줘요, 어린 소녀에게는 그 어떤 명분으로도 악몽처럼 보일 수밖에 없는 거죠."

경희는 잠시 말을 멈추고 동양인의 눈길을 정면으로 마주 보았는데, 동양인이 자신의 말을 정말로 믿는지, 최소한 진지한 집중력을 가지고 몰입하여 듣고 있는지 알기 위해서였다. 동양인은 경희의 눈길을 피하지도 않았고, 그럼에도 불구하고 경희 자신을 바라보는 것이 아니라 경희의 몸 뒤편에 앉아 있는 또 다른 투명한 별개의 몸을 응시하는 듯 초연한 인상을 주고 있었다. 경희는 반사적으로 자신의 배 위로 두 손을 가져가 포개놓았다. '나는 2인극을 하지는 못할 것이다' 하고 경희는 생각했다. '그건 내 목소리와 가슴의 표현 능력을 넘어서는 것이니까. 뿐만 아니라 나는 연극배우가 될 수도 없어. 사람들은 내가 나 아닌 다른 사람의 이야기를 흉내내고 있다고 생각할 것이 분명해. 즉 내가 연극을 하고 있다는 생각을 지울 수가 없을 거야. 나는 그것을 잘 알고 있지. 그러므로 나는 거절의 편지를 써야만 해.' 동양인은 몸을 의자 뒤로 기대며 크게 숨을 내쉬었다.

경희가 알지 못하는 사이 어느덧 거리에는 희미한 불이 밝혀졌다. 더러운 솜과 같이 짙고 두터운 하늘 아래 불빛을 등진 외투 차림의 무수한 그림자들이 이 방향과 저 방향으로 움직이고 있었다. 발걸음들이 무겁게 펄럭였다. 모퉁이에서 방향을 바꾸는 자동차들이 속도를 줄여야 한다는 것을 잊은 채 불쑥 헤드라이트를 켜고 빠르게 다가올 때면, 그것은 잠시 동안 45도로 회전하는 임시 등대처럼 보였다. 허공에 매달린 채 지상으로 닿지 못하는 점등인 없는 가로등의 정지한 불빛과, 눈꺼풀 없이 번들거리는 어두운 유리창들과, 그보다 더욱 어두운 조각난 그늘들의 파편과, 지하에서 피어올라 포석 위에 두텁게 깔리며 모든 사물에게서 표정과 발걸음을 거두어가고 동시에 더욱 풍부하게 부푼 과장된 윤곽을 제공하는 회색빛 연무 때문에, 오페라극장 앞에 펼쳐진 밤의 시작은—이것은 밤인가?—매우 질료적인 어떤 것으로 느껴지고 있었다. 마치 화산의 구름 아래에 있는 재의 얼굴들처럼, 마치 무대 위에 설치된 플라스틱 스크린을 통해서만이 보이는 실재의 세계인 양, 하고 경희는 다시 한 번 더 모국어로 생각했다.

"드러난 내 자매의 배는, 여러 가지 의미로 매우 수상했어요. 우리가 살던 오래된 집은 멋없이 크고 허름한 이층집이었는데, 난방이 무척 어려웠지요. 돈 때문에요. 우리는 단 한 번도 마음 놓고 난방을 가동시킨 적이 없었어요. 단 손님이 올 때만은 예외였지요. 우리 집에는 부모님 방에만 조그만 전기난로가 있었고, 겨울이면 우리는 이불 속에 뜨거운 물주머니를 넣고 잠들어야만 했답니다. 어린 시절은 항상 추위에 떨면서 살았고 또 그것에 익숙해져 있었던 것 같아요. 신문에는 언제나 석유 값이 오른다는 기사가 났던 것으로 기억해요. 그 반대의 기사는 한 번도 들어본 적이 없어요. 이상한 일이죠……." 경희는 동양인의 눈을 계속해서 쳐다보면서 명랑한 어조로 소곤거렸다.

집에서 가장 따듯한 장소는 마루 한쪽 구석에 있는 작은 부엌이었다. 그곳은 원래 온실로 사용하던 방을 개조했으므로 사방 유리벽을 통해 항상 햇빛이 가득 들어왔다. 경희가 부엌으로 들어서자 부엌 바닥에는 어린 매가 한 마리 있었다.

매의 눈동자는 기름종이처럼 노란빛이었고 작은 중국 동전처럼 동그랬다.

매의 깃털은 밝은 흙 빛깔에 드문드문 윤기 나는 검은색과 흰 깃털들이 섞여 있었다. 그 위로 저물어가는 오후의 환한 태양빛이 노란 횃불이 되어 호를 그리며 지나가는 중이었다.

그의 이름이 매라는 것을 누군가로부터 들었기 때문이다. 어린 매의 형상은 매에 관한 모든 정보 이후에 가장 마지막으로 왔다. 매는 꼼짝도 하지 않고 있다가, 생각난 듯이 한 발짝씩, 바닥에서 비현실적으로 살짝 뛰어오르는 새 특유의 걸음을 옮겼지만, 날개를 펼치고 날아오르지도, 멀리 가버리지도 않았다. 매는 철학자처럼 느렸다. 매의 한쪽 발에는 노끈이 묶여 있었고 노끈의 반대편 끝은 커다란 아령과 연결되어 있었다. 삼각형 모자를 쓴 매사냥꾼의 모습은 보이지 않았다. 매는 장난감 같은 동작으로, 고개를 규칙적인 간격으로 갸웃갸웃 움직였다. 경희는 웃었다. 매의 거기 있음에 대하여.

참매와 솔개, 일반적인 매, 송골매, 들매와 새매가 어떻게 다른지 모르며, 자신이 자신도 모르는 그런 개념의 단어를 입에 올리는 것은 단지 불명확한 이유로 인해 한번 시작된 고백을 어떻게든 완성하기 위해서라고 경희는 꿈속에서처럼 생각했다.

"…… 그리고 그녀는 두 손을 내 목에 대고 눌렀는데, 나는 숨이 막혀오기 전까지 그녀의 그런 행위가 무엇을 의미하는 것인지 깨닫지 못하고 있었답니다. 나는 뭔가를 계속 이야기하는 중이었는데, 어느 순간부터 목이 막혀 더 이상 소리가 나오지 않는 상태라는 것을 알아차렸지요." 경희가 계속해서 말했다. "처음 느낌을 말하자면, 나는 어리둥절하면서도 어딘지 모르게 불편하고도 슬펐어요. 그 감정들은 내 자매의 얼굴 표정 때문이었는지, 아니면 그러한 상황이 야기하는 비일상적이고 예외적인 특수성 때문이었는지 알 수는 없어요. 나는 혼란스러운 가운데서도 육체적인 고통으로 몸부림쳤습니다. 그때 나에게 든 생각은 내가 그녀를 모른다는 것, 그녀가 어떤 타당한 이유가 있어서 나에게 이런 행위를 하는 것인지 아니면 단순히 광기로 인해서 판단력을 잃은 것인지 전혀 짐작도 할 수 없다는 거였어요. 나는 그녀를 말려야겠다, 어떻게든 그녀의 손아귀에 들어간 힘을 제어해야겠다는 생각에 사로잡혔죠. 그런데 그 순간 이상하게도, 사람들이 그녀의 이름을 불렀던 어느 날의 땅거미 진 풍경이 갑자기 떠오르는 것이었어요. 어스름한 저녁의 골목길을 그녀가 걸어가고 있어요. 길은 가벼운 경사로였고 담장 너머로 이른 장미 향기가 풍겨오고 연두색 이끼가 덮인 벽돌은 부드러웠죠. 어느 초여름의 저녁이었어요. 나는 학교에서 돌아오는 길이었죠. 우리 집은 골목을 다 통과한 가장 끝, 경사로의 가장 높은 곳에 있었어요. 그런데, 설명할 수 없게도, 골목길에 있는 것은 내가 아니고 내 자매예요. 걸어가고 있는 내 자매의 뒷모습이에요. 학교에서 돌아오는 것은 나이고, 햇빛을 받은 사물들이 말을 걸고 있는 것도 나이고, 부드러운 저녁 공기와 장미 향기를 느끼는 것은 다른 누구의 것도 아닌 내 감각인데, 장미 나뭇가지가 붉은 벽돌 담장 너머로 드리워지고 녹슨 것처럼 불그스름한 저녁 빛이 고여 있는 옛날의 그 골목길을 걸어가고 있는 전체적인 어떤 것은 내가 아니라 내 자매랍니다. 나는 이상하다는 생각이 들어요. 그때 누군가 그녀의 이름을 부릅니다. 나는, 아니 그녀는 뒤돌아봐요. 그 순간 내 감각은 다시 내 몸으로 되돌아오고, 나는 나라는 전체를 되찾고, 나는 여전히 계속해서 골목길을 걸어가요. 왜 하필이면 그 이상한 순간에 그런 엉뚱한 기억이 떠올랐던 것인지. 나는 두 손으로 그녀의 손목을 잡고 내게서 떼어내려고 안간힘 쓰면서 계속해서 발버둥쳐요. 그녀의 얼굴이 무엇을 말하고 있었는지, 그건 기억나지 않는답니다. 그녀는 내게 알려지지 않은 모종의 비밀스러운 정신질환을 앓고 있었던 걸까요, 아니면 가능성은 거의 없지만, 혹시 내가 모르는 어떤 이유로 인해 나를 엄청나게 증오하고 있었을까요. 내가 기억하는 한 나는 그녀의 돈을 훔친 적도 없고, 그녀를 괴롭히거나 놀린 적도 없어요. 그녀를 방해하기는커녕 그녀와는 직접적으로 마주친 적도 거의 없을 정도였죠. 아니면 그녀는 단지 심각한 악몽을 꾸고 일어나 순간적인 광기에 휩싸인 것에 불과했는지도 모릅니다. 사실 나는 그녀를 어느 정도 어려워하고 있었어요. 부모님은 나에게 무섭게 대하고 손찌검도 자주 했지만, 나는 부모님을 그녀처럼 멀게, 어렵게 느끼지는 않았답니다. 왜냐하면 부모님은 내 생활에, 정확히 말하면 내 생존에 직접적인 영향을 주는 사람들이었으니까 그냥 싫어하고, 매질을 두려워했을 뿐이죠. 그녀와 내가 친근한 자매가 아니라는 요소를 제외하더라도 그녀는 내 생각에 나이가 아주 많았고, 나와 마주치는 일이 드물었으므로 그것만으로도 어려워할 충분한 이유가 되었다고 생각해요. 나이 많은 자매란 나이 많은 부모와는 좀 다른 종류의 가족 성원일 테니까요. 나는 어쩌면 당시 그녀가 부모님만큼이나 나이가 많을 거라고 생각하고 있었는지도 모르겠군요. 어린 시절에는 어른들의 나이를 판단하기가 쉽지 않고, 또 서른 살 정도의 시기를 넘어선 성인들은 모두 동일하게 나이 먹은 인종으로 보이기도 하는 법이니까요. 그런 맥락으로 생각하면 그녀가 사실은 내가 짐작하는 것보다는 훨씬 더 젊은 여인이었을 가능성도 배제할 수는 없죠. 단지 매일매일의 우울하고 억눌린 일상 때문에, 변화를 기대할 방도가 없는 그런 삶의 방식이 그녀를 나이 많은 여인으로 보이게 했을지도 모르는 거죠. 어쨌든 그녀는 나보다 훨씬 더 크고, 힘이 세고, 그때 막 사춘기를 시작한 나보다 덩치도 두 배는 되어 보였으므로, 그녀의 몸무게가 잔뜩 실린 두 손은 내가 상대하기에는 정말로 역부족이었어요. 나는 발버둥을 쳤죠. 하지만 그녀의 얼굴을 이처럼 가까이서 들여다보기는 처음이라는 생각에 고통 속에서도 신기한 기분에 휩싸였는데, 이미 방 안의 어둠에 익숙해졌고, 또 열린 커튼 틈으로 비교적 환한 골목길의 가로등 불빛이 비쳐들었다고 생각이 들지만, 그럼에도 불구하고 그녀의 얼굴 모습이 전혀 기억나지 않는 것도 납득되지 않는 기묘한 것 중의 하나예요. 커다란 구멍, 그래요, 나는 그녀의 얼굴을 커다란 구멍 혹은 구멍들로 기억할 뿐이에요. 결론은 나는 숨이 막혀가는데, 비명을 지르지도, 그녀에게 그만하라고 말을 하지도 못했다는 거죠. 한참 발버둥을 치다가 내 무릎이 그녀의 배에 가서 닿았던 것이 기억나요. 이미 설명했듯이 그녀가 옷을 입고 있을 때는 전혀 알아보지 못했던, 기묘하리만큼 커다랗게 불룩 튀어나온 흉한 배. 죽은 소처럼 흉하게. 그리고 그녀가 무엇인가를 말했다는 생각이 드는데, 그제야 비로소 나는 그녀가 심하게, 거의 극단적인 벙어리 수준으로 말을 더듬는다는 사실을 알아차렸지요. 아니, 그녀의 극심한 말더듬이 비로소 기억났다고 하는 편이 더 정확할 겁니다. 나는 갑자기 웃음이 터져 나올 것 같아서 미친 듯이 기침을 할 수밖에 없었는데, 목이 눌리고 있는 상황이었으므로 그건 목구멍의 구조상 불가능해 보였어요. 그래서 있는 힘을 다해서 그녀의 배를 걷어차려고 시도를 했죠.

대개 사람들이 여자들은 항상 서로를 질투한다고 생각해요. 그리고 마찬가지로 자매들 간에도 질투심이 존재한다고 믿죠. 하지만 그건 어느 정도 비슷한 또래의 자매들 사이에서나 가능한 얘기예요. 난 항아리처럼 흉측한 배를 가진 그녀가 못생기고 볼품없으며, 나이 먹은 다른 여자들처럼 살찐 암소에 불과하다는 생각을 했고, 더듬거리는 그녀의 목소리가 서툴고 비참하다고 느꼈으며, 그런 생각은 나를 일순간이나마 육체의 고통에서 해방시켜주는 것 같았지만, 그건 질투 따위와는 무관한, 단순한 대상에 대한 냉담한 평가와 비슷한 감정이었답니다. 나는 단 한 번도 그녀라는 존재와 나 자신을 비교해본 적이 없었으니까요. 내 무릎이 그녀의 위태롭게 팽창한 뱃가죽에 가 닿는 순간 나는 마음속으로 즐겁게 웃으면서 기절했거나, 혹은 다시 계속해서 잠으로 빠져든 것이 확실해요. 다음 날 나는 보통 때와 다름없이 자명종 소리에 잠에서 깨어났죠. 목구멍의 점막이 조여들면서 타는 듯이 아팠고 목 양쪽으로는 검붉은 멍이 들어 있었지만, 나는 내가 늘 그렇듯이 잠결에 악몽에 시달리면서 스스로 목을 조른 것이라고 생각했어요. 실제로 그랬던 적이 있으니까요. 그렇게 나는 스스로 비극적인 목을 가진 데스데모나라고 생각하기를 즐겼답니다."

그렇다면 당신의 자매는 어떻게 되었는지? 그녀는 당신에게 사과를 했는지요, 아니면 그 행동에 대해서 무슨 해명이라도 있었던가요, 하고 동양인이 커피잔을 만지작거리며 침착한 목소리로 경희에게 물었다. 하지만 자신은 오페라의 시작이 아니라, 오페라가 끝나기를 기다리는 중이라고 경희는 대답했다. 그러자 동양인은, 당신도 그 유명한 가수의 열광자인 것이 맞군요, 그 가수가 노래를 하는 날이면 멀리 다른 도시에서는 물론이고 심지어 일본에서 일부러 날아오는 열광자들도 있다고 들었습니다, 하고 감탄했다. 하지만 경희는, 아녜요, 난 그 가수의 열광자가 아니랍니다. 그렇지만 내가 그 가수를 기다리고 있는 건 맞아요. 나는 어느 날 불현듯 어떤 소망을 이루기 위해서 걸어서 여행을 떠나야겠다고 마음을 먹었는데, 그 여행은 부끄럽게도 실제로는 단 하루 만에 끝나고 말았지만, 이후에 이루어진 비연속적이고 간헐적인 방랑의 씨앗이 된 결심인 것은 맞죠. 그런데 어느 날 내가 공항에서 내려서 찾아간 숙소 맞은편의 극장에서 그 가수가 공연을 하는 것을 보게 되었답니다. 그는 플라시도 도밍고처럼 유명한 인기 가수는 아니지만 그래도 꽤 많은 열광자들을 거느리고 있었지요. 그 뒤 나는 베를린과 상하이에서도 그 가수를 다시 보게 되었답니다. 설명할 수 없는 우연이 이번 생에서의 우리의 궤적을 어느 일정 시기 동안 겹치게 해두었다는 생각이 들더군요. 사람의 희망, 사람의 시간, 사람의 기억이 전혀 눈치챌 수 없는 방식으로 그의 경로를 결정한다는 이야기를 읽은 적이 없단 말인가요? 그렇기 때문에 사람은 자신의 경로 위에서 자신이 만날 사람을 만나게 되며, 그런 결정된 우연에 속하는 일은 우리의 생각보다 훨씬 더 빈번하게 일어나지요. 그래서 하필이면 내가 방랑자로서 이곳을 거쳐가는 짧은 며칠 동안 그가 또다시 이 도시에서도 공연을 하고 있더라도, 나는 조금도 놀라지 않아요, 하고 대답했다. 그래서 당신은 그 사건 이후 당신의 자매와 진지하게 얘기를 해보았나요? 하고 동양인이 다시 화제를 바꿨다.

"아마도 시간이 흐른 다음에 그것이 가능했을 수도 있지만, 나는 그러지 못했답니다" 하고 경희가 대답했다. "왜냐하면 나는 그날 밤 이후로 내 자매를 두 번 다시 보지 못했으니까요. 다음 날 아침, 항상 늦잠을 자는 내 자매는 그날도 보이지 않았고, 출근 준비를 마친 어머니가 블라우스 차림으로 식탁에 와서 앉았습니다. 그때 어머니의 눈꺼풀이 탄력을 잃은 채 흘러내리고 있었고, 어머니의 피부에서는 향수를 뿌렸음에도 불구하고 늘 그랬듯이 짓무른 듯한 악취가 났던 것이 기억나요. 어머니는 밤사이에 50년, 아니 500년은 더 늙어버린 듯이 보였답니다. 나는 어머니가 학교에서 사랑받지 못하는 여교사임을 너무나 잘 알고 있었지요. 왜냐하면 어머니는 바로 내가 다니는 학교에서 근무했으니까요. 아니, 사랑받지 못하는 게 아니라 좀 나이가 든 여학생들 사이에서는 증오의 대상이라고 말하는 편이 더 사실에 가깝겠군요. 외모가 흉측한데다 늙기까지 했다는 점이 가장 큰 이유였고, 신경질적이고 표독한 성격은 차라리 덜 중요했어요. 일반적인 인간들에게 늙음은 혐오뿐 아니라 조롱의 대상이기도 하죠. 그중에서도 특히 늙은이가 뭔가를 열망하는 기색이 보이면, 가장 극심하게 조롱을 가할 타당한 이유가 되는 것이 보통이죠. 욕망이 살아 있음의 징후 그 자체라는 점을 염두에 둔다면, 살아 있는 늙은이란 일종의 빚진 자, 추방이 유예된 입장으로 간주되는 경향이 있죠. 나는 우리 학교의 모든 고학년 여학생들이 어머니가 빨리 죽어버리기를 기대한다는 사실을 잘 알고 있었답니다. 자신들이 졸업하기 전에 어머니가 자발적으로 은퇴할 가능성이 절대 없다면 말이에요. 고학년 여학생들은 이제 표독스럽고 신경질적인, 피 냄새 나는 예민함의 시기로 막 접어드는 중이며 당연히 그들 자신의 것이기도 한 예리하고 날카로운 여성성에 대해 복합적이고 혼란스러운 감정을 지니고 있었고,

그것에 어떻게 대응해야 할지, 그것을 어떻게 발휘해야 할지 모르는 중이므로 사실 그들의 잔인함을 이해할 수 있기도 해요. 어머니가 얼굴이 예쁘장한 여학생들을 질투해서 못살게 군다는 것이 고학년들 사이에서 공공연하게 퍼져 있었죠. 더 이상 어머니 자신의 것이 아닌 여성성을 증오한다는 거예요. 나보다 나이 많은 여자애들은 복도에서 나를 스치고 지나가면서 기분 나쁠 정도로 오랫동안 내 얼굴을 빤히 쳐다보곤 했답니다. 나는 그 쳐다봄이 어떤 의미인지 잘 알고 있었어요. 앞으로 자신의 것이 될 히스테리에 대한 두려움과 경멸, 집단적인 가학성, 짐승의 호기심, 공격적인 도발, 초경이 불러일으킨 대상이 불분명한 적대감, 그리고 그 모든 것들을 포함한, 응축된 어머니인 나에 대한 미움이었죠.

그런데 그날 아침, 시체처럼, 아니 그것은 이미 사실상 오래전부터 시체였던 걸까요, 축 늘어져 흘러내리는 어머니의 살가죽을 쳐다보고 있자니 생애 처음으로 어머니를 향한 연민 비슷한 감정이 느껴지던 것이 기억나요. 어머니가 식탁에서 걸죽하고 누런 눈물을 흘렸기 때문만은 아녜요. 어머니는 밥그릇과 생선 접시를 나에게 밀어주고, 특별한 이유가 없는데도 머뭇거리며 내 머리를 쓰다듬으려 하고, 멍한 가운데서도 여느 때처럼 아침 인사를 건네고, 입술을 깨물고, 소리 죽여 흐느끼다가, 마침내 참지 못하고 흐어흐어 하고 괴상한 소리를 내면서 코를 훌쩍였지요. 나는 어머니의 손이 나에게 닿는 것이 본능적으로 싫었기 때문에 최대한 눈치채이지 않게 몸을 뒤로 빼서 어머니의 성분이 나에게 전염되는 것을 막

앉어요. 그렇게만 할 수 있다면, 그래요, 나는 영원히 흘러내리지 않을 거예요. 코를 푸는 어머니의 손목이 발로 밟아 으깬 듯이 비틀려 있었던 것이 기억나네요. 어머니 자신의 설명에 의하면 오랜 세월 동안 그 저주받을 칠판에 글씨를 쓰면서 류머티즘성 관절염이 왔다고 했죠. 어머니의 눈물은 때에 전 듯이 누런색을 띠고 있었어요. 나는 신기한 마음에 유난히 걸죽한 그 누런 눈물을 응시했답니다.

　그때 어머니는 아마도 모르고 있었겠지만 아이들에게는 일종의 환각 게임과 비슷한 놀이가 크게 유행하고 있었죠. 우리는 책가방을 들고 터덜터덜 줄을 지어 학교에 도착해요. 내 기억 속의 학교 운동장은 거짓말처럼 초목이라곤 한 그루도 없이 늘 메마른 부연 빛에 가라앉아 있죠. 항시 가뭄에 허덕이는 풍경이고 겨울이면 파랗게 얼어붙은 돌들이 이루어내는, 생살을 후벼 파는 삭막함 말이에요. 녹슨 수도꼭지에서는 한 방울의 물도 흐르지 않고, 벽돌과 시멘트로 발라진 수돗가는 시퍼런 이끼가 가득한데 비가 온 다음이면 지렁이들로 뒤덮이죠. 운동장 스피커에서는 민족주의와 애국주의를 선동하는 노래가 하루 종일 흘러나와요. 주말이 되면 학교는 군사 훈련장으로 사용되므로 군복을 입은 사람들이 트럭에 올라탄 채 운동장을 가로질러 가요. 그런데 트럭이 일으켜놓은 부연 먼지의 일부분인 것처럼, 거기 서 있는 아이들 사이로 모종의 목소리가 소곤소곤 퍼져나가는 거예요. 처음에 그것은 키 큰 상급생 사내아이들의 입에서 입으로 전해지다가, 어느새 건물 뒤편으로 모여든 긴 머리의 여자아이들, 집과 학교에서 정성 들인 보살핌을 받는 예쁘고 초롱초롱한 눈빛을 한 우등생 여자아이들과 뛰어나게 성적이 좋은 것은 아니지만 변태적인 선생님의 은밀한 사랑을 받는 교실의 어여쁜 작은 창녀들, 적당히 교활하고 적당히 눈치 빠른 중간 계급, 마침내는 소심하고 모범적이며 그 어떤 측면에서도 특성을 발휘하기 어렵도록 규정지어진 대다수의 흐릿한 안경잡이 종족들에게까지 그 소문은 힘을 발휘하게 되죠. 사실은 우리 모두는 부모의 자식이 아니라는 거예요. 우리의 진짜 부모는 외계인에게—웃지 마세요!—오래전에 잡아먹혀버렸고 지금 우리의 집에 부모 행세를 하고 있는 한 쌍의 나이 든 남녀는 외계인이 뱉어놓은 부모의 피투성이 껍데기를 뒤집어쓴 스파이라는 거예요. 우리는 이런 상황을 변화시킬 수 없죠. 단지 우리가 그들에게 비밀을 털어놓으면 그들은 외계인에게 지구의 숨겨진 정보들을 밤마다 이불 속에서 특수 송신기를 통해 전파의 형태로 전달할 것이므로, 결국은 우리는 우리들의 비밀을 지켜야 한다는 것이 아이들의 천진한 결론이었답니다. 물론 그 '비밀'이 구체적으로 무엇인지까지는 소문은 말해주고 있지는 않아요.

당연히 이미 짐작하고 있겠지만, 아무리 아이들이라고 해도 이런 소문을 말 그대로 완전히 믿고 있지는 않았을 거예요. 단지 그들은 놀이의 한 형태로 그런 소문을 퍼트리면서 즐거워하는 것이지요. 소문을 퍼트리는 놀이는 정말로 큰 인기가 있었답니다. 예를 들자면 이제 곧 전쟁이 날 거라는 소문은 항상 돌고 있었죠. 그런데 소문은 강한 아이들로부터 약한 아이들에게로, 성적이 우수하고 사랑을 받는 소수 특권층 아이들로부터 평범하고 보잘것없는 아이들에게로 번져나가는 것은 아니었어요. 도리어 그 반대의 경우가 흔해 보였답니다……. 대개 터무니없는 과시욕과 허황된 상상력이 강한 종족들이 소문의 세상에서는 강자였는데, 그런 이들은 실재계에서는 남몰래 침입한 스파이처럼 으슥한 곳에 즐겨 자신을 숨기니까요. 나는 어린 시절을 지내오면서 그런 비슷한 유의 집단적인 소문 놀이에 여러 번이나 동참을 했지요. 간혹 아주 적극적인 경우도 있었어요. 그런 말을 처음으로 듣게 되는 1학년 꼬마들의 경우 울음을 터트리기도 했지만, 대다수는 그냥 약간 으스스하고 즐거운 장난 정도로 받아들이고 스스로 즐기기 위해서 더욱 그 소문을 믿는 척하는 거였죠. 그런데 어머니의 누런 눈물을 마주하는 순간 엉뚱하게도 난 그 소문이 떠올랐답니다. 아마도 그 비인간적인 누런 눈물이 혹시 외계인의 표상이 아닐까 하고 어린아이다운 상상을 했음에 틀림없어요. 그 덕분에 나는 아마도 외계인 소문에 '누런 눈물'이란 특성 항목을 하나 더 추가하게 되어버렸을 수도 있겠네요.

그때 어머니가 말했습니다. 내가 잠들어 있는 사이 내 자매가 집을 떠났다고. 매우 갑작스러운 통보였으므로 나는 놀랐어요. 나이 많은 자매가 결혼 등으로 인해 집을 떠나는 일은 이론적으로는 일어날 수 있는 일이긴 하지만 나는 실제로는 한 번도 상상해본 적이 없었고, 게다가 그처럼 갑작스럽게 사라진다는 것은 아무래도 일반적인 경우는 아닐 테니까요. 게다가 어머니의 이어지는 설명에 의하면 그녀는 결혼을 해서 집을 나간 것이 아니라, 성악 공부를 하기 위해 외국으로 갔다는 겁니다. 놀랍게도 그녀는 지난 수년 동안 유학을 준비 중이었다는군요. 그녀가 음악을 좋아했던가, 단 한 번이라도 노래를 부른 적이 있었던가, 그녀가 과연 무엇인가를 준비하거나 원한 적이 있었던가. 좀처럼 믿을 수 없는 일이긴 하지만, 세상에는 믿을 수 없는 일도 종종 실제로 일어나기도 하니까요. 내가 그녀의 가출을 어떤 의미로 받아들였는지는 정확히는 기억나지 않지만, 적어도 변신한 외계인이니 가짜 어머니니 하는 아이들의 소문보다는 덜 열광했던 것은 분명하죠. 나는 어머니의 누런 눈물이 어머니의 블라우스를 적시고 식탁에 떨어져 접시와 숟가락을 얼룩지게 하고 털실로 짠 방석 귀퉁이를 더럽히는 광경을 물끄러미 보았어요. 내 시선을 의식한 어머니는 눈물을 훔치려는 듯이 잠시 손가락을 어수선하게 움직이다가, 알 수 없는 이유로 체념한 채 늘 하던 습관대로 흉한 손목을 다른 한 손으로 감싸 쥐고는 두 손을 무릎 위로 툭 떨어뜨려버렸습니다. 그때 아버지가 셔츠 위에 넥타이를 느슨하게 늘어뜨리고 집에서 뜬 거친 털실 조끼 차림으로 털레털레 방에서 걸어 나왔죠. 발목이 늘어난 낡은 양말이 그의 발에 축 늘어진 채 걸려 있었어요. 그는 방을 가로질러 현관으로 가다 말고 갑자기 나에게, 왜 아버지의 날 행사 때 편지를 쓰지 않았느냐고 불쑥 물었어요. 학교에서 해마다 그런 행사를 했거든요. 나는 편지지를 가져가는 것을 잊었고, 그래서 한 시간 내내 교실 밖에서 벌을 섰노라고 대답했어요. 그러자 그는 딱히 누군가를 향한 것은 아닌, 머뭇거리는 혼잣말로, 편지지 정도는 다른 아이에게서 빌릴 수도 있었을 텐데, 하고 중얼거렸어요. 눈물을 훔쳐낼 생각도 하지 않은 채 멍하니 넋을 놓고 앉아 있던 어머니는 아무런 표정이 실리지 않은 누런 마스크 얼굴로, 아버지를 향해 그런 쓸데없는 소리는 아예 하지도 말라고 퉁명스럽게 말했어요. 무슨 이유에서인지 주방과 식탁 사이를 황금빛 벌 한 마리가 허공에 신비스러운 신호를 그리며 왔다 갔다 날아다니고 있었지만 그 신호를 해독해줄 다른 동료 생물체는 하나도 보이지 않았던 것이 기억나네요.

항상 어머니보다 이른 시간에 출근하는 아버지는 그날 이상하게도 손가락으로 가슴 부분 주머니에 꽂힌 만년필을 만지작거리며 문가에서 머뭇거리고 있었죠. 마치 자신이 무엇 때문에 무엇을 망설이고 있는 건지, 곰곰이 생각해보려는 사람처럼 말이죠. 그때 전화벨이 울렸어요. 우리 집은 전화가 잘 오지 않는 편이기도 했지만, 어쨌든 전화가 오기에는 매우 이른 시간인 건 맞았죠. 가정부가 전화를 받았어요. 어머니를 찾는 전화였지만 어머니는 전화를 받고 싶어 하지 않았어요. 그건 어머니 반의 학생 학부모가 한 전화인데, 집에서 기르는 고양이가 그날 오전에 임종을 맞을 예정이라서, 그래서 온 가족이 임종을 지켜주어야 하니 아이를 오후에 등교시키겠다는 얘기였어요. 가정부는 전화를 끊은 다음에 이 말을 그대로 어머니에게 알렸답니다. 어머니는 아무런 표정도 없이 그 말을 가만히 듣고 있었지만, 아버지의 얼굴은 순식간에 흙빛으로 변했어요. 누군가 넥타이를 휘어잡고 목을 조르기라도 하는 것처럼 그의

피부 아래서 검붉은 피가 소용돌이치면서 노쇠한 힘줄을 터질 듯
팽창시키는 것이 그대로 다 드러났죠. 그의 눈이 순식간에 시뻘겋
게 변했던 것이 기억나요. 잘못 죽은 생선처럼요. 그건 눈물을 참기
위해서 필사적으로 투쟁하는 늙은 눈이었죠. 아무도 입을 열지 않
았어요. 어떤 이가 어떤 이를 때리기 위해 조성하는 익숙한 긴장감
과 닮은 어떤 것. 혹은 그와 외형적으로는 비슷하지만 아주 다른 성
질의 어떤 사건들을 위한 것. 아버지는 그것으로부터 달아나기 위
해 갑자기 서둘러 현관으로 갔는데, 반쯤 흘러내린 양말 짝이 발에
서 질질 끌리고 있었지만 그 자신은 전혀 알아차리지 못하는 듯했
어요. 아버지의 가슴에서는 하수구가 역류할 때처럼 쿨럭쿨럭하는
소리가 비어져 나왔죠. 그는 허둥지둥 현관 밖으로 사라졌고 아무
도 입을 열지 않았어요. 나는 문득, 얼마 전 여자 고등학교에서 있
었던 '굴 껍데기 재판 사건'이 떠올랐답니다. 아버지는 내가 다니던
학교와 같은 재단의 고등학교 수학 교사였는데 어머니 못지않게
학생들로부터 미움받는 입장이었으니까요. 단순히 늙고 흉한 것뿐
만 아니라 실력도 없는 아첨꾼이라고 소문이 나 있었죠. 뿐만 아니
라 늙은 남자 교사들에게 늘 따라다니는 추문에서도 자유롭지 못
했어요. 그 추문에 의하면 아버지는 몸집이 유난히 통통하면서 어
깨의 살집이 출렁거리고 젖가슴이 펑퍼짐하게 큰 여학생들을 좋아
해서 그런 아이들을 따라다니다가 계단을 올라갈 때 뒤쪽에서 엉
덩이나 팔 아랫부분을 은근슬쩍 꼬집는다더군요. 굴 껍데기 재판
이란 건, 소문을 말하는 게 아니에요. 학생들은 (원래 고대 그리스

172

식이라면 굴 껍데기에 해야겠지만) 평범한 쪽지에 이름을 하나씩 써서 그것을 라면 상자에 모았는데 그 이름은 굴 껍데기 추방의 대 상자를 뜻하는 것이었고, 그중에 어떤 이름이 제일 빈번하게 등장 했는지는 누구나 다 아는 공공연한 비밀인 셈이었어요. 물론 어디 까지나 단순히 재미로 하는 놀이였지요. 여자 고등학생들은 부모 종족이 외계인이라는 소문에 매혹당하기에는 이미 너무 커버렸으 니 그들 나름의 놀이가 필요했던 거겠죠. 아버지는 그런 사실을 전 해 듣고 수치스러워했던 걸까요? 그래서 언젠가 새 사냥꾼인 친척 아저씨가 우리 집에 가지고 왔던 어린 매가 갑자기 두 다리를 각기 다른 방향으로 뻗고 죽었을 때처럼, 그런 기색으로 집을 나가버린 걸까요?

시간이 한참이나 흐른 다음에 나는 외계 생물체란 존재하지 않음을 증명식으로 풀어낸 한 가설을 읽게 되었답니다. 그 가설은 일단 지구와 유사한 환경이야말로 지적 생명체가 발생할 수 있는 유일한 조건이라는 전제에서 출발하고 있어요. 태양이 너무 커서 도 안 되고 행성이 너무 부피가 작아서도 안 되고 태양과 행성의 사 이가 너무 가까워도 안 되고 너무 멀어도 안 되며, 너무 이글거려서 도 너무 얼어붙어서도 안 된다고…… 유기체의 기초가 되는 탄소 화합물이 원활하게 고리를 형성하기 위해서 말이에요. 하여간 그 가설에 의하면, 이 우주의 천억 개나 되는 태양계 중에 그러한 조 건을 충족시키는 행성을 보유한 것은 생각보다 그리 많지 않으며, 어쩌면 이 지구가 유일할 거라고 말하는 거죠……. 나는 그것을 읽으면서 다시금 어린 시절의 소문 놀이를 회상할 수 있었는데, 마치 그 천문학자가 우리를 위하여, 우리의 부모를 위하여, 모든 이들의 고통스러운 기억과 입장을 옹호하기 위하여, 그토록 정교하게 꼬리에 꼬리를 무는 이론의 우주를 구축하고 연쇄시키고 팽창시키며 비약하고 넓혀갔다는 느낌이 들었고, 그럼에도 불구하고 우리가 흔히 믿고 있는 과학적이라는 성질은 얼마나 허약한 것인지, 예를 들어서 그 과학자가 단연코 부인하는 전제들, 만약 어떤 미지의 의식체가 이글거리는 태양의 홍염이나 짙은 먼지와 얼음으로 이루어진 거대 행성의 토네이도 속에서도 존재할 수 있고, 우리가 수십 년 동안이나 일방적으로 쏘아 보내고 있는 전파의 언어에도 화답할 마음이 없으며(지적인 생물체가 왜 우리의 신호에 화답하지 않는지 우리는 영원히 그 이유를 모르고 말겠지만), 만약 어떤 미지의 종족이 더 이상 유기체 덩어리인 물질이나 육신이 아닌 상태로 살아가고 있다면, 그들의 존재가 현상으로부터 자유롭다면, 그들은 더 이상 탄소의 결합체가 아닐 수 있고, 그런 그들에게 생체의 유지를 위한 환경이란 큰 의미가 없을 것이고, 따라서 환경조건으로부터 출발하여 그들의 존재 가능성을 규명하려는 우리의 과학적 수고는 3년 전에 화분 위에서 말라 죽은 배추벌레처럼 보이리라는 예감에서 한동안 빠져나올 수가 없었어요…….

　그날 이후로 난 내 자매의 소식을 모른답니다. 어머니가 들려준 설명에 의하면 그녀는 외국에서 긴 공부를 마친 다음 결혼을 했고, 계속해서 외국에서 살고 있다고 해요. 이상한 일이지만 어머니가 언급한 그 외국의 도시는 지금 우리가 있는 이곳과 우연히 이름이 같은, 그러므로 어쩌면 바로 이곳일 수도 있는 그런 도시였답니다. 그래서 나에게 그녀는 오늘까지도, 부패하여 흘러내리는 것들에서 우연히 유래한 침묵하는 얼굴, 수상스럽게 부푼 배, 말 더듬는 여가수, 그리고 집안의 비밀스러운 유전일지도 모르는 폭력적인 광증을 가진 나이 많은 자매로만 기억되고 있죠. 하지만 내가 기억하지 않는 사실들도 있답니다. 나는 어머니가 그녀를 내 이름으로 불렀던 장면을 기억하지 못해요. 그녀의 이름을 부르는 소리를 듣고 내가(그녀가) 뒤돌아보던 옛날의 골목길도, 자라나면서 내 외모가 점점 나이 많은 내 자매와 흡사해져가는 것도, 어느 날 거울을 보다가, 내가 누군가와 아주 닮았다는 강렬한 느낌을 받았는데, 그게 바로 내 자매일지도 모른다는 경악스러운 예감을 가졌던 순간도 기억 속에서 사라져버렸어요. 자매가 얼굴이 닮는다는 것은 생각해보면 조금도 이상스러운 게 아니죠. 하지만 나는 그녀의 얼굴을 단 한 번도 제대로 응시한 적이 없었고, 그래서 그녀는 나에게 그냥 불특정한 인상을 가진 나이 많은 여자로만 기억되고 있는데, 어떻게 내가 그녀를 닮았다고 알아차린 것인지, 그 이유를 나는 기억하지 못해요. 그녀가 없는 한동안 나는 평화로웠어요. 그 이전에도 평화롭지 못한 건 아니었지만, 이상하게 그녀가 집에서 사라진 후 나는 더 이상 내 부모가 이전처럼 두렵거나 신경 쓰이지는 않았으니까요. 대장암에 걸린 아버지가 더 이상 잘라낼 부분이 없을 정도로 장을 많이 잘라낸 이후 두번째로 또다시 대장암에 걸렸을 때도, 아마도 사춘기의 절정에서 한창 흥분된 일상으로 인해 잊어버린 거겠지만, 나는 그가 빨리 죽게 해달라고 기원하지 않았답니다. 그래서 그런지 수십 년이나 지난 지금까지도 그는 살아 있어요. 적어도 내가 아는 한은요. 아, 그리고 나는 나이가 들고, 마침내는 집을 떠났답니다. 항상 종잇장처럼 납작하던 내 몸은 자매가 사라진 이후부터 정신없이 삼차원으로 부풀어 올랐으며, 어느새 내 부모보다도 몸이 커졌죠. 그래서 나는 내가 어른이 된 것을 알았어요. 게다가 나는 단 하루도 말을 더듬지 않았답니다! 성악 공부는 도중에 포기했지만 심지어 책을 낭송하는 직업을 갖게 되었단 말이에요. 그리고 우리 부모, 나는 그들이 그들 나름의 방식으로 나를 매우 사랑했다고 믿는 편이죠. 누군가에게 애야 과일을 좀 먹어라, 하고 말하는 것과, 다시 한 번 더 그런 식으로 못되게 입을 씰룩이면 가위로 입을 갈가리 찢어버릴 거다, 나쁜 년! 하고 소리치는 것이 근본적으로 큰 차이가 있을 거라고 생각하지 않아요. 언어란, 마치 교통 신호등이나 승무원의 유니폼처럼, 화장실 표시나 혹은 스타벅스처럼, 어느 정도는 고안해서 만들어진 인위적인 상징에 불과할 테니까요. 나는 그렇게 해석 불가한 얼굴을 가진 사랑을 좋아해요. 그런 사랑 앞에서 미소 지을 줄도 안답니다. 그런 사랑만이 나를 태울 줄 알죠. 하지만 종종 나는 혼란스러운 가운데 생각하곤 해요. 나는 정녕 말을, 혹은 기억을, 아니 생각을 더듬는 것인데, 지금 자유롭고 무심한 청중들을 앞에 두고 무대 위에 있는 나 혼자만 그 사실을 알아차리지 못하는 건 아닐까? 이런, 그런데 오페라가 끝났

176

나 보군요, 사람들이 나오고 있어요."

그것은 사실이었다. 오페라극장의 문이 열리면서, 잘 차려입은 사람들이 한꺼번에 뭉텅뭉텅 거리로 쏟아져 나왔다. 이 시간대에 도시의 모습은 덩어리진 빛들이 빠르게 혹은 느리게 부유하는 현상으로 나타난다. 식당의 탁자 위에 켜진 주황색 촛불, 그 앞에서 어른거리는 밝고 커다란 회색빛 그림자들, 보이지 않는 웅덩이와 운하의 표면에서 흐릿하게 반사되는 불빛 뭉치들이 거리 곳곳에서 오렌지색 광채로 흔들거렸다. "몇 년 전 내가 살던 방에서는 밤에 침대에 누우면 열린 창을 통해 비행기가 불빛을 점멸하면서 오리온자리를 가로질러 지나가는 것을 볼 수 있었답니다……. 비행기는 변신한 태양신처럼 밤을 이루는 어두운 천구의 끝에서 끝으로 날아갔어요" 하고 경희는 말했다. 창밖으로 보이는 시야는 먼지와 구름과 두터운 물방울 안개에 뒤엉켜 시각을 측정하기 힘들었지만 적어도 경희가 처음 스타벅스에 들어올 때와는 달리 지금이 밤이라는 것만은—이것은 밤인가?—분명한 듯했다. 지표면에 떠 있는 조그만 불빛의 조각들이 헤엄치듯 직선으로 빠르게 돌진했는데, 아주 가까이 다가온 다음에야 그것이 발전기를 단 자전거들임을 알아볼 수 있었다. 짙은 초록색과 검은색 코트, 기둥에 매어놓은 푸른색 천, 네덜란드 화가들의 초상화에 등장하는 검붉은 우단, 안개 속에서 산책하는 짙은 갈색 개의 긴 털, 더러워진 깃발들, 화단의 흙알갱이, 진주의 표면에서 번득이는 온갖 거무스름한 광채들이 도시의 밤을 이루었다.

"그건 아마 비행기가 아니라 나그네 별이었을 겁니다. 나그네 별은 종종 그렇게 성좌의 표면을 가로질러 떠다니듯이 보이기도 하죠. 그런데 최근 몇 년 전부터 지배적인 이론에 의하면 나그네 별의 존재는 실제가 아니라 오직 현상일 뿐으로, 태양의 반대편에서 먼지구름들의 농도가 순간적으로 일정 단계 이상 상승할 때 뿜어내는 폭발적 스펙트럼이 반사되면서 나타난 빛의 얼룩점에 불과한데, 밤하늘이 일종의 매끈한 검은 거울 혹은 스크린 역할을 하는 바람에 일정 거리를 수평으로 미끄러지며 이동하는 것처럼 보인다는 거예요. 그 이동의 속도가 우연히도 인간의 탈것인 비행기와 흡사해 보이므로, 나그네 별은 태양 뒤편의 폭발이 사라진 이후로도 한참 동안이나 은은하게 미끄러지는 자태를 나타내는 겁니다." 동양인이 거리를 내다보면서 말했다. "그래서 어떤 천문학자는 실제로 나그네 별 현상을, 밤의 강물을 가로질러 아침을 향해 달려가는 태양신이라고 비유하기도 했어요. 하지만 정작 놀라운 것은, 나그네 별을 처음 발견한 고대의 중국인들이 남긴 문헌입니다. 나그네 별을 자신이 죽은 것을 모르는 채 여전히 느리게 춤추고 있는 선녀와 같다고 묘사해놓았는데, 지금 생각하면 무서울 정도로 우연히 들어맞는 표현이지요."

이것은 정녕 밤인가. 사람들이 정신을 차리고 주변을 둘러보는 즉시 소음이 이명이 되어 귓속에서 비명을 질렀다. 도둑이야! 하고 그 이명은 외쳤다. 아니, 강도로군! 오, 이것은 아목(Amok)이야! 카운터에 몸을 기댄 채 커피를 기다리고 있던 누군가가 호기심에 겨워 오페라 거리로 향한 문을 열고 밖으로 달려 나갔다. 검은 형체 하나가 횡단보도를 비스듬하게 가로질러 뛰어갔다. 그러다가 길을 건너려던 한 남자와 부딪혔다. 부딪힌 남자는 몸을 구부린 채 바닥에 쓰러졌다. 자동차들이 경적을 울렸고 검은 형체는 사람들을 헤치며 계속해서 뛰어갔다. 신호등이 새빨갛게 바뀌었다. 이것이 밤인가? 광증에 사로잡힌 한 남자가 밤의 내부로 돌진했다. 그러자 경찰은 순간 그것이 그날 예정된 원자력발전소 증설에 반대하는 과격 행동주의자 시위의 시작으로 판단했지만, 질서 정연하고 얌전한 그 시위는 근처에 위치한 다른 거리에서 이미 열리고 있는 중이었다. 건널목에서 쓰러진 남자는 옆구리를 칼에 찔렸다. 범인은 전차로 두 정류장 떨어진 백화점 앞에서 길을 가던 한 여자와 두 아이를 찔렀고, 그것을 발견하고 달려오는 주변의 몇몇 사람들을 쫓아내느라 무작정 칼을 휘둘렀는데 이 과정에서 두 명의 남자가 크게 다쳤다. 범인은 곧장 전차를 집어타고 전차 운전수를 공격하려고 했지만 운전석이 잠겨 있어서 들어가는 데는 실패했다. 그래서 승객들을 향해 침을 뱉고 가운뎃손가락을 들어 보이는 것으로 만족해야 했다. 지하철로 옮겨 탄 그는 한 정류장 떨어진 공원으로 가서 음악을 연주하던 악사를, 그리고 악사의 공연을 지켜보던 행인들 사이로 비집고 들어가 그들이 무슨 일이 벌어진 것인지 알아차리고 비명을 지르며 흩어지기까지 셀 수도 없이 많은 사람들의 등과 어깨에 칼자국을 남겼는데, 그렇게까지 했음에도 불구하고 경찰이 출동하지 않자 다시 강둑을 따라 무작정 달려갔고, 그사이에 여자친구에게 문자를 두 번 남겼으며, 버스 정류장에 붙어 있던, 중국인들의 곰 사냥을 고발하는 동물 보호 단체의 벽보를—중국인들은 치통을 치료하기 위해 살아 있는 곰의 쓸개즙을 채취한다!—단순한 충동을 가지고 찢어냈고, 다시 큰 도로로 올라와 마침 으슥한 모퉁이에 있는 은행 현금 자동지급기에서 돈을 찾으려던 사람의 엉덩이를 큰 집중력 없이, 그냥 자신이 시작한 일을 대강 계속하려는 관성의 차원에서, 즉흥적으로 공격했는데, 그 공격이 빗나가는 바람에 돈을 찾으려던 사람은 도둑이야 하고 외쳤고, 아무도 관심을 갖지 않을 것이 분명하지만 그래도 다시 한 번 '아니, 강도로군! 오, 이것은 아목이야!' 하고 외쳤던 것이다. 그때 이미 사건의 초반에 백화점 앞에서 범인의 칼에 찔렸던 한 남자는 응급 출동한 앰뷸런스 안에서 정신을 차리자마자 구조대원에게 자신이 HIV 포지티브임을 밝히고 있었으며, 첫번째 뉴스에 아직 나오지는 않았지만 이미 이 도시의 많은 사람들이 희미한 소문의 전파에 의지하여 그 일에 대해서 알고 있게 되었고, 한 익명의 여성 혐오자거나 아동 혐오자, 혹은 중국인 혐오자가 잔인한 범죄를 저질렀다고, 그런 와중에도 경희는 스타벅스의 의자에서 몸을 수그리고 빈 커피잔을 내려다보며 동양인의 말에 귀를 기울였다.

"오르비스 테르티우스의 문헌에 의하면, 틀뢴 학파의 철학적 이론의 가장 중요한 근거가 바로 시간의 부정이라고 할 수 있답니다."* 동양인은 의자에 비스듬하게 기댔던 몸을 반듯하게 펴면서, 갑자기 진지한 목소리로 이렇게 말했다.

"뭐라구요?" 경희는 그 생소한 용어들을 제대로 알아듣지 못하고 되물었다.

"혹은 시간의 순차성이나 연속성에 대한 부정이라고 할까요. 그 근거에 의하면, 미래란 오직 우리의 현존하는 공포심과 희망을 입고 있는 형태로서만 실제이며, 과거는 기억이라는 상상의 형체로만 존재한다는 것이죠. 좀더 구체적으로 설명하자면 이런 얘기가 되겠군요. 우리가 사는 세계와 그 안의 모든 생명은 사실 바로 수 분 전에 창조되었는데, 창조됨과 동시에 그 이전의 긴 시간과 역사에 대한 총체적이면도 완전한 모든 종류의 환상을 기억이라는 형태로 부여받았다는 겁니다. 〈토탈 리콜〉이라는 영화를 떠올려보세요.

그런가 하면 다음과 같은 주장도 등장합니다. 사실은, 현세에 허용된 유효기간은 이미 모두 지나가버렸고, 지금 우리가 삶이라고 느끼면서 경험한다고 믿는 내용들은, 단지 완전히 사라져간 이 세상의 마지막 단계가 빛 속에 희미하게 남겨놓은 허구의 잔영이 깜빡거리면서 반사하는 것에 불과하다고 말입니다. 오직 시차 때문에 시각적으로 존재할 수 있는, 사실상 거대한 어머니인 허공을 이루는 별의 죽음에 불과한 그것.

아, 이건 내 말이 아닙니다. 틀린, 이것은 보르헤스의 개념이죠. 그리고 제발트는 그의 책 『토성의 고리』에서 이 개념을 아주 멋

---

* W. G. 제발트 『토성의 고리』에서 보르헤스를 인용한 부분을 작가 나름으로 재편집하여 인용.

지게 시적으로 해석해놓았어요. 나는 그들의 문장을 재구성해서 인용한 것에 불과합니다. 당신의 말을 들으면서 내 눈앞에는 시간으로 이루어진 도시들이 떠올랐답니다. 바로 당신이 눈으로 보았을 법한 그런 도시들 말이죠. 비행기에서 내려 입국 수속을 마치고 버스 정류장 안내판 앞에 서 있는 당신의 눈앞에서 흰 석회암 달처럼 지평선 위로 솟아오르는, 최초의 도시 우르. 눈에 들어오는 모든 풍경이 오직 불타는 테라코타 빛인 에블라. 심연의 왕 길가메시의 도시 우루크, 오렌지색 모래 계단과 현무암 장식으로 이루어진 폐허와 낮은 언덕들의 도시, 검은 얼굴의 사형수들의 목이 산을 이루는 도시, 얼룩진 달의 도시, 원시적 피라미드 또는 무덤들의 도시. 혹은 그것과 동시에 존재하면서 지금 우리가 육체적으로 걷고 있는 이 도시, 멀리서 등대처럼 빛나며 밤의 한가운데를 비추는 '스타벅스'를 발견한 여행자들이 그것을 향해, 최초와 최후의 도시들 사이에 놓인 엄청난 엷음에 스스로 현기증을 느끼며 흐릿한 초록빛과 회색빛 물의 여인을 향해 저절로 발걸음을 옮기듯이, 그렇게 당신이 지나왔고 앞으로도 지나게 될 도시들을 상상했지요.

왜 갑자기 이런 생각이 떠올랐는가 하면, 나는 오늘 낮에 단지 시간을 보내기 위해서 이 도시를 서성여야 할 필요가 있었는데, 날씨는 흐리고 추운 데다가 기분을 지독하게 억누르는 이 음울하고 무거운 공기 때문에 책을 읽을 수도 산책을 할 수도 없었답니다. 그래서 한 시간 정도 아무 버스나 집어타고 내가 한 번도 가보지 못한 방향으로 끝까지 달려서, 도시의 경계쯤에 있는 어느 변두리의 정류장에 내려 마침 눈에 띄는 대로 버스 정류장 맞은편에 있는 허름한 극장에 들어가서 그 영화를 보았던 거죠. 아마도 B급 공상과학 영화라고 생각이 되는데요, 감독이나 제목이나 한 번도 들어본 적이 없고, 심지어는 출연하는 배우들의 얼굴도 모두가 다 낯설기만한, 지금 돌이켜보니 제작 연도조차도 짐작하기 어려운 영화였지요. 조명과 연출이, 대사나 배우들의 표정도, 노골적으로 서툴면서도 서글픈, 그런데 신기한 것은 그 영화의 내용이에요. 우스꽝스럽기도 하고 난데없기도 하고 낭만적이면서 기묘하며 마지막에는 너무 허탈하고 공허하여 소름 끼치게 만드는.

　영화의 처음은, 마치 지금의 우리처럼 어느 낯선 남녀가 여행지에서 만나는 것으로 시작합니다. 그 여행지란 놀랍게도 바위투성이 사막 한가운데입니다. 황폐한 땅 여기저기 메마른 선인장이 드문드문 자라고 대머리독수리가 시체를 찾아 허공을 빙빙 날아다니는 곳이죠. 일주일에 한 번쯤 다니는 버스가 그들을 토해놓고 달아납니다. 그들은 너무 오래 살아왔다고 믿고 있었고, 그래서 확실하고 철저하게 개인적으로 죽을 장소를 찾아서 그곳까지 온 사람들이었어요. 그들은 마지막 죽음만은 오롯이 자기 자신의 것으로 만들고 싶다는 소망을 가졌던 거죠. 그들은 함께 점점 더 깊숙이 사막 안으로 걸어 들어갑니다. 그들이 발걸음을 옮길 때마다 신기루와 같은 환영이 그들의 눈앞에 흔들리면서 하나씩 펼쳐지죠. 오래 전에 죽거나 별거한 채로 영영 소식을 모르는 남편과 부인의 모습, 열정과 전쟁의 기억, 헤어진 사람들, 헤어진 후 두 번 다시 만나지 못한 사람들, 잊혀진 기억들, 언어시대 이전의 기억들, 태내의 기억들, 기억들, 기억들, 사실과 사실 아닌 기억들, 중첩되고 증폭되는 기억들……. 그들이 찾아온 사막은 우연히도 기억을 불러일으키는 특별한 장소였던 거예요. 하지만 그들의 오래된 기억은 와해되고 분열되어 그들의 불안하게 흔들리는 육신 속에서 병균처럼 왜곡되어 피어납니다. 〈죽기 전에 너는 아프리라〉, 맞아요, 이제 생각이 나는군요. 그것이 그 영화의 제목이랍니다. 어떻게 보면 당연한 얘기죠. 현대적인 의미에서 그들은 대량 죽음의 공장인 병원을 탈출한 환자나 마찬가지였어요. 그 대가는 고통을 온전히 자신의 육체에 짊어지는 것이었죠……. 그들은 숨을 헐떡이면서, 영혼과 육신의 아픔에 몸부림치면서, 무수하게 되살아나는 기억과 그것이 주는 고통에서 해방되기 위해 죽음이 얼른 그들을 데려가기를 갈구해요. 여기까지는 평범한 드라마입니다. 그런데 그 순간에 갑자기 어디선가 접시처럼 납작하게 생긴 외계의 미확인비행물체가 날아오는 거예요. 외계인들은 피익 하고 노란색 광선을 쏘아서 그들 남녀를 납치해버려요. 반쯤 졸던 몇 안 되는 관객들은 이 부분에서 웃음을 터트리기도 했죠. 어쨌든 남녀는 외계인을 '만나게' 되지는 않습니다. 외계인들은 모습을 나타내지 않고 형체도 없으며 의식만으로 존재할 수 있을 만큼 진화한 생물이니까요. 외계인들은 그들을 100억 광년쯤 멀리 떨어진 다른 행성으로 실어다 놓죠."

"그건 왜죠?"

"글쎄요. 외계인의 생각을 누가 알겠습니까. 그리고 무엇보다도 감독 자신이 그것을 별로 궁금해하지 않는 듯했어요. 하지만 내 개인적인 생각으로 외계인은 죽음을 앞둔 그들의 '고통'에 관심을 가졌던 것이 아닐까 합니다. 육체가 없는 외계인들의 눈에는 그것이 신비롭게 보였겠지요."

"그러면 그 행성에는 무엇이 있나요?"

"사막, 선인장과 독수리, 그리고 기억."

"그렇다면 지구와 똑같았단 말인가요?"

"지구와 같은 것이 아니라 그들이 납치된 그 기억의 사막과 흡사한 장소, 아니 바로 그 장소로 100억 광년이란 공간을 날아서 되돌아온 듯했습니다. 관객들은 어리둥절해요. 단 하나 차이라면, 그곳에서 그들 남녀도 형상이 아닌 의식으로만 존재하게 되었다는 것이지요. 그들은 생각합니다. 아니 그들은 기억해요. 그들은 관객들에게 이제 내레이션으로만 존재하죠. 이제 사실상 그들은 없는 것일까요……? 하지만 그럼에도 불구하고 그들의 기억이 여전히 진행 중이라면……?

어쨌든 관객들의 눈에 그들은 보이지 않아요. 화면에 나타나는 영상은, 허공을 빙빙 돌다가, 방금 죽은 시체를 향해서 유유히 내려앉는 독수리들이에요. 독수리들의 번들거리는 눈동자가 클로즈업되고, 단단한 부리가 짐승의 뼈를 부수고 살갗을 파헤쳐 핏속에 고인 기름과 내장을 빨아 당기는 소리가 꽤 오랫동안 구체적으로 들려와요. 탁 탁 탁. 츠릅 츠릅 츠릅. 하지만 보이지 않는 그 죽음의 순간에도 남녀의 내레이션은 이어집니다. 그들은 화면 속에서 대화를 나누고, 감정을 느끼고, 마침내 생각하는 듯해요. 오 시간이여 멈추어라, 이 순간, 너 참으로 아름답구나. 그들은 자신들이 죽음에서 되살아났다고 믿고, 놀랍게도 다시 열정을 얻었고, 사랑에 빠졌다고 믿으면서 즐거워해요. 그들이, 그들의 목소리가, 그들의 기억이, 그들의 환영이. 독수리가 시체의 눈알을 파헤쳐 집어삼키는 순간, 그들의 의식은 말합니다. 나는 기적을 믿어, 나는 사랑을 믿고, 나는 미래가 나를 향해 앞으로 다가올 것을 믿어. 나는 삶을 믿어. 오, 빛이여.

그래요, 기묘하기는 하지만 아주 생소한 이야기는 아닌 거죠. 왜인지 분명하지는 않지만 당신 자매의 에피소드를 듣고 있으니 그 영화 생각이 났어요. 우리의 기억은 항상 육체의 집 안에서만 살게 될까요. 과연 육체란 무엇일까요. 하나의 육체는, 예를 들자면 오직 하나의 기억일 뿐인가요. 또 그 이야기를 듣는 내내 이누이트 샤머니즘의 믿음인 '영혼의 분신'을 떠올렸다고 감히 고백해도 괜찮을는지요. 그 내용은 당신과 같은 형상을 지닌 당신의 영혼이 늘 당신을 동반하고 있고, 그는 당신의 발걸음을 인도하는 지팡이이자 뱃길 안내인이며, 당신의 생을 미리 앞서서 구술해주는 낭송자인데, 당신이 진정 스스로 자기 자신이 되는 날 그 영혼이자 분신은 껍질만 남긴 채 까마득하게 흰 눈 위에서—신화의 주인공이 이누이트라는 사실을 상기하세요—죽어간다는 거지요. 그때부터는 그 어떤 샤먼도 당신의 앞길을 가르쳐주지 못합니다. 눈에 보이는 영혼의 형체가 사라져버렸기 때문에 당신은 홀로 방향을 잡고 길을 떠나야 하는 겁니다. 그때부터 당신이 행하는 일은 아직 그 누구의 입으로도 말해지지 않았습니다.

어린 시절의 당신은 어쩌면, 매우 독특한 시간을 체험했을 가능성이 있다는 생각입니다. 예를 들자면 자기 자신의 미래를 가까운, 그러나 낯선 타인처럼 느끼면서 함께 동거하는 거죠. 모든 부모는 미래의 옷을 입은 과거에 해당합니다. 우리가 부모가 된다는 것은, 스스로 과거의 선조들과 나란히 눕기를 희망한다는 의미라고 생각해요. 늘 생각하는 거지만 우리가 과거이면서 동시에 예언이고 우리 자신의 미래기도 한 부모의 몸에서 나오는 것은 시간의 개념에서 생각할 때 매우 의미심장한 일이에요. 그것이야말로 시간의 연속성과 순차성을 부정할 만한 중대한 이유가 됩니다. 부모란 미래의 암시와 과거의 기억이 혼재하는 몸이니까요.

나이 많고 말 더듬는, 게다가 원치 않는 임신까지 한 자매는 바로 당신과 같은 이름을 가진 별개, 병행하는 당신 자신의 모습이라고 해석할 수도 있겠습니다. 당신은 그녀를 통해서 동시적으로 미래의 일부를 살아버렸으니, 어쩌면 앞으로 당신의 삶은, 제발트가 틀뢴에 대해서 설명했던 것처럼, 남아 있는 환상의 조각, 투명한 허구의 잔영으로 이루어지게 될지도 모른다는 예감입니다. 당신의 이름, 당신의 얼굴이 여러 겹의 시간을 동시에 누설하고 있듯이 당신의 미래가 먼저 이 세상에 도착하여 당신을 기다리고 있었고, 당신의 기억 속에 자리 잡은 채 당신을 지켜보며, 지금까지도 당신의 일부를 이루고 있다는 생각을 했어요."

경희는 극장 앞으로 다가갔다. 출연자 전용 출입구 앞에서 잠시 기다리고 있자, 드디어 그날의 주인공인 가수가 모습을 나타내었다. 무대에서는 덩치가 크고 폐의 용적이 남달라 보이는 가수지만 두터운 겉옷을 걸친 채 목에는 숄을 두르고 길바닥으로 나와 선 모습은, 크게 눈에 띄지 않는 흔한 남자의 형체, 안경을 쓴 나이 든 음악 선생처럼 보일 뿐이었다. 거리는 완전히 어두워졌고 대기 중에는 진하고 습한 안개와 함께 핏속에 함유된 철 냄새가 났다. 경찰의 폴리스 라인은 이미 해제되었지만 바닥에 백묵으로 그려진 쓰러진 사람의 형상은 그대로 남았다. 무리지어 길을 건너는 사람들은 무표정하게 얼굴 근육을 썰룩거렸고, 마지막 스시 조각을 먹은 다음 종이 접시를 길바닥에 아무렇게나 버렸다. 군중들 속에서 대부분이 여성인 한 무리의 사람들이 가수를 향해 달려갔고, 펜과 프로그램 혹은 사인북을 내밀며 사인을 해달라고 부탁했다. 기왕이면 친절한 말 한마디도 함께. 경희는 뒤편에 서서 그들이 모두 물러날 때까지 기다렸다. 많은 사람에게 일일이 사인을 휘갈겨주고 악수를 해주고 친절하게 보이는 표정을 짓느라 가수는 마지막에는 거의 기진맥진한 모습이었다. 모든 오페라 프로그램에 가수의 사인을 받아야겠다고 결심한 프로그램 수집가들이 이 도시에 유난히 많다는 것은 이미 일본에까지 알려진 사실이다. 그리하여 가수는 불쑥 손을 내밀어 경희의 손에 들린 오페라극장의 프로그램을 빼앗듯이 받아서는 빈 여백에 기계적인 손놀림으로 사인을 했다. "당신 이름은?" 경희가 마지막 사람인 것을 알아차린 가수는 여분의 친절을 발휘할 생각으로 펜을 손에 든 채 이렇게 물었다. "당신 이름은?" "마리아" 하고 경희가 불쑥 대꾸했다. 가수는 익숙한 무심함을 가지고 건성으로 빠르게 써 내려갔다. '친애하는 마리아에게.' 그러고는 팸플릿을 경희에게 쓱 내밀었다. 가수는 성큼성큼 걸어 앞으로 갔다. 주차장으로 가는 방향이었다. 건널목에서 칼에 찔린 사람은 결국 죽었다고 누군가 말하는 것이 들렸다. 그는 그날의 아목 사건으로 목숨을 잃은 유일한 희생자였다. 경희는 마리아의 이름에 가수가 그토록 무감하게 반응하는 것에 충격을 받았다. "어이가 없네요. 난 적어도 저 사람이 마리아에 대해서 한마디쯤 나에게 물어올 줄 알았는데요" 하고 경희는 무심코 내뱉었다. 스타벅스를 나온 동양인이 경희의 곁으로 다가왔기 때문이다.

"마리아라는 이름은 흔하니까요. 자신이 아는 마리아라고는 상상하지 못한 거겠죠" 하고 동양인은 그녀를 위로했다.

"저 사람은 오래전이긴 하지만 그래도 마리아와 2년이나 함께 살았단 말이에요." 경희는 가슴속에서 답답한 무엇을 토해내듯이 고통스럽게 불평을 했다.

"당신을 그 마리아와 혼동하지 않는 편이 현명할 거라고 미리 짐작을 했을 테지요."

"아 그래요, 마리아는 카라코룸이었고, 그것도 유난히 너그러운 편으로, 그래서 함께 살았던 남자가 많긴 했어요. 물론 여자도 있었죠. 어떨 때는 한 커플이 마리아를, 아니 정확히 말하자면 마리아의 방을 찾아오기도 했어요. 마리아 자신도 늘 공동 셋집에서 방

하나를 빌려 사는 입장이었으니. 마리아는 사실상 그들 모두와 함께 살았던 것이 맞긴 해요. 그들은 모두 여행자의 모습을 하고, 거대한 가방을 들거나 배낭을 맨 채 어느 날 갑자기 마리아의 방문 앞에 서 있었죠. 마리아는 단 한 번도 그들에게 얼마나 묵을 예정인지 물은 적이 없어요. 한 달이고 두 달이고 떠나지 않고 있어도 그들에게 언제 돌아가느냐는 질문도 하지 않았어요. 심지어 그들이 누구인지, 사전에 연락을 했던 바로 그 카라코룸 당사자인지조차 묻지 않았죠. 그래서 어떨 때는, 한 명의 카라코룸이 아직 떠나기도 전인데 다른 카라코룸이 마리아의 방으로 오기도 했어요. 그들은 마리아의 방 한구석, 슬리핑백을 펼칠 수 있는 공간만 찾으면 만족해했어요. 일본에서도 두 번이나 카라코룸들이 마리아를 방문했죠. 그런데 그들은 정말로 모두 카라코룸이었을까요? 카라코룸 부부, 카라코룸 커플, 독신 카라코룸, 게이 카라코룸, 열여섯 살 난 카라코룸과 여든 살 카라코룸, 마리아의 카라코룸 연인, 떠나는 카라코룸과 도착하는 카라코룸, 집주인 카라코룸, 세입자 카라코룸, 서로 다른 몸 냄새를 가진 사람들, 불완전한 연인 카라코룸, 그리고 4분의 3 연인 카라코룸, 그들은 서로 희미하게 겹치듯이 함께 마리아의 방에서 살았어요."

"그러면 당신도 지금 그 마리아의 방에 머물고 있는 겁니까? 당신이 중국으로 돌아가기 전까지?"

"나는 중국으로 가지 않아요, 도대체 왜 그런 말을 하는 거예요?" 경희는 좀 신경질적으로 대꾸했다.

"나도 처음부터 그럴 거라고 생각하긴 했죠" 하고 동양인은 아무렇지도 않은 얼굴로 태연히 응수했으므로, 경희는 자신이 처음에 부주의하게 둘러댔던 거짓말을 기억해냈다. "아 내 말은, 지금 당장 가지는 않는다는 뜻이에요." 경희는 한숨을 쉬었다. "저 가수는 어느 날 마리아에게 말했죠. 자신은 그동안 인생의 오랜 시간을 하나의 문제에 대해 뚜렷한 결정을 내리지 못한 채 방황하고 있었는데, 이제야 비로소 마음을 정할 수 있다는 확신이 든다고."

"그게 무슨 문제였는지, 지금까지 당신의 긴 설명에 기대어 유추해보건대, 알 듯도 하다는 생각이 드는군요."

"그래요, 그건 이제 자신의 아이를 낳아서, 그 아이가 자라나는 모습을 지켜보면서 죽어가고 싶다는 의미였어요."

"그래서 마리아는 뭐라고 대답했나요?"

"뭐라고 다른 말을 할 수 있겠어요? 그 의미는 그가 마리아를, 모양새도 그럴듯하게, 떠나고 싶다는 뜻이었는데. 마리아는 그때 이미 60세 생일을 넘긴 뒤였으니까요. 그는 말했어요, 마리아, 내 사랑. 나는 당신의 이름을 영원히 잊지 못할 거야."

그들은 제브라 위에 그려진 남자의 형체를 밟고 건너갔다. 다른 모든 사람들과 함께. 길을 건넌 동양인은 길의 왼편을 가리키면서 말했다. "난 이쪽으로 가야 합니다. 이제 내가 동료들과 약속한 시간이 다가오고 있고, 내 약속 장소는 저 건너편 거리에 있는 사무실이에요. 그 사무실은 낮 동안은 직원들이 나와서 일을 하는 평범한 건축 사무실이지만 밤이 되면 우리들의 사무실로 바뀌는 곳이죠. 우리는 그곳을 하루의 절반만, 시간상으로 말이에요, 태양이 뜨지 않는 시간에만 임대를 했으니까요. 그리고 내 생각엔, 당신은 나와 반대편 길로 걸어갈 것 같은 느낌이 드는군요."

경희는 집에서 나올 때 가수를 만나서 마리아의 안부를 전한다는—혹은 묻는다는—막연한 생각 이외에는 다른 아무런 계획을 갖고 있지 않았지만, 동양인을 따라가기도, 그렇다고 동양인과 반대 방향으로 가기도 싫었기 때문에 이렇게 대답했다. "내가 어느 방향으로 갈지, 그건 아직 조금 더 생각을 해봐야겠어요. 그러니 당신 먼저 당신의 사무실로 가세요." 그리고 경희는 동양인이 사라진 뒤에도 오랫동안 인도의 포석 위에 우두커니 서 있었다. 경희는 택시에 올라탔다. 인도 가장자리에 선 경희가 팔을 들어 머리를 쓸어 올리는 행위를 택시를 세우는 것으로 오인한 택시 운전수가 차를 경희 앞에 얌전히 세웠기 때문이다. 하지만 경희는 운전수에게 그의 착각을 일깨워줄 필요는 느끼지 못했다.

그들은 도심을 가로질러 비단의 거리, 연기의 거리, 공장의 거리, 집들의 거리와 승마 학교를 지나 복고카톨릭교회 옆 자연사박물관으로 가는 도중이었다. 택시 운전수는 경희가 들고 있는 손가방의 천이 수놓인 중국 비단이냐고 물었다. 그리고 경희가 거기에 대해서 어떤 대답을 하기도 전에, 자신의 이혼한 아내는 한때 중국인 실크 상점에서 점원으로 일을 했노라고 했다. 중국 서북부 지방의 섬유 제품을 주로 다루는 그 상점은 지금 그들이 가고 있는 복고카톨릭교회, 혹은 자연사박물관에서 그리 멀지 않다고. 상점 곁에

는 얼마 전에 새로 문을 연 베트남 의사의 침술원이 있고 건너편에
는 일본식 맛차(Matcha)를 찹쌀떡에 곁들여서 파는 티 하우스가 성
업 중이다. "Say to me, what you look for in this city, in order
to remind you of your homeland" 하고 운전수는 고개를 슬쩍
뒤로 돌리며 말했다. "I think, I can show you that."

경희는 대답했다. "20유로 이상은 가지 말아주세요."

"오, 그것은 충분히 새로운 장소를 볼 수 있을 만큼 먼 거리지
요" 하고 운전수가 유쾌한 음성으로 말했다.

교통 흐름은 좋지 않았다. 아니 좋지 않은 정도가 아니라 아주
나쁜 편에 속했다. 자동차는 자전거보다도 느리게 움직였다. 경희
는 손가방에서 자연사 백과사전을 꺼내 한두 페이지를 넘기다가
차창 밖을 내다보았다. 오늘 저녁은 발전소 문제로 시위가 있는 날
이어서 차가 막히는 거라고 운전수가 친절하게 설명했다. 하지만
시위는 사실상 이미 끝났고 시위대들은 집이나 테크노 파티장 등
다른 곳으로 돌아가버렸다. 경희는 오페라극장 앞에서 있었던 아
목 사건에 관해서 운전수가 아직 모르고 있는 거라고 단정했다. 눈
앞에 놓인 사거리를 건너가는 것이 적어도 택시를 타고서는 영원히
불가능해 보이는 밤. 그런데 이것은 밤인가? 아직 요금은 20유로에
미치지 않았지만 경희는 차에서 내려서 걸어가는 편이 어떨까 생
각하고 있었다. 오늘은 1년에 한 번 있는 '박물관의 밤'이라는 것
을, 경희는 오페라 광장 스타벅스 상점에 내걸린 포스터에서 보았
다. 박물관의 밤이면 시내의 모든 박물관은 적어도 자정까지는 문

을 열 것이다. 경희가 운전수에게 내리겠다고 말하기 전에, 이상스럽게 거무스름한 안개 속에서 갑자기 솟아오른 듯이 나타난 몇 명의 행인들이 택시를 막아서고 차창을, 경희가 앉아 있는 뒷좌석의 차창을 똑똑 하고 두드렸다. 운전수가 창을 내리고 그들에게 무슨 일이냐고 묻자, 그들은 경희를 가리키면서, 신분증을 보고 싶다고 했다. 경희는 여권을 갖고 있지 않았다. 그래서 경희는, 자연스럽게 그들의 지시대로 택시에서 내릴 수 있었다.

그들은 두 명의 젊고 날렵해 보이는 남자인데, 금빛 귀걸이를 한 금발의 남자와 검은 수트 차림의 남자였다. 귀걸이를 한 남자는 주머니에서 자신의 신분증을 꺼내 경희의 눈앞에 내밀었다. 그들은 일종의 불법체류자를 단속하는 경찰이었는데, 경희는 그것을 그들의 신분증에서 알아차린 것이 아니라 금발 머리 남자가 그렇게 설명했기 때문에 믿을 수밖에 없었다. 그들은 두 번이나 신분증을 경희에게 내보인 다음, 금발 머리 남자는 경희가 자신의 허리춤에 달린 가죽 권총 케이스를 확인할 수 있도록 긴 셔츠를 슬쩍 들쳐 보였다. 하지만 경희는 금발 남자의 권총이 정말 권총인지 아니면 가죽 케이스만 있는 위장용인지와 마찬가지로, 그들의 신분증이 진짜인지 아니면 위조된 것인지—만약 그럴 필요가 있다고 한다면—당연히 구별할 수 없었다. 그들은 경희에게, 원한다면 경찰청으로 직접 전화해서 그들의 신분을 확인할 수 있다고 말했으나 경희는 고개를 저었다. 대신 경희는 그들에게 자연사박물관으로 가는 방향이 어디인지 물었다. 금발 머리는 아마도 저쪽일 거라면서 왼쪽도 오른쪽도 아닌 애매한 방향을 가리켰다. 길가에는 창문이 까맣게 가려진 자동차 한 대가 정차되어 있었다.

"우리는 당신의 여권을 확인할 필요가 있답니다" 하고 금발 머리가 설명했다. 경희는 왜냐고 묻지 않았다. 그들의 이유에 대해서 그다지 궁금하지 않았고, 어차피 그들이 경희의 여권에서 확인할 만한 내용이 별로 없을 것이기 때문이다. "만일 여권을 갖고 있지 않다면, 당신 이름을 조회할 수 있게 여기다 써주겠어요?" 하고 수첩을 내밀면서 검은 수트 차림의 남자가 말했다. 경희는 자신의 이름을 쓰면서 그에게 오늘 박물관이 자정까지 문을 여는 것이 맞느냐고 물었고, 그는 모른다고 대꾸했다. 검은 수트의 남자는 경희의 이름이 적힌 수첩을 가지고 차 안으로 들어갔다. 그사이 금발 머리는 경희의 곁에 선 채, 특별히 몸에 손을 대거나 하지는 않고, 하지만 분명하게 그녀를 감시하며 서 있었다. 경희는 이번엔 금발 머리 남자에게, 오늘이 박물관의 밤이 맞느냐고 물었다. 그러자 그는, 박물관의 밤은 지난주에 있었다고 대답했다. 그 대신 이번 주는 시청 갤러리에서 번-존스의 신화 그림 전시회가 열리고 있다고. 검은 수트의 남자가 수첩을 손에 쥔 채 차에서 나왔다. 그리고 경희에게 말했다. "일단 이름으로 검색을 했는데, 반드시 여권이 필요하다는 결론이 나왔습니다. 다른 대안은 불가능해요. 이제 당신의 여권을 눈으로 직접 확인하는 일은 선택의 여지 없이 불가피한 우리의 과제가 되었습니다……."

그들은 경희에게 자신들의 차에 탈 것을 요구했다. 함께 경희가 머무는 집으로 가자는 것이다. 주소만 말해준다면 이 도시 어디라도 금방 찾아갈 수 있다면서. 하지만 경희는 그 집의 주소를 기억해낼 수 없었다. "난 겨우 오늘 아침에 이 도시에 도착했단 말이에요!" 하고 경희가 말했다. "그러면 여기까지는 어떻게 왔습니까? 택시를 타고?" "아뇨, 난 난 오페라 광장으로 갔는데, 오페라를 관람한 게 아니라 스타벅스에서 커피를 마시고……." "그러면 오페라 광장까지는 어떻게 갔는지요?" "걸어서. 도중에, 전차가 다니는 긴 길을 한참이나 따라갔고, 지하 보행자 통로가 있었던 것이 기억나긴 해요." 보행자 통로를 지날 때 머리 위쪽으로 쾅쾅 울리는 소음이 지속적으로 들려왔다……. 그리고…… 아 어쩌면 근처에 가면 건물의 모양은 기억해낼 수 있을지도 모른다. "그러면 우리가 당신을 태우고 오페라극장을 지나, 당신이 걸어온 길을 되짚어 한번 가보겠으니, 당신 숙소가 있는 거리가 나타나면 가르쳐주면 되겠군요." 경희의 길고 서툰 설명이 끝나자 금발 머리 남자가 타협하듯이 말했다.

그들은 경희의 눈앞에서 자동차의 문을 열었다. 차 안에는 한 명의 남자가 더 있었다. 그 남자는 부스스한 검은 머리칼의 뚱뚱한 남자였는데, 커다란 통신 장비 앞에 불편하게 쭈그리고 앉아 있었다. 아마도 그들은 그 장비를 이용해 경희의 이름을 조회해본 것 같았다. "하지만 난…… 난 자연사박물관으로 가는 길인데요. 오늘은 박물관의 밤이니까요." 경희는 미약하게 항의했다. "숙소에 들렀다가 간다면, 어쩌면 자정이 지나버릴지도 모르고 그러면 난 박물관을 구경할 수가 없게 되잖아요." 하지만 그들은 물러나려 하지 않았다.

"그건 유감이지만, 당신이 여행자답게 여권만 소지하고 있었다면 아무런 문제가 없었을 테니 반드시 우리의 책임이라고 할 수도 없지요" 하고 금발 남자가 단호하게 말했다.

"하지만 당신은……." 경희는 뒷말을 흐리며 금발 남자의 허리춤을 시선으로 가리켰다.

"이미 내 신분증을 봤잖아요. 아니면 한 번 더 보기를 원하는 겁니까?" 하고 그는 주머니에 손을 넣었다.

"혹시 내 이름으로 무엇을 알아냈나요?" 경희는 다시 한 번 더 희미한 목소리로 물었지만 그들은 아무런 대답도 하지 않았다. 경희는 더 이상 다른 핑계를 찾지 못했고, 그래서 그들의 지시에 따라 차에 올라탔다.

교통 체증을 피해서 그들이 탄 차는 뒷골목으로 우회하는 방법을 택했다. 뚱뚱한 남자는 껌을 꺼내서 씹었고 다른 이들은 말이 없었다. 밖에서는 차의 내부가 들여다보이지 않았지만 안에서는 검은 유리창을 통해서 불투명한 빛 속에 잠긴 (묘하게 더욱) 어두운 거리의 풍경이 보였다. 뒷골목의 상점들은 대부분 불이 꺼져 있었다. 자동차는 '시리아 항공'이라는 간판이 붙은 여행사 사무실을 지나쳐갔다. 자동차의 헤드라이트는 사무실의 유리벽을 통해 불이 꺼진 상점 안에서 두 명의 남자가 뭔가를 하고 있는 모습을 비추었다. 경희는 가방에서 자연사 백과사전을 꺼내서 아무 페이지나 펼치고 읽기 시작했다. 금발의 남자는 아마도 지루함을 잊으려 함인지, 경희에게 무엇을 읽는 거냐고 물었다. "해부학 항목이에요" 하고 경희가 대답했다.

　"17세기의 의대에서 해부학 실습이 어떤 식으로 진행되었는지 묘사하고 있군요. 당시에 해부학 실습은 매우 인기가 있어서 의대생뿐만이 아니라 상류 계층의 일반인도 참관을 했고, 교회의 허락을 받은 남자 사형수들의 시체만을 대상으로 했으며 실습 중에는 음식을 먹고 술을 마시기도 했고 음악을 연주했다고 해요. 그리고 지독한 시취는 약초와 향을 태워서 없앴다고 나와 있어요." 그러자 남자는 다시 경희에게 혹시 당신은 간호사인지, 하고 물었다. 경희는 아니라고 대답했다. "난 지난번에 자연사박물관에서 유리병 속에 든 여자 자궁을 보았지" 하고 뚱뚱한 남자가 씩 웃으면서 끼어들었다. "그냥 공처럼 둥그스름할 줄 알았는데 잘못 자른 고기처럼 너덜너덜하고 이상하게 뚱뚱 부어 있던걸. 목이 떨어져 나간 닭 같기도 했어." "당연하지, 남자 자궁일 리는 없겠지" 하고 금발이 심드렁하게 대꾸했다. "그게 어떻게 생겼든 말이야." "혹시 암에 걸린 자궁이었어?" 하고 이번에는 검은 수트의 남자가 물었다. "모르겠는데, 아마 아니었을 거야. 그런 말은 없었으니까." "왜 하필이면 암에 걸린 자궁이어야 하지? 거긴 병원 표본실이 아니잖아" 하고 금발 머리가 대꾸했다. 갑자기 기분이 나빠진 듯 뚱뚱이는 씹던 껌을 종이에 뱉어냈다. "아마 내가 본 건 사람이 아닌 양의 자궁이었을지도 몰라. 기름이 많이 끼어 있었다구" 하고 그는 말했다. 경희는 책을 덮고 다시 창밖을 내다보았다. 그들은 골목길을 벗어나 경희가 알지 못하는 어느 낯선 구역을 천천히 지나가고 있었다.

"저기 좀 봐, 저 멍청이들을." 뚱뚱이는 어두운 상점들이 즐비한 한적한 길가에서 유일하게 불을 밝힌 한 1층 사무실 내부를 가리키면서 말했다. "이 시간까지 일을 한다며 설치고 있는 바보들이 우리 말고 또 있구나."

"저들은 야근을 하는 게 아니야. 저긴 야간 정치 집회장이야." 금발 머리가 그의 말을 정정했다. "고정 사무실을 빌릴 돈이 없는 작은 정당이 야간에 모임을 가지는 거야. 주소로 보아하니 아마도 저긴 이 지역 노인당 사무실이 분명해."

경희는 남자들의 시선을 따라서 사무실 안을 쳐다보았다. 불빛이 환한 실내에는 10여 명의 사람들이 커다란 탁자에 둥그렇게 둘러앉아 있고 한 남자가 일어서서 두 팔을 흔들면서 연설을 하고 있었다. 저들은 정말로 노인당원들일까? 그들은 노인당을 결성할 정도로 나이가 든 것도 같고, 또 그렇지 않은 것도 같았다. 합법적으로 노인당에 들어갈 나이라는 것이 정해져 있다면 말이다. 비록 소리는 들리지 않았지만 연설을 하는 사람은 소매까지 걷어붙이고 매우 열성적으로 몸을 움직이면서 열변을 토하고 있었다. 그의 머리는 백발이었고 얼굴은 주름졌지만 그렇다고 아직 아흔 살처럼 보이지는 않았다. 만약 그가 아직 여든아홉 살에 불과하다면, 사람들은 그를 앞에 두고 노인이라는 명칭을 사용해야 할지 잠시 망설일지도 모른다. 연설자는 숨을 고르면서 몸을 앞으로 깊숙이 숙인 채 두 팔로 탁자를 짚었다. 그리고 문득 얼굴을 경희의 차가 있는 쪽으로 돌렸는데, 물론 그에게 경희의 모습은 보이지 않았을 것이다. 그럼에도 불구하고 그는 창밖을 충분히 오래 내다보았다. 그의 얼굴이 스타벅스에 한동안 함께 앉아 있었던 동양인과 놀랄 만큼 흡사해 보인다는 사실을 경희가 깨달을 때까지. 그는 어쩌면 바로 그 동양인일지도 모른다. 경희는 얼굴을 검은 유리창 가까이 바싹 갖다 대고 그를 더 자세히 지켜보고 싶었지만 자동차는 이미 사무실 앞을 멀찌감치 지나가버렸다. 그 사무실을 제외한 이 거리의 다른 부분은 모두들 전기를 최대한 아끼자는 데 동의하고 있는 것처럼 보였다. 건물의 위층들은 가정용 집이었는데 희미한 전등이 밝혀진 몇 개의 부엌 창을 제외하고는 모두 불이 꺼진 것은 상점들과 같았다. "네 말은 틀렸어. 저 사람은 외국인인데 어떻게 노인당원이 될 수가 있다는 거지?" 하고 뚱뚱이가 불쑥 말했다. "그리고 모인 사람들도 아직 노인이라고 불리기에는 좀 젊은 듯한 이들도 섞여 있는데……. 내 생각엔 티베트 독립운동 단체와 그 추종자들인 것 같아. 반드시 티베트 독립운동 단체가 아니라도 요즘은 과격 불교도 스킨헤드들이 많다고 들었어." 그리고 그들 세 명은 일제히 고개를 돌려 경희를 바라보았다.

그들은 오페라 광장을 지났다. 여기서부터 경희는 기억을 되살려야만 했다. "이제 전차 노선을 그대로 따라가겠어요" 하고 금발 남자가 말했다. "가다 보면 아마도 당신이 말한 그 지하 통로가 저 앞에 나타날 겁니다." 그리고 지하 통로는 모두의 예상보다 빠른 시점에서 나타났다. 지하 통로를 지나기가 무섭게 경희는 마침 내 집의 번지수를 기억해내었는데, 만약 밤새 기억하지 못한다면 어떻게 집에 돌아갈 생각이었죠? 하고 금발 남자가 아주 진지한 표 정으로 물었을 때 적당한 대답을 생각해낼 수가 없었다.

"잘 들어요, 우리 모두는 당신의 집으로 함께 올라갈 겁니다" 하고 말하며 금발 머리 남자가 경희를 차에서 내리게 했다. "당신의 여권을 확인하기 위해서지요." 뚱뚱한 남자는 다시 주머니에서 껌 하나를 꺼내 입속에 밀어 넣었다. 세 명의 남자들은 경희가 가방을 뒤져 열쇠를 꺼내 문을 여는 것을 지켜보고 서 있었다. 집은 5층에 있었으므로 그들은 숨을 헐떡이면서 계단을 올라갔다. 뚱뚱이는 입속으로 뭔가 불만스러운 소리를 웅얼거렸다. 그는 제일 커다란 소리로 숨을 헐떡였다. 계단에는 닳아서 얇은 카펫이 깔려 있었 고 그들이 일제히 움직일 때마다 둔탁한 망치 소리가 발밑에서 쾅 쾅 울렸다. 경희가 발걸음을 빨리하자 세 명의 남자들도 동시에 본 능적으로 발걸음을 빨리해서 경희를 바싹 뒤따라왔다. 경희는 속 으로, 만약 이 자리에서 몸을 돌리고 그들 세 명을 향해서, 이봐요, 그 집은 말 대가리 절단용 작두를 구비한 불법체류자 중국인 마피 아 일당이 모여 합숙하는 비밀 난민수용소가 아니니 당신들이 전 부 다 올라오는 수고를 할 필요가 없답니다, 하고 말한다면 과연 얼 마나 즐거운 농담처럼 들릴 것인지, 잠시 생각해보았다. 그들의 머 리 위 어느 층에선가 철커덕거리며 문이 열렸다가 다시 쿵 하고 닫 히는 소리가 마치 어떤 경고인 듯이 불필요할 만큼 크게 울렸다.

두 명의 늙은 여인들이 등을 꼿꼿하게 세우고 시선을 똑바로 앞으로 향한 채 그들을 마주하며 계단을 느릿느릿 내려오는 중이었다. 불투명한 스타킹에 싸인 막대처럼 가느다란 다리가 무겁고 둔탁한 가죽 구두를 힘겹게 끌고 있었다. 그녀들의 파르르 떨리는 얼굴 피부는 기관지의 발작을 애써 억누르는 표정이었다. 절대적으로 엷고, 희미하고, 우윳빛 막으로 덮여 있으며, 미세하게 살짝만 부패한. 흘러내리는 네 개의 불그스름한 눈동자들. 백발의 프리다 칼로를 연상시키는 두 개의 쌍둥이 마분지 얼굴들. 그녀들은 경희의 곁을 무게도 냄새도 없이 차례로 지나쳐갔다. 남자들은 늙은 여인들이 지나갈 수 있도록 벽에 나란히 붙어서 섰다. 잦아드는 먼지처럼 체념으로 이미 충분히 가벼워 보이는 여인들. 그때 누군가 다가가서 그녀들의 바스라질 듯한 어깨에 각각 손을 올리고, 마리아, 하고 부른다면 과연 어느 쪽이 뒤돌아보았을 것인지?

마침내 집의 문 앞에 도착한 경희는 계단에 털썩 주저앉았다. 쉬지 않고 거의 달려서 올라오다시피 했으므로 숨이 찼던 것이다. 그런 경희를 지켜보는 세 명의 남자들의 눈에는, 이제 또 다른 종류의 중국식 변명을 듣게 되겠지, 하는 잔인한 분노의 빛이 번들거렸다. 만약 그렇다면, 우리를 이 높은 곳까지 끌어 올린 너를 용서하지 않겠어, 가만두지 않겠어, 하고 말하는 눈빛. '끌어 올린다고? 아냐, 난 더더욱 깊은 흙 속으로 내려갈 생각이었어, 그런데 너희가 나를 방해한 거지, 하지만 나는 너희를 용서해. 왜냐하면 나는, 너희들이 유급의 헛소동을 벌이고 있음을 잘 아는 지금 이 자리의 유

일한 사람이기 때문에.'

경희는 갑자기 벙어리가 된 듯이 말을 꺼내기가 매우 힘들다는 것을 깨달았다. 혀가 사라졌거나 아니면 너무 많아진 탓이야, 하고 생각하면서 그녀는 자리에서 간신히 일어나 손에 쥔 열쇠를 열쇠 구멍에 넣고 돌렸다. 철커덕하는 소리가 크게 울렸다. 그런데 그 순간 경희는, 이 남자들을 집 안으로 들어오게 해도 괜찮은 것인지, 하는 의문이 들었다. '나는 이들이 누구인지 확신할 수는 없다, 그리고 이 집은 내 집도 아니고 나 혼자 사는 것도 아니니, 만약에 정말로 문제가 생긴다면 그것은 아마 내가 감당할 수 없는 규모와 성격을 가진 것이 되겠지. 게다가 그중의 한 명의 남자는, 비록 케이스만을 본 것이긴 하지만, 총기를 갖고 있는 것 같아. 나는 지금껏 불법체류자를 감시하는 유럽의 사복경찰이 총기를 갖고 다닌다는 말은 들어본 적이 없어. 나는 단 한 번도 총기를 눈앞에서 본 적이 없어. 그래, 나는 이 세상의 모든 일들에 관해서 다 들은 것은 아니지. 내가 알지 못하는 일들도 현실에서는 일어나고 있다는 것을, 나는 용서하겠어. 내가 보았다고 생각하는 총은 실제야. 그런데, 그것은 내가 이 남자들을 집 안으로 들여야 하는 것과, 혹은 들이지 말아야 하는 것과 어떤 관련이 있단 말인가?' 그러나 경희가 그 어떤 결정을 내리기도 전에, 문이 열리자마자 남자들은 아무런 양해의 말도 없이, 경희의 몸을 스치듯이 지나 불쑥 집 안으로 들어섰다. 그리고 팔장을 낀 채 현관에 나란히 서서, 만약 신경 쓰인다면 경희가 방에서 여권을 갖고 나오기까지 자신들은 여기서 기다리겠노라고 했다. 아 그러면 당신들은 정말로 경찰이었단 말인가요? 하고 경희는 소리 내어 묻고 싶었다.

경희는 라디오 소리가 들리는 방문 앞을 지나 욕실 쪽으로 구부러진 다음, 자신이 잠들었던 방이라고 생각되는 곳의 문을 열었다. 하지만 그 문은 잠겨 있었다. 어쩌면 그곳은 방이 아니라 빗자루를 보관하는 창고 혹은 다용도실이었을지도 몰랐다. 그래서 다시 복도 안쪽에 있는 다른 문으로 다가갔다. 방은 경희가 떠나올 때와 별반 달라진 점이 없었다. 경희의 슬리핑백 위에 놓인 반으로 접힌 쪽지 한 장을 제외하고는. 여전히 창은 열려 있었고 방 안은 더욱 싸늘했다. 창밖을 내다보자 검게 그늘진 맞은편 건물의 차가운 시멘트 벽이 경희의 시야를 가로막았고 아래쪽으로는 아무렇게나 길게 자란 풀들 사이로 말라 죽은 갈색 맥문동 줄기들이 삐죽삐죽 날카롭게 그림자를 긋고 있는 뒷마당이 내려다보였다. 경희는 어지럽게 늘어진 물건들 사이로 걸어가 여행 가방 주머니 속에서 여권을 찾아냈다. 그리고 잠시 망설이다가 슬리핑백 위의 쪽지를 펼쳐보았다. "잠에서 깨어나 음식을 좀 사가지고 왔는데 그사이에 네가 나가버렸더구나. 베를린에서 전화가 왔는데, 너를 찾는 사람이 있다고 한다. '너의 베를린 주소'를 알고 있는 사람이라고 해. 베를린 치유사의 집으로 연락 바란다고 전해달라 했어. 나는 대학 친구들을 만나 시내 펍에서 술을 한잔할 생각이야. 넌 아마도 오페라에 갔겠지? 프린스 유진 거리에 있는 '루이지애나 블루스 펍'으로 오면 우리를 만날 수 있어. 반치."

경희가 여권을 가지고 현관으로 나오니 다른 방에 사는 대학생 소녀가 자신의 방으로 들어가다 말고 세 명의 남자를 쳐다보는 중이었다. 소녀는 한 손에 냉동 햄 봉지를, 다른 손에는 고기 튀김 접시를 들었다. 음식 냄새가 모든 이들의 허기를 자극했다. 경희는 여권을 남자들에게 내밀었다. 그들은 여권을 한 페이지씩 차근차근 넘기면서 거기 찍혀 있는 무수한 스탬프들을, 입국과 출국에 관련된 스탬프와 입국 허가증을 체크했다. 그들이 요구한 것은 아니지만 경희는 베를린으로 가는 기차표와 함께 한국행 비행기 티켓도 내밀었다. 남자들이 마침내 모종의 결론에 도달하고 경희에게 여권을 내밀기까지 수 분의 시간이 흘렀다. 대학생 소녀는 방으로 들어갔고, 경희는 여권을 돌려받았다.

"이렇게 된 연유는" 하고 금발 머리 남자가 이윽고 그다지 내키지 않는다는 투로 사정을 설명하려고 했다. "우리가 가진 기록에 의하면, 당신은 아주 오래전에 이 도시에 거주자 등록을 한 상태인데 그것이 아직 아무런 연장 허가도 받지 않은 상태로 장기간 계속되고 있는 것처럼 보여서입니다. 즉 당신은 20년도 더 지난 이전에 거주자로 등록을 했지만, 최초의 허가 기간이 끝난 뒤 지금까지 한 번도 거주 연장 허가를 받지 않은 것은 물론 전혀 퇴거 신고를 안 했다고 되어 있으니까요. 기록상으로 그렇다는 거예요. 그래서 우리는 당신이 실제 출국을 했다는 구체적인 사실 증명을 확인하지 않을 수 없었던 겁니다. 지금 여권으로 확인해보니 당신은 문제가 없는 것이 맞군요."

"왜 그런 오류가 생긴 걸까요?" 하고 경희가 물었다.

"아마도 우리들의 추측이지만, 동명이인이거나 혹은 이름이 잘못 입력된 경우인 듯해요. 드물긴 하지만 간혹 있는 일이죠. 외국인들의 이름은 비슷비슷하고 구별이 어렵기도 하니까요. 오퍼레이터가 실수로 철자를 혼동해서 쳐 넣기도 하구요. 당신의 이름은 당신 나라에서 흔한 편이겠죠?"

"그럼요. 그것도 매우." 경희는 열렬하게 고개를 끄덕이며 덧붙였다. "우리는 그것을 중국 문자로 따로 병기하여 구별하죠. 표의문자 말이에요."

남자들은 낯선 단어에 거북함과 반발을 느끼면서 일제히 침묵을 지켰다.

"그러면 내가 거주자 관청으로 가서 직접 퇴거 신고를 해야 하나요?" 하고 잠시 후 경희가 다시 물었다.

"아니, 이젠 그럴 필요가 없죠. 우리가 해결하겠어요" 하고 금발 남자가 고개를 저으며 대답했다.

그들은 자신의 의무를 다한 것뿐이었고, 그래서 경희에게 특별히 유감스러운 감정을 갖지 않으며, 그리고 경희도 그들에게 그러기를 바란다고 말한 후 돌아갔다. 그들이 사라진 후에도 경희는 금발 머리 남자가 셔츠 아래 차고 있던 가죽 권총 케이스를 계속해서 생각하고 있었다. 그것을 실제로 눈앞에서 본 건 처음이야, 하고 경희는 생각했다. 그것은 마치 도살장에서 소의 정수리를 내리치는 전기 몽둥이처럼 보였어. 그 남자들은 정말로 몽둥이로 경희의

206

머리를 내리친 것일까, 아니면 단지 야비하게 웃었을 뿐인가? 그들은 그 상황을 어느 정도 즐기고 있었을까, 아니면 그들은 정말로 내가 위험한 인물이라고 생각해서 그렇게 한 것일까? "그 사람들 갔니?" 하고 방문을 반쯤 열고 대학생 소녀가 경희에게 물었다. 경희는 고개를 끄덕였다. "그 사람들 경찰이지?" 소녀가 다시 물었다. 그리고 경희의 대답을 기다리지 않고 이어서 말했다. "나도 그런 사람들 만난 적이 있거든. 지난달에 친구들과 테크노 파티에 갔다가 차를 몰고 오는데 그들이 우리 차를 세웠어. 그러고는 차에서 내리라고 하더군. 신분증을 조사해야 한다면서. 우리가 술을 좀 마시긴 했지. 하지만 우린 그들의 신분증을 먼저 확인해야 한다고 고집을 부렸어. 우린 정말로 경찰청에 전화를 걸어서 그들의 이름을 하나하나 다 말하고 그들이 정말로 경찰인지 확인하고 생김새까지도 모두 확인했어. 그 과정이 끝나기 전에는 한 발짝도 차에서 움직이지 않고 말이야. 너도 그렇게 했니?"

"아니." 경희는 고개를 저었다.

"그렇게 하지도 않고 넌 그 남자들을 집까지 데리고 왔단 말이야?" 소녀가 어이없다는 듯이 말했다. "만약 그들이 경찰이 아니었으면 어쩔 뻔했니."

"경찰이 맞을 거야. 그들 중 한 명은 총도 갖고 있는 것 같았으니까."

"뭐라고? 총은 하려고만 하면 얼마든지 구할 수 있어. 이베이에서 무얼 못 구하겠니. 네 남자친구도 이걸 알아? 아 참, 네 남자

친구는 펍에 간다고 나갔어." 소녀는 경희의 얼굴을 빤히 쳐다보며 말했다. "그런데 거울을 한번 들여다보렴. 네 눈이 정말로 모래땅에 고인 편평한 우물 같아……."

길은 두 사람이 나란히 걸을 수 없을 만큼 좁았다. 양쪽의 벽들이 가슴을 부풀려 호흡하는 소리가 들린다고 생각될 정도였다. 협소한 길은 건물과 건물 사이로 길게 이어졌다. 양옆의 벽과 벽은 위로 갈수록 비스듬하게 길의 안쪽을 향해서 기울어지고 처마와 처마 사이로 좁고 기다란 강처럼 하늘이 흘러간다. 저마다 은밀한 농담의 차이를 갖는 벽의 어둠과 그림자의 어둠, 하늘의 어둠으로 이루어진 이 원추형의 삼차원 공간—길—에는 오직 그늘과 더 짙은 그늘들뿐이다. 이불을 뒤집어쓴 어린 시절의 잠과 같은 그런 어둠. 축축한 벽돌 틈새의 곰팡이 냄새가 났다. 한여름 말라버린 우물 밑바닥처럼. 몸집이 작은 여우와 달팽이들을 위한 길이다. 현대의 기호인 전신선들이 어지럽게 벽을 따라 늘어지다가 헝클어진 머리칼처럼 커다란 덩어리를 만들며 공중에 뭉쳐 있다. 이 길로 접어들기 전 경희는 노점을 거두는 꽃 상인을 만나, 그에게서 신문지에 싼 노란 들국화 한 다발을 사면서 프린스 유진 거리로 가는 가까운 길을 물었었다. 상인은, 이 작은 길을 통해 "돌아서 가면" 더욱 가깝게 도달할 것이다, 라고 말했다. 길의 폭은 점점 더 좁아져, 이제 경희가 두 손을 양옆으로 뻗으면 좌우의 벽을 짚을 수 있을 정도이다. 길이 조금만 더 어두웠더라면 경희는 손으로 벽을 짚고 한 걸음씩 조심스레 디뎌야만 했을 것이다. 지금이라도 경희가 손을 뻗어 벽을 짚고 걸어가게 되면, 그 순간부터 경희의 눈은 사라지고, 아무것도 보이지 않고, 오직 벽만이 경희의 유일한 감각이 될 것임을 경희는 잘 알고 있었다. 그렇다면 지금 경희가 손에 노란 국화 다발을 들고 있다는 것이 무슨 의미가 있을까?

경희는 누군가 저만큼 앞서서 걸어가고 있다는 생각이 들었다. 그러나 좀더 가까이 다가가보니 그것은 걸어가는 남자가 아니라 가만히 서 있는 젊은 남자의 형상이었다. 두 손을 주머니에 찌르고 축축한 벽에 기대서서 머리를 약간 숙인 채 힐끔힐끔 눈치를 살피며 양 방향에서 걸어오는 행인들을 관찰하는 중이다. 아마도 경희는 그가 발견한 첫번째 행인일지도 몰랐다. 그는 이미 한참 전부터 경희의 숨소리와 포석을 디디는 발소리, 그리고 경희의 손에서 나지막하게 바스락거리는 신문지 꽃다발의 소리를 들었을 것이다. 그곳은 한가로이 산책을 즐기거나 누군가와 만날 약속을 하기에는 적당해 보이지 않는 장소였다. 그 남자는 아무것도 하지 않으면서 벽에 몸을 비스듬히 기대고 서 있었다. 휘파람을 불지도 않았고 담배를 피우지도 않았다. 그가 조금만 키가 더 컸다면 경희는 반치가 거기 서서 경희를 기다리고 있는 것이라고 생각했을지도 모른다. 그래도 확실히 하기 위해서 경희는 그 앞에서 멈추어 섰다. 남자는 무표정한 윤곽을 갖고 있었다. 혹시 당신은 반치의 대학 친구들 중 한 명이 아닌지. 난 이 골목이 프린스 유진 거리로 나가는 지름길이라고 들어서 이리로 왔는데, 사방은 너무나 어둡고,

아마도 길을 잃은 것 같아……. 남자는 기름기가 번들거리는 진한 검은색 머리카락 사이로 경희의 얼굴을 빤히 쳐다보기만 할 뿐 아무런 대꾸를 하지 않았다. 청바지 주머니에 찔러 넣은 두 손을 불안하게 꼼지락거리는 모양이 보였다. 경희는 한동안 그 앞에서 서 있었다. 남자의 숨소리가 벽과 벽 사이의 공간을 채우며 커다랗게 반사되는 것이 들렸다. 남자는 점점 더 긴장에 사무친 커다란 소리로 짐승 같은 콧김을 뿜어대고 있었다. 경희가 계속해서 지켜보고 있자 남자는 고개를 슬쩍 돌렸다. 경희는 〈어둠의 인형극〉이란 무대를 본 적이 있는데, 그 무대에서 흰 몸을 가진 인형이 고개를 옆으로 수그릴 때와 같았다. 인형은 유리 상자 안에 들어 있었다. 탁자 위에 놓인 유리 상자 안에는 모래가 가득 들어 있어서 우연히 발생할 수 있는 모든 소리와 예상하지 못한 움직임을 흡수했다. 희미한 알전구가 유리 상자의 뒤편에서 상자 안을 비추고 있었다……. 경희의 손에 들린 들국화 다발을 쏘아보는 남자의 눈에 불안과 의심의 빛이 점점 차올랐다. 프린스 유진 거리…… 하고 경희는 다시 한 번 더 입술을 달싹달싹 움직였는데, 경희 자신의 귀에도 그것은 어떤 의미심장한 속삭임처럼 들렸다. 갑자기 남자가 신경 줄이 폭발해버린 듯 화들짝 팔다리를 떨더니, 거친 동작으로 몸을 돌렸다. 남자의 옷자락에서 차가운 섬유와 휘발유의 냄새가 확 풍기다 사라졌다. 그는 어느 쪽으로 가야 하는지 잠시 망설이는 듯하다가, 경희가 걸어온 방향을 향해서 반쯤 달리는 속도로 가버렸다. 그는 반항하는 아이가 마지막으로 집을 떠날 때처럼 상체를 앞으로 수그리고 어깨를 들썩이면서 빠르게 걸어서 어둠 속으로 사라져버렸다.

그가 떠난 이후에도 경희는 그가 있던 그 자리에 여전히 서 있었다. 손가방을 뒤져서 지도를 꺼냈지만 암흑처럼 깜깜한 벽과 벽 사이의 그 길에서는 단 한 글자도 읽을 수가 없었다. 건축가의 계산 착오로 인해 벽과 벽 사이에 발생한 틈새에 해당하는 그 길의 어둠은 단순히 검다기보다는 아주 짙게 물든 불투명한 검붉은색에 가까웠다. 흔히들 화성레드, 혹은 플로렌스레드라고 부르는, 운석이 타면서 발생한 색소, 산화철 화합물의 농도로 말미암아 검붉게 가라앉은 쇳가루 흙을 연상시키는. 그런 흙은 혀끝에 대고 핥으면 재의 맛과 함께 비린내와 소금기가 동시에 느껴진다. 광물질의 어둠이 뽕잎 위에 앉은 검은 누에처럼 사각사각 소리를 냈다. 걷고 있을 때는 몰랐지만 일단 한번 멈추어 서고 나니 두 번 다시 발걸음을 뗄 수 없을 만큼 어둠에 압도당해버렸다. 경희는 본능적으로 두 손을 가슴께로 올리고 그것으로 양 벽을 더듬으려고 했다. 조금 전의 그 젊은 남자가 어떻게 그처럼 빠른 발걸음으로 스윽 사라졌는지 이해할 수 없었다. 경희는 한동안 코앞에 대고 있던 지도를 다시 가방에 집어넣었는데, 그때 다시금 그림자 하나가 경희를 향해서 다가오고 있다는 생각이 들어 고개를 들고 어둠 속을 응시했으나 아무것도 보이지는 않았다. 수없이 많은 검은 누에들이 경희의 눈꺼풀 위에서 사각거리며 움직였다. 그들은 일제히 경희의 눈앞에서 멀어졌다가 다시 가까워지기를 반복했다. 그것은 어둠 자체의 리드

미컬한 율동이었다. 앞으로 뒤로, 앞으로 뒤로, 다시 앞으로. 조용하게 현기증을 불러일으키는. 그들은 점점 무거워졌고 경희를 점점 무겁게 만들었다.

검은 그림자는 경희 앞에서 우뚝 멈추어 섰다. 경희는 그림자가 가만히 서서 자신을 관찰하고 있음을 알았다. 그는 조금 전에 사라진 그 남자와는 다른 사람이었다. 그는 거친 숨소리를 갖고 있지도 않았고, 심지어 체온을 갖지도 않은 듯이 보였다. 잠시 뒤 그림자는 경희의 앞을 지나쳐서 갔다. 경희는 그것을 느꼈다. 하지만 몇 걸음 떼지도 않았는데 다시 돌아서서 경희에게 다가왔다. 그리고 이번에는 입을 열어 경희에게 물었다. 혹시 이 자리에서 매일 밤마다 세금 없는 담배를 파는 베트남 사내아이가 오늘 어디에 있는지 알고 있느냐고. 혹시 경희가 그 아이의 누이가 아닌지. 만약 그렇다면 자신이 경희에게서 담배를 살 수 있겠는지. 물론 세금은 떼고.

그림자가 이렇게 말하는 동안 그의 입 주변부터 시작해서 조금씩 그의 형상이 뚜렷해졌다. 그는 검붉은 모래 속에서 입을 중심으로 얼굴 아랫부분만 위로 솟아난 부분 마스크처럼 보였다. 움푹한 뺨과 음영이 강한 골격, 어깨까지 길게 자란 머리카락과 수염이 듬성듬성 나 있는 턱의 일부가 눈에 들어왔다. 경희는 베트남 사내아이에 대해서는 아무것도 모르고, 담배는 피우지도 않고 팔지도 않는다고 대답했다.

"오, 그래" 하고 그림자의 입이 말했다. 목소리 배우인 경희는 직감적으로 그 입은 소리 없이 움직일 뿐이고, 목소리는 그림자의

212

입이 아닌 다른 부분에서 나오고 있다는 인상을 받았다. 공허하다기보다는 육체성이 느껴지지 않는 금속성 소리이며, 마치 라디오처럼 목소리의 주체와 음원이 멀리 분리되어 있다는 인상.

"하지만 그래도 넌 베트남 사람이지, 안 그런가?" 하고 그림자가 연이어 물었다. 반드시 궁금해서라기보다는, 그냥 입을 열었으니 말을 계속해본다는 식이었다.

경희는 그 말에 대답하지 않았다. 대신 프린스 유진 거리로 가려면 어느 방향으로 가야 하는지 물었다. 그림자는 자신이 온 방향을 턱으로 가리켰다. "저쪽이야. 큰길로 나가면 바로 거기가 프린스 유진 거리지." 그리고 경희가 감사하다는 인사를 꺼내기도 전에, 그는 갑자기 "날 잘 봐" 하더니, 유난히 커다란 입을 옆으로 찢듯이 길죽하게 벌렸다. 물고기처럼 생긴 입꼬리가 좌우로 날렵하게 솟아올랐다. 그러자 하얀 이빨 사이로 뾰쪽한 혀끝이 드러났다. 경희는 그렇게 뾰쪽하고 그렇게 밝고 강렬한 선홍색 혀를 본 적이 없었다. 생선의 아가미처럼…… 알람레드로군 하는 생각이 경희의 머리에 문득 떠올랐다. 특히 피라미드를 연상시키는 날카로운 혀끝은 인공적일 만큼 뾰쪽하여, 일부러 혓바닥을 갈아 세모꼴로 만들어놓은 것 같았다. 혀를 입 밖으로 쑥 내민 그림자는, 으드르르르르 하는 소리와 함께 혀끝을 미친 듯이 아래위로 진동시키기 시작했다. 그건 의심할 바 없는 뱀 혹은 악마의 흉내였다. 이 그림자는 내가 악마나 천사를 믿지 않는 문화권에서 왔다는 사실을 깨닫지 못하는군, 하고 경희는 생각했다. 나는 '사악'하다는 개념이 뭔지 몰라. 악은 해를 끼치고 방해하는 것이지, 원초적이거나 선험적인 게 아니야. 마리아의 집에 머물렀던 한 미국인 카라코룸은 이후 태국으로 갔다가 외국인 휴양지의 시장 골목 음식 찌꺼기 통 속에서 시체로 발견이 되었다. 그의 열 손가락은 다 부러졌고 두 눈동자에는 바늘이 꽂혀 있었다고 했다. 마리아는 그의 얼굴을 신문에서 보고 그 사실을 알게 되었다. 신문 기사에 의하면 그는 성기 절단이란 형벌도 받았다고 했다. 마리아는 그런 사실을 경희에게 편지로 알려주었다. 마리아는 '단지 신용카드의 비밀번호를 알아내기 위한 고문이었겠지만 거기에는 뭔가 사람을 두렵고도 한없이 우울하게 만드는 원초적인 섬뜩함이 깃들어 있어, 그들의 처벌 방식에는…… 그들이 제1세계를 처벌하려고 하는 거라면 말이야……. 하지만 그들의 처벌에는 단순히 정치 경제적인 갈등 이외에도 뭔가 다른 것이 있어. 그들은 단순한 아픔이나 공포심, 고통 이상을 원하는 것 같이 보여. 말하자면 암흑과 심연에 대한 존경과 외경심 같은 것' 하고 썼다. 하지만 나는 악을 부인해, 하고 경희는 생각했다. 선이 없다면, 그 반대의 개념도 없을 테니까. 내가 지금 불행하고 암울하기 때문에 도리어 행복하다고 느낀다면, 그것은…… 어둠의 누에들이 사각거리는 소리를 뚝 멈추었다. 축축한 부패의 냄새가 어둠 속에 회오리치며 진동을 했다. 어둠의 밀도가 강해지며 경희의 눈앞에서 그것들이 주르륵 흘러내리기 시작했다. 그림자의 혀 끝은 경희의 선험적인 공포심을 어떻게든 불러내고야 말겠다는 의지로 충만한 채, 마치 원시인들이 불을 피우기 위해 무아지경으로

마찰의 상태로 몰입하듯이, 계속해서 경희의 바로 코앞에서 파르
르 떠는 붉은 진동을 계속하고 있었다.

6. 그 광경은 경희에게, 오래전 아침 등굣길 버스 정류장에서
   우연히 주운 『리더스 다이제스트』를 열심히 읽었고
   그날 저녁 부모들과 함께 셋이서 〈감마선은 달무늬 얼룩진
   금잔화에 어떤 영향을 미쳤나(The Effect of Gamma Rays
   on Man-in-the-Moon Marigolds)〉라는 영화를 보았던
   어느 날을 무의미하게……

반 시간쯤 지난 후 경희는 슈퍼마켓 밖으로 나왔다. 그리고 반치가
앉아 있는 폴크스방크 앞 벤치를 향해서 걸어왔다. 반치는 이미 시
들어버린 경희의 노란 국화 다발을 무릎 위에 놓은 채 국화를 싼 신
문지의 글자들을 무심하게 읽고 있었지만 꽃이나 신문지에 손을
대지는 않았다. 태양이 구름 사이로 빠르게 모습을 감추었다. 반치
는 먹다 남은 빵 부스러기를 비둘기들에게 뿌려주었다. 신문지가
끝없이 부스럭 소리를 냈다. 불어오는 바람은 차갑고도 진한 습기
를 머금어 매우 스산하므로, 지금 이 순간 아주 먼 곳에 있는 카라
코룸 산봉우리에는 포도알만 한 눈송이가 무겁게 떨어지고 있을
것이 분명했다. 경희의 손에는 투명한 푸른색 매니큐어 폴리시리
무버 병이 하나 들려 있었다. "뭔가 물건을 사야 할 것 같아서." 경

희는 벤치의 곁에 앉으면서 변명처럼 말했다.

"그녀를 만났어?" 반치는 여전히 시선을 신문지 위에 둔 채로 물었다.

"물론 만났지. 그런데 반치, 마리아가 말하기를……." 경희가 말끝을 흐렸다. 반치는 말없이 그런 경희를 바라보기만 했다.

"마리아는 지금 몹시 바쁜 시간이고, 또 네가 연락도 없이 갑자기 찾아와서 당황스럽다고 말했어."

"나는 마리아를 '찾아' 온 것이 아냐. 그야말로 지나가는 길에 잠시 여기 벤치에 앉아서 기다리다가 문득 생각이 났던 것뿐이지."

"그래, 나도 그렇게 말했어."

"마리아가 바쁠 거라는 것쯤은 알고 있었어. 그리고 일하는 그녀를 방해하지 말아야 한다는 것도."

"그래, 그게 마리아의 생각이기도 해."

"게다가 정확히는, 난 너를 따라온 거야. 마리아를 만나러 그녀가 캐셔로 일하는 슈퍼마켓으로 간다는 너를 따라 어슬렁거리며 산책을 한 거라구."

"그래, 내가 너에게 함께 가자고 권했고."

"마리아는 잘 지내지?"

"그래 보여."

"건강하고?"

"그래 보여."

"다행이야. 그리고, 지금은 바쁜 시간이기도 하지만, 사실은 나를 만나고 싶지 않다는 거로군."

"마리아가 자기 입으로 그렇게 분명하게 말한 건 아니지만……."

"이해할 수 있어. 어쨌든 그렇다면 난 더는 여기 앉아 있을 이유가 없군그래." 반치는 이렇게 말을 했지만 당장 자리에서 일어서지는 않았다. 단지 무릎을 잠시 들썩였을 뿐이었다. 경희는 그의 무릎에서 스르르 미끄러지는 시든 국화 다발을 집어 들었다. 그러면서 경희는 마른기침을 했다.

"그런데 반치, 어젯밤에 만난 친구들은 모두 네 고향 친구들이야?"

"대부분이 그렇지."

"하지만 다른 나라, 좀더 남쪽의 다른 나라에서 온 사람들도 있었던 것 같아. 티베트이거나."

"맞아. 그런데 정확히는 티베트가 아니라 인도에서 온 친구들이 두세 명쯤 함께 있었어." 반치는 마지못해 고개를 끄떡거렸다. "우리는 초국가적인 젊은 불교도 단체를 만들려고 예전에 한번 계획을 세웠다가 흐지부지된 일이 있는데, 어느 순간에 다시 그 화제가 물 위로 떠올랐고, 유럽에 살고 있는 친구들이 이번에는 활발하게 움직여보려고 하는 거지."

"그건 티베트랑 관련이 있는지."

"아니라고 생각해."

"난 말이야, 어제 스타벅스에 앉아 있다가 길을 걸어가는 달라이 라마를 보았다는 생각이 들었어."

"말도 안 되는 소리." 반치는 픽 웃었다. "그런 사람이 이 도시에서 혼자서 돌아다닐 리가 없잖아."

그들은 잠시 동안 각자 두 손을 양 무릎에 얹고 나란히 앉아 있었다. 반치가 입을 열었다. "베를린에 전화는 해봤어?"

아니라고 경희는 고개를 저었다. 하지만 자신은 어차피 베를린행 티켓을 사두었다고. 그러니 베를린으로 가게 될 거라고 말했다. 슈퍼마켓의 입구는 유리문이었다. 건물 앞 자전거 보관대에 개를 묶어두고 장을 본 사람들이 정리대에 물건을 놓고 장바구니에 옮겨 담고 있는 광경이 보였다. 자전거 보관대 앞 처마 아래 모여 타일 벽에 등을 기대고 앉은 거지들이 동전을 기다렸다. 왜 이 도시에는 나이 든 거지들이 보이지 않는지 궁금하다고 경희가 말했다. 거지와 홈리스와 피어싱을 한 히피들, 그들은 늙으면 모두 어디로 가는 것일까?

"예전에 나도 그런 질문을 한 적이 있는데, 그때 마리아가 말하기를, 그들은 늙으면 오스트레일리아로 간다고 했어." 반치가 진지한 얼굴로 대답했다. "하지만 난 그 말을 그대로 믿지는 않았지."

슈퍼마켓의 유리문이 열리고 양손에 장바구니를 든 여자가 걸어 나왔다. 입구에 내놓고 파는 화분과 세일 품목인 과일과 과자 더미 뒤편으로 분주한 카운터의 모습이 얼핏 어른거리다가 사라지곤 했다. 캐셔들은 뻣뻣한 질감의 흰 제복을 입고 앉아 있었다. 그들이 어떤 특정한 몸짓을 할 때마다 계산대의 금고 서랍이 카랑카랑한 소리를 내며 열렸다가 닫히기를 반복했다. 금고의 금속에서 파닥거리는 마른 정전기 불꽃이 손등에 느껴지는 듯했다. 캐셔들은 대개 중년 이상의 여자였으며 앉아 있는 모양새가 다들 비슷비슷하게 보였다. 1유로만 주세요, 남는 동전 1유로만 주세요, 하고 한 명의 거지가 주문처럼 중얼중얼거렸다. 오스트레일리아로 갈 여비로 쓰게 동전 1유로만 주세요.

"미스터 노바디는 말이야" 하고 경희가 입을 열었다. "가난과 관련해서 혹독한 연설을 한 적이 있어. 가난한 나라의 가난한 사람들에 대해서. 물론 그가 의도한 것은 정치가의 탐욕과 부실한 사회적 구축망, 만연한 부정부패 때문에 가난한 나라를 말하는 거지. 그가 예로 든 것은 집 없는 자들의 실정이야. 집이 없어서 거리에서 살 수밖에 없고, 영하 40도의 추운 겨울이 닥치면 지하로 숨어들 수밖에 없는 사람들. 그는 오물이 빠져나갈 통로가 없고 팔뚝만 한 쥐들이 우글거리는 지하 터널에 대해서도 처절하게 묘사를 했지. 그는 그런 장소에서 아이를 낳는 산모를 돌봐준 적도 있다고 했어. 그때 태어나자마자 수챗구멍에 빠진 아기가 죽어버린 것은 어떻게 생각하면 당연하기도 하고 다행스럽기조차 하다고. 그런데도 불구하고 정치가들은 뇌물을 챙기고 유럽에 집을 사며 은행 계좌를 숨기는 데만 급급하다고. 그런데 그가 말을 마치고 나자 내가 이렇게 대꾸한 거야. 나는 대학생 시절 1년 정도 '반사회적' 그룹에 들어가서 살고자 한 적이 있답니다. 그들은 의무적으로 홈리스 생활을 해야만 했지요. 잠은 지하 통로에서 자고 음식은 구걸로 해결하거나 아니면 구호소를 찾아가야 하는 거예요. 그 그룹은 정치적인 목적으로 빈자들에게 접근하려는 게 아니었어요. 그들은 부모와 집을 증오하는 아이들이었고, 그것은 일종의 사회적 연극이었어요. 자의적인 asociality를 구현하고자 하는. 사내아이들은 소매치기나 성희롱을 재미 삼아 실행하고 싶어 했고, 그러다가 정말로 감옥에 간 케이스도 있었어요. 여자아이들은 동성애나 좀더 심오한 차원으로 매춘의 체험을 원했지요. 사실 그보다 더욱 심각한 일을 겪을 위험에 늘 노출된 것이 맞긴 했어요……. 하지만 홈리스라는 이유만으로 감옥에 가지는 않죠. 홈리스로 살기를 원한다고 해서 모두 범죄자는 아니에요. 당신은 그랬던 적이 없겠지만, 나는 그때 실제로 거리에서 구걸도 해보았답니다. 가난을 퇴치의 대상으로만 보고 여기저기서 연설을 하고 다니는 당신은 잘 모르겠지만, 나는 실제로 가난한 자의 자아가 어떤 건지 잘 알고 있답니다……. 내가 무슨 생각으로 그런 엉뚱한 말을 뱉어버렸는지, 스스로도 이해할 수가 없어. 나는 그의 직설적인 진지함을 조롱할 생각은 전혀 없었고, 단지 그때 나에게 떠오른 그 생각이 말이 되어 무심코 입 밖으로 나온 것에 불과한데 말이야. 하지만 미스터 노바디는 나에게 화를 냈지. 그는 나를 향해 '너희들은 아메리칸처럼 고약하다' 하고 말했어. 사실은 거기에 좀더 보태서, '너희들은 원숭이처럼 아메리칸의 흉내를 내고 있다'고 말하기도 했지. 그래서 나는 대답했지, 당신의 그 말은 내가 처음으로 유럽에 갔던 시절 누군가 나에게 어디서 왔느냐고 물었고, 내가 사우스코리아라고 대답하자 그 사람이 '아, 어메리카나이즈드 코리아' 하고 고쳐 말했던 일을 연상시킨다고.

나는 미스터 노바디의 고전적 책임감을 비하하고 싶지 않았어. 내가 무슨 자격으로 그럴 수 있겠어. 나는 그가 어떤 면으로는 전형적인 제3종족의 지식인으로, 무한하고도 무형인 모종의 책임감은 선택받았다는 의식과 함께 그의 의복이나 마찬가지임을 잘 알고 있으니까. 단지 그 순간 내 태도가 그에게 몹시 경솔한 것으로 보였다는 것은 우리의 불행이지. 잊고 있었던 나의 가출 생활, 그런 위태했던 시절을, 마치 식당에서 문득 내 왼쪽 가슴을 드러내 보이는 것과 같은 마음으로—나는 그에게라면 언제 어느 때고 기꺼이 그렇게 할 수 있었어—그에게 말해주고 싶다는 염원이 강렬했던 것뿐인데, 그는 나를 완전히 오해하고 말았지."

"그래서, 그 일 이후 그와 사이가 벌어진 거야?" 반치가 물었다.

"반드시 그렇다고 말할 수는 없어. 그 강연은 미스터 노바디가 베를린을 떠나기 전날 있었고, 어차피 그는 이후 다른 나라로 갈 예정이었으니까. 그는 나에게 자신의 숙소 주소를 적어주었어. 그리고 이후 다음번에 가게 될 다른 제3의 나라에 있는 숙소 주소를, 그리고 다시 다른 제3의 나라, 내가 갈 수 없는 제3의 나라들 주소를 모두 알려주었어. 그는 제3의 나라에서 내게 전화를 걸었고, 우리는 오래도록 통화를 했어. 그러다가 몇 개월 후, 그는 예정대로 다시 독일로 왔지. 그런데 이상하게도 베를린이 아니라, 내가 이름조차 들어보지 못한 중부 독일의 한 작은 도시에서 머물렀어. 그는 전화로 자신이 살고 있는 방의 풍경을 자세히 묘사했고, 그 방이 어디에 있는지도 필요 이상으로 상세하게 설명을 했지. 그가 사는 방은 그 도시의 중앙역에서 멀지 않다고 했어. 그때 내가 있던 베를린에서 기차를 타면 두 시간도 채 걸리지 않는 거리였어. 그의 방에 있는 창으로 초록색 병원 건물이 보인다고 했어. 그곳의 커다란 창에는 촘촘한 격자 모양의 창살이 달려 있고. 그는 분명히 말했어, 내가 만약, 기차에서 내려 중앙역사를 나오자마자 바로 왼쪽으로 꺾어져 조그마한 광장을 비스듬하게 지나면, 그 모습이 그의 방에서 똑바로 내려다보일 거라고. 그는 매일 글을 쓰고 책을 읽기 위해 도서관으로 가는데 저녁 일곱시면 항상 도서관 앞 '산양'이라는 이름의 카페에서 저녁을 먹는다고도 말했어. 산양 카페의 단골 웨이터와 귀여운 웨이트리스에 대해서도 말했고. 그는 의사가 충고해준 대로 고기를 천천히 씹고 술을 마시지 않으며 좋아하는 설탕과 유지방이 고농축으로 들어간 소스를 피하려고 한다고도 말했어. 그는 그 카페에서 주로 손님을 만났지. 정기적으로 찾아오는 사람은 그의 편집자와 편집자의 비서였어. 그들은 그에게 낭독회나 강연회 등을 주선하고 유럽에서의 일정을 관리하는 일을 했어. 그리고 그에게는 러시아인인 두번째 아내와의 마무리되지 않은 소송 문제까지도 걸려 있어서 망명자의 신분으로 변호사도 만나야 했고. 그는 경제적으로 어렵게 살고 있는 너와 네 가족에 대해서도 안타까움을 말하곤 했어. 그의 초상화를 그려보고 싶다는 화가를 위해서 한동안은 일주일에 한 번씩 아틀리에도 방문을 했어. 그는 자신이 죽기 전에 마무리 지어야 할 일들에 대해서 말했어. 죽음이 다가올 수록 추상적인 열망의 지수가 상승하며 먼지가 되어 사라질 스스로를 용서하고자 하는 유혹의 힘이 강렬해진다고 그는 말했어. 그의 조카가 익사한 사건에 대해서도 그는 언급했어. 스무 살인 그 아이는 군 복무 도중 호수에서 고무보트 전복 사고로 죽었다고 했지. 그는 부대원들이 그 아이를 오래 기억하고 추모할 수 있도록 그 아이의 이름이 붙은 체육시설을 기증하고 싶다고도 말했어. 그는 죽어버린 친척들과 현재 살아 있는, 모두 도시인이 되어버린 나머지 친척들에 대해서 이야기했어. 이 모든 상념을 마치고 카페를 떠나 집으로 돌아가기 전, 그는 중앙역에서 마지막 기차가 도착하는 소리에 귀 기울인다고 말했어. 그날 베를린에서 출발하여 그 도시에 40초 동안 정차한 후 서쪽으로 떠나가는 마지막 기차. 그는 나의 베를린 주소를 항상 기억하고 있다고도 말했어. 그가 언젠가 긴 편지를 써 보내게 될 나의 베를린 주소를. 그의 말은 전화기 속에서 독백처럼 오래오래 이어졌어. 때로 그는 거의 한 시간 동안 전혀 내 대답을 기대하지 않은 채 홀로 말할 때도 많았어. 그것은 그의 사적인 자서전이기도 했어. 그 누구의 검열도 받을 필요가 없는 사적인 회고록. 나는 혼자인 그의 관객이었어. 온 정신을 다해 기꺼이 귀를 기울이는.

그의 설명과 묘사가 너무도 자세했기에 나는 우리가 떨어져 있다는 것이 어떨 때는 믿기지 않았고, 그가 나를 자신의 잃어버린 고향으로 초대한 그날 이후로 오랜 시간 동안 우리가 늘 같이 여행을 다니고 있었다는 생각에서 벗어날 수가 없었어. 앞으로 여러 번의 생(生) 동안 계속될, 그러한 여러 해 동안. 그가 자신의 방에 대해서 아주 상세하게 말했기 때문에—예를 들자면 지금 시계의 바늘이 두시 삼분에서 사분으로 넘어가는 소리가 들립니다, 하는 식으로—그래서 나는 간혹 지금도 꿈속에서, 희미한 파란색 벽지가 발린 그의 방에서 그와 내가 벽을 배경으로 나란히 앉아, 반 미터 정도의 간격을 두고 떨어져 앉아 양손을 무릎 위에 올린 채, 시계의 바늘이 두시 삼분에서 사분으로 딸깍하고 넘어가는 소리에 말없이 귀 기울이는 모습을 보곤 하는데, 그때 우리는 서로 상대편 가슴의 체온과 눈꺼풀 안쪽의 온도에 대해서 생각하는 자세로 앉아 있는 거야. 그 방의 빛과 온도와 공기의 촉감, 전기 주전자에서 물이 끓는 소리, 눅눅해진 벽지의 냄새, 화초가 없이 비어 있는 도자기 화분의 검은 흙, 열린 창으로 들려오는 광장의 저녁 소음과 희미한 기차의 기적 소리까지도, 마치 내가 피부 위에서 실제로 체험한 일인 양 그것을 기억해. 그것을 느껴. 그리고 그것을 그대로 꿈속에서 만나.

그러던 어느 날, 그가 전화기에 대고 마치 선언하듯이 고함지르며 말한 것이 기억나. '우리는 이 생(生)에서는 결코 두 번 다시 만나지 못할 겁니다!' 그때 내 가슴속에서 온전한 하나의 마음이라고 부를 수 있는 커다란 덩어리가 쿵 하고 내려앉았고, 나는 실제로 현기증을 느꼈어. 그날 이후 내 몸은 아래로, 아래로만 꺼져 들어가고 있는 불의 찌꺼기야. 내가 가진 것은 타버린 살이야. 그날 이후 나는 나의 껍질이야, 오, 반치. 내가 그의 행적을 추적하기를 그만둔 것은 그리 오래지 않아. 난 어느 날 미친 듯이 기차역으로 달려가, 그가 있는 도시로 가는 기차표를 사고야 말았지. 그날은 내가 베를린에서 머무는 마지막 날이었고, 나의 베를린 주소가 유효한 마지막 날이기도 했어. 다음 날이면 나는 서울로 되돌아가야만 했으니까. 나는 왜 좀더 빨리 이렇게 하지 않았을까, 스스로 이상하게 생각하면서 플랫폼에 서서 열차가 들어오는 것을 보았어. 저 수많은 사람들이 저마다 자신의 발을 갖고, 자신의 의지를 갖고, 자신의 자유를 갖고 도시에서 도시로 이동할 수 있다는 현실이 믿어지지 않았어. 열차는 빠르게 달렸고, 두 시간 만에 나는 그가 사는 도시의 중앙역에 내릴 수 있었지. 그러자 거짓말처럼 내 눈앞에 병원 건물이 나타났어. 역 앞의 광장은 손바닥만 했고, 초록색 지붕을 인 최신식 병원 건물의 커다란 창에는 박쥐나 벌레를 막기 위한 것인 양 격자 창살이 달려 있었지. 모든 것이 내가 들은 그대로였어. 비록 처음 발을 디뎌보는 도시였지만 나에게는 길가의 우체통이나 꽃집이나 자전거전용도로나 모두 나 자신의 것인 양 친근하기만 했어. 나는 겨울이라 손님이 거의 없이 한적한 '산양' 카페의 노천 천막 아래를 지나 마침내 그가 살고 있다는 집, 내가 광장을 가로질러 그를 향해 걸어오는 것이 똑바로 내려다보인다는 그의 방에 도달할 수 있었지. 겨울이었지만 햇빛이 환했던 그날, 작고 검소한 망명자의 방으로 들어서면서 나는 이마의 땀을 닦아냈어. 그런데 그는 없었어. 도서관에 가느라 자리를 비운 것이 아니라, 러시아로 돌아갔다는 거야. 대학생이던 그에게 '동양인의 얼굴을 하고 세계의 기차역과 거리를 돌아다니는 것이 어떤 의미인지를 육체로 똑똑하게 각인시켜주었다'던 그 화이트 러시아로 말이야. 희고 강한 주먹을 가졌다던 나라, 차가운 강철 그물과 같았다던 나라. 그리고 그의 두번째 가족이 살고 있는 나라. 그리고 나는 그곳에서야 비로소 왜 그가 하필이면 그 도시에 머물렀는지 이해하게 되었지. 그건 심장외과로 유명한 그곳의 병원 때문이었어. 그는 어떤 진단을 받았던 것일까? 언젠가는 분명 내가 올 줄을 알았겠지만, 그는 한 장의 편지도 쪽지도 남기지 않았어. 잠시 시간이 흐른 후에야 나는 그 무언의 의미를 확실히 깨달을 수 있었지. 그가 살던 방은 비어 있고 침구는 침대 위에 단정하게 개어져 있었으며 구형 지멘스 벽시계의 분침은 일 분이 지날 때마다 철컥하는 소리와 함께 한 칸씩 넘어가고 있었어. 철컥, 다시 철컥, 철컥. 나는 그것을 내 목숨이 한 칸씩 흘러내리는 소리라고 이해했어. 철컥, 다시 철컥, 영원히 아래로, 철컥."

말을 멈춘 경희는 기침을 했다.

"그래도 너는" 반치가 잠시 말을 멈추었다가 계속했다. "그래도 베를린으로 갈 것이고, 아마도 그는 이번엔 베를린에서 널 기다리고 있을지도 몰라. 적어도 그가 너에게 연락을 해온 것은 맞잖아."

"그럴지도 모르지. 그래, 아직 치유사에게 전화를 해보지는 않았지만, 그게 맞을 거야, '나의 베를린 주소'를 알고 있는 것은 오직 그 사람뿐이니까." 경희는 천천히 대답했다. 그들의 머리는 동시에 슈퍼마켓의 문으로 향했다. 흰 제복을 입은 캐셔 한 명이 담배를 피우기 위해 밖으로 나왔기 때문이다. 입에 담배를 문 캐셔는 몸을 뒤뚱거리며 이상스럽게 그을린 벽 모퉁이를 돌아 공터 뒤쪽으로 사라졌다. 슈퍼마켓 뒤 공터에는 일본 마가목 한 그루가 홀로 서 있었다. 화려하게 새빨간 열매들은 새들에게 거의 다 파먹혔으나 노랗게 시든 나뭇잎들의 붉은 멍 자국만으로도 여전히 아름다운 늦가을 늙은 나무. "넌 어떻게 할 생각이야?" 하고 경희가 반치에게 물었다.

"난 이곳에 좀더 남아서 불교 단체 친구들과 함께 지내볼 생각이야" 하고 반치가 말했다. "사실은 인도 남부 티크 목재 농장에서 일하던 친구들이 이곳으로 왔어. 방을 하나 세내어 친구들과 함께 지내면서 예전에 일했던 호텔에 일자리를 알아볼거야. 난 옛날에 그 호텔 지하의 대형 세척장에서 일했어. 식당에서 나온 접시와 식기가 엘리베이터에 실려서 지하로 내려오면 우선 음식 찌꺼기를 버리고 식기를 차곡차곡 세척기에 집어넣어 기계를 작동시킨 다음 다시 꺼내서 건조시키고 위쪽 주방으로 올려 보내는 일이지."

"그걸로 일제 복사기 할부금을 다 갚을 수 있을까?"

"계속해서 일할 수 있다면 아마도 가능하겠지. 하지만 난 말이야, 그걸 구입하기 전까지는 최신형 레이저 복사기의 토너 값이 그렇게 비싼 줄은 상상도 못 했고, 또 그게 그렇게 소모가 빠르리라는 계산은 더더욱 하지 못했단 말이야……. 나중에야 그걸 알게 되었지만 이미 너무 늦었고, 그래서 내가 세워놓은 계산은 다 헝클어지고 만 거야."

"하지만 네가 정말로 원하는 건 복사기 할부금 청산이 아니겠지. 유럽 도시의 일류 호텔 세척장 일자리도 물론 아닐 테고."

"가족들은 반대하지만, 그래도 나는 다시 한 번 더 5천 명의 친구들과 함께 광장에 서고 싶어. 그러지 못할 바에야 복사기 값을 다 갚고 나서 여기서 굶어 죽는 편이 유일한 차선일지도 모르지. 아니면 인도의 티크 농장으로 가서 벌목 일꾼이 되거나."

"네가 무엇을 원하든, 나는 그것을 지지해."

"그거 알고 있어? 이제는 이방인으로서, 객관적 입장의 외부인 신념자로서 끼어들 자리가 점점 더 사라지고 있다는 것. 대학 시절, 인도 남부 티크 농장에서 낮에는 벌목공, 밤에는 반정부 게릴라의 협조자로 일했던 친구로부터 들은 이야기야. 그는 유럽에서 유학하던 중 '지구의 한쪽에서 일어나는 과학기술의 발전과 풍요로움의 확장은 지구 다른 반대편에서 일어나는 굶주림에 대한 책임과 비례하여 상승한다' 하는 요지의 반정부 단체, 정확히는 다국적 기업의 거대한 아가리로부터 제3세계 자연과 숲을 지키자는 내용의 에코 마오주의자 팸플릿을 읽고는 깨달은 바가 있어 가방 하나만을 메고 인도로 떠났지. 그는 팸플릿을 작성한 좌파 환경 단체와 접촉하기 위해서 현지의 티크 농장에 일자리도 구했어. 결론을 말하자면 그는 그곳에서 일당 2유로가 안 되는 임금을 받으면서 9개월을 허비했다는 거야. 그가 예상하고 기대했던 모든 것이 그 자리에 있었어. 가난과 빚 때문에 기꺼이 노예의 삶을 감수하는 것처럼 보이는 사람들 말이야. 아버지의 빚을 갚기 위해서 아들의 일평생과 아직 태어나지 않은 손자의 평생 또한 당연하게 저당 잡힌다는 것을. 사람들은 그런 종류의 부채가 소름끼치게 비인간적이며 법적 효력 또한 없다는 사실을 알지도 못했고, 그것을 알기 위해서 특별히 애쓰는 것 같지도 않았지. 이런 상황을 지켜본 그는 아마도 처음에는 회심의 미소를 지었을 거야. 그곳은 그야말로 친구의 표현대로라면 제3세계 마오이즘의 질 좋은 토양이었으니까.

하지만 그 누구도 무정부주의적 자연주의자 단체, 혹은 그 지역의 자연발생적 마오이스트들에 대해서 아는 바가 없었고, 그 누구도 팸플릿에 대해서 알지 못했을 뿐만 아니라, 심지어 그가 아무리 설명을 해도 사람들은 그가 원하는 바가 무엇인지 좀처럼 이해하지 못했다는 거야. 사람들은 그를 유럽인으로 생각하는가 하면 이슬람 신자로, 불교도로, 훼방꾼으로, 이방인 선동가로, 떠돌이로, 뜨내기로, 대학생으로, 심지어는 미국에서 온 빈털터리 떠벌이로 여겼어. 그는 아메리카 땅이라곤 밟아보지도 못했는데 말이야. 그러던 어느 날 그가 머물던 마을에 경찰들이 들이닥쳤지. 그러곤 그와 함께 일하던 일꾼들, 마을의 이발사, 하나뿐인 학교의 교사, 그리고 촌장 격인 노인들까지 잡아갔어. 나중에 알게 된 거지만 인근 읍내에서 경찰관이 살해당했다는 거야. 그들은 남부지역 티크 농장을 중심으로 활동하는 마오이스트들을 범인으로 간주했던 거지. 그는 그제야 마을 사람들이 낮에는 벌목 인부로, 밤에는 게릴라로 자연스러운 이중생활을 하고 있음을 알게 되었어.

물론 그도 다른 남자들과 함께 체포되어 조사를 받았지. (아이러니하게도 정작 그 자신이 그 한가운데에 있었으면서도 반년도 넘게 헛되이 찾아 헤매기만 하고 전혀 '만나지' 못했던) 마오주의자 테러리스트와는 관련이 없다는 것이 밝혀졌지만, 정식 노동허가증이 없었기 때문에 그는 6개월 동안 감옥에 있어야만 했어. 투옥되어 있는 동안 그는 아주 서서히 어렴풋한 무언가를 깨닫게 되었어. 자신이 유령의 팸플릿에 홀려서 먼 거리를 날아왔다는 것을. 농장의 일꾼들은 모두 태어나면서부터 힌두교인에 티크 노동자이고 겁먹은 마오이스트이면서 초월적인 명상가에 테러리스트이며 신비주의자이고 다국적기업의 이익 체계 가장 말단의 유용한 단위이면서 동시에 혁명 조직의 말단 단위이기도 했지. 그들은 내 친구처럼 대학 교육을 받은 이가 신념을 '골라서, 찾아다니고, 선택한다'는 것을 이해하지 못했어. 그들은 추상적인 믿음을 위해서 피부색을 바꾸지는 못한다는 것을 일찌감치 깨달은 사람들이었던 거야. 그들에게 신념이란 선택할 수 없는 종류이므로 굳이 그것에 대해서 생각을 한다거나 그것에 이름을 붙인다거나 그것을 위해서 뭔가를 할 필요를 느끼지조차 못했어. 그래서 친구가 그들에게 환경주의자 게릴라 단체에 대해 물었을 때 그들은 그것이 무엇인지 알아듣지 못했던 거야. 정작 그것은 그들 자신이었는데. 그것은 정글 자체, 런던의 자본과 연계된 티크 농장 자체, 노동자 마을 자체, 빚지는 일과 동격인 가난 자체, 그들의 피부색, 즉 자연적 존재 자체. 친구가 세 들어 살던 오두막의 집주인조차 게릴라 단체의 세포였다는 것을 알게 된 다음 친구는 더욱 홀린 듯한 기분이었지. 집주인은 들짐승을 잡는다며 엽총을 갖고 다니긴 했지만 '마오이스트'라는 말조차 제대로 이해하지 못했으니 말이야.

친구의 말을 듣고 나서 나에게 떠오른 생각은, 어떤 사람들은 실제로 달을 향해 가는 반면에, 매우 원초적인 어떤 사람들은 신령의 부름을 받는 것처럼 여전히 자신의 동굴, 자신의 피, 자신의 고대어를 향해 가고 있다는 거야.

그건 대규모의 체계적 조직을 가진 도시와 국가 개념에 의존하는 광범위한 '민족'보다는 좀더 근원에 가까운, 어느 정도 잊혀지고 모호한 부족적인 개념이야. 그들은 태초에 자신들이 알몸 원숭이의 상태로 기어 나온 그 암혈을 다시 찾아가는 거지. 거대한 전체가 오직 환상이었다는 것을 깨달은 이후 자신이 가야 할 방향을 찾은 그들이야말로 행복한 자들이야. 자신들의 동굴을 알고 있으니까. 이 세상 어딘가의 동굴 벽에 젖은 재와 사슴의 피, 그리고 적토로 자신의 이름이 적혀 있다는 걸 믿는 이들은 행복한 거지. 외부에서 그들을 뭐라고 부르건, 신(新)마오이스트, 자연보호주의자, 테러리스트, 힌두교도, 불교도, 이슬람교도, 자이나교도, 광무교도, 기독교를 제외한 온갖 명칭으로, 하지만 그런 이름들은 오직 외부인들에게나 중요할 뿐이겠지.

나는 가난하고 무력한 정체불명의 '도시인'이란 옷을 벗는 순간, 그야말로 시민증을 빼앗긴 난민이 되어 어디로 가야 할지를 모르게 될 것이 두려워. 영혼의 동굴을 갖지 못한 종족이야말로 기계 사회의 프롤레타리아라고 생각되지 않아? 내가 유명인의 가족이란 자의식을 갖게 된 건 아버지가 우리를 떠난 이후의 일이야. 그전에는 너무 어리기도 했지만 공산주의 체제가 '비합리적인 역사의식'이라면서 모두 통제했기 때문에 나는 내가 고대어를 말하는 오래된 부족의 후손이라는 사실도 아주 나중에나 배울 수 있었던 거지. 그런 나야말로 윗세대와의 단절을 극심하게 앓고 있는 전형적인 개체라고 생각해. 내 아버지는 살아 있지만, 나는 더 이상 그를 몰라. 나와 동시에 존재하는 동질의 몸인 내 아버지가 아는 많은 것들을, 나는 조금도 알지 못해. 심지어 그의 고대어조차 나는 단 한 어휘도 물려받지 못했어. 공산주의 체제에서 그건 금지된 문화유산이었으니까. 그는 쓸쓸하게 고향을 떠났고 다시는 돌아오지 않는 많은 사람들 중의 하나가 되었지. 나는 인위적으로 잘려 나왔어. 나는 개념으로 풀어서 설명될 수 없는 것들을 소유하지 못했지. 나는 비록 경전을 번역하는 일을 하지만, 실제의 내 행동은 팸플릿 없이는 단 한 발짝도 움직이지 못하는 형국이야. 이건 분명 새로운 개념의 '가난'의 징후겠지. 원래 이 지구는 원시 동굴 종족의 영토인데 그동안 도시인들이 무단으로 점령하고 있었다는 생각이 들어. 동굴 종족과 도시인과의 시간적 간극은 과학자들이 말하는 것처럼 수백만 년이 아니라 실제로 '동시적'일지도 몰라."

"갑자기 생각이 났는데 말이야, 예전에 마리아는 아주 잠시 동안, 아마도 3, 4개월에 불과한 결혼 생활을 했는데 그녀의 남편은 일본인이었어. 그는 일본에서 약사의 조수로 일하다가 어느 날 훌쩍 오페라 가수가 되겠다는 일념으로 유럽으로 왔다고 해. 그는 주말에만 문을 여는 에소테릭(esoteric) 학교에서 기공(氣功)과 풍수를 가르치는 교사로 일했지. 그는 또한 전 세계 원시 종족들의 온갖 기괴한 전설과 예언을 전부 알고 있었다고 해. 그의 취미는 전 지구적 현상으로서의 신비주의였어. 일본에서 그걸 책으로 펴낸 적도 있다더군. 심지어 유명 작가나 학자들까지 그의 약국으로 찾아와서 갖고 있는 희귀 자료들을 보여달라고 간청한 적도 몇 번이나 있었다는 거야. 마리아도 일을 쉬는 주말이면 그의 학교를 다녔지. 그런데 어느 날 밤 그는 깊이 잠든 마리아를 흔들어 깨우더니 자신이 다리를 전다는 사실을 마리아가 학교에서 떠들고 다녀서 이제 학교 관계자들뿐 아니라 학생들도 모두 다 자신의 불구를 알게 되었다면서, 도대체 왜 그런 짓을 했느냐고 비통하게 물었다는 거야. 마리아는 그런 말을 한 적도 없을 뿐 아니라, 그때까지는 그 남자가 다리를 전다는 사실조차 모르고 있었기 때문에 기가 막힐 뿐이었지. 그는 오래전 교통사고의 후유증으로 아주 살짝 다리를 절었는데, 거의 알아차리기 힘들 정도라서 실제 그 사실을 아는 사람은 일본에 있는 가족들 말고는 없을 정도라는 게 마리아의 설명이야. 그녀도 나중에야 안 사실이지만, 아주 유심히 지켜봐도 신발이 불편해서 한쪽 발을 살짝 끄는 정도에 불과했다고 했어. 그럼에도 불구하고 그 남자는 아주 심각한 어조로, 자신이 왜 일본을 떠나온 줄 아느냐, 가수가 된다는 것은 핑계였고 사실은 아무도 그의 신체적 결함을 모르는 낯선 땅으로 오고 싶었던 것뿐이라는 거야."

"그래서 그 남자가 원한을 품고 몇 년 동안이나 마리아에게 살해 위협을 하면서 그림자처럼 따라다닌 거로군."

"그 일이 있은 후 마리아는 자신의 방으로 되돌아왔어. 도저히 그 남자와는 살 수가 없었기 때문이야. 당시 마리아는 극장의 매표소에서 일을 했는데 그 남자가 극장의 다른 직원들에게도 전화를 걸어 협박을 했다고 해. 마리아와 친하게 지내면 죽여버리겠노라고. 그래서 마리아는 극장을 그만둘 수밖에 없었지. 마리아는 자신의 일생 동안 유일하게 자신의 방을 떠나 있었으며 유일하게 비카라코룸으로 살았던 그 몇 달의 결혼 기간을 유감스러움과 회한을 가지고 회상하곤 했지."

"그렇다면 마리아가 요가학원 접수계로 일한 건 그다음의 일인지 아니면 그 이전인지."

"그 일은 난 알지 못해. 난 마리아가 박물관의 여자 경비원으로, 아시안 슈퍼마켓과 히피 의상 상점의 점원으로, 관광 카탈로그의 민속 의상 모델로, 유스호스텔의 청소부로, 축제가 열리는 동안 잘츠부르크의 길거리 음악가로, 그림엽서 판매원으로, 오페라극장의 코트 보관소 직원으로 일한 걸 알고 있어. 하지만 요가학원이라니, 처음 듣는 말이야."

"이상한 일이지." 반치는 슈퍼마켓 입구에서 시선을 떼지 않은 채로 생각에 잠겨 중얼거렸다. "마리아는 수십 년 동안 전 세계의 수많은 방랑자들에게 방을 제공해주었는데, 정작 마리아 자신은 빈번하게 셋방을 전전하며 이사를 다니는 것 말고 진짜 여행을 떠난 적이 있었던가?"

"죽은 말을 보기 위해서 네가 사는 나라로 가고 싶다고 몇 번이나 말한 적이 있어……."

"하지만, 그건 말뿐이었어. 진짜로 여행을 떠난 건 아니었잖아. 그녀가 카라코룸이었던 걸 생각하면, 사실 매우 아이러니한 일이야. 그녀는 보통의 카라코룸이 아니었어. 이 세상의 다른 어떤 카라코룸보다 많은 방랑자를 받아들여주었을 거야."

"카라코룸이었다니. 왜 너는 과거형으로 이야기하는 거지?"

"그건, 아마도 그녀가 아직도 카라코룸으로 살고 있는지 어떤지, 단지 내가 그걸 모르기 때문인 거지."

"생각해보니 그녀는 우리가 알고 있는 유일한 카라코룸이군."

"카라코룸이 과연 있었을까?"

"……."

"내 말은, 고대 도시 카라코룸 말이야."

"무슨 소리야, 반치. 지금은 21세기야. 설사 실제로는 눈에 보이지 않는 것이라 해도 인터넷상에 존재하면 그건 존재하는 거야." 경희는 농담처럼 응수했다. "물론 나는 인터넷상에서 집을 공유하는 방랑자 포럼 카라코룸을 말하는 거지만."

"아, 난 말이지, 이 도시에 머무는 동안 설사 굳이 의도하지 않더라도 어쩌면 마리아를 만나게 될지도 모른다는 생각이 들어. 어쨌든 한 번쯤 슈퍼마켓을 들를 일은 있을 테니까. 하지만 그녀가 원하지 않는데 내가 먼저 나서서 그녀에게 아는 척 인사를 건넬 일은 없을 거야. 내가 궁금한 건, 그녀가 건강하게 잘 지내는지, 단지 그것뿐이야. 내 눈으로 그걸 확인한다면 나는 몹시 마음이 평안하고 아무런 근심 없이 그녀를 잊을 수도 있겠지. 그러니 혹시 그녀와 연락이 닿는다면, 내가 불쑥 찾아와서 귀찮게 하지 않을까 신경 쓸 필요는 없다고 말해줘." 그리고 반치는 덧붙였다. "마리아의 두려움은 이해하지만, 분명 난 그 일본인과 다르다고."

"글쎄. 마리아가 이 슈퍼마켓에서 얼마나 더 일하게 될지 그건 모르겠어. 마리아는 청소 일도 다닌다고 했으니까. 청소 일을 하면 시간당 10유로를 번다고 말했어. 아니, 12유로였던가. 하여튼 마리아는 비등록으로 청소 일을 하는 거야. 그편이 세금을 안 내니까 더 좋은 건 두말할 필요가 없지. 주로 외국인의 집 청소를 한다고 했어. 장기간 두 가지 일을 병행하는 건 매우 힘들긴 할 거야. 그러니 만약에 그녀가 두 가지 일 중에 하나를 그만두게 된다면, 그건 세금을 내야 하는 이 슈퍼마켓 캐셔 자리가 되겠지."

"아무래도 약을 사먹는 편이 좋지 않겠어?" 말을 마친 경희가 다시 기침을 하자 반치가 좀 걱정스러운 어투로 말했다.

"아니, 난 기침약을 먹을 순 없어. 기관지 분비물을 묽게 하는 약물들은 간혹 내 후두를 마비시키곤 해. 그러면 나는 어떤 특정 자음을 똑똑히 발음할 수가 없어져. 예를 들자면, 'ㅋ'이라든지 'ㄲ' 같은 것들. 일종의 순간적인 디스랄리(dyslalie) 증세야. 반치, 목소리 배우인 나에게 그건 매우 심각한 문제가 될 수 있어. 게다가 지금은 베를린에 전화도 걸어야 하고."

"하지만 지금은 공연 계획도 없는데 왜 약을 먹을 수 없다는 거지? 뭔지 모르지만 그게 일시적인 증세라면 기침약을 먹어도 며칠 후면 아무 문제가 없다는 말인 거잖아?"

"영구적인 발성장애가 올까 봐 두려워."

"무슨 소리야, 그런 일은 감기처럼 흔하게 일어나지는 않아."

"발성장애자 가족력이 있기 때문에 조심하는 거야." 경희는 꽃다발을 한 손에 들고 자리에서 일어났다. "그러니 목소리가 사라지기 전에 미루지 말고 얼른 전화를 하는 편이 좋겠지. 더구나 지금처럼 저 건너편에서 빈 전화 부스가 눈에 띈 순간에 말이야."

"베를린에 가면, 넌 식당에서 뭘 주문하지?" 반치가 따라 일어서면서 물었다.

"제일 싼 베트남 식당의 볶음밥. 새우와 투푸, 코리안더가 든."

"거봐, 지금 똑똑하게 발음하고 있으면서!"

"아직 약을 안 먹었잖아. 그리고 내 주머니 속에 벌써 노스카핀 시럽 한 병이 들어 있어. 설명서에는 한 번에 5밀리리터 스푼으로 하나씩, 하루에 네 번 이하로 섭취하라고 나와 있지만 난 종종 그 열 배를 복용했어도 아무 문제가 없었어. 도저히 견딜 수가 없으면 이걸 마실 생각이니까 더 이상 걱정할 필요는 없어." 공중전화 부스를 향해 뛰어가면서 경희는 소리쳤다. "어머니는 글루텐 알레르기를 20년째 앓아왔어. 그 결과 작년에는 드디어 비(非)호지킨 림프종이란 진단도 받았지. 아버지는 대장암을 두 번이나 겪고도 기계처럼 튼튼하게 살아남았지만 지금은 모든 종류의 식품첨가물과 식용 화학물질에 대한 의사(pseudo) 알레르기 증세로 고생하고 있어. 뿐만 아니라 과일에 들어 있는 특정 산(酸)이나 천연 방부제 등도 아버지 몸의 모든 점막을 피투성이로 만들어버리지. 특히 눈꺼풀과 항문에서 피가 쏟아져. 그래서 간호사의 달콤한 침을 제외하고는 거의 맹물밖에 못 삼키는 상태라구!"

경희는 길가에 고인 물웅덩이를 요란하게 첨벙거리며 뛰어갔다. 흙탕물이 장화와 치맛자락에 마구 튀었지만 경희는 신경 쓰지 않았고, 더욱 신이 난 듯 두 팔을 마구 휘저으며 커다랗고 알록달록한 새처럼 뛰어갔다. 달려가던 경희는 길가에 내다 버린 대형 냉장고와 부딪혔고, 냉장고를 껴안고 쓰러질 뻔했지만 그럼에도 불구하고 계속해서 달려가면서 웃음을 터뜨렸다.

"의사 알레르기, 그건 뭐지?" 반치도 보폭을 크게 하고 경희를 따라오면서 물었다.

"증상은 알레르기와 같지만 그 원인은 인체 면역체계와는 관련이 없는, 약물 인톨레랑스로 인한 사실상의 히스테리 증상!"

"푸하!"

"그래서 난 알 수 있어, 나도 최소한 언젠가는 반드시 의사 디스렐리를 겪게 될 거야!"

"그건 뭐야, 의사 언어 히스테리 증상이라고 불러야 하나?"

"1986년 이후에 태어난 우크라이나 체르노빌 아이들도 그런 증상을 겪었다는 말, 들어본 적 있어?"

"아니, 들어본 적 없는걸."

"그게 뭐든, 우리에게 오는 것을 막을 수 없어!"

"그게 뭐든, 제발 진정 좀 해. 천천히 가자."

"죽기 전에 어떻게든 병들어야 한다면." 공중전화 부스에 도착한 경희가 숨을 헐떡거리면서 멈추어 섰다. 경희의 한 손은 이파리가 거의 다 떨어져 나간 국화 다발을 아직도 움켜쥔 채였다. "병으로 목소리가 완전히 사라지기 전에, 난 베를린으로 전화를 걸어야 해!"

"그 사람은 잡지에다 기사를 쓰는 젊은 여자였어요" 하고 치유사는 귀가 왕왕 울릴 정도로 크게 고함을 지르며 말했다. "젊은 여성 저널리스트, 내 말이 잘 들려요?"

충분히 잘 들리니 너무 크게 말하려고 애쓸 필요 없다고 경희는 대답했다.

"오케이, 내 전화기는 항상 잡음이 심해서 말이죠, 상대편이 안 들린다고 불평하는 데 익숙해 있어서 습관적으로 전화만 하면 소리를 지르게 된답니다. 특히 서울과 통화를 할 때마다 얼마나 힘들었는지 몰라요. 그런데 요 며칠간 이상하게 통화 상태가 양호해진 것 같군요. 아마도 통화 장애는 낡은 전화기 탓이 아니라 저렴한 통신 회사의 회선 탓이었는지도 모르겠네요. 하여간 어제는 서울과 통화하는데 상대편이 말하기를, 내 목소리가 조금만 더 컸다가는 전화기 없이도 서울에서 들리겠다지 뭡니까. 그렇지만 목소리 볼륨을 마음대로 조종하는 일은 무대 연기자가 아닌 나 같은 일반인으로선 참 쉽지가 않네요." 치유사는 여전히 지나치다 싶게 큰

240

소리로 사과했다.

"날 찾아서 베를린까지 온 사람이 잡지사의 여기자란 말인가
요?" 경희는 약간 어리둥절하며 물었다. "도대체 무슨 일로? 그리
고 내가 여기 있는 걸 그 여자는 어떻게 알았을까요?"

"그것까지야 내가 알 도리가 없죠." 치유사가 퉁명스럽게 대
꾸했다. "그 여성 저널리스트는 자세한 얘기는 하지 않았으니까요.
어쩌면 인터뷰를 할 생각은 아니었을까요? 공연이나 문화예술 면
을 담당하는 기자였다면 말이죠."

"왜 나를 인터뷰해요?"

"당신은 배우잖아요." 치유사는 당연하다는 듯이 말했다. "어
차피 그녀가 베를린에 출장을 올 일이 있었다고 친다면, 그 기회에
당신이란 배우를 만나서 인터뷰를 한다는 것이 하나도 이상할 게
없죠."

"그래도 이해할 수 없어요. 난 유명 배우도 아니고, 또 아직까
지 날 인터뷰하고 싶어 한 잡지사 기자는 단 한 명도 없었는데. 게
다가 하필이면 내가 오랫동안 일을 쉬고 있는 이 시점에서 그것도
더구나 베를린까지 와서 인터뷰라니." 경희의 목소리는 낙담으로
떨리며 푹 가라앉았다. "그런데 무슨 잡지라고 하던가요?"

"글쎄, 그게 듣긴 했지만, 난 그 분야에는 전혀 아는 바가 없어
서……." 치유사는 자신 없는 투로 말꼬리를 길게 늘였다. "그런
데 당신 남자친구인 사람이 전화로 말하더군요, 당신은 이미 표도
사놓았고, 그래서 어차피 베를린으로 올 예정이라고."

"반치는 내 남자친구가 아니에요."

"뭐 어쨌든. 그럼 베를린행 기차표를 사놓았다는 것도 사실이 아닌가요?"

"사실이긴 하지만, 그래도 그건 혹시나 하는 마음이었고, 그런데 잡지사 기자 말고 날 찾아온 사람은 없었던가요?"

"아니, 없었어요."

"우편물은요?"

"글쎄, 당신 앞으로 우편물이 온 건 없는데요."

"아, 그렇군요." 경희는 저도 모르게 부르르 떨면서 한숨을 쉬었다. 손가락의 힘이 하나하나 풀리는 바람에 국화꽃 다발이 바닥으로 스스르 떨어졌다. 경희의 손에는 꽃을 쌌던 신문지 뭉치만이 둥그렇게 남았다. 공중전화 부스는 벽이 없는 오픈형이었으므로 기운이 빠진 경희는 전화기 몸체에 기대어 설 수밖에 없었다. "난 반치와 함께 어쩌면 다른 도시로 갈지도 몰라요. 우리는 지금 궁리 중이거든요. 반치는 불교도 단체를 만드는 일에 관심이 있어서, 아니, 그와 친구들의 단체인 '빈자 불교단'은 정치적인 단체는 아니에요. 난 불교도는 아니지만 가능하다면 그를 돕고 싶다는 생각이 있죠. 그래서, 베를린으로 갈 수 없을지도 몰라요……. 혹시 그 여자에게서 다시 연락이 오면 나는 그곳에 더는 살지 않는다고 말해주면 고맙겠어요."

"하지만……" 치유사가 더 할 말이 있는 듯이 머뭇거렸다. "…… 그러면 그 젊은 여성 저널리스트가 당신에게 두고 간 편지는 어떻게 하지요? 꼭 전해주겠다고 그녀에게 약속을 했는데."

"아니, 왜 그 여자가 당신 집에 편지를 놓고 간 거죠?" 허탈함으로 인한 두통이 몰려오면서 구역질과 동시에 기분이 나빠진 경희는 저도 모르게 목소리를 높여 말했다. "그리고 왜 모르는 여자가 쓴 편지를 내가 읽어야 하나요?"

"말했잖아요, 그 여자는 젊은 여성 저널리스트니까……."

"저널리스트든 뭐든, 정말 이상한 여자군요!" 경희는 자신도 모르게 수화기를 향해 이렇게 퍼부었다. "나는 그런 저널리스트를 만나기를 원하지 않는다구요!"

"아니, 뭔가 오해하고 있는 것 같은데, 그 여자는 그냥……." 치유사가 당황하면서 말을 더듬었다. "그냥 당신을 한번 만나고 싶다고만 말했을 뿐인데…… 뭐니 뭐니 해도 저널리스트잖아요, 그것도 아주 젊고, 잠든 고양이처럼 조용한 여성 저널리스트였다구요. 저널리스트가 당신을 만나기를 원하면 안 됩니까? 난 그게 엄청나게 무례한 행동이라는 생각은 안 드는데."

"난 저널리스트가 싫어요. 그들의 말, 그들의 글, 그들의 명함도 모두 싫어요!"

"아니 왜 나에게 화를 내는 거죠? 난 그냥 말을 전달하는 것뿐인데. 당신을 만나고 싶다고 한 그 젊은 여성 저널리스트는……."

"제발 그 여성 저널리스트란 단어 좀……."

경희는 '…… 확 집어치워요!' 하고 말하고 싶었지만, 혀끝에서 맴도는 날카로운 그 문장을 간신히 집어삼킬 수 있었다.

"그런데, 당신이 말했잖아요, 여기로 다시 올지도 모른다고. '당신의 베를린 주소'는 이곳이라고 늘 말하지 않았던가요? 당신이 여기 살진 않아도 당신의 주소는 변함없이 이곳이라고, 당신은 이곳의 주소를 항상 지니고 여행을 다닐 거라고, 그러니 당신의 일부는 여기 머물고 있는 것이고 당신을 찾는 사람도 이곳으로 올 수 있다고. 나에게 몇 번이나 당부하고 떠난 건 당신이었잖아요?"

"……."

"당신은 한국으로 돌아갈 거라고 했죠. 당신은 한국에서 계속해서 일거리를 찾으면서 살아갈 것처럼 굴었어요. 그러다 어느 날 갑자기 다시 중앙아시아에 갈 거라면서, 그리고 다시 유럽에, 그러다가 중국에, 또다시 유럽으로, 빈으로 갈 거라면서, 그곳에서 만날 친구들이 있다면서, 그곳의 연락처까지 일일이 다 적어주고 누가 찾아오거나 하면 반드시 연락을 해달라고 부탁한 사람도 당신이 아니었나요?"

"……."

"그래서 난 그녀에게 그대로 전했을 뿐이라구요. 서울에서 온 젊은 여성 저널리스트에게. 당신이 어쨌든 한 번은 꼭 다시 베를린을 방문하겠다고 말한 것을. 게다가 비싼 전화 요금도 물어가면서 빈으로 전화까지 해주었는데, 뭐가 문제인 건지. 그런데도 마치 내가 뭘 잘못하기라도 한 것처럼 당신이 이상하게 구는 것을, 도무지 이해할 수가 없네요!"

"미안해요, 그리고 연락해주어서 고마워요. 인사가 늦었어요.

하지만 더는 동전이 없어서……." 실수를 깨달은 경희는 변명을 했다. 하지만 치유사는 버럭거리며 화내기를 멈추지 않았다. 돈이 얼마 남지 않았으므로 수화기에서는 삐익거리는 경고음이 매초당 들려왔지만 치유사는 조금도 신경 쓰지 않았다.

"어떤 방문자가 당신이 진짜로 기다리는 사람인지 아닌지, 내가 그것까지 일일이 선별해서 알려주어야 한다는 겁니까, 뭡니까?!"

"네 알겠어요. 미안하다고 했잖아요. 그런데 지금 난 동전이 떨어져서, 아마도 더 길게 얘기할 수는 없는데……."

삐익. 삐익. 삐익. 삐익.

"따지고 보면 난 아무런 대가도 없이 당신이 이 집을 몇 년 동안이나 '당신의 베를린 주소'로 지닐 수 있도록 해준 거라구요! 방세도 내지 않고 말이죠! 아닌가요?"

"그건 고맙게 생각하고 있어요. 그런데……."

"당신이 방문객을 몇 번이나 초대했을 때도 난 단 한 번 싫은 소리를 한 적이 없죠, 말해봐요, 아닌가요?"

찰각하는 소리와 함께 전화가 끊겼다. 경희가 넣은 2유로 동전의 효력이 다한 것이다.

그는 없어, 경희는 수화기를 내려놓고 몇 미터 뒤쪽 보도 한가운데에 멍하니 서 있는 반치를 돌아보며 고개를 저었다. 그가 아니야. 그의 편지도 아니야. 뚱한 얼굴의 반치는 난 별로 궁금하지도 않아, 하는 표정을 지었다. 경희는 바닥에 떨어진 마른 국화 다발을 발끝으로 툭 차면서 부스를 걸어 나왔다. 그리고 반치에게 혹시 '산양' 카페에 가서 커피를 마실 생각이 있느냐고 물었다. 반치는 싫다고 했다. 그래그래, 넌 뭐든지 다 싫다고 하는군, 하고 경희는 심술 궂게 말한 뒤 반치를 지나쳐 앞서서 길을 건넜다. 반치는 경희가 상상하는 '산양' 카페가 어디에 있느냐고 굳이 캐묻고 싶어 하지 않았다. 경희는 멍한 눈길로 휘적휘적 걸었다. 그때 경희의 코를 스치듯 가까이 트럭 한 대가 휙 하고 지나갔다. 경희는 그 여파로 하마터면 뒤로 넘어질 뻔했으나 간신히 정신을 차릴 수 있었다. 저 앞 건널목에서 멈춘 트럭 운전수는 차창 밖으로 고개를 내밀더니 경희를 향해 화난 표정으로 가운뎃손가락을 치켜들었다.

"지금 무슨 생각이 든 줄 알아?" 경희는 뒤따라 길을 건너온 반치를 향해 말했다. "난 처음 네가 사는 도시로 갔을 때 와일드하고 야성적인 도로 사정 때문에 차에 치여 죽을까 봐 두려웠어. 그런데 너도 봤겠지만 바로 지금, 여기 이 자리, 유럽 한가운데서 정말로 차에 칠 뻔한 경험을 한 거야."

"네 잘못이야. 보지도 않고 마구 길을 건넜잖아."

"그리고 다시 이어서 든 생각은, 만약 내가 여기서 로드킬을 당한다면, 그리고 지금처럼 우연히도 네가 곁에 있는 게 아니라면, 너든지 누구든지, 과연 이 사람들은 내가 누구인지, 아니 정확히 말하자면 여권을 소지하지 않은 내 몸이 누구의 것이었는지, 어디서 왔는지, 영영 알아내지 못하고 말리라는 것."

"신문에서 그런 기사를 종종 본 것도 같아."

"신분증을 소지하지 않은 미등록 동양인 여자의 시체."

"그들은 우선 행방불명자 리스트를 살펴보겠지. 넌 인종적으로 아시안이지만 미국이나 그 밖의 다른 외국의 시민일 가능성도 있으므로 주재하는 외국 대사관들을 통해 신원 확인을 요청할 거야. 그리고 네 옷가지나 신발 등 소지품에서 어떤 흔적을 발견해내려고 할 테고."

"그러니까, 'made in china' 상표에서 말이지?"

"그리고 경찰서와 기차역에 너에 관한 공고가 나붙게 되고 혹시 최근에 너를 봤거나 얘기를 나눴던 사람들의 자발적 신고를 기다리겠지. 우리가 머무는 셋집의 여자애를 보아하니 절대 먼저 나서서 경찰에 신고하는 일은 없을 거야. 그리고 그 애는 우리가 어디서 왔는지, 이름이 뭔지도 모르고 있어. 그 애는 네가 나타나지 않으면 네 짐을 몰아서 지하실 창고에 넣어두고 그대로 잊어버릴 거야. 그 애는 다른 모든 이곳의 주민들처럼 우리에 대해서 처음부터 아무것도 몰랐고, 아무것도 개의치 않을 거야. 그러다 보면 아마도 어제 네가 만났던 경찰들이 너를 안다고 가장 먼저 신고하는 사람들일 테지."

"그렇겠네. 어쩌면 그들이 유일한 나의 목격자이기도 하겠지."

"그리고 그들이 너에 대해서 진술하는 내용이 너의 공식적인 마지막 기록이 되는 거겠지."

"우리는 그 여자가 누구인지 몰랐어요……."

"최소한 그 말은 사실이겠지. 그리고 그들은 말할 거야, 우리는 그 여자를 다른 외국인 여자와 혼동한 것 같았어요."

"우리는 그 여자를 혼동했어요……. 반치, 가슴이 아파. 그것이 내 자서전의 마지막 문장이 되겠지. 하지만 지금 살아 있는 나는 앞으로 그들이 뭐라고 말하게 될지, 절대로 상상하지 않을 거야. 내 최후의 의지는 그것을 절대로 알고 싶어 하지 않는다는 거야."

경희는 멈추어 서서 숨을 헐떡이면서 길게 기침을 했다. 반치는 길가의 담벼락 아래 표석에 부랑자의 몸짓으로 주저앉아서 운동화를 벗고, 달려오느라 신발에 들어간 황금빛 흙 알갱이를 털어내고 있었다. 관광객을 태운 검붉은 독일제 버스들이 줄을 지어 지나갔다. 목이 잘려 나간 말들이 마찬가지로 목 없는 경찰들을 태운 채 포도 위를 딸가닥딸가닥 소리를 내며 줄을 지어 지나갔다. 그 광경은 경희에게, 오래전 아침 등굣길 버스 정류장에서 우연히 주운 『리더스 다이제스트』를 열심히 읽었고 그날 저녁 부모들과 함께 셋이서 〈감마선은 달무늬 얼룩진 금잔화에 어떤 영향을 미쳤나 (The Effect of Gamma Rays on Man-in-the-Moon Marigolds)〉라는 영화를 보았던 어느 날을 무의미하게 상기시켰다. 그 영화를 보면서 경희는 과학경시대회를 준비하는 어린 여자 주인공과 자신을 동일시할 수 있었다. 그러므로 영화배우가 되어야겠다는 즉흥적이고도 엉뚱한 희망과 함께. 한 점 구름에 가려 있던 태양이 모습을 드러내자 반치의 머리칼이 경희의 눈앞에서 젖은 석탄처럼, 견딜 수 없을 만큼 강렬한 밀도로 새카맣게 반짝거렸다. 반짝거림이 너무나 강렬해 그것이 빛으로 이루어진 색채가 아니라 금방 물에서 건져낸,

고대인들이 머리 가죽을 두개골로부터 떼어낼 때 사용한 검은 흑요석 검인 듯 단단하고 물질적으로 느껴졌다. 그것의 날이 내 몸으로 들어오도록 허용하지 않을 거야. 절대로 그것을 상상하지 않을 거야. 경희는 주머니에서 노스카핀 시럽 병을 꺼내 단숨에 절반 이상을 들이켰다.

나중에 자신이 설령 지루하고 전망 없으며, 늙어지다 못해 존재의 모든 모서리가 닳을 대로 닳아버렸으며, 더는 색채도 맛도 냄새도 없으며, 게다가 한심하게 길기까지 한 100년의 삶을 견디지 못한 나머지 뭔가 시처럼 보이는 물건을 끼적거리게 되더라도 그건 아버지와는 아무런 연관이 없는 일이라고 반치는 말한 적이 있다.

축대 위로 길게 이어졌으며, 익은 배처럼 노랗고, 높이 떠오른 태양 때문에 왼쪽 가장자리에 가늘고 짙은 그늘이 드리운 밝고 뜨거운 골목길을 걸어가고 있는데 어느 순간부턴가 누군가 뒤따라오고 있다는 느낌이 들었다고 마리아는 말했다. 마리아가 걸음을 빨리하면 뒤따라오는 자도 걸음을 빨리했고 그녀가 일부러 속도를 줄이면 그자도 천천히 걸었다. 한낮의 절정. 골목길의 집들은 문이 굳게 닫혔고 대문마다 마리아가 읽을 수 없는 낯모르는 글자가 적힌 흰 종이가 붙어 있었는데, 마리아에게는 그 글자가 마치 '모두 떠나갔음' 혹은 '대피 완료(evacuated)' 또는 그런 비슷한 의미처럼 생각되었다. 마리아는 감히 뒤를 돌아보지 못했다. 마리아는 수년의 세월이 흘렀지만 아직도 1년에 두 번씩 정기적으로 협박 편지를 보내고 있는 일본인 전남편을 떠올렸다. 그가 마리아를 끈질기게 협박하는 것은 주변 사람들에게도 다 알려진 사실이므로 그들은 왜 마리아가 경찰에 전화해서 도움을 요청하지 않는지 이상하게 여겼다. 그것은 이유가 있었다. 마리아는 가슴을 열어 경희에게 수술 자국을 보여주었다. 검게 탄 데다가 참혹할 정도로 쭈글쭈글 주름이 잡히고 쪼그라든 왼편 젖가슴 옆에 삽으로 움푹 판 듯이 살이 흉하게 들어가 있었다. 마리아의 유방에 종양이 발견된 것은 일본인 남편과 함께 살 때였다고 한다. 그녀가 암 진단을 받았을 때 하필 일본인 남편은 약초를 구한다면서 잠시 일본에 가 있었다. 마리아는 전화로 자신이 수술을 받아야 한다고 알렸다. 그런데도 예정보다 늦게, 수술 날짜도 지난 다음에 돌아온 남편은 자신이 늦은 것은 진귀한 약초를 구해오느라 그런 거라면서 마리아에게 검게 말린 조그만 뿌리 식물 몇 개를 꺼내 보였다. 남편은 그 약초의 이름도 말했지만 마리아는 기억하지 못한다고 했다. 남편은 마리아가 다른 약이 아닌 그것을 먹어야 한다고 주장했다. 그것은 동양의 고대 왕들이 찾아 헤맸던 일종의 불로초라는 것이다. 이것을 먹으면 너는 병을 이겨낼 것이고, 그리고 앞으로도 영영 죽지 않을 거야, 하고 그는 아주 진지한 표정으로 말했다. 하지만 자신은 영원히 살기를 원하는 건 아니라고 마리아는 대답했다. 단지 남들만큼 건강하게 적당히 늙어가고 싶다고. 200살쯤 먹은 다음 제발 죽게 해달라고 의사에게 매달리면서 간청하는 신세가 되기는 싫으니까, 하고 마리아는 농담처럼 말했다. 그러나 남편은 고개를 저었다. 적당하게, 라는 것은 없다, 이것을 먹고 영원히 살든가, 아니면 가까운 이의 종양으로 다시 환생하든가. 마리아는 보자기에 싼 더러운 석탄 덩이처럼 보이는 뿌리들을 쳐다보았다. 마치 멕시코의 피라미드에서 막 발굴해온 사산된 태아의 미라처럼 보였다. 수천 년 동안 수분이란 수분은 최후의 한 방울까지 다 빠져나가 폭삭 짜부라든 탄소화합물 덩어리, 광물화된 유기체의 찌꺼기. 하지만 그렇다고 한들, 무엇이 대수란 말인가. 마리아는 고개를 끄떡이며 동의했다. 물론 그의 말을 믿어서가 아니고, 그렇다고 특별히 믿지 않아서도 아니었다. 남편은 말했다. 그것은 약제사가 일생에 단 한 번 얻을 수 있는 신의 발견물이라고. 자신은 그것을 마리아에게 준다고. 그러므로 마리아는 자신의 생까지 포함하여 살게 되는 거라고. 앞으로 마리아의 영원한 삶 속에 그 자신의 것이 영원히 포함되는 거라고. 그때 그는 '영원한 포함'이 무엇을 의미하는지 구체적으로 설명해주지는 않았다.

벨이 울리고 경희가 문을 열자 거기에는 중년의 여자 우편배달부가 서 있었다. 그녀는 편지를 내밀었다. 하지만 그것을 경희에게 넘겨주지는 않았다. 편지 봉투에는 아무런 주소도 적혀 있지 않았으므로 경희는 편지가 자신에게 왔다는 것을 의심하고 여자 우편배달부가 제복을 입지 않았으므로 그녀가 우편국의 직원이라는 사실도 의심했다. 그러자 우편배달부가 말했다. 자신은 사설 국제 우편 회사의 고용인이다. 회사는 편지와 소포를 배달하는데 원칙적으로 비용은 착불이다. 그러므로 경희는 특급 우송료를 지불해야만 이 편지를 받아볼 수 있다. 경희가 원하지 않는다면 편지를 받지 않겠다고 거절할 권리도 물론 있다. 단, 그럴 경우 경희는 이 편지는 물론이고 이 편지의 발신인에 대해서 그 어떤 정보도 얻지 못하게 된다. 이것이 회사의 방침이다.

텔레비전의 여자 사회자가 마이크에 대고 말했다. 안녕하십니까? 시청자 여러분, 수요일 아침의 〈유쾌한 모닝 쇼〉입니다. 오늘의 초대 손님을 소개해드리죠. 학위를 가진 니체 학자이면서 대체의학 연구자인 동양인 치유사입니다. 그가 오늘 이 자리에서 여러분을 위해 짧은 강연을 해주실 거예요. 하지만 그 전에 우선 간단한 시연을 보여드리고 싶군요. 어떤가요, 당신은 환자들이 당신을 찾아오면 우선 그들의 모습, 외양과 움직임에 주목하고 그들이 말하는, 내용이 아닌, 형태에 귀 기울인다고 했어요. 그 의미를 좀더 자세히 설명해줄 수 있을까요?

치유사가 대답했다. 자신은 어떤 이의 질병에 다가가기에 앞서 육체적으로 발현되는 그 사람의 총체를 먼저 사귀고자 한다고. 그 사람의 목소리, 그 사람의 어휘, 말을 하고 있는 그 사람의 눈빛과 시선의 방향, 유리잔에 검은 식초를 따르고 물을 부어 그것을 희석한 다음 가장 경건한 포도주라면서 그 사람에게 건네고 그 사람이 그것을 마시는 표정을 관찰한다고. 사실상 자신은 그 사람이 자신을 향해 걸어오는 움직임과 자신을 바라보는 시선에서 이미 그에게 결여된 것 혹은 과잉된 것의 종류를 알아차릴 수 있다고. 특히 그가 환자의 환부와 접촉할 때—그런데 밝히고 넘어가야 할 점은 치유사인 그에게는 자기 자신을 포함하여 이 세상의 모든 대상자가 전부 환자이다—그 알아차림의 정도는 너무나 강해 자신을 부르르 떨게 만들기도 한다고.

그러자 여자 사회자가 기다렸다는 듯이 냉큼 물었다. 그러면 나는 어떤가요? 내가 당신을 쳐다볼 때 당신은 어떤 종류의 알아차림을 느꼈나요?

치유사가 대답했다. 지금 말할 수도 있지만, 더욱 확실히 하기 위해서 나는 당신의 가슴과 접촉해야 할 필요가 있겠는데요, 그곳에서 어떤 소리가 들려오는군요.

오 그건 심장이 뛰는 소리겠죠, 하고 매력적인 외모의 여자 사회자가 웃으면서 대답했다. 그 순간 텔레비전 카메라는 방향을 전환하여, 호기심으로 상기된 얼굴로 가득 찬 청중석을 만족스러운 느린 템포로 천천히 선회했다.

경희가 말했다, 그렇다면 자신은 그 편지를 받지 않는 편을 택하겠노라고.

치유사가 말했다. 젊은 여성 저널리스트가 당신에게 편지를…….

책을 덮은 경희가 말했다. 반치, 방금 읽은 이 페이지에는 인도로 가는 한 인도 남자의 이야기가 나와. 그 남자는 자신의 여동생과 대화 중인데, 여동생은 오빠인 그에게 인도로 가라고 설득하는 거야. 오빠는 너무 오랜 시간 동안 외국으로만 떠돌고 있었어요. 오빠는 한 번만이라도 인도로 가서 마오이스트 혁명가들과 함께 그것을 체험해야만 해요……. 그들이 대화를 나누고 있는 장소는 하필이면 한 서유럽 도시, 그것도 베를린의 카페테라스야. 이런 장면을 어디선가 다른 책에서 읽은 것 같은 느낌이 드는군. 그런데 왜 이것이, 지금 우리가 앉아서 대화하는 내용과, 실제로는 다름에도 불구하고 이해할 수 없는 방식으로 겹쳐 보이는 것일까.

허공을 나는 참매들.

그것은 허공을 나는 참매들이었을까.

실제로는 내가 너의 누이가 아님에도 불구하고, 실제로는 내가 너에게 어딘가로 가라고 말하지 않음에도 불구하고.

치유사는 선 채로 두 팔을 극적인 방식으로 내밀어 여자 사회자의 머리를 가볍게 끌어당겼다. 그리고 아주 재빨리 한 손을 사회자의 옷깃 사이 젖가슴 속으로 밀어 넣었다. 모든 것은 충분히 극적으로 보였다. 여자 사회자의 얼굴빛은 조금도 바뀌지 않았으나, 조금의 동요도 없는 그 낯빛이 도리어 역설적으로 매우 기계적인 긴장을 나타내주는 듯했다. 치유사는 몸을 흔들며 흐흐흐 하고 웃음인지 주문인지 모를 소리를 웅얼웅얼 내었다. 잠시만 가만히 있어요, 내가 당신 심장의 비명 소리를 해독하는 중이니까, 하고 치유사가 말했다. 청중들은 마치 그 말이 자신에게 내려진 명령인 듯이 다들 자리에서 손끝 하나 눈썹 하나 꼼짝하지 않은 채 뚫어지게 무대를 응시했다. 그렇게 몇 분이 흐른 후 치유사는 휴우 하고 한숨처럼 크게 호흡을 내뱉더니, 당신은 암스테르담에 간 적이 있군요, 하고 무거운 목소리를 토했다. 찢어질 듯이 팽팽하던 긴장이 풀리며 가벼운 웃음소리가 청중들 사이에서 터져 나왔다. 청중들은 의자 위에서 부스럭대며 이리저리 몸을 움직였다. 그래요, 나는 도쿄와 북경도 간 적이 있답니다, 하고 여자 사회자가 몸을 크게 흔들면서 대꾸했다. 하지만 치유사는 작은 눈을 더욱 가늘게 뜨고, 난 당신의 두번째 심장이 말하는 소리를 들을 뿐입니다, 하고 말했다. 두번째 심장이라뇨, 하고 여자 사회자가 목소리를 높여서 물었다. 예전에 나는 두번째 심장을 골반에 달고 있는 여자를 만난 적이 있는데 덕분에 그녀는 늘 한쪽 골반이 다른 쪽 골반보다 무겁게 느껴진다고 불평했었지요. 그녀의 몸은 허리 부분이 마치 다리를 저는 것처럼 한쪽으로 살짝 기울어 있었답니다. 그래서 당신이 그녀를 치유해주었나요? 하고 여자 사회자가 물었다. 여전히 치유사의 한 손을 젖가슴 위에 얹은 채. 그러자 치유사가 대답했다. 아니죠, 그녀는 내게서 마사지 받는 것을 거부했어요. 그녀는 내 치유 능력을 믿지 않았거든요. 아마도 그녀 자신은 잘 모르고 있겠지만 그녀의 한쪽 골반은 지금 현재까지도 점점 아래로 기울어지고 있을 겁니다. 내가 그렇게 예언을 걸어두었거든요. 그리고 치유사는 소리 내어 웃었다.

지금 생각이 났는데 그 잡지의 이름은 『해외 무속 저널』이라고 했어요.

여자 사회자는 블라우스 자락을 바로 잡았고, 마이크를 쥐고 카메라를 똑바로 응시하며 말했다. 잠시 광고가 나간 다음에 계속될 테니 시청자 여러분은 채널을 고정해주세요.

잠깐 퀴즈입니다. 오늘의 문제: 백마는 무슨 색인가? 혹은 30년 전쟁은 얼마나 오랫동안 지속되었나?

그러면 그 시의 제목은 무엇이 될 것인지 경희가 묻자 반치는 그것은 「사오라족 샤먼의 아내」라고 대답했다.

나는 더 이상 시를 읽지 않아, 하고 경희가 말했다. 어느 날 무대감독이 내게 와서 말했거든. 내가 무대에서 읽는 글자 수만큼 나에게 급료가 지불될 거라고 말이야.

*첫번째 대화가 끝난 후, 그는 여인에게 "당신은 누구입니까?" 하고 물었고 여인은 "나는 방랑하는 영혼이에요" 하고 대답했다.**

청중들 속에서 한 여인이 걸어 나왔다. 카메라가 그녀의 얼굴을 비추었다. 두 눈 사이가 유난히 먼 데다 지붕처럼 넓적하고 평편한 안와를 가진 누런 얼굴이었다. 여인은 죽은 말처럼 무표정했다. 네모지고 커다란 이빨이 그러한 인상에 더욱 힘을 실어주었다. 어깨까지 닿는 검은 머리는 이미 반백으로, 오랫동안 염색을 하지 않아 흰머리가 두상 중간쯤까지 자란 상태였다. 마치 표백된 시간이 여인의 머리를 흘러내린 것처럼. 입술과 낯빛은 핏기 없이 회색에 가까웠다. 여인은 살짝 기울어진 몸으로 불편한 걸음을 옮겼다. 남편으로 보이는 남자가 그녀를 부축하여 무대 위로 올라가도록 도왔다. 동아시아계인 그 여인은 환자라고 했다. 여자 사회자가 마이크를 여인의 입에 가져다 댔으나 남편이 곁에서 말했다. 마리아는 언어장애가 심해 얼마 전부터는 말을 거의 할 수 없는 상태랍니다.

---

* 앙드레 브레통, 『나자』, 56쪽.

치유사는 두 손으로 마리아의 머리를 잡았다. 그리고 숨을 한 번 깊숙이 들이켰다가 뱉어냈다. 마리아는 미동도 없이 의자에 앉아 있을 뿐이었다. 치유사가 입술을 마리아의 귀에 갖다 대고 힘껏 빨아들이기 시작하자, 사이렌을 연상시키는 뾰쪽한 휘파람 소리가 났다. 휘파람 소리는 계속 이어졌고, 절대로 멈추지 않았다. 스튜디오 안은 청중들로 가득했고 무대는 협소한데 그 위에 마리아와 치유사, 마리아의 남편, 여자 사회자, 그리고 민속 심리학자와 의사인 다른 패널들에, 화면에는 비추지 않지만 카메라맨과 카메라가 있을 것이다. 사람들의 긴장된 기색이 공간을 물리적으로 빈틈없이 채우고 터져 나갈 듯한 압력을 조성하고 있는 것이 그대로 눈에 보이는 듯했다. 모든 것이 너무나 밀착한 채 가까웠다. 숨소리, 거친 숨소리, 치유사의 배가 공기로 점점 차오르고 압력으로 인해 눈알이 불쑥 앞으로 튀어나오는 소리, 심장이 뛰는 소리, 콧김 소리, 잔기침 억누르는 소리, 눈꺼풀의 떨림, 가슴 조여듦, 침이 목구멍을 타고 삼켜지는 소리, 그리고 치유사의 입술이 힘겹게 어느 육신의 공허를 남김없이 빨아들이는 소리. 마리아는 머리를 약간 숙이고 완전히 수동적인 자세로 자신 안의 보이지 않는 내용물이 빠져나가는 것을 방치하고 있었다. 안간힘을 다해 체내 공기를 흡입하는 치유사의 눈동자는 악마처럼 새빨개졌고 얼굴빛은 완전히 죽은 간 색깔로 변해 있었다. 그는 기력이 빠져 바구니 속에서 헐떡대는 물고기였다. 마리아의 머리를 잡은 그의 손이 부들부들 떨렸다. 이제 병자는 마리아가 아니라 치유사임이 분명해 보였다. 카메라가 마리아의 얼굴을 클로즈업했다. 한동안 강철처럼 변함없던 마리아의 표정이 어느 순간 무섭게 일그러졌다. 그리고 뭔가를 말하려는 의지의 발현인 양 뺨의 근육을 맹렬하게 실룩댔다. 누군가 와락 고통의 울음을 터트렸는데, 그건 마리아도 치유사도 아닌, 마이크를 들고 곁에 망연하게 서 있던 여자 사회자였다. 치유사의 흡입 행위가 유발하는 휘파람 소리는 마치 전기적 노이즈처럼 점점 사람들의 신경세포를 긁고 자극했으며 마침내 스튜디오 안의 다른 방송 장비들까지 교란시키는 것 같았다. 노이즈가 노이즈를 낳았다. 삐익거리는 기계의 비명 소리가 여기저기서 들려왔다. 붕붕거리는 간헐적인 떨림이나 피부를 찢는 스크래치, 딱 하고 뼈가 꺾어지는 소리, 윙 하는 높고 낮은 진동음들. 모든 형태의 소리로 나타나는 불안의 징후들. 비언어적 사인들. 모든 사람들의 머리통 속에 갇혀 있던 거대한 쥐가 찌익찌익거리며 발버둥치기 시작했다.

치유술은 고대어와 더불어 사라져가는 영혼의 기술 중의 하나지요, 하고 마이크를 넘겨받은 민속 심리학자가 말했다. 원래 고대의 치유사들은 자신의 몸을 토막 내어 허공으로 던진 뒤 떨어진 그 조각들을 다시 모아 새로운 몸으로 다시 태어나는 자기 치유의 주술을 행하곤 했지요. 다시 살아난 그들은 사람들에게 자신이 육신을 떠나 있던 동안 겪은 일을 설명해요. 그들의 육신이 와해되어 있는 동안 그들은 명부를 돌아다니며 여행을 하다가 영령의 배우자와 만났다고 합니다. 흰옷을 입은 여인이거나 남자를요. 그들은 그 배우자와 결혼을 하고 자녀를 갖습니다. 그리고 영의 배우자로부터 놓여날 때, 다시 살아나 현상계로 돌아오고 이전의 육신을 되찾는다는 거죠. 이때 시간의 흐름은 두 개의 세계에서 저마다 다른 양상을 보입니다. 치유사가 몸을 토막 냈다가 다시 이어 붙이는 치유의 순간은 보통 사람들의 눈에는 극히 짧은데, 그사이 치유사는 땅의 세계, 망자들의 세계, 혹은 새들의 세계에서 수년, 수십 년의 세월을 살아내고 체험하는 것이니 말입니다.

그 젊은 여인은 어느 날 어머니의 행방에 관한 이야기를 듣게 되었다고 했다. 그런데 놀랍게도, 그 어머니란 여자는 그녀가—적어도 이름은—잘 알고 있는 어떤 사람이었다. 왜냐하면 그 젊은 여인은, 오래전부터 매우 마이너한 어떤 예술 분야에 대해서 관심을 갖고 있는 소수자 중의 하나였기 때문이다. 젊은 여인은 이미 성인이므로 더 이상 부모의 보호가 필요한 나이는 아니었지만 그럼에도 불구하고, 순수한 그리움의 발현으로, 자신의 어머니를 개인적으로 알고 싶었다. 그래서 어머니를 찾아서 길을 떠나기로 마음먹었다…… 하고 여성 오디세이의 한 버전은 시작하고 있다.

사람들은 마침내 치유사를 강제로 마리아의 머리통에서 떼어놓아야만 했다. 그가 숨을 쉬지 못하고 산소 부족으로 눈꺼풀이 뒤집어지는데도 불구하고 마리아에게서 떨어질 줄을 몰랐기 때문이다. 그는 당장에라도 인공호흡이 필요한 상태로 보였지만, 다행히 잠시 후 정상적인 상태를 되찾았다. 카메라가 어수선한 무대와 놀라고 어리둥절한 청중들을 그대로 비추었다. 여자 사회자는 잠시 진정되던 훌쩍거림을 다시 시작했다. 민속 심리학자는 두 다리를 부들부들 떨면서 꼼짝 않고 앉아 있었다.

마리아는 검은 뿌리들을 먹었다.

너는 죽지 않을 거야, 하고 마리아의 남편이 말했다.

경희의 독일어 선생은 죽음이 임박했던 시절, 병실의 창밖으로 저물어가는 태양의 마지막 어슴푸레한 빛 속에 잠긴 기차역사의 삼각형 지붕을 물끄러미 쳐다보다가, 베를린에서 오는 그날의 마지막 열차가 막 역사로 들어서는 순간 날씬한 몸에 붉은색 발을 가진 보기 드문 아무르매 한 마리가 하늘을 비스듬히 날아가는 것을 보았다는 환각에 빠져들었고, 그때 마침 병실의 문을 열고 들어온 여인과 이틀 뒤 비합법적 결혼식을 올리는 상상에 잠겼다······ 라고 편지에 썼다.

정의하기, 유사어 들기, 샘플들의 나열, 설명하기, 바꾸어 말하기, 전달하기, 흉내 내기, 시(詩)로 말하기, 하이쿠 짓기, 불가결한 특정 어휘를 배제하고 말하기, 완전히 무관한 특정 어휘를 반드시 사용하여 말하기. 이것은 독일어 선생이 경희를 가르칠 때 사용한 교습법이었다. 어느 날 경희는 자신이 배운 말을 모두 잊었다고 주장하며 더는 독일어 선생과 대화하기를 거부했다.

도시와 언어를 바꾸어도 소용이 없었다. 무엇인가가 끊임없이 나를 빨아대는 이 어질어질한 현기증의 느낌은.

······ 그리하여 그녀를 자신의 마지막 고향 땅으로 삼는 상상에.

어느 날 한 젊은 여인이 나를 찾아온 적이 있었습니다, 하고 정신을 차린 치유사가 말했다. 처음 보는 젊은 여인이었어요. 하지만 그 여인은 나를 알고 있었습니다. 그녀는 내가 한때 원고를 실었던 잡지에서 일하는 여성 저널리스트였으니까요. 나는 내가 발표한 원고가 부끄러운 입장이었습니다. 그건 자만심 넘치고 치기 어린 대학생의 글 이상은 아니었으니까요. 하지만 그녀는 내 글을 아주 인상 깊게 읽었다고, 진지하고 확고한 의지가 엿보이는 순수한 글이라고—이건 상투적인 인사로 흔하게 쓰는 말이겠지만—칭찬을 했으므로, 비록 그녀의 외모가 평범한 수준에 불과했지만 어쨌든 나는 그녀가 첫인상부터 마음에 들었습니다. 그래서 오래전 헤어진 어머니에게 편지를 남길 테니 전해달라는 그녀의 부탁을 들어주기로 결심을 했죠. 하지만 그러면서도 나는 그녀가 한 가지 사실을 잘못 알고 있음을 확신할 수 있었습니다. 그녀의 어머니라는 여자는 그녀의 어머니가 아니었으니까요! 그런데 그 사실을 하필이면 내가 알고 있다는 점이 나로 하여금 그녀를 더욱 가깝게 느끼도록 만들었습니다. 조금 과장을 하자면 얼굴을 모르는 약혼녀처럼요. 그녀는 눈과 눈 사이가 멀고, 젊은 나이임에도 불구하고 어딘지 모르게 흐릿하고 불분명한 인상을 주는 얼굴이었지요. 눈꺼풀은 졸린 듯 편평한 눈자위를 덮고 있었습니다. 속눈썹이 길면서 아래로 처진 눈이었어요. 무표정하고, 경우에 따라서는 무감각하게 보일 수도 있는 표정을 타고난 유난히 넓고 고요한 얼굴이었지요. 배처럼 노르스름한 피부에는 그 어떤 홍조의 기색도 없었습니다. 그녀는 눈웃음을 치지도 않았고 새처럼 깡충거리며 뛰어오르는 법도 없었습니다. 지금 묘사를 하고 있으니 그녀의 얼굴이, 그녀의 형상이 더욱 자세히 내 머릿속에 떠오르는데 과연 이 떠오름이 그녀 자신의 고유한 형질과 부합하는지, 아니면 내가 마음대로 그녀의 인상을 원자단위로 분해한 다음 나의 언어로 새롭게 조합하여 만들어놓은 창조된, 즉 재배치된 픽셀들의 인상인지, 그 판단에는 아직 자신이 없군요. 그녀는 부엌의 식탁에 앉아서 짧은 편지를 썼고 나는 그것을 지켜보고 있었습니다. 베란다로 통하는 부엌의 통유리 문에는 커튼이 없어서 오전 중이면 으레 견딜 수 없이 강한 햇살이 부엌을 가득 채우곤 했어요. 그러면 마치 놋쇠의 왕국인 양 부엌의 모든 사물이 번쩍번쩍 광채가 나게 되는 거죠. 햇빛이 글을 쓰느라 수그린 그녀의 오른뺨을 비추었습니다. 로켓처럼 정통으로 말이죠. 그러자 그늘에 서 있는 내 피부가 뜨거운 화살을 받는 듯이 실제로 화끈거렸어요. 하지만 그녀는 빛으로 인해 화상을 입을지도 모르는, 하지만 실제로 온도 자체는 높지 않은 태양에너지의 공격을 의식하지도 못하고 있었죠. 그녀는 신기하게도 맨발이었어요. 여름이 다 지난 지도 한참이었는데. 부엌 바닥은 아주 차가웠지요. 그래서 발가락을 구부린 채 오른발을 왼발 위에 감싸듯이 올리고 있더군요. 나는 그녀의 발바닥을 장악하고 있는 주름들을 하나하나 관찰해보고 싶은 욕망이 일었지요. 그리고 화상을 입은 그녀의 오른뺨과 오른발등에 부글거리며 수포가 생기는 모습을 눈앞에 그려보았습니다. 그때 내 방의 전화벨이 울렸어요. 나는 그녀를 좀더 지켜보고 싶었지만 전화를 받으러 가야만 했지요. 편지를 다 쓰면 거기 놓아둬요, 하고 나는 방으로 가며 그녀에게 소리쳤어요. 내가 봉투에 넣어 당신 어머니에게 전해주겠어요! 나는 그녀가 생각하는 그 어머니라는 여자가 그녀의 어머니가 아님을 알고 있었지만 이렇게 말했답니다. 나는 그녀를 친근하게 이름으로 부르기까지 했습니다. 그 이름은 여러분들에게는 너무나 낯선 이국적 발음일 테니 그냥 간편하게 마리아라고 해두죠. 마리아는 아무 대답이 없었어요. 내가 방으로 들어가는 순간 그녀가 고개를 들고 무슨 말을 할 것처럼 몸짓을 취했지만, 그때 내 손은 이미 수화기를 들어올리고 있었으므로, 비스듬하게 열린 부엌의 문에 가려 더 이상 그녀를 관찰하지는 못했답니다. 내 말을 듣지 못한 건지, 아니면 뭐라고 대답을 했지만 내가 못 들은 것인지, 그건 잘 모르겠군요. 아마도 내가 통화를 끝내고 부엌으로 돌아왔을 때 그녀 마리아가 여전히 그 부엌 식탁 앞에 앉아 있었더라면 나는 그녀에게 이런 내 느낌을, 그녀의 어머니가 아닌 그녀의 어머니에 관해서, 그녀의 의사(pseudo) 어머니가 바로 그 자리에 그런 모양으로 앉아 있었던 것을, 의사 어머니의 입에서 그녀와 관련된 기묘한 모순 사실이 나왔던 것을, 시차를 두고 벌어지는 인간과 인간의 모종의 접촉과 같은 어떤 것의 체험, 그로 인한 우리들 사이의 묘사하기 힘든 육체의 가까움과 거리를, 추상적인 동질성에 관해서, 그런 종류의 불러일으켜짐에 관해서, 차분하게 설명할 수도 있지 않았을까, 하는 생각이 들 때가 있습니다…….

7. 나는 스스로 낮은 언덕의 루핀이 된다

우리는 경희가 크게 유명하지는 않더라도 오랜 시간 무대생활을 했으므로 무대 전문가들이나 낭송극 애호가들 사이에서는 어느 정도 이름이 알려진 배우일 거라고 생각하고 있었다. 그래서 정작 우리가 경희의 연락처를 알기 위해서 극단과 오디오북 출판사 등에 문의를 했을 때 그녀에 관해 어떤 정보도 갖고 있는 이가 없다는 사실과 직면하고는 당황할 수밖에 없었다. 간단하게 말해서, 우리가 접촉한 사람들은 아무도 경희를 몰랐다. 그런 이름의 낭송극 배우는 없다는 대답만이 돌아왔다. 심지어 어떤 사람은, 한국에는 낭송극 전문 배우라고 할 만한 예술가는 더 이상 존재하지 않는다, 수년 전에 사망한 이름난 연극배우 겸 가수가 아마도 가장 마지막 낭송극 전문 공연가이자 유일한 목소리 배우였을 것이고, 현재는 일반적으로 라디오 성우들이 낭송 무대 등의 일을 겸업으로 하는 분위기라고 전하기조차 했다. 물론 그 사람은 텔레비전 방송에 출연할 정도로 대중들에게 알려진 유명 수준의 배우를 의미한 것이었음이 나중에 밝혀지기는 했다. 사람들은 종종 낭송극 전문 무대 배우를 구연동화 작가나 방송 성우나 인형극 성우, 복화술사나 심지어 목소리를 이용한 마술사와 혼동하는 현상을 보였다. 우리는 반드시 경희를 만나야만 할 이유가 있었다. 그러나 우리가 전화를 걸었던 모든 사람들은 입을 모아 말했다. 낭송 배우 경희는 없다, 아마도 그것은 가명이 아니라면 사칭이거나 거짓말일 것이다. 그럴 리가 없다고 우리는 말했다. 우리가 경희를 집으로 초대하여 하우스 낭송극 무대를 열기도 했다고 말하면 사람들은 감탄과 경이의 목소리로, '오, 그러면 당신들은 그토록 부자란 말이군요! 진짜 상류층만이 자신의 집에서 개인 낭송회를 열 수가 있지요!' 하며 표면적인 존경심을 표시하고 싶어 했다. 그러면서 이렇게 덧붙이기를 잊지 않았다. 다른 어떤 장소도 아닌 바로 한국에 결코 없는 사물들이 있는데, 그중의 하나는 경희라는 이름의 낭송극 배우이다, 라고. 하지만 그들 중 누구도 왜 하필이면 경희라는 이름의 낭송극 배우가 없음을 확신한다는 것인지, 그 이유에 대해서는 타당한 설명을 해주지 못했다. 어쩌면 그것은 실제로의 경희가 없다는 뜻이라기보다는, 경희라는 이름을 가진 여인은 형상이 결코 눈에 띄지 않으며 그런 이름을 가진 여인의 목소리는 운명적으로 결코 알아차릴 수 없다는 의미처럼 들리기도 했다. 단지 공허한 감탄사만이. "하

우스 낭송극 무대라니, 정말 놀라워요! 그건 참으로 남다른 수준이
지요!"

도저히 해명할 수 없는 불가항력의 충동에 이끌려 한국으로
간 우리는 어느 작은 시골 학교에서 보았던 광경을 잊지 못한다. 버
스를 타고 한참이나 달린 후 마침내 저녁 무렵 도심에서 멀리 떨어
진 어느 버스 정류장에서 내린 우리는 귀를 파고드는 소란스러운
함성 소리, 뒤섞인 비명과 고함 소리를 마주하게 되었다. 그곳은 버
스 정류장 앞에 있는 작은 학교의 운동장이었다. 운동장 한가운데
는 국기 게양대만큼이나 높아 보이는 긴 폴이 설치되어 있었고 그
주위에 수십 명의 아이들이 몰려서서 다들 입을 모아 하나의 이름
을 거칠고 과격한 톤으로 소리쳐 부르고 있었다. 그것은 놀랍게도
'경희'라는 이름이었으므로 우리의 발걸음은 그 자리에 사로잡혀
버렸다. 이미 수많은 사람들, 무대 관계자들과 연극계 종사자들로
부터 경희가 없다는 말을 끊임없이 들어온 터여서 그 우연한 마주
침은 놀라움을 넘어 경이로울 지경이었다. 아이들은 폴 윗부분에
서 아슬아슬하게 두 팔로 매달린 채 올라가지도 내려오지도 못하
고 있는 한 소녀를 향해서 와일드한 격려의 외침인지, 증오에 찬 저
주인지, 엄격한 집단 질타인지 혹은 그 모든 것도 아닌 단순한 광
기인지 구분할 수 없는 격렬함을 가지고 소녀의 이름을 무질서하
게 합창하는 중이었다. 대책 없이 선수용 폴에 기어 올라간 소녀는
겁을 집어먹은 듯했지만 아래로 내려올 생각이 없어 보였다. 소녀
는 무엇으로부터 달아나려는 몸짓으로 얼굴을 미친 듯이 두 팔에

파묻으면서 자신을 감추려는 중이었지만, 그러기에는 처한 입장이나 위치가 너무나 불리했다. 경희야, 경희! 하고 아이들은 지치지도 않고 점점 더 공격적인 태도로 소리를 치고 있었다. 경희라고 불리는 소녀는 아래에서 외쳐대는 다른 아이들에 비해서 체구나 자신감 등의 면이 눈에 띄게 열등해 보였다. 우리는 한동안 그 자리에 서 있었다. 그리고 분노에 찬 아이들의 입에서 터져 나오는 고함에 귀 기울였다. 그것은 우리가 한국에서 최초로, 그리고 어쩌면 유일하게 마주친 한 명의 경희였다.

위태로운 폴 위에 피난처를 구하고 매달린 경희는 조그맣고 멀어서, 사실상 어둠에 잠긴 허공에서 거의 형체가 없었다. 그러므로 모든 이들이 경희는 없다고 말한 것도 이상한 일은 아니리라. 운동장에는 이미 한참 전부터 땅거미가 깔리고 녹슨 흙처럼 검붉은 저녁이 산언덕으로부터 점차 빠른 속도로 평지를 향해 흘러내리듯 번져가는 중이었다. 사물의 윤곽, 형체의 시작과 끝이 급격하게 희미해지고 혼동되는 하루의 순간이었다. 흰색 폴은 날카롭고 단단한 금속 기둥이 되어 하늘과 땅을 꿰뚫는 모습으로 서 있었다. 작은 원숭이 같은, 소위 경희라고 불리는 초라한 인간의 존재를 부속으로 매달고 있는 그것은 마치 물질의 자신만만함, 물질의 정직함, 물질의 불멸성을 온몸으로 증언하는 듯했다. 나팔꽃이 고개를 숙이고 일제히 움츠러들었다. 선전의 깃발들이 펄럭이다가 저절로 가라앉았고 우리는 경건한 전율로 얼어붙었다.

경희라는 아이가 그동안 친구들의 돈을 훔쳐왔기 때문에 마침

내 참지 못한 전교생이 한꺼번에 들고 일어나 분노를 표시하자 겁에 질린 작은 소녀가 초인적인 힘을 발휘하여 다음 주에 있을 도 합동 체육대회에 대비하여 미리 설치해놓은 폴 위로 무작정 기어 올라간 거라고, 나중에 우리는 학교 건물로부터 무성의하게 느릿느릿 걸어 나오던 한 교사로부터 설명을 들을 수 있었다.

　이름을 알 수 없는 낭송극 무대를 여러 번 방문하기도 했다. 낭송극 전용 극장은 대개 도심에서 좀 떨어진 외곽의 주택가나 역 주변의 허름한 건물 한 층에 자리 잡고 있는 것이 보통이었고, 공연이 없는 날이면 간판도 안내 표지판도 없이 자물쇠로 잠긴 영세한 지하 사무실처럼 보이다가 저녁 시간 공연이 임박해서야 비로소 문이 열리고 허름한 탁자 위에 티켓을 파는 매표소가 차려지곤 했다. 어느덧 우리는 경희가 낭송극 배우로서 예명을 사용할 것이란 확신을 갖게 되었다. 그래서 경희를 찾을 수 없었던 것이라고 말이다. 그러므로 우리는 배우의 이름이 무엇이든 상관하지 않고, 최대한 자주 낭송극 무대를 돌아다녀보기로 했다. 낭송극에서 낭송극으로 도시를 산책하면서. 그러다 보면 언젠가는 우연히 경희의 공연과 마주치게 될 수도 있다는 기대를 가지고. 하지만 우리는 단 한 번도 무대에 선 경희를 만나지 못했다. 뿐만 아니라 공연장에서 서로 얼굴을 익혀 자연스럽게 친교를 맺게 된 얼마 안 되는 낭송극 고정 관객들조차도 아무도 경희에 대해서 모르고 있다는 사실을 알게 되었다. 그런 시간이 흐르면서 우리는 우리가 이미 알고 있는 경희에 관한 구체적인 사실들을 점차 희미하게 느끼게 되었다. 구체적인 경희가 희미해질수록 무대에 선 상징적인 경희들이 목소리와 몸짓을 통해 우리에게 조금씩 가까이 다가왔고, 우리는 그 멀어짐과 근접함을 동시에 체험하곤 했다. 마치 어두운 허공 폴 가장 끝에 위태롭게 매달린 어떤 경희의 결코 드러나지 않는 실체를 확인시켜주는 수많은 불특정한 목소리들의 일방적 질주와도 같은 것, 경희야, 경희! 라고 외치는 목소리들이 가리키는 상징적 손가락 끝을 저절로 향하게 되는 시선처럼. 예를 들자면 우리가 숙소에서 잠들기 전 생각에 잠겨 귀를 기울일 때마다, 벽 뒤편에서 사각대며 지속적인 속삭임이 들려오는 것이었다. 우리는 그것이 옆방에서 즉석으로 열린 낭송극 무대 현장이며, 그래서 지금 누군가, 한 여자 낭송극 배우가 억양 없는 목소리로 긴 텍스트를 읽고 있는 것이란 상상에 잠겨 들었다. 그런데 우리가 귀를 기울여 자세히 그것을 들으려 하면 할수록, 반복되는 그 속삭임의 내용은 우리에게 경희의 없음을 설득하고 있었다. 경희가 중단되었다. 경희가 그쳤다. 경희가 잦아든다. 경희가 해소되었다. 와해되었다. 경희는 소진된 과거이다. 경희는 아무도 안 되었다. 경희는 아무것도 안 되었다. 그 여자는 경희의 정도가 부족하다. 경희는 꺼졌다. 경희는 잠의 잠 속에 있다, 즉 이중으로 잠들어 있다. 경희는 누군지 모르는 여자와 함께 있고 그 둘은 절대 구분되지 않는다. 경희는 4분의 3 경희이다. 경희의 성분 융해 통고. 경희는 낮은 언덕의 형태로 흘러내렸다……. 속삭임은 매일 밤 이어지다가, 나중에는 낮에 우리가 버스와 지하철을 타고 서울의 거리를 돌아다니는 중에도 귓가에 달라붙어서 떨어질 줄을 몰랐다.

　그 미지의 속삭임은 기묘하게도 어느 한 낭송 무대에서 긴 옷을 입은 60대의 키 큰 여자가 꼿꼿하게 선 채 반백의 머리를 거의 직각으로 푹 숙이고 여러 편의 시를 낭송하는 것을 보았던 일을 연상시켰다. 그만큼 그 속삭임은 상상과 기억 속에서 이리저리 이름과 장소를 바꾸며 나타나는 경희의 이미지를 통해 역설적으로 경희의 부재를 통고하는 성격이었다. 그 낭송 여배우의 목소리는 공연 내내 경희와 흡사하게 들렸으므로, 그리고 그녀의 실루엣 또한 우리가 아는 경희의 그것과 별반 다르지 않았으므로, 우리는 그녀가 경희일 거라는 기대 속에서 마침내 낭송을 모두 끝낸 그녀가 고개를 완전히 위로 치켜들 때까지 조금도 시선을 돌리지 못하고 있었다. 하지만 마지막 시가 끝나고 조명이 그녀의 얼굴로 쏟아지자, 그것은 전혀 다른 사람의 얼굴이었을 뿐만 아니라, 순식간에 그 목소리 또한 거짓말처럼 전혀 다른 사람의 것으로 바뀌어버렸던 것이다. 달팽이처럼 둥그스름한 여러 층으로 설계된 독특한 구조의 무대 때문이었는지 특수 음향효과가 작동한 탓인지, 혹은 여배우가 목을 심하게 앞으로 숙이고, 교수형을 당한 사람처럼 턱을 가슴에 붙이다시피 하는 특이한 자세를 유지한 탓에 성대가 비정상적으로 눌려서인지, 정확한 원인을 우리는 알지 못했다. 그 공연의 이름은 〈원시〉였으며 거기서 그녀가 낭송한 시들의 제목도 모두 동일하게 「원시」라고 했다.

원시 2*

짐승은 태어나고, 지나가며, 그리고 죽는다.

그들은 끝없는 추위의 땅으로 가니

끝없는 밤의 무정함, 어둠의 한가운데로.

새들은 왔다가 날아가고, 그리고 죽는다.

그들은 끝없는 추위의 땅으로 가니

끝없는 밤의 무정함, 어둠의 한가운데로.

물고기는 왔다가 사라지고, 그리고 죽는다.

그들은 끝없는 추위의 땅으로 가니

끝없는 밤의 무정함, 어둠의 한가운데로.

사람은 태어나고, 먹고, 잠든다.

그들은 끝없는 추위의 땅으로 가니

끝없는 밤의 무정함, 어둠의 한가운데로.

창공은 불타오르고, 눈동자는 꺼져 들어간다.

저녁 별이 빛난다.

---

* 옥타비오 파스의 에세이집에 인용된 피그미족 매장 노래를 재인용한 것으로, 위 노래가 수록된 그의 에세이 주제는 「원시」이며 「원시 2」는 작가가 임의로 붙인 제목이다.

땅에는 혹독한 냉기가, 하늘에는 빛이.

사람은 그곳으로 갔다: 삶에 갇힌 자가 풀려났도다
그림자가 거두어졌다.

　그러던 어느 날 우연히 어느 허름한 상점의 칸막이 뒤에서 들려오던 희미한 라디오 소리에 사로잡히지 않았다면, 그 소리가 우리의 귀에 이미 익숙해진 유령의 속삭임과 다르지 않다고 여기고는 주의를 기울이지 않았다면, 우리는 마침내 우리가 들은 것을—부재하는 경희에 관한 목소리들—그대로 믿게 되었을 것이고, 어느 날 역에서 경희를 만났고 그녀의 이야기에 귀 기울였던 일은 며칠 동안이나 이어진 길고 구체적인 꿈의 한 장면이라고 생각해버렸을 것이다. 우리 모두가 함께 꾸었던 고대의 서사시처럼 긴 꿈이며, 아풀레이우스의 『황금의 당나귀』처럼 장황하고 요란한 상상으로 이루어진 꿈이며, 하나의 꿈에서 깨어나는 꿈이며, 하나의 꿈으로 들어가는 꿈의 한 부분이고, 그 꿈은 지나치게 오랜 시간을 책과 진통제와 라디오, 그리고 오디오북만을 의지하여 살아온 사람들이 생의 마지막에 일종의 달콤한 보상으로 걸리게 되는 질병이라고.
　모든 것은 웅얼거리듯 시작되었다. 거칠면서도 딱딱 끊어지는 암석과 흙과 오래되어 건조한 뼈와 까끌거리는 모래, 두 살 난 말의 힘줄이 떨리는 소리, 부드럽게 녹아내린 석회석 바닥의 미끈거림, 동굴 박쥐의 숨소리, 백조의 뼈로 만든 피리, 서로 충돌하면서 궤도를 회전하는 바위와 얼음 알갱이들의 고리, 불규칙한 모서리의 단단한 쇠붙이로 이루어진 속삭임, 불 속에서 뼈들이 타고 그을음이 폭풍처럼 피어오르는 소리, 곰 가죽 북을 연상시키는 웅얼거림의 언어였다. 우리가 들어선 상점은 변두리의 주민에게 비누와 담배, 설탕과 간장 등을 파는 잡화점이었다. 지하철역에서 멀리 떨어진 그곳까지 우리가 어떻게 해서 가게 되었는지 알지 못했다. 그곳은 서울의 일부였지만 도시라기보다는 버려진 공사장의 폐허와 같았고, 풀들이 자라난 흙더미 사이사이로 더러운 물웅덩이가 숨어 있었고 검은 모기 떼들이 날아다녔다. 함석 조각과 고장 난 구형 텔레비전, 녹슨 쇠 난로와 망가진 팔걸이의자, 눈알이 빠진 인형, 망가진 새장 등의 불법 투기물들이 흩어져 있었다. 그리고 구릉 여기저기에 숨 막힐 듯이 진한 보랏빛의 루핀꽃들이 군데군데 작은 숲을 이루고 서 있었다. 루핀꽃 사이에 매달린 끈적한 거미줄들이 달콤한 냄새를 풍기며 바람에 길게 흔들렸다. 우리는 생각했다. 누구인가, 그 누구의 고향도 아닌 썩어가는 이 도시의 폐허에 하필이면 루핀의 씨앗을 뿌린 자는. 가까운 곳에는 더 이상 벼를 심지 않는 논이 있었고 그 너머로 구릉이 이어지며 구릉 위에는 사람이 살지 않는 낡은 이층집이 보였다. 무슨 이유에서인지 철거가 지연되고 있는 쓸모없는 건물이었다. 원래 흰색으로 칠한 벽은 시커먼 그을음이 졌고 군데군데 허물어졌으며 현관 계단의 철판은 온통 녹이 슬었다. 창이 크고 지붕이 편평하며 2층의 베란다가 아래층 거실을 덮고 있는 구조. 어딘지 모르게 규격화된 경비원들의 합숙소 같은 인상을 주는, 허술하게 지은 70년대풍의 건물. 저 집에 교사 가족들이 살았을까, 하고 우리의 머릿속에 동시에 같은 생각이 스치고 지나갔다. 상점은 그 집과 마주 보는 방향으로 도로에 면해 자리 잡고 있었다.

우리가 상점 안으로 들어가자 커다란 벌 두 마리가 끈끈한 사탕 상자 뚜껑에 달라붙어 있는 것이 눈에 들어왔다. 상점은 아무도 없이 비어 있었지만, 상점 뒤편의 공간으로 통하는 문이 열려 있었다. 매우 빈약한 상품을 진열해놓은 상점인 데 반해 선반을 가득 채운 유리병들이 유난히 눈에 띄었다. 병에는 모두 각각 다른 모양과 색깔의 사탕이 들어 있었다. 병든 아이의 눈처럼 누렇고 황금색의, 충혈된 붉은색, 개구리의 초록색, 시간의 시름을 허용하지 않는 눈동자들, 독한 모노톤의 단맛으로 무장한 그것들. 그 이유는 곧 밝혀졌다. 상점의 뒤편은 사탕을 만드는 공장으로 보였다. 그리고 나무판자에 더러운 이불 천을 씌운 칸막이가 상점 한구석에 서 있었다. 목소리는 비록 잡음이 섞이기는 했지만 점점 더 또렷하게 들려왔다. 우리는 처음부터 그것이 라디오, 혹은 텔레비전이나 녹음기 등의 기계에서 나오는 소리인 줄을 알고 있었다. 목소리는 마이크에 대고 말하는 보통의 방송용 성우의 그것이 아니었다. 무대라는 공간을 채우기 위해 카랑카랑하게 울려 퍼지며, 본인의 성량을 넘어서는 용적으로 스스로 팽창하느라 어느 정도의 통증을 수반하며 분출되는 그런 목소리였다. 목소리는 육체와 함께 오고 있었다. 그리고 육체와 함께 가고 있었다. 아르카익(archaic)한 육체를 이용해 라디오 전파라는 테크놀로지의 미래를 앞서려는 그것은 참으로 인간적인, 거의 원시적인 인상의 소리였다. 우리는 어느덧 그것에 귀를 기울이게 되었다. 상점 저 안쪽에서 사탕 공장의 기계가 쉼 없이 돌아가는 소리, 달콤하고 진하게 끈적이는 설탕 가루가 기계에서 분수의 물방울처럼 흩어지는 소리, 방앗간을 연상시키는 널따란 롤러가 느리게 웅웅 움직이는 소리, 엿가락처럼 늘어나는 설탕 덩이들의 소리, 식은 사탕을 씹는 소리, 정체불명의 바스락거림, 공장에 낮게 고여 있는 희미한 늦여름 오후의 소리, 신발 바닥에 달라붙은 설탕 조각들의 소리, 쥐 오줌으로 얼룩덜룩한 꽃무늬 시골 이불이 늘어져 있는 소리, 인공조명이 없는 상점의 어둑함을 지배하는 은밀한 증폭, 습기 찬 흙바닥에 드리운 낮은 햇빛의 소리, 그리고 라디오에서 들려오는 낭송극의 소리. 무대 공간을 장악하고 공명하는 점막과 근육으로 이루어진 성대의 소리, 사오라족 샤먼의 아내가 부르는 주술적 가락의 노랫소리.

위에서 누군가 부르는 소리가 있어 샤먼은 고개를 들었다.

그러자 그 순간 그의 영이 그의 몸을 떠났다.

그의 아내는 천막 중앙의 화덕 곁에 서 있었다.

화덕 위 솥에는 물이 펄펄 끓었고

그녀는 솥 안에 남편의 약으로 쓸 연두색 새순이 돋은 어린 봄 느릅나무의 가지를 넣었다. 그것은 그해의 첫 새순으로,

그녀가 언 땅을 헤매서 찾아낸 것이다.

뚜껑을 열자 한바탕 김이 피어나며

천막 안이 김으로 가득 찼다. 그녀는 눈앞에서 남편이 빛 속에 흰 새를 타고 훨훨 날아가는 것을 보았다.

그녀는 손을 뻗어 남편이 탄 새의 꼬리를 잡으려고 했으나 실패하고 말았다.

새는 흰 깃털 하나만을 남기고

아득하게 솟구친 구름의 산을 향해 수직으로 상승했다.

그녀는 남편의 침상을 돌아보았다. 침상에는 그녀 남편의 육신이 여전히 누워 있었다.

입을 반쯤 벌린 그는 두 눈을 뜨고 있었으나 더 이상 숨결이 느껴지지는 않았다.

그의 흰머리는 사방으로 흩어졌으며

그의 두 눈은 터진 실핏줄로 시뻘겋게 보였다.

구부러진 굵은 정맥이 그의 온몸을 탁한 녹색의 쇠사슬처럼 여러 겹으로 휘감았다.

내가 사랑하는 곳이 있다, 하고 그는 지난밤에 말했었다.

드높은 나무 위,

바람의 품,

구름 속으로 솟구친 고독한 장소,

절벽의 끝.

부글거리며 끓는 물 속에 흰 새의 깃털이 떠 있었다.

검은 두건으로 얼굴을 가린 말 탄 사람들이 천막 밖을 지나쳐

달려갔다.

그들은 반달 모양의 칼을 손에 들고 있었다. 그들이 칼을 한 번씩 휘두를 때마다 달빛이 조각난 채 그녀의 눈앞에 흩어졌다.

술병과 거울이 깨졌다.

늑대들이 울었다.

북풍이 휘몰아쳤다. 숫양이 검은 피를 쏟았고 여인의 가슴에서 검은 젖이 흘러나왔다.

화덕의 불이 꺼졌다.

샤먼의 아내는 풍성한 검은 머릿단을 가슴께에 늘어뜨리고 흰 이마가 달처럼 둥근 열여덟 살이었다.

그녀는 순식간에 냉기가 점령해버린 천막 안에 망연히 서 있었다.

세계수의 아버지여, 나도 그를 따라가게 해주세요, 흰 새를 보내주세요, 하고 샤먼의 아내가 외쳤다.

그러자 물속의 깃털이 날개를 편 새의 형상으로 변했다. 그리고 어디선가 들려오는 목소리가 이렇게 말했다.

너는 오래 생각하면 안 된다, 땅이 갈라졌으나 암석의 틈새는 곧 아물 것이고

두터운 이끼가 입구의 균열을 감추어버릴 것이다.

지금 당장 그 새를 올라타야만 이미 명부로 떠난 죽은 이를 뒤따라갈 수 있다.

너는 오래 생각하면 안 된다, 하늘이 갈라졌으나

누구도 모르는 찰나 빛이 그 자리를 채울 것이다.

너는 오래 생각하면 안 된다, 죽은 이는 그 어떤 살아 있는 사람도 따라잡을 수 없게 빠른 속도로 간다.

너는 오래 생각하면 안 된다, 뒤돌아보지도 말고 너울너울 춤추며 가라.

그의 기억이 그와 함께 간다,

그 자신이 그와 함께 멀어진다,

그는 오직 가고 있다, 무엇으로도 멈추어지지 않는 발걸음,

그는 얼마 지나지 않아 모든 것을 잊게 될 것이다……

그때 상점 뒤편의 사탕 공장에서 누군가가 걸어 나왔고, 그는 칸막이 뒤편으로 가서 라디오를 껐다. 불현듯 목소리가 사라졌다. 그는 벽의 스위치를 올렸고 그러자 천장에 매달린 갓 없는 조그만 전구에 희미한 불이 들어왔지만 상점 안은 더 밝아지지도, 더 어두워지지도 않았다. 불이 켜진 전구에서는 벌들이 웅웅거리는 듯한 지속적인 소음이 들려왔다. 여전히 상점 뒤편 방에서는 롤러가 비틀거리며 돌아가고 있었다. 우리는 그 사람에게 방금 라디오에서 흘러나오던 낭송극의 성우가 누구인지 혹시 아느냐고 물었다. 우리가 그의 대답을 크게 기대하지 않은 것은 거의 우울을 불러일으킬 정도인 상점의 허름함, 주변 환경의 극단적인 황막함, 다 쓰러져 가는 빈곤한 마을 풍경, 거칠고 조야한 건물들의 영향을 받은 탓이기도 하지만 마침내 우리의 시야에 드러난 그 사람의 모습이 나이

를 짐작할 수 없을 정도로 늙고 병약해 보인 탓이었다. 그는 이미 실명했을 것이 분명한 혼탁한 눈동자를 들어 대답하기를, 그 방송은 성우가 나와서 직접 글을 낭송하는 것이 아니라 기존에 출간되어 있는 낭송극 오디오북을 틀어주는 것이라고 설명했다. 음악 방송이 녹음실에 오케스트라를 직접 동원하여 연주하는 것이 아니라 기존의 음반을 틀어주는 식으로 진행되듯이 말이다. 그리고 덧붙였다. 이미 여러 번 반복해서 재방송을 했으므로 자신은 그 〈사오라족 샤먼의 아내〉를 이미 세 번이나 들었다고. 그런데 낭송극 〈사오라족 샤먼의 아내〉는 오디오북 출판사의 스튜디오에서 제작된 것이 아니라 서울의 낭송극 무대 공연을 직접 녹음한 일종의 실황 작품이라고 덧붙였다. 무대의 느낌이 살아 있기 때문에 자신은 그런 식으로 목소리가 기묘하게 반향되고 배우의 발소리나 무대 바닥이 움직이는 소리, 관객들의 기침 소리 등의 불가피한 노이즈가 동시에 포함되는 무대 낭송극을 깔끔한 스튜디오 녹음극보다 좋아한다고. 그래서 우리는 기뻐하며 다시 물었다. 그렇다면 그 낭송극 배우가 누구인지도 아는가, 그 목소리는 우리가 알고 있는 낭송극 배우 경희의 목소리를 완벽하게 연상시킨다, 비록 우리가 실제 무대 위에서 그녀를 본 적은 없지만. 그러자 그 라디오 낭송극의 애호가이자 사탕 공장의 인부이며 상점 점원인 나이 든 백내장 환자는 고개를 저었다. 자신은 그 낭송극의 목소리를 잘 알고 있다. 이미 여러 번이나 그 목소리의 낭송극을 들어왔다. 자신은 그 어떤 성우들 사이에서도 그 낭송극 배우의 목소리를 정확히 구분해낼 자신이 있다. 하지만 그 목소리 자체가 아닌 목소리의 소유자에 관해서는 단 한 번도 유심히 신경 쓰지 않았다. 그러니 그 배우의 이름을 모르는 것은 당연하다. 낭송극의 가장 마지막에 나오는 낭송 배우의 이름은, 낭송극의 제목이나 작가의 이름만큼 사람들의 귀에 잘 들리지는 않기 때문이다. 그리고 또한 방송으로 들려오는 목소리는 무대에서 직접 듣는 목소리나 실제의 목소리와는 다를 수도 있고, 이미 알고 있는 다른 사람의 목소리와 비슷하게 들릴 가능성도 있으므로, 자신과 같은 낭송극의 열광자가 아닌 일반인들은 배우를 혼동할 수도 있다는 것이 그의 설명이었다. 그렇다면, 하고 우리는 봉지에 든 말린 자두를 사면서 최후의 희망을 가지고 그에게 다시 물었다. 그렇다면 혹시 당신은 경희라는 이름의 낭송극 배우에 대해서 한 번이라도 들어본 적은 있는지, 그런 이름의 낭송극 배우가 있다고, 그럴 가능성이 있다고 우리에게 말해줄 수는 있는지. 그 남자는 우리가 건넨 지폐를 손끝의 감촉으로 확인하고는 정확하게 거스름돈을 건넸다. 그리고 대답했다. 자신은 낭송극의 애호가이긴 하지만, 그리고 많은 낭송극 배우들의 목소리를 알고 있다고 생각하지만, 이름을 알고 있는 낭송극 배우는 단 한 명도 없다고. 도대체 왜 낭송극 배우의 이름을 알아야 하는가, 그것은 그들의 얼굴을 알 필요가 없는 것과 마찬가지가 아닌가. 그래서 우리는 다시 물었다. 그렇다면 질문을 조금 다르게 하겠다, 지금 〈사오라족 샤먼의 아내〉를 읽고 있었던 그 목소리는 당신에게 익숙한 것이라는 말인데, 그 목소리가 지금 어디 있을지 혹시 말해줄 수가 있는지. 그 목소리에 대해서 당신이 무언가 알고 있는 것이 있는지. 그러자 그가 말했다. 오, 나는 그 목소리의 낭송을 아주 여러 번 들었지요. 심지어 나는 그 목소리의 배우가 최근 어느 극장에서 주로 공연을 하는지도 알고 있답니다. 라디오에서는 항상 중간 중간에 낭송극 공연 안내가 나오니까요. 일종의 광고 같은 거지요. 원한다면 극장 이름을 알려드릴 수도 있어요. 정확한 주소는 알지 못하지만 그곳은 낭송극 전문 극장으로 이름은…….

며칠 뒤 우리는 서울의 한 주택가를 걷고 있었다. 그때 설명할 수 없는 우연이 작용하여 어느 허름한 건물의 입구에 붙어 있는 포스터가 우리의 주의를 끈 것은 거의 기적에 가까운 일이었다. 그것은 어둡고 칙칙한 색채와 불분명한 형체가 어른거리는 조악한 흑백 인쇄물이었기 때문이다. 게다가 글자는 너무 작고 희미하여 가까이 다가가서 유심히 보지 않으면 해독이 불가능할 정도였다. 길을 걷던 우리의 시선이 포스터의 전면에 나타난 한 무대 배우의 4분의 3 실루엣에 가닿은 순간, 우리는 순간적으로 경희의 형상을 보았던 것이다. 그래서 가까이 다가가서 포스터의 내용을 읽었고, 그것이 바로 그날 저녁, 그 건물의 지하 창고에서 공연되는 낭송극 〈사오라족 샤먼의 아내〉 공연 포스터임을 알아볼 수 있었다.

막연한 극장 이름 하나만을 가지고 마침내 그 장소를 찾아냈다는 사실에 우리는 정말로 흥분했다. 그래서 당장 지하 창고로 가서, 이 낭송극의 배우에 대해서 알아보기를 원했다. 물론 그러기 위해서 우선 낭송극 공연을 관람해야겠지. 지하로 향하는 계단을 두 층이나 내려가자 아무런 표시가 없는 작은 문이 나타났다. 문을 두 드리자 극장의 안내인이 나와서 우리를 안내했다. 그 전에 우리는 먼저 입장권을 구입해야 했다. 입장권에 선명히 나와 있는 배우의 이름은 우리를 실망시키긴 했지만—그것은 경희와는 완전히 다른 세 음절의 이름이었으므로—대신 포스터보다는 조금 더 선명한 배 우의 사진은 우리에게 더욱 확신을 주었다. 그래서 우리는 자신도 모르게, 그녀는 정말로 낭송극 배우였어, 하고 입 밖으로 소리 내어 말할 수밖에 없었다. 그러자 안내인은 이상하다는 듯이 우리를 돌 아보더니, 그야 당연하지요, 사오라족 샤먼의 아내인걸요, 하고 말 했다. 그의 목소리는 아무런 증폭 장치가 없는데도 불구하고 파장 이 큰 파도처럼 유난히 낮게 깔리며 빠르게 퍼져나갔다. 그가 문을 열자, 문에 대어놓은 양철판이 떨어져 시멘트 바닥에 끌리며 매우 불쾌하게 신경을 긁는 소음을 유발했다.

그곳은 공연 무대가 있으리라고는 짐작도 할 수 없는 협소하 고 구석진 공간이었다. 어두컴컴한 홀의 바닥에 서른 개 정도의 방 석을 깔아서 객석을 만들었고 손바닥만 한 무대는 불이 꺼져 있었 다. 공연이 시작되려면 아직 시간이 남았기 때문이라는 설명이었 다. 그날 우리는 경희의 첫번째 관객으로 극장에 입장한 셈이었다. 그로부터 공연이 시작되기까지 약 한 시간 동안 몇 명의 사람들이 더 들어왔다. 우리는 가장 앞쪽에 자리를 잡았다. 아마도 인적이 드 문 어두운 공간을 선호하기 때문에 소극장의 애호가가 된 10대 커플이 한 쌍, 친구 사이로 보이는 중년의 여자 세 명, 그리고 나이대가 20대부터 60대까지 제각각인, 혼자 온 남자 관객들이 몇 명 있었다. 그리고 마지막으로 대학생풍의 젊은 여자가 들어온 다음 극장의 안내인은 작은 문을 닫았고 무대에는 조명이 밝혀졌다. 무대 정면에 스크린이 하나 달려 있고 스크린 왼편에 평범한 의자가 놓였을 뿐 다른 장식은 전혀 없는, 실험성이나 드라마틱한 효과를 노리지 않고 오직 목소리에만 의지한 전형적인 낭송극 무대였다.

우리는 그렇게 경희를 다시 만났다, 혹은 만났다고 생각했다. 결코 정면으로는 경희의 얼굴을 비추지 않고, 경희가 들고 있는 원고와 경희의 발걸음이 움직이는 동선에만 집중하도록 설계된, 특별히 강하지 않은 백색의 조명에 의지하여. 발목까지 내려오는 검은색 무대의상에 감싸인 긴 육체의 성대를 통해 나오는 '목소리'라는 발성물에 의지하여. 인간의 육체는 오직 음파를 생성하는 악기이며, 그 악기를 관통하는 내부 관 모양의 미묘한 차이에 따라 다른 감정과 느낌을 유발하고 매 개별체마다 고유한 분위기를 조성하는 소리가 발생한다는 물리적 사실에 의지하여. 우리는 언젠가 경희가 항상 소지하고 다니는 자연사 백과사전에서 세밀히 묘사된 인체 성대 해부도를 본 적이 있는데, 그것의 외관은 다리를 벌리고 있는 여성의 생식기와 놀랄 만큼 흡사했다.

우리는 경희에게 보내는 편지의 사본을 하나 갖고 있었다. 어쩌면 그 편지는 이미 경희의 주소로 도착한 다음일 수도 있지만, 경희가 정말로 그것을 읽었는지는 지금까지 분명하지 않다. 추측건

대 편지는 여러 개의 주소를 거친 후에 마침내 우리들에게까지 도착했다. 그중의 가장 최초이자 최후의 것은 경희에 의해서 명명된 '나의 베를린 주소'였다. 편지는 처음에 베를린 주소를 향해 부쳐졌다가, 그곳에서 어느 여행자의 가방에 든 채로 한국으로 간 것으로 추정되며, 이유는 불분명하지만 그 여행자는 서울의 중앙 우체국에서 편지를 다시 베를린 주소로 부쳤고, 그곳에서 수개월 동안 머물던 편지는 정체불명의 어떤 경로를 통해 상하이를 거쳐 중앙아시아의 수도로 갔다가 그곳의 중앙 우체국에서 누군가 서울의 어느 주소로 보냈고, 서울에서 수취되지 못한 채 '수취인 불명'의 스탬프와 함께 다시 베를린의 주소로 되돌아왔다. 편지를 보낼 의무를 위임받은 당사자는 이번에는 그것을 복사하여 경희의 수첩—아마도 경희가 베를린에 짐과 함께 남겨놓은—에 들어 있던 몇 개의 주소로 보냈는데, 우리가 받은 것은 그중 한 개의 복사본이었다. 편지가 작성된 지 2년 이상의 시간이 흘렀고, 편지를 쓴 사람은 이미 망자가 된 다음이었다. 편지는 여러 사람의 손과 손을 거치면 거칠수록 더욱더 최초의 성격, 자신의 발생 신화로부터 멀어져갔다. 전달의 부탁을 받은 사람은 봉투에 간단한 메모를 첨부하여 다음 전달자에게 편지를 건네곤 했는데, 그런 메모들로 추정해보건대 마지막 복사본을 받은 사람 중에서 경희를 개인적으로 알고 있으며 그리하여 그녀에게 직접 이것을 전해주어야겠다고 결심하고 실행에 옮긴 이는 아마도 우리가 유일할 것 같았다. 우리는 그것이 우리의 마지막 일이라고 느꼈다.

그날 우리와 경희 사이의 현실적 거리는 2미터도 채 되지 않았다. 하지만 우리가 무대 위의 경희에게 손을 내밀어 편지를 건넸을 때, 경희의 긴 옷소매에 가려 편지를 잡는 손은 보이지 않았으며 축축한 공기 때문인지 편지는 그 어떤 바스락거림도 없었고 일루전(illusion)으로 이루어진 무대의 한 장치인 양 목소리 속으로 스며들어가 완전히 사라져버렸음에도 불구하고, 우리는 그것이 아득히 멀리 있는 반대편 강기슭에 가닿는 것을 보았다는 느낌에 사로잡혔다.

나는 아버지에 대해서 잘 모른다. 아버지가 아흔 살 난 노인이기 때문만은 아니다. 모든 아버지들은 죽었거나, 아니면 언젠가는 아흔 살이 될 터인데 그렇다고 해서 모든 사람이 자신의 아버지에 대해서 나와 같은 방식으로 모른다고 단언하기는 어렵기 때문이다. 오래전부터 나는 아버지가 이미 죽은 사람인데, 그의 죽음을 원하지 않는 다른 이들이 그가 산 사람인 것처럼 말하고 있다는 의심을 지우지 못했다. 그래서 그들은 나에게 '아버지에게서 전화가 왔다'거나, '아버지가 네게 편지를 보냈다'라고 태연하게 얘기하는 거라고 말이다. 그런 식으로 그는 살아 있었다. 그리고 어쩌면 바로 그런 이유로 그의 자식인 나도 그런 식으로 살아 있을 수 있는 것이리라. 그리하여 나는 대학에 들어가는 대신 잡지사의 수습기자로 일하면서 내 인생을 위해서 그가 미리 기록해놓은 것들이 어떤 식으로 내 앞에 펼쳐질지 알고자 원했다. 아버지는 유언장과 자서전과 신문 기사와 칼럼, 그리고 편지들을 많이 썼는데, 비록 나는 하나도 읽어보지 못했지만 젊은 시절에는 심지어 시도 썼다고 한다. 잡지사의 편집장은 야간대학에 재학 중이며 인류학을 전공한다는 내 말을 믿고 나를 채용했는데, 그건 사실 거짓말이었다.

아버지와는 달리 어머니는 항상 친근하고 다정하며 가까운 이름이었다. 나는 늘 어머니의 사진을 갖고 있었다. 어머니는 배우였기 때문에 젊은 시절의 멋진 프로필 사진을 남겨두었던 것이다. 나는 내 외모가 어머니를 닮았다고 막연하게 느꼈다. 그러므로 내 목소리나 말투도 어머니와 비슷할 것이 분명했다. 만약 어머니를 사랑했던 사람들이 여전히 살아 있기만 하다면 그들은 분명 나도 사랑할 것이다. 일생 동안 나는 어머니와 같은 도시에서 살았다. 심지어 나는 어머니를 시내 한가운데서 우연히 마주치기조차 했다. 처음에는 당장 알아보지는 못했다. 사진 속의 어머니보다 최소한 스물 몇 살은 더 나이가 들었기 때문이다(그 사진은 내가 태어나기도 전에 찍은 것이니 당연하다). 하지만 어머니는 사진 속에 있었던 바로 그 여자였고, 나이를 먹었다고 해서 다른 여자가 될 수는 없었다. 그녀와 나는 지하도 안에서 서로 엇갈리며 지나쳤는데, 몇 초후 내 발걸음은 저도 모르게 그녀의 뒷모습을 따라가고 있었다. 내가 아니라 내 발걸음이 말이다. 그녀는 몸을 감싸는 폭이 넓은 검은색 코트에 연보라 빛과 진주색이 섞인 큰 가방을 메고 있었다. 가방속에는 아마도 원고 뭉치가 들어 있겠지, 오늘 저녁에 무대에서 읽을 낭송극 원고가, 하고 나는 속으로 생각했다. 그녀가 걸음을 옮길 때마다 코트 자락이 춤추듯이 너울너울 흔들렸다. 그때까지 나는 그녀의 무대를 본 적이 없었다. 그리고 그녀의 실제 모습을 본 일도 물론 없었다. 단지 라디오에서 나오는 낭송극 방송을 몇 번 들은 것이 전부였다. 지금 생각해보면 왜 그동안 단 한 번도 그녀가 공연하는 낭송극 극장에 가지 않았는지 이상한 일이다. 정확한 이유는 알수가 없다. 그냥 그런 생각 자체가 머리에 떠오르지 않았다고 하는 편이 가장 사실에 가까울 것이다. 아마도 내가 낭송극의 열광자가 아니기 때문이리라. 나는 그녀가 낭송극 극장으로 가는 길일 거라고 짐작했다. 그녀는 지하철에 올라탔고, 나도 뒤를 따랐다. 어느새 나는 원래 내가 가려고 했던 약속 장소를 까맣게 잊었다. 나는 지하철 차창에 비친 그녀의 실루엣을 바라보고 있었다. 퇴근 시간이었으므로 열차 안은 좀 혼잡했다. 두번째 정류장에서 그녀는 내렸다. 별다른 몸짓도 없이 가만히 서 있던 그녀가 지하철의 문이 열리자마자 빠른 동작으로 갑자기 사라져버렸으므로 나는 그녀를 뒤따르느라 사람들을 헤치고 허둥대며 열차 밖으로 나와야만 했다. 그녀는 이미 계단을 저만큼 앞서서 올라가는 중이었다. 나는 발걸음을 서둘렀지만 그녀의 속도도 만만치 않았다. 마침내 헉헉대면서 개찰구에 도달한 다음에야 나는 그녀를 슬쩍 앞서 갈 수 있었다. 그건 그녀의 얼굴을 정면에서 보고 싶었기 때문이다. 하지만 그때 마침 그녀는 가방을 열고 지갑을 꺼내느라 고개를 깊숙이 숙이고 있었다.

앞서서 걷던 나는 곧 고개를 돌리고 그녀가 어느 쪽으로 가나 살피기 위해 뒤돌아보았다. 그런데 그녀는 바로 내 뒤에서, 말 그대로 발뒤꿈치를 밟을 만큼 가까이 따라오고 있었고, 더구나 매우 분주하게 발걸음을 옮기던 상태였으므로 우리는 거의 충돌하듯이 정면으로 부딪히고 말았다. 우리는 둘 다 충격을 받고 저도 모르게 한 걸음 뒤로 물러서야만 했다. 그녀는 앞으로 돌진하듯이 걸어오던 중이었지만 엉거주춤하게 몸을 돌리고 있던 나는 중심을 잡지 못하고 뒷걸음치던 상태로 그만 바닥에 쓰러져버렸다. 그녀는 뭔가 한참 생각에 잠겨 있던 표정이었고, 그래서 자신의 실수로 나와 부딪쳤다고 여겼는지 먼저 미안하다고 사과를 하면서 나를 일으켜주었다. 정말 미안합니다, 하고 그녀는 말했다. 나는 그녀의 목소리를 듣는 것이 좋았다. 넘어진 충격으로 머리가 조금 어질어질했지만 상관없었다. 그러나 그녀는 오래 머물지 않았고, 곧 다시 앞으로 걸어가 러시아워의 인파 속에 파묻혀버렸다. 아주 짧은 순간이지만 나는 그녀가 걸어가는 속도, 사라지는 속도가 다른 사람들의 그것보다 훨씬 더 빠름을 알아차릴 수 있었다.

나는 사람들에게 말했다. 태어난 지 20년 만에 어머니를 우연히 길에서 마주쳤고, 그리고 어머니와 부딪쳐서 넘어지기까지 했다고. 하지만 아무도 믿지 않았다. 아버지가 사람의 말을 알아들을 수 있는 상태였다면 나는 아버지에게도 그 사실을 기꺼이 알렸을 텐데 유감스럽게도 그는 그럴 만한 상황에 놓여 있지 못했다. 그제야 나는 여전히 배우로 활동하고 있는 어머니를 만나려면 그녀의 낭송극 공연이 있는 극장에 가기만 하면 된다는 사실을 떠올렸다. 하지만 이미 말한 대로 나는 낭송극의 열광자가 아니고, 또한 만약 그 공연이 유난히 인기가 없는 낭송극일 경우 객석에 다른 청중은 아무도 없이 나 혼자 덩그러니 앉아 있게 되는 상황이 두렵기도 했으므로 그녀의 공연을 보러 가지는 않았다. 대신 극장 앞 한 카페에서 낭송극이 끝나기를 기다린 적이 있다. 나는 카페의 유리창을 통해서 그녀가 극장을 나오는 것을 지켜보았다. 그녀는 혼자가 아니었고, 안경을 쓴 한 남자와 함께였다. 그녀에게 일행이 있을 거란 예상은 하지 못했기에 나는 지금 나가서 그녀를 뒤따라가야 하나 아니면 그냥 포기하고 계속해서 앉아 있는 편이 좋을까 결정을 내리지 못했다. 그녀를 뒤따라간다고 해서 특별한 생각이나 계획이 있는 건 아니었다. 단지 지난번처럼 잠시 동안, 즉 내가 그녀의 발뒤꿈치를 놓칠 때까지 따라가다가 그녀의 모습이 사라지면 그때 집으로 돌아오는 것이다. 하지만 내가 어떤 결정을 내리기도 전에 그들이 먼저 나를 향해서 똑바로 걸어왔다. 카페 안으로 들어온 것이다. 그리고 내 옆 테이블에 자리를 잡았다. 카페는 테이블이 서너 개뿐인 작은 가게인데 빈 테이블은 그것밖에 없었으므로 어쩌면 당연한 결과이기도 했다. 나는 탁자 위에 잡지를 펼쳐놓고 읽는 시늉을 하고 있었지만 글자는 눈에 들어오지 않았다. 그들은 일반 커피와 에스프레소를 주문했다. 그리고 그날의 공연에 관해서, 그리고 다음 달에 있을 다른 공연에 관해서 주로 얘기를 나누었다. 웃는 인상에 둥글둥글한 외모를 가졌지만 목소리가 크고 문장을 반복해서 길게 말하는 것으로 보아 대화의 정복에 대한 욕망을 숨기지 못하는 듯한 남자는 아마도 그녀가 하기로 되어 있는 다음 달 낭송극의 프로듀서임이 분명했다. 상대적으로 그녀는 말수도 적었고, 짤막한 답변으로 의사와 감정을 전달하는 편이었다. 네, 아니오, 그렇군요, 정말 그럴 만도 해요, 그렇죠, 그건 불합리해요, 있을 수 없는 일이라고 생각해요. 그 정도가 전부였다. 그녀는 목소리를 감추려는 사람 같은 인상을 주었다. 마치 키나 덩치가 유난히 큰 여자가 자신의 형체를 감추기 위해 가능하면 몸을 움츠리고 싶어 하는 것처럼 말이다. 대신 그녀는 손목을 비틀고, 손수건을 끊임없이 다른 모양으로 접었다가 펴기를 반복하고, 머리카락을 잡아당기는가 하면 손가락을 하나하나 펴서 손바닥을 들여다보는 동작을 반복했다. 마치 1인극 무대에서 '막연해하는 인물'을 연기하려고 시도하는 몸짓 같군, 하는 생각이 내 머리에 퍼뜩 스치고 지나갔다. 그들이 나눈 내용은 대부분 일에 관한 것이었지만, 계속해서 듣고 있으니 나는 그들이 부부이거나 아니면 연인, 혹은 정부 관계일지도 모른다는 생각이 들었다. 왜 그런 생각이 들었는지는 알 수가 없다. 그들은 서로 신체 접촉을 하지도, 특별히 은밀한 사연을 나누지도 않았고 심지어 서로를 존칭으로 부르고 있었는데도. 내 눈길은 계속해서 잡지의 페이지 위에 머물러 있었다. 그러다 너무나 오랫동안 하나의 페이지만 들여다보던 내가 마침내 잡지를 덮었을 때, 무심코 내 쪽을 돌아본 그 남자가 이렇게 중얼거렸다. "『해외 무속 저널』? 이상한 이름의 잡지가 다 있군그래."

잡지의 이름이 어머니에게 뭔가를 불러일으킨 것 같았다. 그녀는 마침 하나하나 구부리려고 하던 손가락을 다시 펴더니 고개를 돌려 나를, 아니 잡지의 표지를 유심히 쳐다보았다. 그들의 관심과 시선을 질문으로 느낀 나는 그들에게 말해주었다. 이 잡지는 해외에 있는 무속인들을 위한 잡지라고. 그러므로 한국의 도서관 등에서 이 잡지를 본 일은 없을 테니 모르는 것도 어쩌면 당연한 거라고. 그리고 덧붙였다. 하지만 나는 무녀가 아니라 이 잡지를 위해서 취재를 하고 글을 쓰는 기자라고. 그러자 남자는, 그처럼 어려 보이는데 벌써 기자라니 그 점이 놀랍네요, 하고 말했다.

"수습기자라서 그래요, 아직 대학생이고" 하고 내가 대답했다.

"그 잡지는 베를린으로도 가나요?" 하고 이번에는 그녀가 물었다.

"그럼요. 베를린의 유학생 중에는 잡지사의 후원으로 공부하는 학생들도 있답니다. 그리고 한국의 샤머니즘 연구 단체도 장학금을 지급하고 있어요. 몇몇 학생은 잡지에 통신문을 정기적으로 기고하기도 하구요."

"예상하지 못한 일과 이렇게 우연히 마주치는 건, 설사 나와 직접적인 관련이 없다고 해도 어쨌든 신선하고 기분 좋은 자극인 건 맞지요" 하고 남자가 약간 엉뚱하게 들리는 어조로 말했다. 그의 과장된 반응은 아주 이유 없는 것은 아니어서, 남자는 자신이 고대 문화와 동굴 예술, 선사적이고 원초적인 것들에 관심을 갖고 있는 소수의 지식인에 속하다는 사실을 은근히 과시하는 투로 말을 이어나갔다. 유네스코가 간과한 많은 동굴벽화들과 잊혀가는 고대의 예술품들, 인류 최초의 주술용 여체상 등. 하지만 어머니는 그런 분야에 관심이 없는 것이 분명했다. 적어도 남자가 관심을 가지는 그런 방식으로는 말이다. 남자가 자신이 여기저기서 듣고 잡지 등에서 읽어서 단편적으로 아는 내용들을 두서없이 이어 붙여 나에게 질문을 퍼부어댔고 내가 반쯤은 상상으로만 갖고 있던 판타지와 반쯤은 즉석에서 지어낸 거짓말로 이루어진 엉터리 답변을 하면서—그래도 남자는 전혀 눈치채지 못하는 듯했다—대화가 이어질수록 그녀는 지루해하는 기색이 역력했다. 그녀는 하품을 했다. 하품을 하면서 그녀가 테이블 아래의 한 손을 슬쩍 남자의 허벅지 위로 올리는 것이 눈에 들어왔다. 그것은 답답한 소리 그만하고 이제 그만 일어서자는 모종의 신호처럼 보였다. 남자는 조금 더 떠벌이고 싶은 기색이 역력했지만 그녀의 분명한 사인을 완전히 거부하지는 못했다. 그는 아쉬워했다. 그날의 내 인상으로는, 그는 모든 일에 대해서 상당히 쉽게 아쉬움을 느끼는 편으로 보였다. 그는 일어서면서 심지어 나에게 악수를 건네기도 했다. 그럴 필요까지는 전혀 없었는데. 그는 명함을 주면서 다음 주에 어머니의 낭송극 공연이 있는데 시간이 된다면 들러달라고 했다. 당신같이 독특한 전문 분야의 저널리즘에 종사하는, 그것도 매우 젊고 영특한 여인이 관심을 가질 만한 공연이지요, 하고 그는 떠나기 전에 말했다. 어머니는 그의 곁에서 긴 우산처럼 묵묵히 서 있었다.

　어머니는 베를린에서 온 편지를 받았을까. 그들이 떠난 뒤 나는 잠시 자리에 앉아서 생각에 잠겼다.

새를 타고 날아간 샤먼의 아내가 도착한 곳은 적갈색 바위 땅 황무지 한가운데, 커다란 강가의 작은 오두막집 앞이었다. 납작한 돌로 벽을 세우고 강물에 떠내려온 넝마와 나뭇가지를 지붕으로 얹은 오두막집은

허리를 굽히고 들어서야 할 만큼 낮았다.

강물이 흐르는 소리가 수천 개의 돌들이 동시에 높은 산꼭대기에서 굴러 떨어지는 것처럼 요란하게 천지에 진동했다.

강물은 밝은 회색 빛깔이었다. 암석이 쌓인 강바닥에 급류가 부딪혀 흐를 때마다 분노한 물거품이 샤먼의 아내를 덮칠 듯이 높게 일곤 했다.

강에는 배도 사공도 없었으며

짙은 녹색의 구름으로 덮인 무섭게 낮은 하늘에는

해도 달도 보이지 않았다.

그곳은 풀 한 포기 없는 늙음의 땅이었다.

샤먼의 아내는 본능적으로,

강 건너편으로 가야만 망자인 남편을 만날 수 있음을 알았다.

그러나 산처럼 높고 사나운 물살의 강물을 어찌 건넌단 말인가, 마음을 짓누르는 음울한 바윗덩이들이 아귀처럼 소용돌이치는 강물에 어떻게 몸을 담근단 말인가.

그때 오두막집에서 한 인간의 형상이 걸어 나왔다……

아니 기어 나왔다.

그것은 두 팔과 두 다리가 없이 머리와 몸통만으로 이루어진

한 남자였다.

그의 얼굴은 산돼지처럼 추하고 고목처럼 늙고 쥐처럼 교활해 보였다.

그는 자신을 아바갈이라고 소개했다. 아바갈은 대대로 방울과 가면을 만드는 사람이었다.

그가 만든 가면은 특히 영험한 곰과 무쇠 구름과 흙의 폭풍과 비와 구리거울의 가면이었으며

누구든지 그 가면을 쓰면 곧 곰과 무쇠 구름과 흙의 폭풍과 비와 구리거울이 될 수 있었다.

사람들은 그를 마법사로 여겼다.

그렇게 뭐든지 할 수 있을 것 같던 젊은 시절 그는 죽은 망령들의 데스마스크로 가면을 만들고자 했다. 그는 가면으로 망령들을 이 세상으로 다시 불러올 수 있으리라.

그러던 어느 날 신들린 채로 강물에 뛰어들었다가 그는 팔다리를 모두 잃고 불구가 되었다고 했다.

전설에 의하면 이 강물은 어느 날 갑자기 모두 말라버리고

거짓말처럼 붉은 돌바닥이 드러나게 되는데 그것이 언제일지 아는 사람은 아무도 없습니다, 하고 아바갈이 말했다.

나는 이런 괴물이 되었지만, 그리하여 그 어떤 여인의 사랑도 받지 못하고

어떤 여인도 사랑할 수 없는 몸이 되었지만,

그럼에도 불구하고 가면으로 망령을 불러오는 재능만은 사라

지지 않았습니다, 하고 아바갈이 이어서 말했다.

그들은 함께 그의 집 안으로 들어갔다.

두 사람이 누우면 남는 공간이 없을 정도로 좁은 오두막 안

돌벽 틈새로 들어온 녹빛깔의 무거운 광선이 그들 사이의 공간에 투명한 격자를 만들었다.

오두막의 모든 벽에는 아바갈이 만든 가면이 가득 매달려 있었다. 올빼미의 가면, 독수리의 가면, 곰의 가면, 늑대의 가면, 숫염소의 가면들이었다.

아바갈이 다시 입을 열어 말했다. 그리고 나는 망령들이 내게 속삭이는 말을 인간의 언어로 다시 옮길 수도 있습니다.

하지만 살아 있는 인간 중의 그 어느 누구도 내 말에 귀 기울이려 하지 않았답니다.

그렇지만 나는 원해요, 그 말을 나에게 들려줘요, 하고 샤먼의 아내가 간청했다.

당신은 나와 함께 이 오두막에서 살게 됩니다, 하고 아바갈은 흙바닥에 누운 채 샤먼의 아내를 올려다보며 말했다.

당신은 나와 함께 이 오두막에서 살게 됩니다.

당신은 내 손이 되고 발이 될 것입니다.

당신은 내 침대, 내 잠자리가 될 것입니다.

당신은 나와의 사이에 여섯 명의 아이를 낳게 됩니다.

첫째 아이는 눈먼 장님으로 태어날 것이고 둘째 아이는 벙어리이자 귀머거리로, 셋째 아이는 두 팔이 없는 채로 태어나며 넷

째 아이는 두 다리가 없을 것입니다. 그리고 다섯째 아이는 온몸이 종기로 덮인 문둥이로 태어나게 되겠지요. 여섯째 아이는 건강한 여자아이가 될 것입니다.

당신은 그 아이를 자신의 눈동자마냥 사랑하게 되겠지요. 그리하여 어느 날, 대지에 붉은 번개가 치고 산들이 불꽃에 휩싸여 터지고 강물이 솟구치며 뜨겁게 말라버리는 날,

당신은 내 집을 떠나게 되는데,

당신은 두 번 다시 뒤돌아보지 않고 너울너울 춤추며 문지방을 넘게 되는데,

그때 당신은 혼자가 아니에요.

당신은 치마폭에 그 아이를 숨겨가지고 이 집을 떠나게 될 것입니다.

당신은 그렇게 나를 비참 속에 남겨두게 됩니다.

그래서 나는 당신에게 저주를 내리게 되는 거지요.

당신의 아이를 데리고 가지는 않겠다고 약속할 테니 나에게 저주를 내리지 말아주세요, 하고 샤먼의 아내가 외쳤다.

나는 지금 내 귀에 들려오는 망령의 속삭임을 그대로 당신에게 옮겨 말하는 것뿐이지요, 하고 아바갈이 대답했다.

그날로 그들은 여인과 남자로 함께 살게 되었다.

아바갈의 말대로 그들은 연이어서 여섯 명의 아이를 낳았다.

첫째 아이는 눈먼 장님이었고 둘째 아이는 벙어리이자 귀머거리였으며 셋째 아이는 두 팔이, 넷째 아이는 두 다리가 없었다.

다섯째 아이가 태어날 때 샤먼의 아내는 자신이 낳은 것이 꿈틀대는 구더기 주머니인지 살아 있는 아기인지 확인하기 위해서 아기의 온몸을 덮은 종기 위에 달라붙어 진물을 빨아먹는 파리 유충들을 손으로 걷어내보아야만 했다.

여섯번째 아이는 건강하고 어여쁜 딸이었다. 샤먼의 아내는 예전에 아바갈이 말했던 저주가 떠올라서, 그에게 과연 그 저주의 내용이 무엇이냐고 물었다.

당신이 나를 떠난다면 대신 이 아이가 자라서 나와 결혼하게 될 겁니다, 하고 아바갈이 대답했다.

그래서 내 손이 되고 내 발이 되며 내 침대, 내 잠자리가 될 겁니다.

그리고 장님이자 벙어리, 귀머거리에 팔다리가 없고 문둥병에 걸린 내 아이들을 낳게 되겠지요.

그건 이 어리고 어여쁜 아이에게 너무 가혹한 운명이 아닌가요, 하고 샤먼의 아내는 충격으로 소리쳤다. 생각해보니, 나 자신도 당신을 처음 만났을 때 저 아이처럼 어리고 어여쁜 젊은 여인이긴 했군요. 하지만 내가 이 아이를 데리고 가버리면 어차피 당신은 아이에게 아무 짓도 할 수 없는 것이 아닌가요?

당신은 잘 모르겠지만, 내 얼굴을 자세히 들여다보면 뭔가 기억의 깊은 심연에서 홀연히 떠오르는 것이 있을 겁니다, 하고 아비갈이 말했다.

샤먼의 아내는 그의 얼굴을 빤히 쳐다보았고,

그러자 그가 사실은 한 번도 만난 적이 없는 아비,

그녀가 태어나기도 전에 어미의 곁에서 달아나버렸던 육신의 아비임을 알아차릴 수 있었다.

아바갈이 말했다. 이제 이해할 수 있겠지요,

당신이 이미 그 아이를 데리고 떠나버렸으므로, 이렇듯 내가 그 아이를 여인으로 취하게 되었을 겁니다.

그때 어디선가 한 번도 들어본 적이 없는 굉음이 다가오며

천지가 흔들리고 불붙은 돌덩이들이 지상으로 후드득 쏟아져 내리기 시작했다.

대지에 붉은 번개가 치고 산들이 불꽃에 휩싸여 터지고 강물이 하늘을 향해 솟구치더니 뜨겁게 말라버렸다.

순식간에 드러난 강바닥은 창끝처럼 날카로운 바위들이 굴러 다니는 끝없는 마른땅으로 변했다.

아바갈의 오두막이 무너져 내렸다.

땅바닥에 누운 아바갈의 몸 위로 바윗덩이들이 떨어졌다.

그는 돌 더미에 파묻혀 죽어가며 비명을 지르고 있었다. 그의 몸통과 얼굴이 너덜너덜한 피투성이가 되었다. 그녀와 아바갈 사이에서 태어난 자식들도 피투성이가 되었다. 어두운 피와 오물이 그들의 얼굴을 덮었고 그것은 그들의 존재가 이제 삭제되리라는 암시처럼 보였다.

그래서 샤먼의 아내는 지금이 약속된 떠남의 시간인 것을 알았다.

계시의 말이 행하는 대로 뒤돌아보지 않고, 너울너울 춤추며 아바갈의 집을 떠날 때임을 알았다.

그래서 그녀는 그렇게 했다.

날카로운 바위가 산을 이룬 마른 강을 건너 반대편 땅에 이른 순간 샤먼의 아내는 커다란 곰과 마주쳤다. 곰은 단 한 번의 공격으로 샤먼의 아내를 쓰러뜨리고 그녀의 육신을 산산이 씹어 집어삼켰다.

그리고 부드러운 살점과 체액을 제외한 찌꺼기를 뱉어놓았다.

그렇게 재형성된 샤먼의 아내는 무섭게 늙은 노파로 변했다.

자궁이 퇴화하여 사라졌고 뱃가죽과 젖가슴은 참혹할 정도로 탄력 없이 축 늘어졌다. 피부는 악취가 났고 얼굴은 시체처럼 퀭하며 머리칼이 빠졌다.

죽어라 흉한 짐승아.

샤먼의 아내는 자기 자신의 투시물을 바라보며 이렇게 중얼거렸으나 자신이 무엇을 향해 이렇게 말하고 있는지 알아차리지 못했다.

붉은 언덕 뒤편에서 아이들이 나타나 그녀에게 돌을 던졌다.

장님이면서 벙어리이자 귀머거리, 두 팔과 다리가 없는 아이들, 온몸이 종기로 뒤덮인 아이들이었다.

샤먼의 아내는 다리를 절면서 달아났다.

아이들이 던진 돌이 그녀의 등짝에 맞자 흐물흐물하게 낡은 살가죽이 죽 찢어졌다. 죽어라 늙은 짐승아. 아이들이 그녀의 등 뒤에 대고 입을 모아 합창으로 외쳤다.

아이들의 목소리는 맑은 종소리처럼 쟁강쟁강 울렸다.

샤먼의 아내는 물 한 모금 마시지 않고 몇 달 동안이나 붉은 황야를 걸어갔다.

눈앞에 돌을 쌓아 만든 우물이 나타나 다가가면 그것은 피가 고인 웅덩이였고

먼 탑 위에 빵 무더기가 보여 달려가면 그것은 조장(鳥葬)의 잔해들로,

거무스름한 얼룩이 덮인 부서진 뼈들의 더미였다. 먼 지평선에 가로놓인 산들의 모양이 희미하게 나타났다가

샤먼의 아내가 가까이 다가가면 지워지듯 사라져버리기를 반복했다.

황야는 밤도 낮도 없었고 해도 달도 뜨지 않았다.

황야는 동굴과 절벽, 돌의 언덕과 부서진 신들의 석상, 마른 강바닥과 버려진 가시덤불 정원의 형태로

끝없이 이어지기만 했다.

한번은 황야 한가운데서 갑자기 나타난 한 노파와 마주쳤다.

샤먼의 아내는 노파에게 누구냐고 물었다.

그러자 노파가 대답했다. 나는 처음에는 아바갈의 아내였는데, 마을의 샤먼을 사랑했기 때문에 불구자 남편인 아바갈을 굶겨 죽이고 샤먼의 집으로 가서 그의 다섯번째 아내가 되었다오.

우리는 많이 사랑했지요. 하지만 오래 사랑하지는 못했답니다.

사랑이 끝나버린 후 나는 예상했던 대로 소가 되었지요.

그래서 이렇게 늙고 살이 닳아버릴 때까지 돌밭에서 쟁기를 끌어야만 했답니다.

그리고 이제 완전히 닳아서 형체조차 남지 않게 되었으니 아무도, 심지어 나조차도,

내가 누구인지 묻지 않게 되었지요.

그리고 노파는 연기가 되어 홀연히 사라져버렸다.

어느 날 샤먼의 아내가 누워 있는 위로 거대한 흰 새가 불그스름한 하늘을 가리며 허공을 천천히 날아갔고 샤먼의 아내는 그 새의 배에 적혀 있는 글자들을 읽을 수 있었다.

기뻐하라 여인이여, 소망이 이루어질 것이니,

너의 닳아버린 육신과 너의 사무친 고통에 화답을 하여,

너는 네 남편이 다시 살아남을 보게 될 것이다.

그는 살아나 예전처럼 세상에서의 삶을 계속하게 되겠지만

그는 너를 모를 것이고,

너를 결코 기억하지 못할 것이고,

너는 노파가 되겠지만

그는 시간을 거슬러 젊고 아름다운 청년으로 되돌아갈 것이니,

너를 결코 알아보지 못하고,

북소리가 울리는 가운데,

흰 새의 복장을 한 무녀가 춤추는 가운데,

네가 그를 너의 아랫도리로 삼켰다가 다시 꺼내놓았고,

너의 벌거벗은 가랑이 사이 피와 음부를 통과한 덕분에

자신이 빛으로 살아났음을 알지 못할 것이고,

너는 아바갈의 집으로 돌아가 잃어버린 살과 피인 네 딸이 아

바갈의 잠자리 시중을 드는 것을 보게 되겠지만,

네 남편은 다른 여인을 아내로 얻어 천수를 누리리라.

그렇다면 내 고통은 다 무엇인가, 하고 샤먼의 아내는 죽지 않

는 몸뚱어리로 생각했다.

남편의 죽음 자리를 마주한 나는

한 번도 머뭇거리지 않고

한 번도 뒤돌아보지 않고,

모든 육신이 필연적으로 시신의 모양과 냄새를 풍기게 되는

이 강 건너편으로 왔는데,

오직 남편을 죽음으로부터 되돌리기를 원했는데, 그것은 그와

함께 살기 위해서가 아니었던가.

그를 찾아가는 길 내내 나는 그의 뒷모습을 보고 있었다.

그의 옷자락과 발뒤꿈치를 보고 있었다.

어느새 그는 내가 앉아 있는 바위였고,

내 몸의 머리이자 배였으며,

밤하늘의 별이자 빗방울이고,

새벽의 광장이며,

광장 한가운데 홀로 서 있는 남자의 석상,

멀리 지평선을 지나가는 기차,

천장이 없는 조장용 붉은 탑,

언젠가 나를 공격했던 야생 고양이이며

어떤 특정한 순간에는 아바갈이기조차 했다.

그는 나의 영원한 남편이며 나의 선조, 나의 샤먼이었다.

그런데 이제 그는 부활한 자이고, 나는 그로부터 잘려 나가야

한다.

형체 없는 이 아픔이여. 지금 내 고통은 남편의 죽음을 마주했

을 때보다 더욱 참혹하니,

나는 밤새도록 앓는다.

나는 생애 내내 앓는다.

그의 죽음을 받아들이는 것보다 더한 고통이 있을 줄을 나는

예전에 미처 상상하지 못하였다.

누구인가, 나를 이토록 가혹하게 벌하는 자여.

내가 죽고 난 후 내 육신의 모든 살점은 수미산 조장(鳥葬)의

바위에서 하늘의 참매들에게 모두 바쳐지리라.

그러니 지금은 내게서 이 운명을 거두어달라.

그러자 다시 두번째 흰 새가 날아와 하늘을 가리며 그녀에게

두번째 계시의 말을 전했다.

딸이여,

이 세상의 모든 일은 결국 너로 인하여 일어나고 너로 인하여

일어나지 않을 것이니,

네가 그렇게 할 수 있고 또 그런 사실을 알고 있음에 애통하고

또 기뻐하여라.

지금 이 순간 네가 눈을 뜨면 너는 꿈에서 빠져나오리라.

너는 아픔을 이해하게 되고,

그리고 작별이 완성된다.

너는 꿈의 현상에서 깨어나며, 동시에 너는 또 하나의 꿈으로 들어가게 되리라.

아바갈의 생과 작별하며,

아바갈의 생이 너에게 남긴 육체와 작별하며,

아바갈이 너에게 가한 것을 망각하며,

너는 더 이상 아바갈의 자식이자 여자가 아니게 되고,

그렇게 너는 아바갈을 잊으니,

아바갈과의 작별로 인해 다시 아바갈을 만나고,

아바갈을 떠났음으로 인해 아바갈의 여인으로 새 삶을 시작하는 것이다.

아바갈을 보면서 너는 더 이상 고통의 의미를 묻지 않으리라.

네가 타고 있는 영원한 순환의 바퀴에서 떨어져 나온 남편은 죽음의 영토에 머문다.

사람들은 정령의 방해를 받지 않기 위해 천막의 문이 아닌 벽을 찢어

산 자들이 넘지 못하는 문지방을 만든다. 그곳으로 시신을 실어낸다.

문지방 안에서 너는 운다.

그의 몸은 아득한 세계수의 꼭대기에 놓이고,

그의 고요한 눈길은 자신을 거두어줄 허공의 참매들에게 향한다.

그는 목소리 없이 말하리라.

'젊은 시절, 나는 젊음이 좋았다.

내가 노쇠하자, 비로소 나는 노쇠함도 좋다는 것을 깨달았다.

그리고 내가 죽었을 때, 나는 죽음 역시 좋았노라.'

사물은 눈에 보이던 본래의 자리로, 망자는 참매에게, 인간은 아바갈에게 돌아갈 것이다.

　—무대 위 스크린에 홀연히 떠오르는 그림:
　　〈어느 작별의 수수께끼〉(Giorgio de Chirico, 1916).

　공연이 시작되기 전 나는 무대 뒤 대기실에 있는 어머니를 찾아간다. 그리고 어머니가 문을 열어주자 그녀에게 다가가 내가 누구인지를 말한다. 그런 다음 그동안 하고 싶었던 말을 한다. "내가 여기 있어도 되나요?" 어머니는 얼굴에 4분의 3쯤 미소를 짓고 있었으나 문을 완전히 열어 나를 들어오게 하지는 않는다. 그리고 그 이유도 설명한다. "네가 잘못 알고 있는 거야, 누군가 너에게 거짓을 말해준 것 같구나. 나는 한 번도 아이를 낳은 적이 없단다. 그건 내가 결코 착각할 수 없는 명백한 사실 중의 하나임이 분명해." "하지만 난 20년 동안 당신을 어머니라고 생각하면서 살았답니다" 하고 나는 좀 놀라서 외치듯이 말한다. "게다가 나는 어머니를 만나기 위해 어머니가 있다는 베를린에까지 갔어요." "하지만 거기에 나는 없었어, 그렇지?" 어머니는 희미하게 소리 내어 반쯤 웃는다. "사람은 종종 잘못 알 수도 있지, 그게 그리 큰 문제가 되지는 않을 거야. 아마도 네 주변 사람들이 나를 이름이 같은 다른 누군가와 혼동을 했겠지." 그리고 어머니는 대기실 뒤편의 희미한 형상의 의자와 탁자를 가리키면서 말한다. "너도 알겠지만 난 이제 곧 공연을 해야 하니 더는 길게 이야기할 시간이 없는 것이 유감이구나." 그리고 어머니는 망설임 없이 의자로 가서 반듯하게 등을 펴고 앉아 원고를 소리 내어 읽기 시작한다. 문은 여전히 반쯤 열어둔 채로. 나는 문밖에 서서―내가 그 방으로 들어설 수 없고 따라서, 그 방으로부터 나올 수 없다는 사실 때문에 불현듯 자궁을 연상시키게 된―침침한 지하의 작은 방을 울리는 연습용 목소리를 듣고 있다. 나는 어머니의 목소리가 마침내 내 몸을 공명하여 내 목구멍을 통해 나오는 것을 기다린다. 나는 언젠가 아버지가 이와 같은 장면을 나를 위해 미리 묘사해두었다는 생각이 든다. 그 장면 속에서 어머니는 말하게 된다. 네가 잘못 알고 있는 거야, 나는 아이를 낳은 적이 없단다. 미리 말해지는 것은 허공에 길을 만들어주는 지팡이와 같다. 아버지는 내 일생 내내 계속해서 묘사한다. 그가 속삭인다. 그가 노래하고, 그가 듣는다. 그는 기록한다. 커다란 누런 표지의 노트에 사진과 함께. 아버지는 그림엽서와 낭독회의 입장권, 기차표와 수입 명세서 등을 노트에 스크랩하고 그가 산책길에 발견한 새로운 종의 딱정벌레를 스케치하고 날씨를 묘사하고 거기에 간단한 메모로 일기를 남긴다. 그 안에서 나는 낭독회이고 기차표이고 딱정벌레이고 그의 수입이다. 특별히 고혹적인 형태의 자연을 사랑한 그는 둥글고 붉은 양귀비와 활짝 핀 보랏빛 루핀꽃, 물고기처럼 보이는 작은 뱀도 노트 갈피에 넣어둔다. 그가 루핀을 발견한 날짜는 1990년 8월 8일 내가 태어난 날이고 장소는 '서울의 낮은 언덕 중 하나, 동이 터올 무렵'이라고 되어 있다. 그는 쓴다. 아무것도 없는 편평한 우윳빛 하늘 위로 태양이 떠오르고, 지금껏 그 어떤 순간도 이처럼 적막하고 고요한 빛으로 가득했던 적이 없다고. 그리고 그는 간다. 나는 서울에서 20년을 살았지만 루핀이 피어 있는 낮은 언덕이 어디인지 모른다. 그것은 단 한 번도 들어본 적이 없는 장소이다. 나는 사람들에게 묻지만, 그들은 모두 그런 장소는 없다고 말한다. 다른 어떤 장소도 아닌 바로 서울에 결코 없는 사물들이 있는데, 그중의 하나는 루핀이 피어 있는 낮은 언덕이다, 하고 그들은 말한다. 하지만 그들 중 누구도 왜 하필이면 루핀이 피어 있는 낮은 언덕이 하필이면 서울에 없다는 것인지, 그 이유에 대해서는 타당한 설명을 해주지 못한다. 나는 아버지가 어떻게 살았는지와 마찬가지로 어떤 상황에서 죽었는지 전혀 알지 못한다. 그가 루핀의 언덕을 산책한 이른 아침 그의 고향은 서울이 아니다. 그 순간 그의 눈에 들어왔던 낯선 풍경을 나는 영원히 알지 못하고 만다. 그는 자신의 눈앞에 있는 루핀을 꺾는다. 그에게 자연은 그 자체로 좋은 것이다. 꽃은 왔다가 간다. 사람이 그곳으로 간다. 그는 그러한 자연의 사물성과 무의지성을 사랑할 뿐이다. 나는 부모의 원에 의해서 태어난 아이가 아니다. 그들은 부모가 되고자 하는 의지가 없다. 어느 날 그들은 안녕, 우리는 앞으로 영원히 만날 일이 없을 겁니다, 하고 서로에게 편지를 쓴다. 그들은 내 몸을 통해서 계속해서 살기를 원하지 않는다. 그들은 내 몸을 알기를 원하지 않는다. 하지만 아버지가 루핀을 꺾어 노트 사이에 남겨놓는 것처럼, 어머니가 죽는 날까지 무대에서 목소리를 내는 것처럼, 나는 그렇게 무의지적 부모에 의해서 꺾이고 읽히고 마침내는 홀연히 남겨지는 존재임을 알고 있기에, 나는 안심이 된다. 그들은 서로 다른 방향으로 가지만, 나는 그들이 생각하고 느끼는 것을 생각하고 느낀다. 나는 그들이 만지는 것을 만진다. 그들이 나를 바라본다. 나는 스스로 낮은 언덕의 루핀이 된다.

작가의 글

　나에게 여행이란 그 무엇보다도, 하나의 작업실에서 다른 작업실로의 이동이었다.

　내 작업실들은 모두 대도시에 있었다. 나는 집주인에게 말하곤 했다. 책상과 창이 필요해요. 어떤 사람들에게 전원이 정신의 크나큰 공간을 차지하고 있다면 나에게 그 역할을 해준 것은 도시였다. 어느 하나의 도시가 아닌 이 도시와 저 도시들. 나는 도시들에 대해서 글을 쓰고 싶었다. 그것은 매우 단순한 소망이다. 도시와 도시를 이어주는 기차 여행에 관해서, 그리고 기차에서 읽었던 책들에 관해서, 도시에 자리 잡은 방들에 관해서, 그 모든 것들이 스스로 만들어낸 이야기들에 관해서, 여정을 문학화하는 작업의 현기

중 나는 아름다움에 관해서. 나는 그것을 제발트의 책들에서 최초로 발견했다는 믿음을 갖고 있다. 그러나 내가 쓰는 것은 기본적으로 여정의 일지가 아닌, 스토리를 가진 이야기, 우리 모두를 구성하는 영원한 이야기의 어느 부분에서 시작하여 어느 부분에서 끝나는 그런 이야기가 될 것이다.

『북쪽 거실』을 쓸 때 나는 나의 문학이 분절된 목소리라는 전제에서 출발하였다. 그 전제는 이 글에서도 유효할 것이다. 즉 스토리를 진행하되, 오직 파열된 단면으로서 나타내기. 목소리는 음성이며, 음색이란 것을 갖고 있다. 그것은 문장의 내용이나 문체의 스킬을 넘어선다고 믿는다. 그것은 작가의 지문이다. 그러므로 이 글의 주인공의 직업 또한 목소리 배우, 즉 낭송극 전문 성우이다. 그것은 한국에 실제로는 존재하지 않는 직업으로 알고 있다. 낭송극이란 장르가 존재하지 않으며 낭송극을 쓰는 작가도 없고 당연히 무대에서 낭송극을 전문으로 읽는 배우도 없다. Non real.

영화 〈아귀레, 신의 분노〉로 알려진 베르너 헤르초크(Werner Herzog) 감독은 1978년에 책 『얼음의 길(Vom Gehen im Eis)』을 발표했다. 그는 1974년 11월에서 12월 사이 걸어서 뮌헨에서 파리로 갔다. 자신의 인생에서 중요한 한 사람이 파리에서 병을 앓고 있으며, 아마도 곧 죽게 될 것이란 소식을 접하고 나서이다. 그는 순전히 스스로의 발로 걸어서 그 사람에게 가 닿음으로써 죽음에 저항

해보려고 한 것이다. 그 여정을 기록한 것이 바로 그 책이다. 나는 언젠가 걸어서 국경을 넘고 싶다는 소망을 가지고 있었으므로 그 이야기가 마음 깊이 와 닿았다. 나는 '걸어서 간다'는 행위의 진지함을 아직도 믿고 있는 순진한 사람에 속한다. 그러나 그것의 비현실성까지 모를 정도는 아니다. 이 글의 주인공 또한 비슷한 이유로 집을 나오지만 하루가 채 지나기도 전에 포기하고 만다. 하지만 그것이 사실상 주인공의 긴 여행의 출발이 되었다. 내 시간을 가득 채우고 있는 것은 나의 작업실들이다. 나는 이미 그들을 만나기도 했고, 아직 모르고 있기도 하다. 나는 그들을 사랑한다.

그리고 어느 날 나와 함께 서울의 낮은 언덕들을 거닐게 되었을 주인공들을.

배수아

서울의 낮은 언덕들

© 배수아, 2011

초판 1쇄 발행일 2011년 12월 10일
초판 3쇄 발행일 2016년 6월 17일

지은이   배수아
펴낸이   강병철
펴낸곳   더이룸출판사
출판등록   1997년 10월 30일 제313-1997-129호
주소   121-840 서울시 마포구 서교동 396-33번지
전화   편집부 02) 324-2347 경영지원부 02) 325-6047
팩스   편집부 02) 324-2348 경영지원부 02) 2648-1311
이메일   munhak@jamobook.com
커뮤니티   cafe.naver.com/cafejamo

ISBN 978-89-5707-610-1 (03810)